Eso que llaman **amor**

Carole Matthews es una mujer polifacética: antes de convertirse en autora de novelas románticas trabajó como secretaria, presentadora de radio y televisión o articulista. Su obra ha cosechado grandes éxitos en Reino Unido y Estados Unidos. En España ha publicado, en Punto de Lectura, las novelas *Dulce tentación* (2005), *En lo bueno y en lo malo* (2005) y *Me vuelves loca* (2008), que llegó a estar entre los cinco mejores best-sellers de la selección que publica el diario *Sunday Times*. Sus últimas novelas son *El club de las chocoadictas* y *El sueño de Jeremy*.

www.carolematthews.com

Eso que llaman amor

Carole Matthews

Traducción de Cora Tiedra

punto de lectura

Título original: *That Loving Feeling*

2011, Santillana Ediciones Generales, S.L.
Torrelaguna, 60. 28043 Madrid (España)
Teléfono 91 744 90 60
www.puntodelectura.com

ISBN: 978-84-663-2430-4
Depósito legal: B-20.627-2011
Impreso en España – Printed in Spain

Imagen de cubierta: © Getty Images
Diseño de portada: María Pérez-Aguilera

Primera edición: junio 2010
Segunda edición: mayo 2011

Impreso por blackprint A CPI COMPANY

Eso que llaman amor

1

Buenos días. Sonrío a mi reflejo. A veces cuando me miro en el espejo creo que no tengo muy mal aspecto. Entonces me pongo las gafas. En cuanto dejo de estar bajo una perspectiva favorecedora puedo ver con demasiada claridad las finas líneas que invaden los bordes de mis ojos, las profundas marcas de mi —en su día impecable— piel, desde la nariz hasta la boca, y el fruncimiento de —en su día carnosos— labios, que hoy hacen un mohín. Ahora que sé que la vida empieza a los cuarenta, las comisuras de mi boca se arrugan como pasas. Trato de relajarlas pero nada. Solía llamarlas las arrugas de la risa, pero últimamente hay bastante poco de lo que reírse y mis arrugas siguen igual de profundas.

Cuando me estiro la piel y la pongo tirante veo cómo sería si hubiera tenido el valor o el dinero para hacerme un *lifting*. Una cara de susto me vuelve a mirar desde el espejo y dejo que la piel vuelva a su sitio a la vez que emito un pequeño y triste resoplido.

Desearía ser una de esas mujeres que la gente describe como «luchadoras». Pero no lo soy. Desearía tener un corte de pelo desfilado, elegante, que muestre que soy una mujer con estilo propio, con una mentalidad propia. Pero tampoco tengo agallas para ir al peluquero y pedírselo. (Todas esas mujeres tan flacas como palos vestidas de negro me desmoralizan). ¿Soy la única persona que encuentra aterradora la idea de que Gok Wan* haga que me desnude delante de él? Preferiría que me cortaran los brazos antes que dejar que alguien como él me dijera mis defectos. Tengo cuarenta y cinco años, soy madre, esposa y para colmo bibliotecaria. Nada de eso me hace ser un objeto de deseo andante, ¿no? Soy Juliet Joyce. Una señora vulgar y corriente.

—¡El desayuno está listo! —grita mi marido desde las escaleras. De hecho, había estado oyendo el constante ruido de los cacharros en la cocina mientras se hacía el desayuno hasta que ha llegado a un punto insoportable, pero lo he estado ignorando, retrasando el momento en el que tengo que encarar un nuevo día. Voy a llegar tarde al trabajo si no espabilo.

Mientras me extiendo el maquillaje con la mano, y esta vez con más fuerza de lo normal, me miro por última vez en el espejo y suspiro. Entonces, antes de que se me olvide, cojo la montaña de libros que tengo que devolver hoy de mi mesilla de noche. No le pondrán multas a un bibliotecario por retrasarse en la fecha de entrega, ¿no? Las palabras de Tracy Chevalier, Philippa Gregory y Kate Atkinson se han pasado las últimas semanas ayudándome a dormir. Les doy una palmadita de agradecimiento, los pongo debajo del brazo, cojo el bolso y bajo las escaleras.

---

* Estilista británico, consejero de moda, autor y presentador muy popular de televisión de Inglaterra. *(N. de la T.)*

—Un poco quemadas —dice Rick con un tono de disculpa mientras entro en la cocina.

Mi marido quema las tostadas todas las mañanas porque nuestra vieja tostadora está hecha polvo y Rick es demasiado tacaño para comprar otra. Para mí ésta es la comida más importante del día y paso por alto el factor de riesgo que implica este temperamental aparato. Rick no comparte mis preocupaciones. Él parece que piensa que, milagrosamente, algún día nuestra tostadora se arreglará sola y volverá a ser la que era, capaz de volver a hacer tostadas crujientes y doradas en vez de discos voladores carbonizados. Creo que deberíamos venderla por veintitantas libras y comprar una nueva, pero pierdo constantemente la batalla. La tostadora fue el regalo de bodas de la tía de Rick, Gladys, hace ya unos veinticinco años, la que murió de un ataque al corazón en el vuelo de Ryanair mientras iba a Dublín para pasar un fin de semana bailando salsa.

Mi marido insiste en que está aferrado sentimentalmente a la tostadora, mientras que yo no. Me gustaría tener una nueva y reluciente, con diferentes grados de intensidad y en la que pudieran entrar cuatro rebanadas. A veces en momentos bajos de moral fantaseo con eso. Rick parece que piensa que la tostadora encarna todos los aspectos de nuestro matrimonio: sólido, inquebrantable, luchador y estoico, perdurable en el tiempo. Yo simplemente creo que no funciona muy bien.

Por lo menos no tengo que prepararme el desayuno. Rick lo hace cada mañana, puntual como un reloj. Sus intenciones son muy buenas. Y yo debería estarle agradecida. En su lugar, estoy considerando cruelmente pasarme a los Bran Flakes como mi forma de protestar en silencio.

Le doy un ligero codazo a mi marido para apartarle un poco y tener más sitio y unto la cero apetecible y amarillenta margarina de ese viejo anuncio que decía: «No puedo creer que no sea mantequilla» sobre la parte quemada de lo que ahora no me puedo creer que sea una tostada, y miro de reojo a mi marido, que está ocupado haciendo té. Parece que últimamente veo a Rick muy borroso. Siempre ha sido un poco estrafalario más que el clásico guapo. Un poco como Hugh Laurie, que solía ser un *freaky* pero ahora, misteriosamente, se ha convertido en un galán. El pelo pajizo de Rick, que siempre lo llevó de punta, mucho antes de que se pusiera de moda, ahora le empieza a escasear. Sus ojos verdes grisáceos son dulces más que ardientes, pero las bolsas de debajo hacen que parezca cansado; los problemas de la vida familiar se han asentado ahí. El corte de su mandíbula, que una vez estuvo bien marcado, se ha aflojado de alguna manera y ahora amenaza con convertirse en una gran papada. La primera vez que le vi me pareció un chico alto, desgarbado, anguloso y no muy elegante. A día de hoy, las seis tabletas de chocolate que solía lucir, aunque entonces no las llamábamos de ninguna manera en particular, se han ablandado porque se ha descuidado mucho, y si hace el esfuerzo de contraer el estómago ahora sólo se le ven dos. Aunque es cierto que todavía está en buena forma para sus cuarenta y cinco años, podría tonificar su cuerpo un poco. Pero ¿quién soy yo para hablar? Cate Blanchett jamás se sentiría amenazada por mi existencia mientras que yo estoy continuamente preocupada por la suya.

—¿Qué? —dice cuando se da cuenta de que le estoy mirando fijamente.

—Nada —me arriesgo a romperme un diente y muerdo la tostada. El perro se arrima a mí. A *Buster* le da igual el estado de la comida con tal de que sea abundante. De hecho, es un perro de raza indeterminada, montones de pelos blancos y negros de una fidelidad adorable. Le parto un trozo de tostada, la mastica alegre y su cola golpea con excitación los muebles de la cocina. Ojalá yo me alegrara con tanta facilidad.

—He pensado que podríamos salir esta noche —sugiere Rick—. Echan esa película nueva que dijiste que querías ver.

Ni siquiera me acuerdo de haber mencionado alguna.

—Después podemos ir a cenar.

—¿Cómo voy a dejar a mi madre tanto tiempo sola? —le pregunto—. Puede que incendie la casa.

—Te he oído —en ese preciso momento llega mi anciana madre. Tiene rulos rosas sobre su escaso pelo, el pelo que se acaba de teñir de un tono alarmantemente rojo. Debería demandar a su peluquero por ponerle Clairol y dejarle los mechones del color de una galleta de jengibre. Su bata está mal abrochada, pero al menos es guateada y florida, la típica bata que lleva una madre que ha cumplido los setenta años.

Le he escondido su corto kimono de seda negra con el dragón rosa chillón bordado en la espalda. Solía ponérselo sin nada debajo y eso era demasiado para la hora del desayuno.

—Te dije cuando me invitaste a vivir aquí que no quería que me estorbaras, que no quería problemas —dice ella.

Que conste que yo no «invité» a mi madre a vivir aquí. Hace unos meses decidió que ya había aguantado lo suficiente a mi padre y le dejó. Se presentó en la puerta de mi casa con una maleta rota, todos los gnomos de su jardín en dos cestas y con lágrimas en los ojos. ¿Qué podía hacer yo? Rick me insistió en que le dijera que no fuera tan tonta, que se diera la vuelta y que volviera a casa. Pero no lo hice. No pude. Desde entonces no han sido más que problemas.

Mi madre se sienta a la mesa y espera a que la sirvan. Desearía que dejara de estar en medio hasta que nos hubiéramos ido a trabajar, entonces podría tener la cocina entera para ella sola pero, por supuesto, no se lo digo. Ella mira la pila de libros y arruga la nariz.

—Lees cosas demasiado cursis —dice—. ¿Me podrías conseguir algunas de esas novelas románticas? Me gustan las que son picantes. Repletas de sexo —mamá me mira recelosa.

Los gustos literarios de mi madre han cambiado, ha pasado de leer a Rosamunde Pilcher y Maeve Binchy a gustarle una lectura más morbosa y semipornográfica. Ahora que ha dejado a mi padre, ha decidido que sólo lee libros que tengan imágenes eróticas con cueros y látigos en las cubiertas. No es una moda que yo me haya propuesto fomentar. Uno no quiere imaginarse a su madre leyendo ese tipo de cosas.

—Veré lo que encuentro —le prometo, sabiendo que volveré a casa con Rosamunde Pilcher y Maeve Binchy. La gente podría verme sacando ese tipo de libros de la biblioteca y pensar que son para mí, por el amor de Dios. Si quiere leer obscenidades que vaya ella y las saque.

Rick sirve un poco más de té y le deja la taza delante.

—Está un poco fuerte —frunce el ceño en lugar de dar las gracias.

—¿Puedes conseguir una niñera para viejos seniles? —me susurra mi marido al oído. Sonrío.

—No estoy sorda —dice mi madre—. Te he oído.

—Rita —le contesta zalamero—. Sólo quiero estar un ratito a solas con mi mujer.

—Ya me voy —responde—. He quedado con un muchacho encantador en el *intervalo*.

—Internet —la corrijo automáticamente—. ¿Le has dicho que tienes setenta años?

Mi madre se cruza de brazos a la defensiva.

—Paso por una mujer mucho más joven. Que lo sepas.

La semana pasada la pillé colgando una de las fotos de Chloe en su perfil del chat de contactos. Tuve que hacer que la quitara. Una parte de mí desearía que no pasara tanto tiempo en Internet —sólo el cielo sabe lo que es capaz de hacer ahí— pero si no se pasara delante del ordenador la mitad de la noche, entonces estaría en el salón con nosotros y eso sería todavía peor. Hablaría sin parar sobre todos los programas de televisión. A Rick le sacaría de quicio.

En cualquier caso, he dejado de comprobar el historial de su ordenador porque sé que mira páginas porno. Se conecta al chat de saucysilversurfers.com, donde parece que hay un amplio surtido de caballeros canosos haciendo proposiciones muy atrevidas. Podríamos hacer que pusiera el ordenador en la cocina, igual que hicimos cuando nuestros hijos eran pequeños. Sacudo la cabeza. Pensionistas navegando por páginas porno… ¡Qué viene después!

—Los setenta son los nuevos cincuenta —me informa mi madre.

¿Qué puedo contestarle a eso? Sólo que algunos días siento como si los cuarenta y cinco años fueran los nuevos noventa.

2

Se acerca una grúa fuera de casa. Desde la cocina todos alargamos el cuello para ver quién es el desafortunado que necesita sus servicios.

Chadwick Close es una pequeña y agradable urbanización de casas construida en los años setenta. Nosotros llevamos muchos años viviendo aquí, en Stony Strandford, cerca de Milton Keynes, y desde nuestra privilegiada ubicación podemos ver a toda la gente que viene y se va. Y han sido unas cuantas a lo largo de los años, te lo aseguro.

La mayoría de nuestros vecinos también lleva viviendo aquí muchos años. No se construyen casas muy a menudo y cuando lo hacen están muy solicitadas. Solemos recibir en nuestra puerta panfletos de agentes inmobiliarios en donde nos preguntan si estamos considerando la opción de vender, porque incluso en estos momentos difíciles tienen compradores haciendo cola para soltar el dinero y mudarse aquí.

Las casas puede que no sean nada especial, arquitectónicamente hablando, pero son macizas, amplias, con habitaciones espaciosas y con un jardín lo bastante grande para una prole de niños en edad de crecimiento. Son casas ideales para familias. De hecho, cuando nos mudamos hace veinte años aquí, al número 10, nos pareció un sueño. Vale, ahora podríamos modernizarla un poco, tanto la casa como las personas que la habitan. Y su aspecto no se ve favorecido por culpa del grupo de gnomos burlones y cursis que nos ha endosado mi madre en el jardín. Pero algún día Rick sacará tiempo para reformarla, cuando haga todas las cosas que tiene apuntadas en su lista de tareas, que sigue creciendo. No pierdo la esperanza.

Entonces oímos la llave de Chloe en la cerradura. No me había dado cuenta de que no estaba en casa. ¿Ha estado fuera toda la noche? Necesito mi coche para ir a trabajar. ¿Cómo se pensaba que iba a ir? El trato es que se lo presto con la única condición de que me lo devuelva siempre que lo necesite. El hecho de que lo utilice como zapatero y que esté a rebosar de zapatos, ya que se ha quedado sin espacio en su armario por la enorme colección que tiene, es otro motivo de conflicto entre nosotras. Creo que es su manera de protestar porque la hemos echado de su habitación para hacerle espacio a su abuela, y ahora ha sido relegada al «acogedor» trastero de la casa.

Mi hija entra bruscamente por la puerta principal con una mini camiseta blanca que lucha con cubrirle el pecho y una falda que apenas le tapa el trasero. Tiene las piernas al descubierto y lleva puestas unas botas blancas a la altura de las rodillas. Parece que los jóvenes tienen la idea de «menos es más» un tanto confusa.

—Tengo buenas noticias —dice, con una sonrisa pícara a medida que entra dando botes—. Tus airbags funcionan de maravilla, mami.

Rick y yo vamos corriendo a la cocina para poder ver mejor el coche, y soltamos un grito al unísono cuando vemos que está encima de la grúa y que el parachoques delantero de lo que solía ser mi bien más preciado está completamente abollado. Mi pequeño Corsa es el único coche que me he comprado nuevo y me he tenido que comer las uñas y casi los muñones para poder pagar todo el dinero que costaba. Siempre he estado acostumbrada a apañármelas con coches de segunda mano. Las necesidades de los chicos siempre eran más importantes, y eso era lo primero.

Miro a mi alegre hija y pienso si he hecho lo correcto. Chloe ha venido a pasar el verano a casa porque ya han acabado sus clases en la universidad, su segundo curso de Moda y Comunicación. También tiene una deuda de estudios de cerca de ocho mil libras y no muestra ningún interés en buscarse un trabajo para el verano. En su lugar, sale todas las noches de fiesta, se gasta el dinero que no tiene y se pasa el día tirada en la cama.

—¿Qué demonios ha pasado? —pregunta Rick. Su cara tiene un tono rojizo que no puede ser bueno para su presión sanguínea.

—Tuve una mini pelea con un bolardo —mi hija se encoge de hombros—. Me confundí de pedal. Aceleré cuando en realidad quería frenar.

—¿Te has hecho daño? —pregunta Rick en un tono grave. Su tono implica que debería empezar a pensar en pedir perdón enseguida, si es que no lo ha pensado todavía.

—Estoy como una rosa —dice ella, entonces señala con el dedo hacia la puerta principal—. Tienes que ir a ver al tipo ese para el papeleo.

Rick, aprieta el puño con fuerza y va a ver al hombre de la grúa.

—¿Todo bien, abu? —Chloe se espatarra al lado de mi madre—. Estoy que palmo.

—Cuida el lenguaje, Chloe —mi hija tiene la boca de una rata de cloaca.

—Me encanta tu conjunto —dice mi madre, mirando su minúsculo top—. ¿Me lo prestas? Tengo una cita esta noche con un chico que es todo un bomboncito.

A Chloe le entra la risa tonta.

—Me parto contigo, abu —chocan los cinco. Me entran escalofríos. Si mi madre piensa salir así vestida, espero que sea en mitad de la noche. No creo que Chadwick Close esté preparada para ver tantos metros de carne arrugada juntos.

—Voy a llegar tarde del trabajo —digo, aunque a nadie en particular, lo que es de agradecer porque nadie me está escuchando. Sólo *Buster* levanta una oreja, y lo hace únicamente porque vive con la esperanza de oír la palabra «comida».

Rick vuelve a entrar en casa cargando con un montón de papeles; su cara refleja lo enfadado que está.

—Se lo lleva a Auto Reparaciones. Les acabo de llamar —lanza una mirada acusadora a Chloe—. Esto va a ser muy caro.

Mi hija es felizmente inconsciente de que el comentario va dirigido a ella.

—¿Me puedes llevar al trabajo? —pregunto.

Mi marido asiente con la cabeza.

—Dame cinco segundos —me contesta y desaparece por las escaleras.

Buster tiene las patas cruzadas porque nadie tiene tiempo para sacarle a pasear. Me giro a Chloe y le digo:

—¿Puedes sacar a pasear al perro, por favor?

—Imposible, estoy que palmo.

Estoy por discutir, pero no tengo fuerzas.

—Vamos, *Buster* —le digo con un chasquido—. Otra carrera rápida por el jardín —abro la puerta y nuestro viejo chucho sale a toda prisa y se dirige a su árbol preferido.

Chloe se termina el resto de la tostada, ajena a los trastornos que ha causado y al hecho de que estoy furiosa y sin intención de hablarle, justo detrás de ella.

Mi hija es rubia, llena de vida, alegre y completamente egocéntrica.

¿La he hecho yo así?, me pregunto mientras me pongo la chaqueta. ¿Por qué se piensa que puede tratarnos a su padre y a mí con completa indiferencia y dar por hecho que nosotros seguiremos ahí para apoyarla? Ya tengo dolor de cabeza y mi día ni siquiera ha empezado. Lo único que siempre he deseado era tener mi propia familia. Ahora no entiendo por qué.

3

Mientras Rick subía a toda prisa las escaleras hasta el descansillo, la puerta de la habitación de su hijo se abría y un hombre alto y desnudo, a excepción de un imperceptible par de calzoncillos, salía deambulando y rascándose sus partes.

—¿Quién demonios eres tú? —le dijo Rick bajando la mirada.

El hombre bostezó y se estiró.

—Gabe —asintió lánguidamente, y con la cabeza señaló la puerta que tenía detrás—. Estoy con Tom.

—Oh —como si eso lo explicara todo. No era la primera vez que un tipo a quien no había visto antes se paseara por la habitación de su hijo y con el que luego tenía una charla al respecto. Ahora no; más tarde. Algo así podría hacer que a la madre de Juliet le diera un ataque al corazón. Mmm. Quizá no sea algo tan horrible después de todo.

—Necesito usar el baño.

—Cinco minutos, muchacho —le dijo a Gabe, mientras el chico se colaba dentro y cerraba la puerta.

Rick pensó que este «Gabe» tenía muchos reflejos para ser un hombre que desprendía tanto hastío. Dio un golpecito a la puerta con impaciencia. Esta mañana no tenía tiempo que perder y no podía esperar ni un minuto. Tenía que ir a trabajar y hoy iba a tardar más en llegar porque de camino tenía que dejar a Juliet en la biblioteca. Los pocos minutos de paz que había conseguido sacar cada mañana para disfrutar del periódico en la taza del váter tenían que ser sacrificados. Sintió que le quedaban pocos placeres en la vida. «Privacidad» era una palabrota en esta casa y si su momento matutino de desconexión en el baño iba a ser suprimido, no sabía cómo iba a sobrevivir. Algunas veces ni siquiera *necesitaba* usar la taza del váter, pero iba igualmente. Sólo quería encerrarse, alejarse de todo el mundo y respirar tranquilo, sin preocuparse de lo que se le pudiera escapar por la boca.

Una vez que Rick cogió el reloj y la cartera de su habitación, volvió a bajar las escaleras en dirección a la puerta principal. Juliet estaba esperándole en la entrada, de pie junto a su furgoneta. Bueno, la furgoneta que pertenecía a «Pisotéame por favor, ponemos suelos hasta en las estrellas», la empresa para la que trabaja como infravalorado empleado. En la ventana trasera de la furgoneta había un cartel que decía: «El conductor de esta furgoneta no tiene nada de valor dentro. ¡Está casado!». Se suponía que era un chiste, pero Rick sabía por pasadas y amargas experiencias que no lo era.

Sintió ganas de darle con disimulo una patada a los gnomos de su suegra a medida que pasaba por delante de ellos para sentirse mejor, pero se contuvo.

—Tu hija va a tener que pagar la reparación del coche —le dijo a Juliet mientras se subía a la furgoneta.

Su mujer agarraba con dificultades la pila de libros y su bolso.

—¿Cómo pretendes que lo haga, si se puede saber?

—Tendrá que buscarse un trabajo.

—Intenta decirle eso a *tu* hija.

—Lo haré —respondió Rick, mientras daba marcha atrás por el caminito de la entrada—. Me da lo mismo lo que haga o dónde lo haga, pero esta niña va a tener que empezar a traer algo de dinero a casa muy pronto. Se debe pensar que «crece de los árboles» —miró a Juliet y cuando se dio cuenta de que no le estaba haciendo caso se calló. Momentáneamente. Entonces continuó—: Ha salido un hombre desnudo de la habitación de Tom.

Se dio cuenta de que Juliet tampoco tenía nada que decir al respecto. ¿Por qué Tom seguía trayendo hombres extraños a casa? ¿Qué harían dentro de la habitación? Esperó que no fuera lo que se imaginaba. Pero hacía sólo cuestión de semanas, Tom había estado trayendo a casa a un gran número de chicas anónimas que usaban las instalaciones del baño, chicas que parecían tener déficit de valores y de principios morales. En cualquiera de los casos, eso tenía que acabar.

Con Radio 2 de fondo la furgoneta salió a la carretera. De repente empezó a sonar la emisora de los «viejos chochos», tal y como la bautizó Chloe una vez que él la puso, de forma accidental, y justo estaban poniendo la versión entera y sin cortes de «Stairway to Heaven» de Led Zeppelin. Una emisora de radio que ponía eso no podía ser mala al fin y al cabo. Hoy estaba sonando el grupo Westlife. Rick suspiró. No podía ser perfecto todo el rato, pensó. También tenían que poner algo para las amas de casa. Al menos no había puesto todavía Radio 4. Pasarían cinco años antes de que volviera a cambiar el dial, ¿no?

Chadwick Close estaba a las afueras de Stony Stratford. Quizá no era tan lujoso vivir ahí como en las casas victorianas del centro de la zona comercial, las casas que bordeaban Horsefair Green, pero ocupaba el segundo puesto. Ahora la cocina necesitaba ser cambiada y el baño requería una reparación. Juliet le daba la lata sobre eso constantemente. Pero después de haber estado toda la semana trabajando duro, la última cosa que quería hacer era volver a coger sus herramientas el fin de semana. ¿Nadie de su familia entendía la expresión en casa del herrero cuchillo de palo?

Juliet quería contratar a alguien para que se ocupara de eso, pero costaría una fortuna y era inevitable que hicieran una chapuza. No, quería hacerlo él. Algún día. Además, estaría genial si pudiera hacer otro baño en la casa ahora que los chicos eran mayores. Ya había sido suficiente error tener un solo baño cuando Chloe y Tom eran pequeños, pero él y Juliet nunca tuvieron dinero para darse ningún tipo de lujos. En aquel entonces pensó que las cosas irían mejor, aunque no era del todo cierto. Hacer otro baño podía ser la respuesta a muchas de sus oraciones. No tendría que volver a compartir el baño con un chico en calzoncillos, con el pecho descubierto y con menos michelines y más músculos que él. No volvería a hacer cola y esperar a que su suegra se terminase de teñir el pelo de un color atroz que se impregnaba en los azulejos. Dejaría de ir a por su *aftershave* Armani Code y descubrir que Tom se había echado hasta la última gota. Dejaría de encontrarse con que Chloe había usado su cuchilla de afeitar para depilarse las piernas o algo peor.

Estaban a sólo cinco minutos de la biblioteca de Stony Stratford. Juliet tardaría menos si fuera a pie en vez de en coche, por el tráfico, pero adoraba su pequeño vehículo y la independencia que le daba. Igual que sus cinco minutos en la taza del váter, ir al trabajo en coche no era una cuestión de necesidad, sino un capricho, el único momento que se concedía a sí misma últimamente. Él era capaz de entender por qué ella era tan reacia a renunciar a ello. Eso explicaba también por qué estaba tan callada esta mañana.

—Te vengo a recoger esta tarde —se ofreció mientras paraban fuera del atractivo edificio que era la biblioteca.

—Puede que a la vuelta haga una visita a papá —dijo Juliet—. Quiero ver si se las apaña bien sin mamá —«Si yo fuera Frank Britten», pensó Rick, «estaría encantado de que mi mujer se hubiera ido de casa». Pero a decir de todos, Frank no lo veía de esa manera—. Me lleva Una.

Una Crossley había empezado a trabajar hacía poco en la biblioteca con Juliet y se habían hecho grandes amigas enseguida. Era la mujer a la que Rick llamaba «la divorciada desesperada». Él sólo la había visto un par de veces, pero tenía escrito la palabra «come-hombres» por todo su cuerpo. Le daba muchísimo miedo, pero la mayor parte de las mujeres se lo daba.

—Gracias, cariño —dijo Juliet. El beso que le dio en la mejilla fue mecánico.

—Lo solucionaré todo —le aseguró—. No te preocupes. Tu coche estará arreglado en unos días, asesinaré a tu madre, la enterraré en el jardín, dejaré a los niños en la calle…

Ella se rió y Rick se dio cuenta de que no la veía reírse desde hacía mucho tiempo. Puso la mano sobre la suya.

—Podríamos ver una película esta noche —dijo.

—Voy a ver si saco de la biblioteca algún DVD que no hayamos visto.

Si veían un DVD juntos Rita se sentaría a verlo con ellos, interrumpiría con sus comentarios y se quejaría de que el sonido estaba demasiado bajo a pesar de que estuviera lo suficientemente alto como para hacer grietas en el techo.

Juliet y él apenas tenían media hora para ellos dos solos últimamente. Había pensado que de alguna manera la cosa mejoraría cuando los chicos fueran mayores pero, igual que pensó en la puerta del baño, parecía que sólo estuviera empeorando.

—No te olvides los libros.

Le dio la montaña de libros. A pesar de que trabajaba con ellos todo el día eran muy pocas las veces que Juliet no estaba enfrascada en un libro, sin embargo, Rick nunca había sido un gran lector. Nunca tenía tiempo.

—Gracias.

Su mujer se bajó del coche y él la miró mientras cruzaba la calle, atravesaba Market Square y se dirigía hacia la biblioteca.

Juliet Joyce seguía siendo una mujer muy atractiva. Ni muy gorda, ni muy delgada, aunque ella no paraba de repetir lo mucho que necesitaba perder tres kilos. A él le parecía que estaba bien tal cual. Llevaba el pelo liso y recogido con uno de esos pasadores que probablemente hoy día ya no estuvieran muy de moda. Juliet odiaba su pelo, sin embargo, a Rick le gustaba. Era un pelo dócil de color castaño claro. Nunca se lo había teñido, aunque últimamente le estaban empezando a salir unas cuantas canas y ella no paraba de refunfuñar con que dentro de poco se iba a teñir de rubia. Él esperaba que no lo hiciera, pero eso no se lo decía a ella.

Tenía unas piernas muy bonitas, siempre las había tenido. Y seguramente parecía más joven que una mujer de cuarenta y cinco años, aunque Rick no tenía muy buen ojo para ese tipo de cosas. ¿Entonces por qué ya no se sentía atraído por ella? ¿Dónde se iba la pasión después de los años? ¿Cuándo dejó de sentir ese cosquilleo en el estómago y desapareció la química? Bueno, los dos se sentían muy cómodos juntos, pero ¿era eso suficiente? ¿Que se apague la chispa es simplemente lo que ocurre cuando has pasado la mayor parte de tu vida con la misma persona?

Su mujer se dio la vuelta sin mucho entusiasmo y se despidió sin prestarle mucha atención, a lo que Rick le respondió de la misma manera y volvió a arrancar la furgoneta. No había muchas parejas hoy en día que llegaran a los veinticinco años de matrimonio. Eso era algo de lo que estar orgullosos, ¿no?

4

Una está en el mostrador de la entrada cuando atravieso la puerta de la biblioteca. Mira su reloj. Ya me estoy quitando el abrigo.

—Lo sé, lo sé.

—No es típico de ti —dice mi amiga.

—Chloe ha tenido un accidente con mi coche. Tuve que esperar a que me trajera Rick.

—¿Está bien?

—Oh, sí. Mi hija es la viva imagen de la salud —menos mal—. No puedo decir lo mismo de mi coche.

—Oh, Juliet.

—No te molestes —levanto la mano—. Estoy muy sensible.

—Ve y prepárate una taza de té. Relájate durante cinco minutos. Don está en una reunión en la Biblioteca Central de Milton Keynes.

Don es el gerente de la biblioteca. Es un bibliotecario muy capacitado con su licenciatura y todas esas cosas, pero como es el único hombre entre un mar de mujeres le hemos dado el título de mujer honorífica.

—Nadie se va a enterar —continúa Una—. Por lo que te puedes quedar arriba el resto de la mañana mientras archivas esos libros —señala el carrito a rebosar que está esperando pacientemente a un lado.

—Eres una gran amiga —digo a la vez que suspiro.

Una frunce el ceño.

—¿Por lo demás todo está bien?

—Bueno, ya sabes…

—No, no lo sé —admite mi amiga—. ¿Quieres que hablemos de eso durante la comida?

Asiento con la cabeza, sin que me salga la voz.

—Hay un paquete de galletas digestivas de chocolate sobre la mesa de Don, nos las tiene escondidas. Sírvete tú misma un par. Hará que te sientas mejor.

—Seguramente las tiene contadas.

Las dos nos reímos del comentario.

Voy a la sala de personal, que no es que sea el lugar más higiénico del mundo. Las losetas del suelo están grises y asquerosas. Manchas de humedad se filtran por las sucias paredes blancas, dejando ronchas amarillentas. Encima de nuestras cabezas un tubo fluorescente trata de dejarnos ciegos. En mitad de la habitación una mesa de formica desconchada se convierte en nuestro lugar de comidas.

Me hago una taza de té y le cojo dos galletas a Don, que están secretamente escondidas bajo una carpeta en un cajón de su escritorio; su despacho tiene goteras, por lo que ha tenido que mudarse a la sala de personal hasta que podamos suplicar, robar o pedir prestado el dinero para que lo arreglen. Eso hace que sea más fácil cogerle las galletas. Elijo una de las sillas de la colección de sillas de plástico mugrientas que hay alrededor de la mesa y me siento. También tenemos un sofá, pero está demasiado sucio para sentarte y normalmente está lleno de montañas de libros que algunos de los empleados hemos apartado ahí para leer.

La biblioteca ganó uno o dos premios cuando se construyó en los años sesenta. Ahora necesita que se invierta dinero para devolverla al siglo XXI. No soy sólo yo la que debería hacerse un *lifting*. Todo el edificio está en muy mal estado y necesita una completa redecoración, sobre todo en la parte de arriba. Está muy bien tener mucho espacio en la biblioteca, pero también cuesta mucho dinero mantenerlo. En estos días de recortes no tenemos ni siquiera fondos para comprar los libros que necesitamos urgentemente, por lo que es impensable que pidamos material nuevo, alfombras elegantes o sillas más cómodas para nuestros fieles usuarios de la biblioteca.

En la primera planta hay un largo mostrador que sirve de recepción y es donde prestamos o nos devuelven los libros. En la planta baja está la sección infantil de la biblioteca y, menos mal que es una zona acogedora, en la que hay una esquina vacía reservada a las sesiones de cuenta cuentos de los jueves por la tarde. Esa tarea de entretener a grupos de mamás y de niños pequeños ha recaído sobre mí desde que la anterior víctima lo dejó. Es, sin embargo, una de las cosas que más me gusta hacer. Me gusta pensar que estoy haciendo todo lo que puedo para crear una nueva generación de lectores voraces, aunque soy consciente de que estoy compitiendo con la última tecnología en ordenadores, incluyendo la omnipresente Wii.

Me asomo por la enorme y espaciosa ventana y dejo que el caliente y dulce té me relaje. Menos mal que no me gustan las bebidas fuertes porque de lo contrario sería una de esas mujeres que le echan a escondidas whisky o brandy a sus bebidas para tranquilizarse. En mi caso el azúcar cumple esa función.

La biblioteca da a la plaza del mercado de Stony Stratford, que es una ciudad pequeña y poco atractiva que ha hecho todo lo posible para mantener su personalidad y colorido durante años, aunque tenemos nuestras dudas, y eso sin contar con las monstruosidades que sufrió en los años sesenta, que en cierta manera consiguieron llevarla a este estado. La fachada de la biblioteca es relativamente moderna, pero los ladrillos blancos y rojizos armonizan bastante bien con su entorno. Menos mal que estamos en el centro de la ciudad, justo al lado de la vieja iglesia de St. Mary y St. Giles.

Me encanta este lugar y no me imagino viviendo en otra parte. Su historia se remonta a los romanos o incluso antes. Me gusta pensar que formo parte de una gran cadena de personas que han vivido toda su vida aquí. Como ellos, he nacido en esta ciudad, he crecido aquí, y lo más probable es que muera aquí. Menudo pensamiento. No soy una de esas personas que siempre ha anhelado viajar a las vastas llanuras de Serengeti o a los brumosos bosques de Sri Lanka. La triste realidad es que me encanta pasar mis vacaciones en casa, ocuparme de mi jardín, tumbarme con un buen libro, caminar por los apacibles campos de Buckinghamshire. Nunca he sentido esa necesidad tan moderna de escaparme al sol y achicharrarme como una patata frita durante cuatro semanas al año. Soy más que feliz aquí donde vivo. Además, nunca hemos tenido dinero como para plantearnos este tipo de viajes. Creo que a Rick le fastidia más que a mí. Le hubiese gustado visitar Nueva York, Sydney, Hong Kong y una larga lista de mil lugares diferentes, mientras que yo encuentro en mis alrededores la diversión que necesito.

Uno de los clientes habituales me saca de mi sueño y me devuelve a la realidad. Nuestro querido señor Hindle siempre aparca junto a la ventana de la sala de personal y revoluciona el motor de su pobre coche viejo cuando se va. Al menos sus malos tratos al motor han hecho que dejase de soñar despierta. Debería irme y ayudar a mi compañera. Sólo estamos nosotras dos hoy, pero de todos modos los jueves suele ser muy tranquilo. No pasa nada emocionante un jueves. Aunque los miércoles no es que sean mucho más emocionantes, tengo que decir.

Los bibliotecarios puede que no vivan emociones fuertes en su vida —los mercados financieros del mundo no suben o bajan dependiendo de nosotros, las adquisiciones de libros que hacemos no curan enfermedades terminales o nuestra ampliación de horarios no cambia la vida a nadie— pero tampoco somos las personas aburridas que se supone que somos. No voy a trabajar con un traje de paño y nunca llevo el pelo recogido en un moño. Nunca he necesitado gafas con patillas de concha. Una vez dicho esto, hay días en los que me gustaría cambiar mi aburrida imagen corriendo desnuda por la High Street con una rosa entre los dientes. Eso haría que los habitantes de Stony Stratford despertaran de una vez y fueran conscientes. A lo mejor es por eso por lo que no me he atrevido nunca. O quizá porque estoy más cerca del estereotipo de la bibliotecaria mojigata de lo que soy capaz de admitir.

Recojo las migas de las galletas de la mesa para acabar con las pruebas del delito y vuelvo a entrar en la biblioteca para hacer frente al día.

—¿Mejor? —me pregunta Una mientras me acerco.

—Sí. Mucho mejor —Una y yo no nos conocemos desde hace tanto, pero nos hicimos muy amigas enseguida, desde el primer día que empezó en la biblioteca. Le doy un abrazo—. Gracias. Eres una gran amiga.

Una Crossley es todo lo que yo no soy. Es una de esas mujeres que puedes llamar luchadora. Hay mujeres que visten demasiado juveniles y les sigue quedando bien. Una es una de ellas. A su lado yo «soy la señora pasada de moda en la ciudad de la moda». Ella parece una celebridad de la televisión, una presentadora, o una reportera de informativos en vez de una empleada a tiempo completo de la biblioteca de Stony Stratford. Mi amiga es delgada, siempre a favor de la ropa muy corta, de diseñadores de marca, y va siempre arreglada hasta morir. Nunca tiene un pelo fuera de sitio en su moderno y desfilado peinado y va al mejor peluquero de la zona una vez al mes para ponerse reflejos en tres tonalidades diferentes. Sus uñas siempre tienen hecha la manicura; las lleva blancas con las puntas cuadradas. Y sus anillos y colgantes tintinean cada vez que se mueve. También consigue tener ese bronceado típico de las estrellas de Hollywood cada semana, lo que hace que tenga un aspecto más saludable y brillante. Yo soy del color de la leche y todavía no he sido capaz de darme rayos por si acaso acabo pareciendo una mandarina satsuma. A Una en cierta manera le queda bien rozar el naranja, mientras que yo parecería que tengo una enfermedad mortal o problemas de hígado.

Mi amiga sería la primera en admitir que siempre ha tenido una vida llena de caprichos, hasta que dejó a su marido el año pasado. Martin se tomó muy mal su inesperada ruptura, insistió en que era el marido perfecto y que algún día se despertaría y se daría cuenta. Tuvieron un amargo divorcio —Paul McCartney y Heather Mills podrían haber aprendido algunos trucos de ellos— y Martin de alguna manera se las arregló para esconder la mayor parte del dinero de sus negocios a sus abogados. Una sabe que su ex marido está más que forrado, después de todo ella vivió con ese estilo de vida al que estaba acostumbrada durante todo el matrimonio. Sin embargo, según decían los papeles, lo que tenía no valía un pimiento. Mi amiga se ha despedido de una vida llena de lujos en muy poco tiempo, si no tienes en cuenta su increíble fondo de armario de diseño y un enorme surtido de zapatos Jimmy Choos. Aunque no se los pueda comer.

Ahora vive en un pequeño chalé adosado en Horsefair Green en Stony —aunque no es bastante lujoso, efectivamente no tiene nada que ver con lo que está acostumbrada— y ha tenido que ponerse a trabajar por primera vez en veintitantos años. Cuando le preguntas que por qué dejó a su guapo marido, su casa enorme y el último modelo de Mercedes, todo lo que te dirá es que estaba aburrida. Creo que yo sería capaz de soportar mucho aburrimiento si mi vida fuera así.

Una es todo un éxito con los clientes. Le añade un poco de glamour a nuestra pequeña biblioteca y hemos tenido muchos más socios hombres de lo normal desde que Una empezó a alegrar nuestro mostrador. Mi amiga es la Victoria Beckham de los técnicos de biblioteca. Los demás empleados en cambio no la tienen mucho aprecio. Piensan que tiene delirios de grandeza. La señora Crossley, la llaman a sus espaldas. Mi marido Rick le tiene miedo. Creo que le impone mucho, que es demasiado segura de sí misma para su gusto. La llama la divorciada desesperada, incluso a pesar de que sabe que no me gusta que la llame así. Es una buena amiga y no quiero oír nada malo sobre ella.

—Hoy esto está más muerto que muerto —se queja Una mientras echa un vistazo a la manicura de sus uñas—. ¿Dónde está todo el mundo? ¿Está pasando algo fantástico y no nos hemos enterado?

—Lo dudo —mi amiga se sentiría más en casa si estuviera en Mónaco, en St. Tropez o en Puerto Banús. No creo que los placeres que tiene que ofrecerle Stony Stratford sean lo bastante emocionantes para ella.

—Aquí nunca pasa nada emocionante —se queja ella.

Probablemente tenga razón; a mí me gusta que sea así mientras que a Una no. Me gusta la estabilidad que te da trabajar aquí, la paz que te ofrece la biblioteca en estos días de cambios. Es un santuario apartado en mitad de esta vida tan atropellada. Pero a pesar de este dulce silencio que hay siempre en la biblioteca no puedo quedarme sin hacer nada y soñar despierta. Es hora de trabajar.

—Me subo con el carrito —digo.

—Te veo luego —Una se dirige al revistero en busca de una revista que cotillear.

Llamo al ascensor, entonces meto el pesado carrito de madera dentro, y subo al primer piso. El mostrador de información está arriba y también los cuatro ordenadores que pueden usar los usuarios pagando una pequeña tarifa. Hoy uno de nuestros clientes habituales está en el ordenador número 1, pero aparte de eso, la planta está desierta. A veces le he sugerido a Don que a lo mejor podríamos poner algo de música clásica aquí arriba para hacer más acogedor este sombrío lugar, pero Don es más joven y moderno que el resto de nosotros y pondría The Arctic Monkeys y The Feeling en vez de algo de Vivaldi; no creo que la gente bien de Stony Stratford esté preparada para eso.

Empiezo a poner orden en los libros. Es como si pudiera hacer este trabajo con los ojos cerrados. En lugar de contar ovejas cuando tenga problemas de insomnio debería imaginarme colocando libros por el sistema decimal de Dewey*, eso haría que me durmiese de golpe.

Mi vida como bibliotecaria empezó cuando conseguí trabajar en la biblioteca como la chica de los sábados a la tierna edad de quince años. Mientras mis amigos trabajaban en las cajas de los supermercados o barrían los suelos llenos de pelos de las peluquerías, yo estaba inmersa en el calmado y silencioso mundo de los libros.

Al ser hija única leer siempre fue mi consuelo y las novelas mis compañeras favoritas. He visto todo el mundo sin salir de mi casa, me han seducido mil héroes diferentes, he ido a la luna y he sucumbido a los brazos del amor. Cuando se quedó libre un puesto de jornada completa, abandoné la idea de estudiar bachillerato y de hacer selectividad, cogí el trabajo y nunca lo he dejado desde entonces.

Aparte de las bajas por maternidad y del turno a media jornada que pedí cuando Chloe y Tom eran pequeños, no me he movido de aquí durante cerca de treinta años, lo que es un pensamiento aterrador. Mi presencia en la

---

* La Clasificación Decimal de Dewey es un sistema de clasificación de bibliotecas, desarrollado por Melvil Dewey, bibliotecario del Amherst College en Massachusetts, EE UU, en 1876. *(N. de la T.)*

biblioteca es inalterable al igual que las oscuras estanterías de madera o los clásicos que las embellecen.

Mi zona preferida es la de ficción general 1, que va de la A a la Z, con los libros catalogados según el nombre de los autores. Los libros inmaculados de tapa dura están en la primera estantería y los libros de bolsillo bien manoseados en la siguiente. De aquí es de donde saco la mayoría de mis lecturas. Las novelas de suspense con sus miles de muertos y con sus descripciones truculentas de actos inexplicables no están hechas para mí, y las autobiografías que narran las vidas tediosas de famosillos me dejan indiferente. Me gustan los libros que expresan las emociones que de alguna manera yo no soy capaz de sentir en este momento. Me inclino por los narradores que escarban en las profundidades del amor y de la vida. Con cariño acaricio las cubiertas de los libros. Incluso aunque no conozca a los autores, ni vaya a conocer nunca a ninguno, siento como si fueran viejos amigos porque saben qué cosas me hacen sufrir, los problemas que me mantienen despierta toda la noche, las pequeñas heridas que tengo en el corazón. Jodie Picoult, Anita Shreve, Rosie Thomas, vosotras sois mis salvadoras. Si fuera un personaje de uno de vuestros libros sería una mujer mediocre e insignificante. Aquella que ha conseguido muy poco en su vida, la que ha soñado demasiado. Aquella cuya vida no ha sido la que esperaba, pero que sigue sin tener idea de lo que hubiese querido ser. Aquella que se pregunta si es muy tarde para cambiar y si va a seguir siendo así el resto de su vida.

Acuno una montaña de libros en mis brazos como si fueran bebés. Entonces coloco los libros en la estantería y le hago sitio al clásico de Margaret Mitchell, *Lo que el viento se llevó*. Se lo suelen llevar muy a menudo. Me gusta el orden de la biblioteca y Margaret suele estar encajonada entre *Un año en Provenza* de Peter Mayle y *El laberinto* de Kate Mosse.

—¿No es ése uno de tus libros preferidos?

Me giro ante el sonido de una voz familiar aunque inesperada que viene de detrás de mí.

—Sí —digo, y mi respuesta suena completamente normal, incluso a mis propios oídos. Ningún temblor nervioso, ningún repentino nudo en el estómago.

A lo mejor debería hablar más alto y de forma entrecortada y soltar la montaña de libros, dejarlos caer ruidosamente contra el suelo, arruinando la paz y tranquilidad de esta mañana de jueves en la biblioteca; hacer todas las cosas que se supone que tienes que hacer cuando has sufrido un terrible *shock*. Pero no lo hago. Mi presente desaparece, mi mente corre al pasado, pero yo sigo de pie, inmóvil y lo único que hago es mirar al hombre que tengo frente a mí. Sólo clavo la mirada en él. Una mirada normal. Ni siquiera le miro boquiabierta. Dadas las circunstancias quizá eso es lo que debería hacer.

5

Rick pensó en llamar a su jefe, Hal Bryson, pero era más rápido si se iba al trabajo lo antes posible. Hoy estaban poniendo tarima flotante en una casa enorme a las afueras de Buckingham. Era tan poco habitual que Rick llegara tarde al trabajo que sabía que Hal se lo perdonaría.

Eran buenos amigos antes de que Rick empezara a trabajar para Hal, ya que estuvieron en el mismo equipo de fútbol de los domingos durante muchos años y, como consecuencia inevitable, compañeros de cervezas cada tarde en el bar. Rick había estado muy obcecado en su trabajo de oficina durante años, aburrido como el demonio, generando miles y miles de datos, sin que nadie nunca prestara atención a su existencia, pero que le permitían pagar las facturas. Cuando le despidieron fue una bendición. Rick siempre había sido muy habilidoso con las manos y Hal le ofreció la opción de sumarse a su negocio (resultado de una conversación una noche de borrachera en el bar El Toro).

Llevaban diez años trabajando juntos y a Rick le empezaba a molestar que fuera él quien hiciera todo el trabajo y que Hal se durmiera en los laureles, recogiendo él los frutos que eran en gran parte consecuencia del trabajo de Rick. En realidad le molestaba bastante.

Rick comprobó la dirección del cliente y entonces se abrió paso hacia Buckingham hasta que encontró la carretera correcta. Fuera de la enorme casa estaba aparcado el cochazo de Hal, un reluciente Mitsubishi Shogun. Al menos su jefe estaba aquí. Hal había dejado hacía poco a su mujer, Melinda, y su turbio divorcio le había hecho ser todavía menos formal que normalmente. Emparejado a eso —mala elección de palabras, quizá— Hal se había echado una nueva novia de veintidós años —justo un poco antes de dejar a su mujer, dicho sea de paso— que le estaba demostrando que la cama era más agotadora de lo que él se había imaginado nunca.

Se encontró la puerta abierta y Rick entró y vio a Hal sentado en el alfeizar de un gran invernadero, saboreando una taza de té. A pesar de la hora era evidente que no estaba para nada enfadado.

—Perdona el retraso, macho —dijo Rick—. Chloe tuvo un accidente con el coche de Juliet y tuve que hacer todo el papeleo con la grúa y luego llevarla al trabajo.

Hal abrió sus adormilados ojos.

—¿Le ha pasado algo a Chloe?

—No, pero le pasará si se piensa que voy a pagar yo la reparación.

—¿Hijos, eh? —comentó Hal.

—Qué me vas a contar.

—La señora de la casa se ha ido. Te tendrás que servir tú mismo si es que quieres algo de beber.

—Tengo que espabilar —señaló Rick. Tenían que tapar una zona muy grande y sólo tenían licencia de dos días para hacerlo, además de que tenían muchas otras reformas que hacer—. Luego tengo que salir y presupuestar otra obra. A no ser que quieras hacerlo tú.

Hal negó con la cabeza.

—Quizá hoy te lo deje a ti. Noche dura. Me siento un poco débil.

No era la primera vez que Hal había descuidado sus tareas en los últimos meses.

—¿Demasiado alcohol? —le preguntó Rick.

—Demasiado sexo —le confió Hal—. Esta chica es insaciable —puede que se estuviera quejando, pero lo hacía con un brillo en los ojos. Luego se rió—. Voy a necesitar la ayuda de algunas de esas pastillitas azules si esto sigue así.

No será así. Seguro que Hal debía saberlo por propia experiencia. Al principio lo hacéis como conejos, pero una vez que se asienta el amor —imagina, si has estado casado durante veintitantos años— entonces algunas veces puedes pasarte un mes entero, o incluso dos hasta que te das cuenta de que no te has acostado con tu mujer. O mejor dicho, que «acostarse» es lo único que has hecho con ella.

—¿Se ha mudado ya Shannon a tu casa?

Hal se encoge de hombros.

—Tiene más cosas suyas en mi casa que en la suya —se acabó el té—. Es bastante difícil que yo me quede en su casa con su mamá y su papá en la habitación de al lado. Puede que se enteraran más de la cuenta de los gustos que tiene su hija.

Eso hizo que Rick se estremeciera. Podía haber estado hablando de Chloe. Su hija sólo era un año más o menos menor que su nuevo rollete y no podía dejar de pensar que ella podía llegar a hacer alguna de las cosas que Hal le contaba que hacía con Shannon. Rick tenía cuarenta y cinco años, se consideraba a sí mismo abierto de mente y nunca había oído ni la mitad de las cosas que hacían Hal y Shannon cuando se encerraban en la habitación.

Cuando Hal abandonó a su mujer, sus dos hijos —Ashley, que entonces tenía sólo once años, y Lauren, que tenía catorce— se lo tomaron muy mal. ¿Cómo se sentiría Hal si Lauren fuera un poco mayor y se fuera a vivir con un viejo de cuarenta y cinco años, divorciado, con la cabeza rapada y con escasos conocimientos de lo que es políticamente correcto? Dudó si había sido demasiado suave, pero sin duda alguna, estaba claro que los padres de Shannon no aprobaban los hombres que le gustaban a su hija.

—Tienes que probarlo, chaval. No hay nada mejor que la carne joven y firme.

En realidad a Hal le había costado bastante probarlo. En el momento en el que Melinda y él hicieron la separación de bienes, Hal ya había perdido casi un millón de libras y se moría de ganas de pagarle una alta manutención en el futuro. Ahora parecía estar financiando también a Shannon. Era como si empezaran a valorarle por su dinero.

—No te creerías lo que hicimos anoche... —continuó.

Rick dejó de prestar atención cuando Hal volvió a entretenerle con otra de sus historias sobre sus prácticas sexuales. Rick se cansaba tan sólo de escucharlo. ¿Qué vería de todas maneras una chica de veintidós años en su amigo? Hal es un hombre bastante guapo si Vin Diesel es tu tipo, pero Rick estaba seguro de que tenía más que ver con el hecho de que a Hal le encantaba ir haciendo ostentación de su dinero.

Su amigo llevaba puesto un anillo de oro en cada dedo, una cadena al cuello que podría anclar un barco y un pendiente con un brillantito en la oreja. ¿Encajaba más con la idea de un hombre de cuarenta y cinco años que es instalador de suelos o con la de un rapero pandillero? Rick a veces se preguntaba si el desprecio que mostraba hacia las aventuras sexuales de Hal encerraba un ataque de celos. Su vida sexual no iba exactamente a escandalizar a la prensa. Juliet era la única mujer a la que conocía en el plano carnal, algo que no era muy extraño en aquellos remotos tiempos. Se casó de penalti cuando tenía veinte años, desde luego uno de los principales motivos por los que se casaron. Cómo cambian las cosas. Ahora no te estigmatizan si eres una madre soltera. Pero hace veinticinco años era muy diferente. Y no quería saber con cuántas personas se habrían acostado sus hijos antes de cumplir los veinte años. Desde luego que ambos habían sobrepasado a sus padres. Su hijo tan sólo en la última semana, según los cálculos de Rick.

En aquellos tiempos tenías que ser capaz de comprarte tu propia casa para poder encontrar a alguien con la que acostarte con cierta comodidad. O si no, estabas limitado a la parte de atrás del Ford Escort o a ocasionales sobeteos «al aire libre» si te lo permitía el clima. Sus padres nunca hubieran consentido llevar a casa a una chica cada semana, tal y como hacía Tom. Rick no estaba seguro de cuándo había empezado a pasar, pero si continuaba así tendría que ponerle freno.

A menudo a Rick le preocupaba que él y Juliet se hubieran casado demasiado jóvenes, sobre todo últimamente, por alguna razón. Nunca se solía sentir como ahora. No es que fuera infeliz con Juliet, sino que más bien se preguntaba si era así como tenía que ser. ¿Cómo lo puedes saber si no tienes nada con lo que compararlo? ¿A los cuarenta y cinco años debía haber perdido el amor en la vida? ¿Tenía que sentir que su juventud era un recuerdo lejano y que la jubilación le acechaba demasiado cerca? ¿Se tenía que poner de mal humor ante la actitud irresponsable de los jóvenes de hoy? ¿Había sido él también hacía mucho tiempo joven e imprudente? ¿Era posible recuperar esos sentimientos a su edad?

Quizá sus inminentes Bodas de Plata habían hecho que empezase a pensar en todo esto. Veinticinco años eran casi un hito en la vida de cualquiera. Deberían planear algún tipo de celebración, pero su mujer no le había propuesto nada todavía. A lo mejor es que pensaba que no tenían nada que celebrar.

Rick a veces pensaba que se había perdido algunas de las cosas más divertidas de la vida. ¿Se sentiría más contento si pudiera mirar al pasado, sonreír y pensar que una vez hizo sus pinitos, que una vez hizo el loco y fue un despreocupado idiota? Juliet y él habían estado cargados de deudas y responsabilidades durante toda su vida de casados. Quienquiera que diga que los hijos te mantienen joven es porque claramente no tiene ninguno. Ahora estaban encerrados en esa generación de cuarentones que vive atrapada entre ayudar a sus hijos que están perdidos en la vida por un lado, y en conseguir que sus propios padres tuvieran las mejores comodidades dentro de su avanzada edad por el otro. Aunque el hecho de que la madre de Juliet se fuera a vivir con ellos se pasaba de la raya, nunca nadie le pidió «su» opinión.

Antes solía ser el centro de su familia, la persona a la que todos pedían consejo —el patriarca— y ocupaba su papel con orgullo.

Ahora Rick no estaba seguro de dónde encajaba o si encajaba en alguna parte. Se sentía como uno de esos astronautas que se salen de la nave espacial, flotando en el espacio, sujeto sólo por una cuerda muy fina, solo, fuera de la misión principal, una persona que podía caerse en picado en cualquier momento y caer en el olvido.

—Creo que voy a poner la tetera al fuego —le dijo.

Hal se levantó.

—Yo también quiero uno, tío. Yo también acabo de llegar. Tuve una cita con mi entrenador de vida esta mañana.

Rick no tenía un entrenador de vida y se preguntaba por qué Hal necesitaba uno si estaba pasándolo tan bien últimamente.

—Es jodidamente caro —se quejó Hal—. Ciento veinte libras cada sesión. Pero merece la pena.

Hal le dio una palmadita en la espalda mientras Rick trataba de encontrar el armario en el que estaban las tazas y las bolsitas de té.

—Deberías probarlo, chaval. Se te ve muy apagado últimamente.

Era verdad, tenía razón. Pero Rick no necesitaba a nadie que le cobrara ciento veinte libras la hora para contarle que estaba total y completamente harto.

6

Steven Aubrey. No he visto a este hombre en veintiséis años. Me doy cuenta de que estoy apretando *Lo que el viento se llevó* contra mi pecho.

—¿No es ésa la historia de una mujer que pasa su vida enamorada del hombre equivocado? —el brillo travieso que siempre acechaba en sus profundos ojos marrones sigue siendo muy evidente.

—Algo así —digo yo.

—Podías sorprenderte de verme, Juliet —sonaba desilusionado porque no era así. Quizá Steven Aubrey había pensado que me impresionaría con su repentina reaparición después de veintitantos años—. No has cambiado —continúa—. Ni un poquito.

Me río del comentario. Pero suena como si no me hubiese parecido gracioso. Soy muy diferente a la persona que él conoció entonces. ¿Seguro que no se ha dado cuenta?

—Estás como siempre —añade, moviendo la cabeza como si se hubiera quedado sin palabras.

¿Justo igual que la mañana que me dejó plantada? Espero que no. Dios mío, está haciendo que me invadan algunos recuerdos no deseados. Sin darme cuenta vuelvo a estar ahí, en mi habitación, en casa de mis padres la mañana de nuestra boda.

Cuando Steven vino a mi casa y anunció sin perder la calma que nuestra boda, durante tanto tiempo planeada y a pocas horas de hacerse real, no iba para adelante, me puse histérica, con los ojos rojos y la cara blanca de la angustia. Ahora, a pesar de mis fuertes latidos, soy la personificación de la serenidad. Pero las apariencias engañan.

Steven me sonríe.

—¿Ni siquiera me vas a preguntar por qué he vuelto?

—He oído que tu madre está enferma —asumo que es por eso por lo que mi primer novio está de visita en su ciudad natal.

La señora Harriet Aubrey, la madre de Steven, ha sido una de nuestras usuarias habituales de la biblioteca durante muchos años. Desde hace nueve meses es incapaz de venir a la biblioteca y ha entrado en nuestro «Plan de lectores desde casa». Una vez al mes un voluntario le lleva los libros que quiere y devuelve los que ya se ha leído. A la señora Aubrey le gusta la novela histórica: Julia Quinn, Elizabeth Chadwick, Sarah Dunant. Yo siempre le elijo novelas que creo que le van a gustar, pero nunca soy la persona que se las lleva.

—Siento que no esté bien. ¿Cómo se encuentra?

—No muy bien —Steven se encoge de hombros, invadido por la preocupación—. Me he mudado a la Casa del Molino en el Viejo Ostratford, la que está junto al parque pegado al río. De momento —es una casa bonita, muy conocida y codiciada en esta zona—. Sentí que tenía que estar junto a ella.

Coloco a Margaret Mitchell en la balda, asegurándome de que esté cómoda. Quizá debería ir a ver a la madre de Steven, hacer las paces con ella. Nunca he sido maleducada con la señora Aubrey, pero para mi eterno pesar nunca he sido muy cariñosa con ella. ¿Por qué? Todavía no lo sé. No es que fuera culpa suya que su hijo me dejara plantada la mañana de nuestra boda. Pero cuando Steven huyó de allí, ella fue la única que se quedó en la ciudad, la persona a la que yo tenía que ver una y otra vez, topándome con ella en la avenida principal y en la biblioteca. Su madre nunca me dijo que sentía que no nos hubiéramos casado y nunca me preguntó si su hijo me había dado alguna razón. Me dio la impresión de que ella pensaba que yo no era bastante buena para Steven —a lo mejor él pensó lo mismo— pero eso aumentaba mi inseguridad más que el hecho en sí. Pero bueno, lo pasado, pasado está, como se suele decir.

—Nunca pensé encontrarte todavía aquí —dice Steven—. Después de todos estos años. Me lo comentó mi madre.

—Tal y como dijiste, me temo que nada ha cambiado mucho por aquí.

—Podías decir que te alegras de verme —me pide el hombre que solía ser el amor de mi vida.

Esbozo una sonrisa muy insegura.

—Por supuesto que sí.

—No esperaba que te me lanzaras a los brazos, pero podría estar bien abrazar a un viejo amigo.

¿Es este hombre un viejo amigo? Es la persona que me rompió el corazón y que me dio una patada en el culo. ¿Debería seguir echándoselo en cara o el tiempo realmente lo había curado todo como se supone?

Sin la protección de mis libros avanzo con pasos vacilantes. Steven me rodea con los brazos y yo me pongo tensa en cuanto me toca. Es cariñoso y me abraza fuerte pero con dulzura. Mis piernas se niegan a soportar mi peso. Me siento genial otra vez en sus brazos. Cierro los ojos y podría ser una adolescente de nuevo. Sentir los latidos de su corazón contra mi pecho me asusta. Sigue habiendo química entre nosotros, escondiéndose bajo la superficie, aunque le está costando muy poco renacer.

El hombre que en su día fue mi prometido, mi amor, tampoco ha cambiado nada. Así a primera vista. Sí, hay algunos toques de gris en sus sienes, pero su pelo oscuro es tan grueso y ondulado como siempre y sigue llevándolo hacia atrás desde la frente con un peinado que ahora no está muy de moda. Su perfecto y modulado acento inglés ahora está revestido de otro acento, un toque americano, quizá un ligero deje sudafricano… ¿o era australiano? Fuera lo que fuera, le hacía sonar muy exótico y ¿me atrevería a decir sexy?

Me aparto de sus brazos con nerviosismo y deja caer sus manos a los lados, mientras yo retuerzo los dedos.

—He estado viviendo en Sudáfrica los últimos años —dice, respondiéndome a la pregunta que no le llegué a hacer.

Consigo que me salga la voz.

—¿Has vuelto para siempre?

—Eso depende… —contesta, y me lanza una enigmática mirada— de muchas cosas.

—No vas a encontrar muchos cambios en Stony Stratford.

—Eso es lo que más me gusta. Me he recorrido el mundo —dice profusamente—, y no hay nada como estar en casa.

—Eso comentan.

Ahora nos hemos quedado sin temas de conversación que no nos lleven a terrenos más comprometidos. Steven no sólo me dejó el día de nuestra boda, sino que también se fue de la ciudad. Me dijo que pensaba que no me quería lo suficiente para casarse conmigo y luego se fue. Desde ese día nunca se ha puesto en contacto conmigo. Tuve que superarlo todo yo sola, además de los cotilleos.

A medida que pasaban los años me fueron llegando noticias puntuales de él: que estaba en América, China, Nueva Zelanda, Australia. Que había tenido una mujer, o incluso más de una. Que no había tenido hijos, hasta donde se sabía. Pero puede que entonces mis fuentes no fueran muy fiables. De hecho, «mis fuentes» era básicamente mi madre.

—¿Comes conmigo? —me sugiere Steven—. Tenemos mucho de que hablar.

No estoy segura de que tenga algo que decirle a Steven Aubrey. ¿De qué podíamos hablar que no resultara raro o embarazoso?

—No puedo —le digo—. Estoy liada.

Los dos reparamos en el carrito lleno de libros que no iba a salir corriendo a ninguna parte y de lo casi desierta que estaba la planta de la biblioteca, que por tanto no requería mi atención.

Una sonrisa se dibuja en sus labios y los sentimientos se me disparan.

—Estoy seguro de que los lectores de Stony Stratford pueden estar sin ti durante una hora.

Niego con la cabeza. «Estate firme. Contrólate. Así es como se hace.»

—No, hoy no.

Steven vuelve a dar un paso hacia mí, a pesar de que ya estamos más cerca de lo que me gustaría que estuviéramos. «No hagas caso de las cosquillas en tu estómago, Juliet.» Me advierto a mí misma con severidad. Esto no significa nada.

Steven baja la voz.

—Sé que te hice mucho daño —dice suavemente—. Y no tienes ni idea de lo mucho que me he arrepentido durante todos estos años.

No fue suficiente con no disculparse, sino que ni me llamó ni me escribió un mail, pienso, pero mi corazón ya se ha vuelto papilla.

—Pero ya estoy aquí de vuelta, Juliet, y quiero hacer las cosas bien.

—No hay ninguna necesidad —le aseguro. Llegados a este punto vendría bien una risa, pero no soy capaz—. A buen fin no hay mal principio. Ahora soy una mujer felizmente casada. Lo he estado durante casi veinticinco años.

—Con Rick Joyce —dice—. Tengo a mis espías vigilándote.

—Ha sido un buen marido.

—Me encantaría poder alegrarme de oír eso —continúa Steven. Me lleva la mano a la suya y la aprieta fuerte, llevándosela a sus labios—. Pero no es así.

Con dulzura me besa las yemas de los dedos y estoy tan emocionada que saltan chispas. Me he quedado sin aire en el cuerpo. Aspiro una bocanada de aire, que sabe a polvo tras tantos años de estar en contacto con los libros.

Steven se pierde en mí. Encuentra mis ojos y me sonríe como solía hacer. Y el recuerdo casi me parte el corazón.

Le vuelvo a ver un chaval. El chaval que me rompió el corazón.

—No te has enterado de cómo soy ahora, Juliet —Steven suena muy decidido—. Voy a venir todos los días y darte la lata hasta que tú, como mínimo, aceptes comer conmigo. Fui un completo idiota por dejarte escapar una vez. No lo volveré a permitir.

Se gira y se aleja de mí. Me quedo quieta en el sitio. Congelada. Petrificada. Nerviosa. Cuando Steven llega a las escaleras doy un grito. No sé de dónde ha salido. Creo que mi inconsciente se ha apoderado de mi mente porque, créeme, es una acción completamente involuntaria.

—Mañana —le digo. Me tiembla la voz—. Comeré contigo mañana.

7

Quinientos setenta y cinco con cuarenta y tres peniques. Rick se apartó el teléfono y lo lanzó encima de su caja de herramientas. Eso era lo que le iba a costar reparar el coche de Juliet. Una considerable suma que pagarle a su hija menor, que no es capaz de recordar cuál es el freno y cuál el acelerador. Él fue el que enseñó a Chloe a conducir —igual que hizo con Juliet y Tom— y pensaba que había hecho un buen trabajo, maldita sea. Su hija había aprobado el examen a la primera. Debería sabérselo mejor.

Rick deseaba ser capaz de poder consolarse a sí mismo pensando que al menos nadie había resultado herido —eso es lo que haría su mujer— pero, en realidad, eso no le calmaba nada. Iba a hacerle sufrir a Chloe. Preferiblemente a su bolsillo. Y le prohibiría usar el coche durante todo el verano. Seguramente durante el resto de su vida.

Suspiró fuerte.

—¿Malas noticias? —preguntó Hal con curiosidad.

Rick golpeó con más fuerza el clavo que tenía en la mano con su martillo.

—Me acaban de llamar del taller con el presupuesto de la reparación del coche. Casi seiscientas libras.

—Vaya.

—Necesitaré trabajo extra, tío.

—No te preocupes, muchachote —dijo Hal—. Estamos hasta arriba de trabajo.

¿Acaso su querida hija sabía cuánto se tardaba en ganar esa cantidad de dinero? ¿Cuántos metros de tarima flotante tenía que poner? ¿Cuántos rollos de alfombras tenía que arrastrar? Se preguntó cuántos serían. Si se lo reclamaban a la compañía aseguradora entonces perdería la bonificación que te dan por no poner partes y la siguiente vez que fueran a renovar la póliza les costaría una fortuna. Sería mejor asumirlo y liquidar ellos mismos la factura. Veremos la gracia que le hace «eso» a Chloe.

Más golpes de martillo. ¿Dónde estaba la niña que él había educado? ¿Cuándo se había convertido su pequeña y adorable hija en una diva exigente con el gusto de vestir de una furcia? Alrededor de los trece años, si recordaba bien. Rick se había sentido muy orgulloso cuando tanto Tom como Chloe fueron a la universidad —los primeros de su familia que iban—. Ahora que Tom se había licenciado y que llevaba el pelo como si hubiera metido los dedos en un enchufe, parecía estar en paro en fase terminal. No hacía nada más que pasarse los días encerrado en su habitación babeando con lo que decían que eran las mejores páginas web de porno, mientras se planteaba lo que podría, o no, hacer el resto de su vida, que cada minuto se iba haciendo más corta. A ese paso, para cuando Tom decidiera qué quería hacer con su vida, estaría cobrando su pensión.

En la universidad parecía que Chloe sólo estaba aprendiendo a beber y hacer pellas. ¿No habría sido mejor si hubiese insistido para que entrasen en el cruel mundo laboral con dieciséis años en vez de darles una vida ridículamente caprichosa hasta la edad adulta en aras de una educación superior? Rick había trabajado duro durante toda su vida para darles todo lo que necesitaban; ahora sentía que les había dado demasiado, que se lo había puesto demasiado fácil.

—Creo que tú y el tío Hal necesitamos salir una de estas noches de juerga por el centro —le sugirió su amigo—. Poner algo de alegría a tu mediocre vida.

Hal siempre insistía en salir juntos. Con el divorcio parecía que Melinda no sólo se había quedado con la casa y con una pensión considerable, sino que también se había quedado con todos sus amigos. Y, cuanto más seria se hacía la relación de Hal con la joven Shannon, Rick no podía imaginarse que salir de fiesta con chicas de su misma edad y con sus novios fuera la idea que Hal tenía de pasárselo bien. Sólo el pensamiento de salir con un montón de personas recién salidas de la adolescencia hacía que a Rick le saliese urticaria.

Ése es el problema con los divorcios. Los amigos inevitablemente se ven obligados a ponerse de un lado u otro y eso normalmente significa simpatizar con la parte «afectada». Era difícil permanecer imparcial en estos asuntos, aunque lo intentases. A las mujeres en concreto les gusta quedar y apoyar a una amiga a la que su marido ha dejado por otra. ¿Estarían dispuestas a invitarle a cenar con su nueva pareja para conocerla? Qué diablos. El pobre cabrón queda automáticamente excluido se lo merezca o no. Por lo tanto Hal se encuentra marginado socialmente.

—Sí, sí —dijo Rick, cuando lo último que quería era quedar con Hal después de pasarse el día escuchando sus historias sobre las muchas y variadas posturas sexuales que había probado con Shannon.

No era capaz de acordarse de cuándo había tenido por última vez relaciones conyugales con Juliet. Fue hace meses, probablemente antes de que su suegra se mudara con ellos. De alguna forma no era lo mismo sabiendo que Rita Britten, que a pesar de su avanzada edad tenía mejor oído que la Mujer Biónica, dormía en la habitación de al lado. Era una mata pasiones si es que alguna vez hubo pasión. Quizá debería tratar de comprar algunas pastillas de Rohypnol por Internet y echarle unas cuantas en el Cola-Cao de todas las noches. Eso les aseguraría una noche de amor salvaje. Pero tampoco estaba completamente seguro de que a Juliet le apeteciese una noche de amor salvaje. Él veía la tele en la cama —su adquisición más reciente y su mejor regalo fue poner una tele LCD de 19 pulgadas en la habitación— y Juliet estaba pegada a sus libros. No parecía que echara en falta las relaciones íntimas tal y como él hacía. Pero ¿no era un «mito» que los hombres tenían «necesidades» mientras que las mujeres se contentaban con dejar esa parte de la relación en el olvido con el paso del tiempo?

Sabía que Juliet estaba teniendo alteraciones hormonales. Antes solía ser la criatura más friolera del mundo, pero ahora te la encontrabas en mitad de la noche dando vueltas en la cama, apartando las mantas y quejándose del calor que hacía. Debería hablar con ella. Pero ¿qué demonios le diría? Él era un hombre. ¿Qué sabía él de hormonas? Y, además, a lo mejor no era culpa de eso. A lo mejor, después de todo este tiempo juntos, simplemente ya no se sentía atraída por él.

8

—¡Maldita cabrona con suerte! —verbaliza Una cuando le cuento mi historia con Steven Aubrey y su invitación a comer. Hay un toque de celos en su voz que me preocupa—. Qué emocionante.

—En realidad no lo es tanto.

Al oír eso resopla.

Estamos disfrutando del sol veraniego durante nuestra hora de comida.

—Y aquí me tienes a mí quejándome de que este sitio es aburrido. Mientras yo estaba prestando libros, esta escena ardiente estaba ocurriendo en el piso de arriba.

—No es una escena ardiente.

Una vuelve a resoplar.

Horsefair Green es una agradable parcela con césped justo a las afueras de la London Road y al lado de la biblioteca. Cuando hace bueno nos escapamos aquí para comer nuestro almuerzo. Yo me he traído unos sándwiches de tomate y queso y Una tiene un surtido de verduras, cortadas uniformemente, y humus bajo en calorías. Apenas llega a la talla 36 y todavía tiene pánico a engordar medio gramo, mientras que a mí no me vendría mal perder tres kilos, quizá alguno más para ser sincera.

Aquí es donde vive Una, así que, de hecho, podríamos ir a su casa a comer; a veces lo hacemos en invierno. Durante los meses de verano hace sombra en su diminuto jardín a mediodía, por lo que preferimos quedarnos aquí, en el césped. Al final del parque hay un monumento conmemorativo dedicado a los hombres de Stony Stratford que murieron durante la Primera Guerra Mundial. En esta época del año está rodeado por flores Busy Lizzies en tonos rojizos y rosáceos.

Hoy, las sombras de los viejos robles que cubren los márgenes del parque nos protegen gratamente del sol. Una lleva puesto un vestido veraniego negro, ceñido y de marca, que le llega por las rodillas, calza unas sandalias de cuña doradas y está abarrotada de joyería étnica. Yo llevo puesto algo floreado que ha estado en mi armario desde el inicio de los siglos y que le quedaría de maravilla a una mujer con el doble de años que yo.

—¿Entonces dónde vais a ir a comer?

—Desearía haberle dicho que no —confieso—. Estoy segura de que ya no tenemos nada en común.

—¿Cómo es posible que ésta sea la primera vez que oigo hablar de este Steven? —mi amiga me busca las cosquillas—. Eres una caja de sorpresas.

—No es algo de lo que me guste hablar. Steven fue mi primer novio. Le adoraba. Me rompió en mil pedazos —estuve hecha polvo. Una parte de mí, creo yo, nunca se ha recuperado—. Me dejó la mañana de nuestra boda, Una. Nadie quiere recordar eso.

—Qué cabrón —es la conclusión de Una—. ¿Y nunca descubriste por qué?

—Éramos jóvenes —digo—. Estuvimos saliendo juntos desde que teníamos catorce años. Todo el mundo esperaba que nos casáramos. Y eso fue lo que hicimos. Sólo teníamos diecinueve años. ¡Qué locura parece ahora! —sonrío a mi amiga—. Chloe tiene veinte años y no me fiaría de ella ni para freír un huevo o para llevar la casa ella sola. ¿Son los jóvenes de ahora más inútiles de lo que éramos nosotros, o es que cada generación piensa eso de la generación posterior?

—Danielle tiene la misma edad de Chloe y Kyle es un poco mayor, y aun así les seguimos tratando como si tuvieran quince años —sólo he visto a los hijos de Una unas cuantas veces pero parecen cortados por el mismo patrón que los míos—. En el instante en que algo va mal, ambos corren directos a los brazos de mamá y papá. Creo que nosotros éramos más autosuficientes con su edad. Yo estaba casada y me encargaba de mi propia casa con tan sólo veinte años; dos años después tuve a Kyle —ella sacude la mano con desdén—. El dinero les quema en los dedos y ya he perdido la cuenta de las veces que hemos tenido que sacarles de apuros. Ya estuvo bien con que superaran el límite de las tarjetas de crédito para jugar al bridge. Les hemos consentido tanto, eso es lo que le digo a Martin, que ahora no tienen ningún interés en valerse por sí mismos.

—La presión de la boda se nos echaba encima —continué con mi historia—. Había mil cosas que hacer y a mi madre y mi padre les estaba costando una fortuna —dinero que perdieron y que, desde aquel día, mi madre me lo recuerda puntualmente—. Parientes de los que ni Steven ni yo habíamos oído hablar nunca, aparecieron después de mucho tiempo sólo para la boda. Creo que le entró el pánico —no es que quisiera justificar su comportamiento. Incluso cuando ya estaba casada con Rick la gente me señalaba por la calle y decía: «Ésa es la chica a la que Steven Aubrey dejó plantada»—. La cosa es que Steven era un partidazo. Estoy segura de que la gente pensaba que no me lo merecía.

—Qué sinsentido.

Me encojo de hombros. No estoy segura de si yo también pensaba si me lo merecía, para ser sincera. Era el rompecorazones del instituto y tenía una fila de chicas ansiosas y deseosas de ocupar mi puesto.

—Fue hace mucho tiempo.

—Pero parece que todavía le gustas. ¡Qué romántico! —Una da un mordisco a un apio y suspira—. Desearía que alguien apareciera de mi pasado y cambiara mi vida de la noche a la mañana.

—Él no va a cambiarme la vida de la noche a la mañana —me río—. Soy feliz con Rick. Puede que estemos pasando por unos cuantos baches, pero llevamos casados muchos años. No puedes tirar un matrimonio por la borda así a la ligera.

Una se da por aludida ante mi comentario.

—Perdona —digo—. Eso ha sido poco considerado.

—Te gusta estar casada —contesta Una—. A mí me encanta estar divorciada. Ahora me lo estoy pasando mejor que en toda mi vida. Anoche fui a uno de esos clubs para solteros a cenar. No llegué a casa hasta las tres de la madrugada. *Don Chang* —el gato siamés de Una— estaba desesperado.

¿No es raro volver a una casa que está completamente vacía, sin contar al gato?

—¿Conociste a alguien interesante?

—No —dice furtivamente—. Pero está abarrotado de tíos estupendos.

Una tiene muchas citas, pero por ahora, no parece que haya dado con ninguno de esos «tíos estupendos».

—¿Y conociste a Rick justo después de Steven? —pregunta mi amiga, desviando la conversación hacia mí.

Los seis meses después de que se fuera Steven fueron horribles. Caí en lo que comúnmente se conoce como «depresión». Mi madre, que nunca ha sido la mujer más paciente del mundo, me llevó al médico para que me diera antidepresivos y me obligaba a tomarlos cada día. No me hacían nada. Perdí el interés por mi aspecto, empecé a beber ginebra a escondidas y me resistí a todos los intentos de mis amigos de «ser feliz». No quería ver a nadie y no quería que nadie me viera.

—Hace mucho tiempo de eso —a Una le cuento una versión edulcorada de los hechos. Éstos son detalles que prefiero evitar. Todavía me duele hablar del tema a pesar de que haya pasado todo este tiempo. Probablemente es porque nunca me he abierto a nadie ni he verbalizado lo que siento de verdad—. Al principio estaba destrozada, apenas salía de casa. Entonces, uno de mis amigos, después de mucho convencerme, me persuadió para ir a un bar una noche. Ahí es donde conocí a Rick.

—¿Amor a primera vista?

Niego con la cabeza.

Fue difícil —le recuerdo de pie con su grupo de amigos todo torpe y desgarbado, con sus pantalones de pitillo y su camisa blanca. Era la primera vez que me fijaba en alguien desde que Steven se fue. Y me gustó lo que vi—. Me dejé llevar poco a poco. O eso pensé. Me llevó mucho tiempo sentirme cómoda con él, incluso empezar a confiar en él. Rick se lo ganó, entendió por lo que había estado pasando y fue muy comprensivo. No me metió presión de ningún tipo.

Después de un tiempo me di cuenta de que estaba recobrando mi amor propio. Pensé que quizá ya me había recuperado lo suficiente para sentir algo por Rick. Me hacía reír cuando en realidad no tenía ganas. Me gustaba estar con él, anhelaba las noches en las que salíamos juntos. Me cogía de la mano, me decía que era muy guapa y me hacía sentir que podía haber un futuro sin Steven.

—Estuvimos quedando durante unos seis meses; un poco indecisos. Entonces pasamos una noche salvaje en su Cherry B.

—Vieja loba —se ríe Una con satisfacción.

—La primera noche que nos acostamos me quedé embarazada de Tom —la miré compungida. Justo cuando estaba empezando a ser yo misma otra vez, lista para tener una relación amorosa y con cabeza con Rick, entonces nos pasó esto. Menuda bomba—. Poco después tuvimos la boda de penalti más discreta del mundo, seguida del banquete más deprimente del mundo en un restaurante cutre.

En aquel entonces todavía «hacías lo correcto». No hubiese podido superar el desprecio doble de ser una mujer a la que la han dejado plantada y ser una madre soltera, por lo que cuando Rick me pidió que me casara con él, accedí de buena gana. ¿Qué otra cosa podía hacer? Cuando por fin nos armamos de valor para decírselo a nuestros padres, entendieron a la perfección que no teníamos otra opción.

Pero ¿quería a Rick? En ese momento me gustaba mucho. Como ya he dicho era divertido estar con él. Era guapo y gracioso, pero apenas le conocía. Aunque de todas formas había estado con Steven durante cinco años y no le conocía de nada, visto lo visto.

Nos casamos enseguida en el nada acogedor Registro Civil de Bletchley antes de que se me empezara a notar demasiado la tripa. Con veinte años no tenía ni idea de cuánto tiempo era para siempre. Tú tampoco, ¿no? Fue una boda muy íntima y apresurada, sin años para planearlo ni para ahorrar. Nada de una entrada gloriosa con un vestido de princesa. La novia se puso el único vestido de su armario que todavía le valía dada su incipiente barriga. El novio le pidió prestado un traje a un amigo que por poco le quedaba perfecto. Asistieron mis padres, al igual que los de Rick. Eso fue todo. Después fuimos al restaurante más cercano para tomar una modesta comida en un asador *self-service* en la A5. Una comida que se hizo mayormente bajo un tenso silencio intercalado con los sollozos autocompasivos de mi madre.

Al cabo de menos de cuatro meses eran abuelos de un precioso y sanote bebé al que llamamos Thomas Richard Joyce, y mi vida nunca volvió a ser la misma.

—Dios, Una, fue verdaderamente horrible.

A Una se le escapa una carcajada, y a pesar de que tengo lágrimas en los ojos, me uno a ella.

—Ahora casi no me lo creo. Nadie pensaba que Rick y yo duraríamos. Y, sin embargo, míranos.

A pesar de que había pasado el tiempo, se seguía diciendo en la ciudad que Tom en realidad era hijo de Steven, pero ambos sabíamos que no había ninguna duda sobre eso. Steven y yo nunca nos acostamos. Ahora parece muy anticuado, pero quería reservarme para mi noche de bodas.

Eso no quiere decir que Steven y yo no hubiésemos tenido nuestros momentos de pasión en determinadas ocasiones —hacíamos mucho «*petting* duro», tal y como lo llaman ahora, eso era todo—, pero entonces era muy diferente. Muy pocas de mis amigas se habían acostado con sus novios y las que lo hacían eran consideradas «chicas con pocos principios». Yo nunca quise ser una de ésas.

—¿Y eres realmente feliz? —me pregunta mi amiga—. A veces te veo…

—No sé, Una —de repente, estoy peligrosamente a punto de llorar—. ¿Sólo porque hayas estado veinticinco años con una persona significa que tengas que pasar otros veinticinco años? —arranco el césped con la mano, que está salpicado de margaritas y me miro los pies. Necesito unas sandalias nuevas—. Se acerca nuestro aniversario y no puedo sacar la energía suficiente para organizar una fiesta. Rick tampoco ha mencionado nada sobre el tema.

—Necesitas algo que te anime. Este Steven Aubrey puede ser justo lo que necesitas.

—¿No estarás insinuando en serio lo que creo que estás pensando?

—Nadie tiene que enterarse —susurra mi amiga—. Excepto yo, por supuesto, que tengo que enterarme de *todos* los detalles con pelos y señales.

—Sólo voy a comer con él —insisto—. Incluso me estoy pensando el anularlo.

—¡Ni se te ocurra! —dice Una—. Tanto tú como yo necesitamos un poco de emoción en nuestras vidas. Y si yo no puedo, entonces tú sí que puedes.

Así que así es, va en serio. Parece que mañana voy a comer con Steven.

9

Rick aparcó delante del número 10 de Chadwick Close. Era el final de un largo y agotador día y estaba deseando darse una ducha caliente, disfrutar de una buena cena y pasar la noche enfrente de la tele.

Hal, por el contrario, tenía barra libre en casa, Viagra de postre y sexo desenfrenado durante toda la noche. En este momento, Rick no estaba celoso de su amigo. Lo único que quería hacer era estar con el mando a distancia.

Lo primero que tenía que hacer, sin embargo, era pasear a *Buster*. A pesar de que el viejo chucho supuestamente era el perro de la familia, Rick era el único de la casa que hacía esta pesada tarea y creía que era así porque era el único al que consideraban lo bastante zoquete como para pasearse con una bolsa para las cacas del perro en la mano.

Rick puso las herramientas en el garaje. Debería ser una zona tranquila, pero no paraba de haber gamberros que intentaban forzarle la furgoneta con monótona asiduidad. En la cocina, *Buster* se alegraba de verle, lo que era de agradecer ya que nunca nadie lo hacía al igual que tampoco le daban la bienvenida con tanto entusiasmo.

—Venga —dijo Rick—. Vamos a acabar con esto cuanto antes, grandullón, así me puedo relajar y descansar las piernas.

Buster dio brincos de alegría y se rindió felizmente a la correa mientras Rick metía algunas de las obligatorias bolsas de plástico azules en su bolsillo y salían de casa hacia el parque.

En cuanto llegaron a la gran explanada de Toombs Meadow, a la que llevaba a *Buster* a pasear casi todas las noches, vio cómo su vecina, la voluptuosa Stacey Lovejoy se acercaba a él junto con su chihuahua, *Britney*, que lucía un collar rosa de brillantes y ladraba sin parar. Rick la vio lanzarse hacia él, pero no tenía donde esconderse. Estaba completamente expuesto sin ni siquiera un árbol amigo cerca en el que poder esconderse rápidamente.

—¡Holita, señor Joyce! ¡Ricky!

Rick la saludó a regañadientes.

—Señora Lovejoy. Hola.

Le empujó juguetonamente nada más encontrarse.

—Stacey —le corrigió—. Para ti siempre seré Stacey. ¿Qué tal si paseamos a nuestros perros juntos, Ricky?

—Pensaba que estabas volviendo a casa.

Su vecino intentó cambiar de dirección en cuanto ella se enganchó de su brazo y le condujo hacia el parque.

—No tengo nada que me esté esperando. Ningún *hombre* por el que volver a casa —ella se rió escandalosamente de su propio comentario.

Rick también se rió, aunque no estaba seguro de por qué.

—Ja, ja, ja.

El pecho exuberante de Stacey Lovejoy se movía con vida propia. Cuando su propietaria andaba en una dirección, éste parecía irse en dirección contraria. Era más que desconcertante. Stacey debía tener unos treinta años, quizá más, pero vestía como Chloe, y llevaba el pelo de un color que Juliet llamaba «rubio lésbico». Pero Rick estaba más que seguro de que Stacey Lovejoy reservaba sus encantos exclusivamente para el sexo masculino. Se había mudado a Chadwick Close hacía unos seis meses, justo a la calle enfrente de la suya, y Juliet decía que bajaba la clase del barrio. Rick pensaba que seguramente su mujer estuviera en lo cierto.

—¿No viene Juliet esta tarde? —Stacey pegó los brazos al cuerpo.

—No, no —a veces su mujer salía a pasear a *Buster* con él. Aunque él tenía que seguir recogiendo las cacas.

Soltó al perro de la correa y *Buster* se fue corriendo a los arbustos para olfatear a gusto la zona. Puede que Rick se viera atrapado con Stacey Lovejoy, pero no había necesidad de que su sabueso fiel sufriera lo mismo.

—Juliet va a ir ver a su padre de vuelta a casa —le explicó.

—Qué tierno —dijo Stacey—. Debe ser bonito tener una familia numerosa. Yo estoy sola —le hizo pucheros—. Sólo yo. Y las niñas, por supuesto.

Stacey Lovejoy tenía cuatro hijas. Todas niñas. Todas iguales a su madre.

—¿Cómo están las niñas?

—Ahí voy, Ricky. Son muy tercas. Los niños ya no quieren ser niños.

Las hijas de Stacey parecía que habían salido de platós pornos; era alarmante, incluso la que tenía siete años. Cuando Chloe tenía esa edad era feliz llevando vestidos de volantes y calcetines cortos. Ahora parecía que todas las niñas que veías llevaban mini tops y tacones al poco de salir del carrito. Si las cosas continuaban así tendrían que sacar a la venta sujetadores con relleno para bebés.

—Ikea es la que más me preocupa —confesó Stacey—. Tiene catorce años, Ricky. Sólo está interesada en chicos —su vecina le miró y te puedes imaginar con qué ojos.

Rick se preguntaba si la madre de la niña había sido igual.

—Ikea. Ése es un nombre poco frecuente.

—No fue concebida en Ikea, Ricky, si es eso en lo que estás pensando. ¿Por quién me tomas? ¡Qué vergüenza! —Stacey le dio un golpecito en las costillas y luego se rió mientras él emitía un gruñido—. Fue en un sofá de Ikea. Un Pleongstan, si no recuerdo mal.

Parece como si no hubiesen castigado lo bastante a la niña.

—Tengo cuatro hijas de cuatro hombres diferentes, Ricky, y estoy orgullosa de las cuatro. Sé que algunas personas de por aquí me llaman «cuatro de cuatro» y piensan que no soy lo bastante buena para Chadwick Close, pero yo amé a cada uno de sus padres —insistió Stacey—. Bueno, durante un tiempo.

—¿Ya no tienes relación con ellos?

Su vecina sacudió la cabeza, con su pelo de color fuego.

—Levi tiene doce años. ¡No pude impedir que ese hombre se metiera en mis pantalones! —se rió de su propia broma—. Malibu, ella es la más mona de todas. Ésa fue una noche *muy* memorable. Todo, aparte del padre, por supuesto. ¡Mi capacidad de resistencia es muy pequeña después de unos cuantos cócteles de coco, Ricky!

Le volvió a dar un golpecito en las costillas. Necesitarías un plus de peligrosidad si vivieses con una mujer como Stacey Lovejoy, pensó Rick, dolorido.

—El padre de Becks no es el Beckham real —continuó diciendo sin coger aire—, sino un doble de él que conocí en la inauguración de una discoteca en Milton Keynes. Él también me gustaba mucho. Probablemente sea al que más haya querido, Ricky. Me dejó a los seis meses. Se fue con otra, con una doble de la pija de las Spyce Girls con la que iba a dar una exclusiva. Yo me parezco más a la pija que ella, que lo sepas. Él nunca ha conocido a mi pequeña y adorable Becks; cabrón, eso me hiere en lo más profundo del corazón. Una niña debería conocer a su papá, ¿no crees?

—Sí —afirmó él enseguida. Rick no estaba seguro de lo que él significaba hoy día para su hija, aparte de ser una constante fuente de dinero. Sin embargo, estaba contento de haber visto a sus hijos crecer.

Esperaron a *Buster*, que estaba corriendo en círculos alrededor de un banco del parque, cansándose él solo. *Britney* ladraba a los pies de Stacey. Su vecina se giró hacia él de repente.

—Soy poliamorosa, Ricky —dijo, a cuento de nada.

—¿De verdad?

Stacey le acarició el brazo con delicadeza mientras le miraba fijamente a los ojos. Se quedó paralizado.

—Eso significa que creo en el poder del amor ilimitado.

Él sintió cómo se le hacía un nudo en la garganta.

—Eso está muy bien.

—Siempre he encontrado difícil vivir dentro de las restricciones de un compromiso conyugal convencional, ¿tú no?

—Sí, bueno, no. No, la verdad es que no —con la mano que tenía libre se rascó la cabeza.

Stacey bajó la voz.

—Me gusta que me compartan muchos hombres.

Juliet no sabía nada de esta mujer. Ni siquiera pensaba que Stacey Lovejoy *le* había puesto los ojos encima. Cada semana su nueva vecina tenía una gotera en un grifo, se le habían fundido los plomos o le había pasado algún altercado doméstico que requería que Rick cruzara la calle con su caja de herramientas y le echara una mano. Tres veces, por ahora, había tenido que coger su propia escalera y entrar por la ventana de su habitación porque Stacey se había quedado encerrada. Juliet decía que lo hacía aposta, para llamar la atención. Él no le había dicho a su mujer que todas las veces que había ido, en la puerta del armario había una percha de la que colgaba un variado set de atrevida lencería, otras tantas colocadas encima de la cama y un cancán con volantes en el sofá. Era el tipo de lencería que nunca, ni en un millón de años, podría ser capaz de convencer a Juliet para que se pusiera. Su mujer, pensó, era alérgica al encaje de colores llamativos. Sin embargo, a Rick le gustaba. ¿No le gustaba a todos los hombres?

—¿Es ya la hora? —cuando se miró la muñeca se dio cuenta de que no se había puesto el reloj—. Vaya, vaya. Será mejor que me vaya —dijo—, Juliet se debe estar preguntando dónde estoy. *Buster*, *Buster*. ¡Ven aquí chico!

Stacey se rió.

—He hecho que te pusieras rojo. Me gustan los hombres que se ruborizan, Ricky Joyce.

Rick se precipitó hacia la entrada del parque. ¿Ruborizado? Eso no era lo único que Stacey Lovejoy provocaba en él. La mujer le asustaba muchísimo. Tenía la sospecha de que igual que la nueva novia de Hal, Shannon, Stacey

Lovejoy debía ser una mujer cinco veces más nocturna que diurna.

Ella se tambaleaba detrás de él de camino a casa. Stacey debía ser la única mujer de Chadwick Close que paseaba a su perro con unas sandalias de leopardo.

—Me he comprado una tele nueva de plasma y necesito que alguien me la conecte. ¿Hay alguna posibilidad de que te pases algún día esta semana, Ricky?

—Veré lo que puedo hacer —aceleró y la saludó por encima del hombro—. Luego me paso.

—Habrá una taza de té esperando —Stacey le gritó desde detrás—. O cualquier otra cosa que te apetezca.

Y eso era lo que más le preocupaba.

10

Una me lleva a casa de mi padre en su Mercedes descapotable, legado de sus días de casada. Mi pelo está hecho un completo desastre, pero los mechones rubios de Una no sé cómo pero siguen lisos, brillantes e impolutos a pesar del viento.

—Gracias —digo, mientras le doy un beso en la mejilla a la vez que intento alisarme el pelo—. Hasta mañana.

—Te quiero ver con tu mejor vestido puesto y muy maquillada —me ordena con un movimiento de dedo—. Vas a sacarle a Steven las órbitas de los ojos.

No creo que tenga nada en mi armario que sea capaz de causar una lesión ocular. Cierro la puerta del coche y veo cómo se aleja, luego me doy la vuelta y analizo la casa.

Mi padre, Norman Francis Britten —o Frank para sus amigos— sigue viviendo en el pequeño adosado que compartió con mi madre durante cincuenta años, la casa en la que nací y me crié.

Igual que muchas de las casas de esta avenida, ahora necesita muchos arreglos. En los últimos diez años, ha pasado de ser una calle de adosados de estilo victoriano pulcramente conservados en la que todos los vecinos se conocían los unos a los otros a ser un lugar ligeramente desaliñado donde la mayor parte de las casas son de alquiler, y de las que se han apoderado caseros emprendedores que las compran para quedarse con las hipotecas una vez que los ancianos propietarios mueren. Caseros a quienes les da igual si el jardín está cuidado o si las ventanas están limpias. A mi padre le apena ver cómo está decayendo el barrio.

Como si se viera afectado por este malestar general, la casa de mis padres ha empezado a ponerse a la altura. La pintura de los marcos de madera de las ventanas se está descascarillando mucho y, para ser sinceros, es probable que necesiten ser reemplazadas. La pizarra del tejado tampoco me parece que esté en muy buen estado. Tengo que preguntarle a Rick si podemos pagarle un jardinero a papá. Aunque le gusta cuidarlo a él está claro, por el estado del pequeño jardín delantero, que le está costando mantenerlo. Quizá debamos sacar algo de tiempo el fin de semana y venir a echarle una mano hasta que consigamos que alguien lo arregle. Algo más por lo que preocuparse. No sólo tenemos que pagarle todo a los chicos sino que se está volviendo altamente evidente que las pensiones de mis padres no pueden seguir el ritmo de la inflación. Nosotros estamos atrapados en medio tratando de ayudarles económicamente. Últimamente todo cuesta tanto que mi modesto sueldo parece que no va a ninguna parte.

Con todas mis fuerzas llamo a la puerta. Papá no se las apaña muy bien desde que mamá se fue de casa. Es el tipo de hombre que nunca tuvo que prepararse la cena y ahora parece que sólo vive a base de tostadas. Sin embargo, ella, de manera considerada antes de salir por la puerta de casa le compró un libro de cocina titulado *Cocina para personas solas y tristes*, o algo igual de deprimente, con recetas para una sola persona muy baratas.

Intento pasarme una o dos veces a la semana por su casa y cocinarle algo nutritivo. El domingo le traigo un plato de asado para cenar, para que lo caliente en el microondas. Sólo pensar en eso me parte el corazón. No sé cómo mi madre le puede hacer esto en este momento de sus vidas. Mamá tiene setenta años y papá setenta y dos. ¿No crees que debían haber llegado a un acuerdo que les permitiera acabar sus vidas juntos en relativa armonía? Mamá dice que tiene pensado vivir hasta al menos los noventa; otros veinte años más o menos en los que no pensaba «sufrir a mi padre», palabras textuales. Estoy anonadada de que tenga el valor de romper con él porque sí a su edad. ¿Debería admirar el hecho de que sea tan luchadora, justo lo contrario que yo, y que no decida simplemente «conformarse» en el crepúsculo de su vida? Quizá yo debería ser como ella, si ser luchadora también englobase ser independiente y no implicase que se mude con nosotros y que yo tenga que estar a su entera disposición y estar pendiente de ella a todas horas del día y de la noche.

Quizá si Rick y yo sentásemos a mis padres y les hiciésemos hablar como dos adultos sensatos entonces puede que hubiese una oportunidad de que volvieran a estar juntos de nuevo. Puede que mi madre esté disfrutando de su recién encontrada libertad, pero estoy segura de que papá la echa muchísimo de menos.

Llamo a la puerta a pesar de que tengo llave. Le he traído a papá una montaña de libros. Igual que a mí, leer es su vía de escape favorita. Tiene un cobertizo al final del jardín que usa expresamente para leer, con una butaca vieja, una botella de whisky que le escondía a mamá y un par de zapatillas de cuadros escoceses que recogió de la basura.

Él lo llama su sala de lectura. A mi padre le gustan los *thrillers*: Harlan Coben, John Grisham, Jeffery Deaver. También le gustan las historias de guerra —Len Deighton es su favorito— y también estudia detenidamente los libros que tenemos en la biblioteca sobre la historia de nuestra ciudad.

Papá me abre la puerta vistiendo uno de los delantales de flores de mamá y su mejor corbata, la que reserva para Año Nuevo y para ocasionales bodas. Éste es el mismo hombre que ha estado paseándose con una rebeca sucia durante los últimos meses. Tiene las mejillas acaloradas y un brillo en los ojos que hasta hoy, lamentablemente, había desaparecido. Entro y le doy los libros.

—Gracias, cariño —dice, a la vez que echa un vistazo a los títulos—. Tienen una pinta estupenda. También tengo otros para devolver.

—Sí. No dejes que se me olvide —miro a mi padre de arriba abajo—. Se te ve muy contento —observo, mientras entro en el pequeño salón que está a rebosar de muebles y de chismes innecesarios—. ¿Todo bien?

—Maravillosamente —dice mi padre—. Todo es absolutamente maravilloso.

La casa también está muy ordenada, para ser sinceros.

—¿Has estado trabajando en la casa?

—Oh, ya sabes —mi padre parece cohibido. Prácticamente se escabulle hacia la cocina y yo le sigo, extrañada—. Pensé que ya era hora.

Estuvimos durante años tratando de que repararan la cocina. Se construyó al final de los sesenta y así sigue. Hay una gran mezcolanza de armarios y linóleo en el suelo. Sigo diciéndole a papá que venga conmigo al centro comercial MFI, pero nunca lo hace. Por lo menos el año pasado les obligamos a hacerse con una nueva cocina, cuando la que tenían se convirtió en una trampa mortal.

En uno de los fuegos está hirviendo una cazuela.

—¿Qué estás cocinando? —pregunto—. Iba a hacerte algo para cenar.

—Todo controlado —remueve algo que está cocinando en la cazuela.

—Huele genial —papá tiene dificultades para hervir un huevo. Me dejo caer en la mesa de la cocina.

—Jamie Oliver* —me informa—, parece un tipo encantador. Le vi la semana pasada en la tele. Pensé que tenía que darle una oportunidad a sus recetas.

¿Mi padre viendo a Jamie Oliver?

Papá se pone las gafas de leer y echa un vistazo al libro que está junto a la cocina.

—«Pasta con jamón de Parma, setas silvestres y queso parmesano.»

—¿Y lo has comprado todo en High Street?

—No, cariño —admite papá—. Cogí el bus hasta el centro de la ciudad aprovechando el buen tiempo.

—¿A cuento de qué viene todo esto? —espero no ofender la sensibilidad de nadie, pero mi padre se ha pasado los últimos cuarenta y cinco años, y eso que yo recuerde, llamando a la pasta «mugre extranjera».

—Pensé que tenía que ser un poco más atrevido —falla en el intento de mirarme a los ojos. Incluso una

---

* Uno de los cocineros más influyentes del Reino Unido. Sus platos generalmente son una mezcla de cocina italiana y cocina oriental. *(N. de la T.)*

patata asada con piel puede resultarle demasiado exótico a su gusto.

—Parece que has hecho de sobra. ¿Estás cocinando para mí también? No tengo nada organizado en casa para la cena.

—Eh, no —dice mi padre. Entonces me mira a la cara—. La razón por la que estoy cocinando para dos es porque esta noche viene un invitado a cenar.

Trato de no reírme. ¿Un invitado? Primera vez. Mis padres nunca fueron los mejores del mundo en pasárselo bien. Incluso el párroco de la ciudad solía tener problemas para pasar el umbral de la puerta —sobre todo si venía con un bote para recolectar dinero en las manos—. No soy capaz de recordarlos trayendo amigos a casa para cenar, pero quizá en aquella época no se hacía ese tipo de cosas.

—Sí —mi padre deja de remover la salsa y me mira a los ojos—. Es muy duro para un padre decirle esto a su hija —continúa—, pero he conocido a alguien.

—¿Has conocido a alguien?

—Sí —afirma mi cada vez más avergonzado padre—. A otra persona. A alguien que no es tu madre.

Bueno, eso estaba claro.

—Oh, papá —todos los pensamientos sobre organizar una reconciliación entre mis padres acaban de salir volando por la ventana—. ¿Estás seguro de que estás haciendo lo correcto?

—Lo curioso, Juliet, es que yo nunca quise que tu madre se fuera. Pero ahora que se ha ido, me siento libre de poder ser yo mismo por primera vez en mi vida.

Mi madre puede llegar a ser muy dominante, pero nunca supe que papá se sentía así. No han debido ser el sueño idealizado del amor de juventud, pero pensé que estaban bien juntos. Había prolongados y tensos silencios en casa cuando yo era pequeña, pero nunca se peleaban o nada parecido. No se tiraban los platos a la cabeza.

—Lo único que no quiero es que te precipites y hagas algo de lo que te puedes arrepentir —le digo con cautela—. ¿Quién es ella? ¿De cuánto la conoces?

Probablemente también sea una pensionista con un surtido de batas de colores, por lo que siendo realistas, ¿en cuántos problemas se iba a meter mi anciano padre?

—La cosa es, Juliet, cariño. No es una mujer lo que he conocido —señala mi padre—. Es un hombre.

—¿Un amigo?

Mi padre se tambalea de un pie al otro.

—Algo más que un amigo.

Me pongo las manos en la cabeza. Tenemos un serio problema, por lo que parece.

11

Cuando llego a casa, Rick está en la cocina y está planchando. Con furia. Eso debe significar que se siente culpable de algo, ya que mi marido siempre plancha en lugar de pedir perdón.

—¿Cómo está tu padre? —me pregunta.

—Muy bien —tiro mi bolso al suelo a la vez que suspiro—. Tiene un amante gay.

A Rick se le cae la plancha.

—Y hay que cortar el césped del jardín de delante. Aparte de eso todo está estupendo y maravilloso.

Recojo la plancha y froto la marca del suelo con los pies mientras Rick cierra la puerta de la cocina y baja la voz. Eso debe querer decir que mi madre está viendo *Emmerdale* en el salón.

—¿Que tu padre tiene *qué*?

—Un amante gay. Se llama Samuel. Le conoció en una de las librerías de Milton Keynes. Parece que ahora también le gusta Jamie Oliver.

—Además de muchos otros —apunta mi marido.

—Ah, y Samuel Scott tiene cuarenta y dos años.

—Joder —dice Rick.

—Eso es lo mismo que pensé —me siento en la mesa porque de repente me noto muy cansada—. Papá dice que es muy simpático.

—No me entra en la cabeza —dice mi marido, perplejo—. ¿Tu padre, que piensa que tomarse media cerveza en el Conservative Club* es pasar una noche loca, en el crepúsculo de su vida sale del armario?

—Pues eso parece.

—¿El mundo se ha vuelto loco?

—Pues eso parece —vuelvo a decir—. ¿No crees que es porque se siente solo?

—No creo que te vuelvas gay porque te sientes solo. Pero ¿yo qué voy a saber?

—¿Cómo se lo voy a decir a mamá?

—¿Por qué crees que es cosa tuya decírselo? Deja que el Dale Winton** de Stony Stratford se lo diga él mismo.

—Parece más feliz de lo que le he visto en años.

—Da miedo sólo de pensarlo —Rick se masajea las sienes—. A lo mejor es sólo una etapa y se le pasa con el tiempo.

—Tiene setenta y dos años.

---

* Los Conservative Club eran los Gentlemen's Club que se crearon en Londres en el siglo XVIII en la zona de St. James. Si bien se fundaron en el siglo XVIII, ocupando el lugar dejado por los antiguos cafés, fue a finales del siglo XIX cuando éstos alcanzan su máximo esplendor. Como indica su nombre, este club fue el refugio del Partido conservador y se fundó en 1840. *(N. de la T.)*

** Presentador de radio y televisión inglés conocidísimo por su amaneramiento *(N. del T.)*.

Rick pasa la plancha sobre una de sus camisas. Veo cómo su mente da vueltas, pero no dice nada.

—Le deberíamos apoyar —sugiero.

—Le deberíamos decir que no sea un maldito estúpido.

—Si mamá se entera de que hay otra persona a lo mejor se siente tentada a volver con él. Ya sabes cómo es. Puede que ya no quiera más a papá, pero no hay duda de que no quiere que nadie caiga en sus garras.

—Sobre todo alguien llamado Samuel que tiene casi la mitad de su edad.

«Y que es más joven que tú y que yo», añado para mis adentros.

—Tengo que pensar un poco más sobre el tema —me está entrando dolor de cabeza de tanta tensión. Necesito un baño caliente, una copa de vino y las palabras tranquilizadoras de la nueva novela de Adriana Trigiani que he cogido hoy de la biblioteca—. Pase lo que pase cuando mamá se entere no se va a poner muy contenta.

En este momento se abre la puerta de la cocina y entra mi madre.

—¿Cuando mamá se entere de qué?

Rick y yo cruzamos una mirada. Cojo aire profundamente.

—Mamá, siéntate. No hay manera de decir esto con tacto.

El cobarde de mi marido se esfuma a la otra punta de la cocina.

Mamá se sienta a mi lado y yo le cojo la mano. Está seca y rugosa al tacto y la compadezco. Lleva un pintaúñas rosa chillón sobre sus uñas postizas.

—¿Por qué me coges la mano? —me pregunta irritada.

La suelto otra vez.

—Tengo malas noticias que darte.

—¿Tu padre ha muerto?

—No —hago un chasquido con la lengua—. Pero es sobre papá —ella espera con impaciencia mientras yo busco las palabras adecuadas—. Papá ha conocido a otra persona.

—¿Ha conocido a alguien ya? —suena encrespada—. Eso a mí no me incumbe.

—Yo creo que sí —digo.

—Bueno, ella no le va a tratar en la vida como yo —mi madre pone los brazos en posición de batalla—. No me importa lo que hacen los viejos idiotas. No es asunto mío.

—¿No quieres verle o hablar con él sobre el tema?

—No.

—Deberías. Todo esto es estúpido.

Mi madre se tapa las orejas con las manos.

—La, la, la, habla chucho que no te escucho —canturrea.

Ahora *eso* es estúpido. Así que, soy tan cobarde como siempre y decido dejarlo ahí. Ella no puede decir que no lo he intentado. El resto puede esperar. Preferiblemente hasta que ella muera.

—He tomado una decisión —nos informa mamá.

—¿Te mudas? —el tono de Rick suena más que esperanzador ahora que vuelve a aparecer después de simular que estaba haciendo algo al otro lado de la cocina, y mi madre le mira con el ceño fruncido.

—Voy a operarme las tetas —anuncia—. Tengo algo de dinero en el banco. Creo que me gustaría ponerme una talla 120.

—Eso es lo más estúpido que he oído en mi vida, mamá —y estoy segura de que estarás de acuerdo en que está habiendo mucha competición hoy.

—Hoy en día no tienes por qué tener las tetas caídas —lanza una mirada acusadora a las mías y me incorporo más recta—. Sólo porque sea madurita no significa que haya desaparecido de la faz de la tierra.

—Sí, claro que sí —interviene mi marido.

—Tengo planeado envejecer «sin» dignidad.

—No será en mi casa, aquí no —Rick murmura lo bastante alto para que le oigamos.

—Voy a poner la tetera al fuego ¿os parece? —digo, y mi voz suena estridente. Y Jack Bauer piensa que *él* tiene días malos.

Chloe ha tenido un accidente con el coche, Tom tiene a un hombre desnudo en su habitación, mi padre se ha vuelto gay, mi madre está pensando en hacerse una operación de aumento de pecho y mi marido ha hecho algo por lo que se siente culpable. Y mi antiguo novio está al acecho. Con todo lo que ha pasado me he olvidado de contarle a Rick la reaparición de Steven lo que, de repente, agradezco bastante.

12

Rick no puede concentrarse en el *reality show* de la televisión. Normalmente le gustaba ver éste, *Policías y criminales*, pero esta noche los criminales eran tan idiotas que se merecían que los cogieran, y la policía ha tenido un día con suerte. Su mente empieza a divagar.

Un día éste fue un salón cómodo. Nunca fue moderno y la alfombra necesitaba ser reemplazada por otra nueva, había que actualizar todo un poco; él quería poner el suelo de parqué, pero Juliet no le dejaba. Sin embargo, siempre había sentido que era una habitación acogedora. Pero, con los tres aquí metidos, ahora parecía a rebosar. Se habían acostumbrado a tener el salón para ellos solos, hasta que la madre de Juliet se mudó con ellos. Incluso cuando los niños vivían en casa se metían en sus habitaciones a ver la televisión o a pasar las horas en Internet haciendo cosas que rozaban la ilegalidad.

Era tarde. Rick miró la hora. Las once pasadas y todavía no estaban en casa ninguno de sus hijos. Había pensado que a estas alturas los días de espera llenos de preocupación ya habrían acabado. Pensó que se habrían ido de casa y que habrían empezado su vida de forma independiente, pagándose sus propias facturas. Obviamente había sido demasiado optimista en muchos frentes.

Juliet estaba leyendo, hecha un ovillo, en la butaca del rincón; nunca era tan feliz como cuando se enfrascaba en un libro. Rick no era un gran lector; nunca reunía la atención necesaria para leer novelas y no estaba interesado en biografías de gente que había tenido vidas mucho más interesantes que la suya, ya que siempre le deprimía leerlas.

Su suegra, Rita, con un vaso de ginebra a su lado —de *su* ginebra— roncaba ligeramente en el sofá.

—El Exorcista se ha quedado dormido —Rick le echó un vistazo a la madre de Juliet.

Su mujer hizo un chasquido, sin apenas levantar la mirada de su novela.

Rick pudo sentir cómo le subía la presión sanguínea. A Juliet no le gustaba que llamara a su madre el Exorcista, pero no podía negar que el buen ambiente desaparecía siempre que Rita estaba cerca.

Él cogió el periódico local y lo hojeó. Últimamente había estado mirando la sección de las esquelas. Muy a menudo había alguien que él conocía, alguien con el que había ido al colegio, alguien incluso más joven que él que había muerto en la flor de su vida. Eso le hacía pensar en su propia mortalidad.

—¿Qué te parece ésta? —Rick pasó la página. Empleó de forma apropiada una entonación lúgubre—. «La vida tiene que continuar, aunque te hayas ido. No hay ni un solo día en el que no suspire o piense en ti y no llore. Siempre te querré y te echaré de menos.» Ésa es la de Bob Stanway. Sólo tenía treinta y ocho años. Eso es ser demasiado joven. Pero que muy joven.

Rita gruñó desde el sofá, pero no se despertó.

—Precioso —dijo Juliet de forma distraída.

—Podrías decirlo como si lo pensaras de verdad.

—No rima.

—Sí.

—No.

—No tienen que rimar.

—Pero siempre riman —señaló su mujer.

Ahora era el turno de criticar de Rick.

—«Has dejado un vacío en mi corazón que nadie podrá llenar. Te amé y siempre lo haré. Siempre estarás en mi corazón. Te amé, extrañé y te recordé cada día, vida mía.»

—¿Lo ves? —dijo Juliet.

—Ésa es la de Charlie Canning. Sólo tenía nuestra edad. Cuarenta y cinco años. La flor de la vida.

Mi suegra emite otro gruñido. Juliet se bajó las gafas.

—¿Hay alguna razón en particular por la que te ha dado por leer la sección de las esquelas todas las noches?

—Simplemente me gusta ver quién está ahí —respondió Rick a la defensiva—. Presentar mis respetos a los recientes difuntos.

—¿No tenemos bastantes cosas por las que preocuparnos?

Dicho esto, la puerta se abrió de un portazo y al minuto siguiente la cabeza de Tom asomó por la puerta del salón.

—Hola —dijo—. Buenas noches. Nos vemos por la mañana. Gabe está aquí.

—¿Gabe? —preguntó Juliet.

—El hombre *desnudo* —Rick se lo dijo articulando los labios mientras Rita se despertaba con su propio ronquido.

—¿Quién era ése? —quiso saber ella.

—Sólo Tom, mamá —respondió Juliet con suavidad.

Dos pares de fuertes pisadas retumbaron por las escaleras, al compás de lo que para los oídos de Rick era más la risa de una niña que la de dos tíos. Ahora no podía pensar en eso.

—¿Se ha traído a *otro* amigo? —preguntó Rita.

—Sí, mamá —Juliet reprimió un suspiro.

—Qué chico más popular —apuntó de nuevo Rita.

Rick tampoco podía pensar en eso ahora. Mañana hablaría con Tom sobre el hecho de usar esta casa como si fuera un hotel o la sucursal de la Asociación Cristiana de Jóvenes de Stony Stratford. Volvió a su periódico.

—Ésta sí que es bonita: «El amor que compartíamos sigue siendo el mismo. Y la pena que tengo siempre permanecerá en mí. Te llevaré en mis pensamientos, siempre».

—Cállate, Rick —pidió Juliet.

La puerta se abrió otra vez. Esta vez debía ser Chloe. Casi seguro que su cabeza sería lo siguiente en asomar por el salón.

—Hola —saludó a todos con la mano—. Qué pasa, abu. ¿Me prestas diez libras, mamá? Estoy pelada.

—Chloe... —empezó a decir Juliet.

—Ven aquí ahora mismo, jovencita —ordenó bruscamente Rick—. Quiero hablar contigo sobre el dinero de la reparación del coche de tu madre.

Chloe resopló y entró en la sala.

—¿Sabes que va a costar casi seiscientas libras arreglarlo?

Ella se encogió de hombros.

—¿No pudiste cargárselo al seguro?

—No, esta vez no. Vas a tener que pagarlo jovencita.

Su hija se puso las manos en las caderas.

—¿Cómo? Te acabo de decir que estoy sin blanca.

—Te tendrás que buscar un trabajo.

Puso una cara de horror ante el comentario.

—Se supone que éstas son mis vacaciones.

—Nadie necesita tres meses de vacaciones —gritó Rick—. He trabajado durante casi treinta años y sigo teniendo cuatro semanas al año.

—Estudiar es mucho más duro que trabajar —afirmó Chloe.

—Un día te despertarás y te darás cuenta. Sólo espera y verás.

Parecía que hubiese tenido esta conversación con Chloe durante toda su vida.

—¿Qué pretendes que haga? —le contestó su hija—. En todos los trabajos de verano pagan una mierda.

—Mejor tener una mierda de dinero que gorronear a tu madre. Juliet, no le vas a dar ni un penique más —su hija estaba negra—. Me da igual lo que hagas, Chloe, o dónde lo hagas. Pero te buscarás un trabajo sí o sí. En DIY están buscando personal.

Su hija estaba escandalizada.

—¿Has visto los uniformes?

—Te doy una semana, si no me recorreré contigo todas las tiendas, supermercados y restaurantes hasta que encuentres algo.

—¡Das pena! —dijo Chloe y salió corriendo.

—Has manejado la situación muy bien —comentó Juliet desde la silla.

—¿Qué se suponía que tenía que decirle? Esta niña no tiene ni idea del valor del dinero. Eso no se lo hemos enseñado nosotros. Nosotros siempre hemos tenido que escatimar, ahorrar y administrarnos. Ella se gasta el dinero como si fuera agua. ¿De quién ha sacado eso? Se cree Paris Hilton.

—Los niños pueden ser una gran decepción —dijo Rita sabiamente—. Los míos lo fueron.

—Mamá, soy tu única hija —le recordó Juliet.

—Exactamente —Rita se bebió lo que le quedaba de ginebra y se acomodó en el sofá—. Me voy a la cama. Hay demasiado ruido en esta casa.

Cuando salió por la puerta, Rick dijo entre dientes:

—Te puedes ir cuando quieras, Rita. No hagas que sea yo el que te frene.

—Lo he oído —respondió.

Trató de recostarse en su silla pero cualquier oportunidad que tenía de relajarse se le escapaba. Hojeando de nuevo el periódico, empezó otra vez:

—«Ha pasado un año desde que te fuiste de mi lado.»

—No —interrumpió Juliet—. No puedo con más esquelas. Ya estoy lo bastante deprimida. Yo también me voy a la cama. ¿Por qué no haces lo mismo?

—No soy capaz de dormir ahora —se quejó Rick—. Estoy demasiado nervioso.

—Entonces haz algo útil.

—Creo que voy a dar una vuelta con el coche —dijo—. Voy a ver si eso me tranquiliza.

—No deberías conducir si estás hecho una furia. Serás la crónica de una muerte anunciada. No quiero la factura de ninguna otra reparación.

—Estaré bien —insistió—. No hay nadie en la carretera a esta hora de la noche de todas formas.

—Ten cuidado —le aconsejó Juliet.

—Si me pasase algo, ya sabes..., ¿me pondrías una esquela como ésa en el periódico?

—Sí —dijo su mujer—. Por supuesto que la pondría: «Aquí yace Rick, que siempre decía que quería un poema como éste si moría».

—Eso es muy divertido. Y muy sentido.

Juliet se rió y le cogió la mano.

—Ven a la cama.

Puede que quisiera haber querido decir: «Vamos a la cama, *vamos a la cama*». Era muy difícil ver sus intenciones incluso después de todo este tiempo. Pero él no tenía ganas de nada. No tenía ganas de nada últimamente. Quizá debería conseguir algunas de esas pastillas azules de Internet, como hacía Hal. Puede que le animaran en este apartado de su vida.

Rick se fue hacia el coche.

—Estaré fuera una hora. Necesito aire fresco.

Pero lo que realmente quería era algo de espacio para pensar sobre el amor, la vida y todo lo demás.

13

Veo por la ventana de la habitación cómo Rick acelera el motor de su coche y se aleja por Chadwick Close mientras yo suspiro. No debería conducir si está con esos humos. Mi marido últimamente no parece el mismo de siempre, pero simplemente no hemos tenido la oportunidad de sentarnos y hablar de lo que pasa. Con mamá aquí, y Chloe y Tom, y *Buster*, al que hay que sacar a pasear, y después de la cena, que hay que preparar, caemos en la cama exhaustos y entonces tenemos miedo a hablar por si acaso la Madre Biónica que tenemos al lado nos oye a través de las paredes, que son de papel de fumar. Siempre he esperado que al final, contra todo pronóstico, se canse de vivir con nosotros y que simplemente se vuelva a casa con papá. Pero ahora que él está «saliendo» con Samuel, el librero gay, tengo que aceptar que puede que eso no ocurra nunca. Entonces ¿qué vamos a hacer nosotros?

Estoy sentada en la cama y me froto las sienes. Esta habitación está tan hecha polvo como yo. Quizá debería traer a Una para que la modernizara. Ella sabe qué hacer exactamente con los cojines, cómo combinar los tejidos y las telas, cuál es el lugar correcto en el que colocar un jarrón de porcelana. Yo soy negada para ese tipo de cosas a pesar de que cada semana traigo a casa docenas de revistas de decoración diferentes de la biblioteca para que me ayuden con mi carencia de aptitudes en el diseño de interiores. No sé hacer que peguen los colores, nunca he sido capaz, y por eso compro todo en tonos crema para causar el menor daño posible a la vista. Mi amiga se horrorizaría si se enterara de que tengo la misma funda de edredón desde hace diez años, o posiblemente desde hace más. Se desmayaría por el hecho de que no tengo tres tipos diferentes de almohadas que se complementen la una con la otra y que den un toque de color.

Atravieso la habitación, abro la puerta del armario y trato de coger algo que sea idóneo para mañana. Le debería haber contado a Rick lo de la inesperada reaparición de Steven Aubrey —estoy segura de que tendría algo que decir al respecto—, pero no lo he hecho. Mantengo mi cita para comer —no debería llamarlo realmente así, sino mi *compromiso* para comer— en total secreto. Entonces pienso que ya tiene más que suficiente sobre lo que pensar por el momento. Sé que Hal se aprovecha de él y que el hecho de que Chloe se haya chocado con mi coche no ayuda mucho. Mejor mantener a mi antiguo novio fuera de escena por ahora.

Echo un vistazo a mi armario. Es muy probable que ahí no haya nada que sea idóneo para sacarle los ojos de las órbitas a nadie. La inmensa mayoría de mi ropa es de color beis. Un cuarto de mi escaso armario está compuesto de prendas a las que estoy emocionalmente apegada pero que ya no me valen, por lo que las conservo básicamente por razones sentimentales: un vestido negro y corto bastante nuevo, que me compré para nuestro veinte aniversario, con el que enseñé mucha carne y que me hizo sentir una estrella de cine por una noche, un vestido demasiado formal de color azul pavo real que está guardado en una funda de plástico muy pijo a pesar de que tiene más de diez años, desde que salimos a bailar, pero que ya nunca conseguiré subirle la cremallera. Si no recuerdo mal, entonces me costó mucho. Otro cuarto está compuesto por prendas que compré y que *nunca* me han servido en realidad, artículos que adquirí con la única intención de adelgazar. ¿Por qué las mujeres hacemos estas cosas? ¿Compran acaso los hombres ropa demasiado pequeña y la miran de modo acusador colgada de su armario? La tercera parte son prendas que odio profundamente: los modelos andrajosos, los que no me quedan bien, los demasiado exuberantes con los que cometí un gran error al comprarlos, y la ropa que debería llevar a una tienda de caridad* tan pronto como tenga tiempo de ordenarla. Eso nos lleva al último veinticinco por ciento. Éste consiste en la ropa que me pongo para trabajar, unos cuantos pares de pantalones de buen corte y algunas camisas más arregladas, un vestido cruzado pardusco, que no estoy segura de que me quede bien, pero que me acabo poniendo cada vez que no sé qué ponerme.

---

* Las tiendas de la caridad, muy habituales en Inglaterra y otros países como EE UU, son un tipo de tiendas de segunda mano, cuyos productos son donados por el público. Esto, unido a que los costes de negocio son bajos, hace posible las ventas a precios muy reducidos. Los beneficios obtenidos son destinados a la organización benéfica a la que pertenezca cada tienda. La primera Charity Shop en Londres pertenecía a la Cruz Roja (Red Cross) y fue inaugurada a principios de los años cuarenta en el número 17 de New Bond Street. *(N. de la T.)*

Suspiro. Entonces sólo me queda el vestido cruzado. Una me va a matar.

Chloe asoma la cabeza por la puerta.

—¿Dónde ha ido papá?

—Ha dicho que necesitaba tomar el aire.

—Necesita calmarse —asesora mi hija.

—Papá está muy enfadado por lo del coche, Chloe —le digo.

—Es un viejo cascarrabias.

—No hables así de tu padre. Ni siquiera te has disculpado.

Mi hija tiene el detalle de agachar la cabeza.

—Perdona, mamá. Sé lo mucho que significaba ese coche para ti y lo pienso pagar. Te lo prometo.

—Necesitas conseguir un trabajo. Papá tiene razón.

Chloe se enfurruña.

—Ninguno de los dos os dais cuenta de lo dura que es la uni. A veces tengo cinco clases a la semana. ¡Cinco!

Espera que me muera de la impresión y se siente claramente decepcionada cuando ve que no lo hago.

—¿Quieres que le pregunte a Don si puedes venir a la biblioteca el resto del verano? —pregunto.

—Ni de broma —ahora es ella la que se muere de la impresión—. No te ofendas mamá, pero eso suena más aburrido que fregar platos. Estoy buscando algo un poco más emocionante, más desafiante.

Desde ahora debería concienciarme de que muy pocas personas consideran ser bibliotecaria una profesión sexy. ¿Cómo les puedo demostrar que están equivocados?

—Además, busco algo en lo que me paguen mucho.

Entonces desde luego no puede ser bibliotecaria.

—Sólo te quedan seis semanas antes de volver a la universidad. Los trabajos buenos los dejaste escapar hace meses, cuando te dijimos por primera vez que fueras buscando, creo yo. Te tienes que conformar con menos.

Mi hija me mira como si eso fuera una idea descabellada.

¿Por qué hoy en día los jóvenes tienen unas expectativas tan altas? Todos quieren ser estrellas del pop, presentadores de televisión, o famosillos de poca monta que no tienen ningún talento especial. Chloe es inteligente pero no se da cuenta de que querer algo no significa necesariamente que seas lo bastante bueno para conseguirlo. Sólo tienes que ver un programa de *Tienes talento* para hacerte una idea. Odio sacar a Chloe de su burbuja pero no estoy segura de qué le va a servir exactamente tener una licenciatura en Moda y Comunicación y si merece la pena pasar tres años estudiando mientras acumula tal cantidad de deudas por el camino.

Tanto Rick como yo estuvimos a favor de que los chicos recibieran una educación superior; ahora me pregunto si todo esto ha merecido la pena. Quizá Chloe hubiese hecho mejor si hubiese dejado los estudios a los dieciséis años y hubiese hecho un módulo de peluquería o algo parecido.

Chloe mete los brazos entre los míos.

—He venido para ver si podía gorronearte las veinte libras que te pedí antes.

—Pensé que eran diez. Eso es inflación y lo demás es tontería.

—No se lo diré a papá.

Yo tampoco. Voy a por mi bolso, saco mi último billete de veinte libras y se lo doy.

—Gracias mamá —mi hija se guarda en el bolsillo el dinero que tanto me cuesta ganar. ¿Dónde irá a parar? ¿En vodka? ¿En cigarrillos? ¿En un nuevo y cortísimo top que irá a parar a su rebosante armario junto con todos los demás?—. Te quiero.

—Yo también te quiero —le digo. Y es verdad, a pesar de su desconsideración y de lo irresponsable que es. Es mi hija y daría mi vida por ella, como harían todos los padres.

Mientras mi hija va hacia su habitación con sus amados Bebo, Facebook y MySpace, cojo el vestido cruzado pardusco, y me lo coloco por encima del cuerpo.

—¿Qué te parece?

Chloe frunce el ceño.

—No estarás pensando salir con eso puesto, ¿no?

—De hecho, sí.

—Tíralo a la basura —me dice Chloe—. Te hace diez años más vieja.

—Entonces me vendrá bien que me des esas veinte libras de vuelta —le exijo—. Por si necesito comprarme otra cosa.

—Da igual lo que te pongas —me dice, a la vez que me lanza un besito—. Estás fantástica. ¿Dónde vas, por cierto?

—A ningún sitio.

—No me digas que papá te va a sacar de casa. Eso sería un jodido milagro.

—No digas palabrotas, Chloe.

Da un portazo a la puerta, lo que probablemente despierte a mi madre. Y pienso: «No, tu padre no me va a llevar a ninguna parte. Sino otra persona».

14

Rick condujo por las desiertas carreteras que estaban inundadas del brillo anaranjado del tungsteno de los semáforos. Encendió la radio para escuchar cómo algún dj nocturno cambiaba la selección de discos. ¿O ya no lo llamaban así en esta era de descargas y de todo tipo de cosas virtuales?

Milton Keynes era una ciudad de gente joven; la media de edad de la población estaba por debajo de los treinta y cinco. Eso le hacía diez años mayor que la mayoría de la gente que vivía aquí, lo que no era una estadística sobre la que quisiera hacer hincapié. Cada movimiento que hacía parecía estar acompañado de un quejido como achaque de la edad. Si se ponía de pie, soltaba un quejido, si se sentaba, otro quejido, si se agachaba para coger algo de un cajón bajo, los quejidos eran irremediables. En Stony Stratford —un lugar que todavía estaba tratando de mantener su propia identidad a pesar de la insidiosa expansión urbanística— todavía le consideraban un niñato. Algunos, por lo menos.

Condujo sin rumbo fijo. Conducir solía mitigar sus preocupaciones, pero ya no causaba efecto. Rick recordó la de horas que había pasado con sus hijos y con Juliet cuando eran bebés deambulando por las calles para tratar que los más pequeños se durmieran y así poder disfrutar de unas cuantas, pero más que necesitadas horas, de intimidad con su mujer. Ahora el problema principal era conseguir que los chicos se despertaran y que sacaran sus vagos traseros de la cama. Rick entonces conducía un coche deportivo, a pesar de tener hijos, tratando desesperadamente de aferrarse a su juventud, o eso creía. Ahora conducía un Vauxhall Cavalier típico de la crisis de los cuarenta, porque era cómodo y razonablemente barato. Y así la dura realidad de un hombre que siempre soñó con tener un Aston Martin.

Había un parque al final de Stony Stratford; una zona preciosa con un refugio de aves que bordeaba el río Ouse. Le parecía como si la zona no hubiese cambiado en cientos de años. Una vieja iglesia vigilaba los campos y si querías caminar hasta tan lejos, el Gran Union Canal fluía bajo un acueducto de hierro, que debió haber sido una gran hazaña de ingeniería cuando se construyó. Cuando tenía tiempo —ja, ja— era uno de sus lugares preferidos al que iba a pasear.

En estos momentos, a estas horas intempestivas, entró en el aparcamiento sin ninguna intención de perderse en los campos de alrededor. Lo único que quería era estar a solas durante una hora. Nada más. Iba a echar el asiento para atrás, descansar la cabeza y mirar las estrellas. Hacía una noche bastante despejada y si abría la ventana del techo, seguro que habría algunos cuerpos celestes que observar. Juliet le había sacado de la biblioteca hacía unos meses *La enciclopedia de Astronomía* y todavía no había tenido la oportunidad de echar un vistazo más que al título. Ella seguía ampliándole el plazo de devolución dado que nadie más lo había pedido prestado, pero seguía siendo en vano. Su conocimiento sobre el cielo y las estrellas era de alguna manera limitado. Un día, sin embargo, puede que se diera el gusto de comprarse un telescopio; siempre le había gustado bastante mirar las estrellas. No había duda de que era otra de las cosas —como elaborar su propia cerveza, empezar a practicar golf y caminar a lo largo del Pennine Way— que tendrían que esperar hasta que se hubiera jubilado.

Sorprendentemente, el aparcamiento estaba lleno para lo tarde que era. Quizá había parejas de enamorados. Hacía mucho tiempo Juliet y él se besuqueaban en la parte trasera de su coche, en sitios justo como éste. Sonrió ante tal pensamiento. Quizá era algo que deberían probar de nuevo para darle un poco de sabor a sus vidas. Pero ¿ahora por qué ibas a molestarte en echar un polvo en el incómodo y frío asiento trasero de un coche teniendo una casa con calefacción central y una cómoda cama esperándote?

Maniobró con el coche hasta que se apartó a un rincón. No es que fuera un lugar excelente para mirar las estrellas, de eso se dio cuenta mientras apagaba el motor, ya que estaba bastante alejado y bajo unos altísimos robles que bordeaban la plaza de gravilla, pero había la paz y la calma que él ansiaba más que nada; tiempo a solas para pensar, y quedarse absorto.

Rick echó para atrás su asiento hasta que se tumbó lo máximo que pudo. Así estaba mejor. Ya empezaba a notar cómo se le iba algo de tensión del cuello. ¿Por qué le resultaba tan difícil relajarse? ¿No había sido una vez una persona muy alegre y con muy pocas cosas de las que quejarse? Ahora, incluso él mismo admitía que podía ser el ganador de cualquier competición internacional de quejas dentro de casa. En este momento parecía que todo se le venía encima. Estaba bajo las órdenes del Lotario de su jefe, que se suponía que era su amigo pero que le trataba como su lacayo; había ganado, sin quererlo ni beberlo, vivir con su suegra, que era como la adorable hija de Dame Edna Everage y Atila el Rey de los Hunos; tenía una hija que parecía que más que ir a la universidad se pasaba el tiempo jugando a juegos para beber, y un hijo de veinticuatro años que, a pesar de tener una deuda de estudios de treinta de los grandes y una licenciatura de primera en contar estupideces, seguía en el paro. Sólo Dios sabía lo que hacía todo el día metido en su habitación; desde luego que Rick no tenía ni idea. Cada vez que entraba sin avisar, Tom cerraba las páginas web de porno. Cuando Rick tenía la edad de su hijo no había tantas tentaciones y, a veces, estaba muy agradecido por ello. Cuando tenía veintitantos años estaba demasiado ocupado trabajando y tratando de mantener a su nueva familia como para pensar en pornografía. Ahora era demasiado viejo y ocupado para pensar en eso. Sin embargo, sabía que en su próxima vida quería tener la de uno de sus hijos: sin preocupaciones, sin responsabilidades, con todo resuelto. Eso sí era vida.

¿Y qué pasaba con su mujer? Últimamente Juliet parecía muy distante con él. Bueno, al menos se entendían bastante bien, y quizá eso era todo lo que podía esperar teniendo en cuenta los últimos acontecimientos, pero no era exactamente lo que él pensaba que sería el matrimonio en esta fase de sus vidas. Pensó que estarían libres de responsabilidades, que saldrían a cenar un par de veces por semana, que quedarían con amigos, que pasarían tranquilos fines de semana en el campo, a solas, o dando románticos paseos. Tener alguna esperanza. ¿Cuándo había sido la última vez que habían salido una noche juntos? Debería poner remedio a eso, planear algo y llevar a su mujer a algún sitio bonito. Rick la quería, sólo que a veces —demasiado a menudo— parecía que se le olvidaba.

Una nube se deslizó en el cielo, ocupando toda la ventana del techo y tapando las pocas estrellas que de hecho se podían ver. Rick suspiró y cruzó las manos en su regazo. La sensación de felicidad volvió a invadirle. Puede que el Cavalier no fuera el coche de sus sueños, pero era cómodo y acogedor. Esperaría a que el cielo se despejara. No debía tardar mucho… Pero en cuestión de minutos estaba analizando más la cara interna de sus párpados que el cielo.

15

Un repentino golpe en la ventana de su coche despertó a Rick de un sobresalto. Una luz brillante inundó el coche y él intentó torpemente encontrar el botón de la ventanilla para bajarla. Luchó para abrir los ojos.

—Hola, señor —dijo una voz—. ¿Cómo se encuentra?

Rick pestañeó ya que la linterna le apuntaba a la cara.

—¿Policía?

—Eso es, señor. Se ha llevado usted el premio a la observación, ¿eh?

¿Es que no podía encontrar paz en ningún momento de su vida? Rick necesitaba estirarse. Algo le crujió en el cuello que no debería haber crujido.

—¿Es éste su vehículo?

—Sí, sí —Rick se masajeaba el pelo y bostezaba, tratando de recuperar totalmente la conciencia.

—¿Le puedo preguntar qué está haciendo aquí?

—Ver las estrellas, agente.

—¿Con los ojos cerrados?

—Me he debido quedar dormido —pero ahora se estaba despertando de golpe.

—Correcto —el policía levantó la mirada al cielo. Estaba nublado—. No hay mucho que mirar.

—No, estaba más despejado cuando llegué —aunque no mucho, tenía que admitir Rick.

—Apuesto que así era —dijo el policía.

—No es el mejor sitio para ver las estrellas… —la mirada del policía le hizo ver que era mejor que se mantuviera callado.

—¿Alguna idea de qué *estoy* haciendo aquí?

—No, agente.

—¿Viene aquí a *mirar las estrellas*, dice usted, a menudo?

—No. La verdad es que no.

—¿Éstos son amigos suyos? —el agente movió la porra alrededor del parking.

Por primera vez Rick se dio cuenta de que había otros conductores de pie al lado de sus coches. Algunos estaban solos y otros eran parejas.

—No —dijo. Estaba claro que esto era una especie de redada en la que estaba metido él también—. No les he visto antes.

—¿Es eso parte de la atracción?

—¿Perdone? —preguntó Rick.

—¿Es parte de la atracción? ¿Mirar a desconocidos?

—No estaba mirando a desconocidos. Estaba mirando las estrellas —esta vez miraron al cielo a la vez. Seguía nublado—. ¿Por qué iba a querer mirar a desconocidos?

—Hay de todo en la viña del señor. Lamentablemente queda usted detenido. Por favor, salga del vehículo.

Rick abrió la puerta y pisó la gravilla del aparcamiento.

—Queda detenido por presunto escándalo público. ¿Entiende?

—Sí —entonces añadió—. ¡No!

El agente le puso las esposas a Rick en las muñecas, forcejeando para ponerle los brazos detrás de su espalda, lo que hizo que él soltara un grito.

—¿Por qué está haciendo esto?

—¿Está cómodo señor?

—¡Por supuesto que no!

—Tiene derecho a permanecer en silencio. Todo lo que diga podrá ser utilizado en su contra.

—Tiene que haber algún error.

El policía le lanzó una sonrisa irónica.

—Eso es lo que decís todos.

Mientras que Rick estaba forcejeando con las esposas se dio cuenta de que otro agente estaba inspeccionando su coche, abriéndole la guantera.

—¿Qué está buscando? —le gritó Rick—. Ahí no hay nada interesante.

El segundo policía le pasó una bolsa al primero, que le preguntó:

—¿Qué has encontrado?

—Vaselina KY Jelly y un paquete de pañuelos.

El primer agente le fulminó con la mirada.

—No es un delito llevar vaselina —protestó Rick—. ¿O sí? —añadió con un hilo de voz.

—Usted viene conmigo, señor —el oficial le empujó hasta la furgoneta de policía—. Lo explicará en comisaría.

—Espere, espere —dijo Rick—. No he hecho nada. ¿Me repite por qué me detiene? ¿Cómo que escándalo público o lo que sea que haya dicho?

—Se lo voy a poner más sencillo. *Dogging*, señor. ¿Le suena ya de algo?

—¿*Dogging*?* Pero si *Buster* está en casa. Ya le han paseado. Mi perro no está aquí.

—*Dogging* —repitió el policía como si le estuviera hablando a un niño pequeño—. Mirar a otras personas mientras tienen relaciones sexuales para excitarse —Rick se volvió a quedar anonadado—. Pero no tiene por qué contármelo, ¿o sí?

—La verdad —insistió Rick, boquiabierto—. No tenía ni idea —eso era el tipo de cosas que haría Hal, no él—. Vine aquí a disfrutar de media hora de paz, para huir de la pesada de mi suegra, de la egoísta de mi hija y de la vida en general.

—Todo el mundo sabe para qué se usa este aparcamiento.

—Yo no. Nunca he oído nada sobre el *dogging* —al menos no en la discreta, ¿estaba seguro de eso?, ciudad de Stony Stratford.

—Bueno, pues en este terreno verde y agradable es un delito —el policía no impidió que Rick se diera un golpe en la cabeza con la puerta cuando le empujó dentro de la furgoneta de policía—. Además, te hemos pillado.

---

* La autora hace un juego de palabras. Rick oye la palabra «dogging» y cree que tiene que ver con «dogs» (perros); de ahí que mencione a *Buster*, su fiel sabueso. *(N. de la T.)*

16

Rick tenía las manos detrás de la cabeza y estaba sentado en la dura litera de la celda de la comisaría de Milton Keynes. Era un espacio pequeño y deprimente en el que tenía que hacer tiempo. Era su primera visita a una celda de la policía y rezó para que fuera la última. La celda era exactamente como te imaginas. Era predominantemente gris y estaba prácticamente vacía, sin contar la cama cubierta con una manta con pinta de picar y un váter metálico en la esquina. Sólo esperaba que la persona que hubiera estado aquí antes que él no tuviera nada contagioso. Rick dejó la manta lejos de la litera por si acaso.

Llevó horas procesar el papeleo de su detención, presuntamente porque arrestaron a todas las personas, sin importar si eran inocentes o no, que estuvieran en el aparcamiento. No era de extrañar que no hubiera policías en las calles. Claramente estaban dando una vuelta por los aparcamientos de la ciudad en mitad de la noche y rellenando informes.

Eran las tres de la mañana. Por fin fue interrogado por el oficial encargado de su detención y simplemente le dijo al hombre una y otra vez lo mismo: que había sido un terrible malentendido y que la única cosa de la que era culpable era de haber sido un cretino miserable que se enfurruñaba demasiado a menudo. Parecía que la vaselina KY Jelly y los pañuelos eran los culpables, las pruebas incriminatorias. No tenía ni idea de cómo habían llegado a su coche. Rick sólo sabía que él no los había puesto allí y que no había tenido intención de usarlos para nada sórdido.

Encima de él había un mensaje en el techo. Decía: «¿Cómo has llegado aquí? ¿Por alcohol o drogas?». En su caso no tenía sentido que le arrestaran y mientras mataba las horas, pensaba en su inocencia y en lo compleja que era la vida. Parecía que otros presos habían tratado de borrar algunas letras de las palabras grabadas en la pared para convertirlas en palabrotas, pero sin mucho éxito.

Se fue al otro extremo de la cama. Allí el mensaje era: «¿Has andado con malas compañías? ¿Estás interesado en nuestro programa de borrón y cuenta nueva?». Y después venía un número de teléfono al que llamar. Lo que no servía de mucho ya que le habían quitado todo, su cartera, su cinturón, sus zapatos, todas sus pertenencias, incluyendo su teléfono móvil.

Le habían autorizado a hablar con Juliet por teléfono antes de que lo encarcelaran, si ése era el término correcto. Debió ser un terrible *shock* para ella cuando llamó la policía. Probablemente se pensó que había tenido un accidente de tráfico o algo parecido, que estaba hecho un guiñapo en una cuneta. Decirle que sólo había sido detenido no parecía que hubiera ayudado a calmarla. Juliet debía estar de camino a la comisaría en estos momentos. Y eso que no tenía motivos para estar ahí. Cuando acabaron de interrogarle, le dijeron a Rick que estaba en libertad bajo fianza y entonces le devolvieron a la celda; así

Joyce, el preso 15473, podía pasar algún tiempo recapacitando sobre sus actos.

Tenía cerca un libro titulado *Código profesional*, pero no le parecía tan interesante como algunos de los libros que leía su mujer —muy poco sexo y nada de violencia gratuita— y lo apartó a un lado. Tenía la esperanza de que se dieran cuenta de que él no era culpable de nada y, que con el tiempo, esto se convirtiera en una pesadilla lejana.

Una hora después, justo cuando pensaba que se iba a desmayar por el olor a pis, que habían dejado impregnado otras personas, le dejaron salir. Le dieron todas sus cosas y dos oficiales le escoltaron hasta la puerta.

—Su mujer le espera en recepción —dijo uno.

Rick caminó alrededor de la fachada del edificio, contento de respirar el aire fresco de la noche en lugar de la atmósfera cargada de la apestosa celda. Juliet estaba esperando en recepción, pálida. Parecía como si ella también hubiera pasado un infierno. Su pelo estaba alborotado y, aunque llevaba puestos unos vaqueros y una chaqueta, todavía le asomaba el pijama por abajo. Por un momento, pareció que estaba a punto de echar a correr y abrazarlo, pero claramente se lo pensó mejor y no lo hizo. En lugar de eso, se quedó mirándole impasible, con las manos a los lados.

—Perdona por sacarte de la cama —dijo Rick, dejando a un lado su necesidad de que le abrazaran—. ¿Hace mucho que estás aquí?

—Horas —contestó ella—. Estás horrible. ¿Qué diablos has estado haciendo?

—Nada —le informó—. Pero esta gente no quiere creerme —señaló con el pulgar hacia el escritorio—. Me han arrestado por *dogging*.

Juliet se quedó tan perpleja como se quedó él.

—Mirar a la gente practicando sexo en sus coches —le explicó—. Aparentemente se hace a menudo —¿en qué sociedad vivían, donde la gente hace ese tipo de cosas para entretenerse? Y pensar que él era un hombre que se conformaba con un partido de fútbol en la tele o con un DVD del Blockbuster y un par de latas de cerveza Stella para estar entretenido. La injusticia de que le involucraran en algo como esto era demasiado difícil de soportar.

Ella levantó las cejas.

—¿Y lo estabas haciendo?

—¿Cuánto hace que estamos casados? —preguntó con hartazgo. Ahora incluso su esposa dudaba de él—. ¿Te parece que es el tipo de cosa que yo haría?

Juliet esquivó su mirada. Le estaba pidiendo demasiado.

—Aparqué en el parque pegado al río —continuó—. Quería ver las estrellas, pero estaba nublado y me quedé dormido. Lo siguiente que sé es que me estaban sacando de mi coche y me arrastraron hasta aquí. La policía ha tomado medidas drásticas. Por lo visto, es una zona famosa por eso —encogió los hombros debido a su ignorancia—. Sólo estaba en el lugar equivocado a la hora equivocada.

La historia de su vida, de hecho.

—Encontraron vaselina KY Jelly y pañuelos en la guantera del coche. Eso, por alguna razón, me convierte en un criminal.

—Oh, me preguntaba qué había pasado con ellos —Juliet se llevó la mano a la boca—. Los compré en Boots hace dos semanas.

—Bien, entonces ya lo sabes —dijo él—. ¿Y se puede saber para qué demonios necesitas la vaselina?

—*Buster* estuvo rascándose el rabo en la alfombra de la entrada. Pensé que le vendría bien.

Maravilloso. Así que en cierta manera había un perro involucrado en el asunto.

—No creo que ellos me hubieran creído si les hubiese dicho eso.

—¿Entonces ya se ha acabado todo?

—No —Rick sacudió la cabeza—. Me han acusado de escándalo público. Por lo menos me han soltado bajo fianza. Van a seguir haciendo investigaciones y tengo que volver de aquí a un mes —la fecha y la hora se las habían dado por escrito en un papel.

—Oh, Rick —había lágrimas en los ojos de Juliet. En los de él también. No quería que su mujer dijera: «Oh, Rick»; pensaba que podía venirse abajo y romper a llorar, y no recordaba haber llorado desde que nació Chloe.

Ahora le abrazó.

—Estoy bien. Estoy bien —insistió él, abrazándola—. Vámonos de aquí.

—Pedí un taxi cuando me dijeron que podías irte a casa. Está esperando fuera —se había olvidado de que ella no tenía su propio coche—. ¿Estás listo?

Rick asintió con la cabeza.

—Vamos a decirle que nos lleve al parque para que pueda recoger el Cavalier.

La idea de volver a la escena de su no-crimen le llenó de pavor; casi seguro que no volvería a pasear a *Buster* por allí. Pero no podía dejar el coche en el aparcamiento toda la noche o no quedaría nada de él por la mañana, si es que todavía seguía allí. Lo que realmente quería hacer era ir directo a casa, darse una ducha caliente y quitarse la peste de la celda de la comisaría y meterse en su cama calentita.

—De verdad que no hice nada, Juliet. Te lo prometo.

Ella agarró su mano con la suya.

—Lo sé —dijo.

Pero sonó como si no lo pensara de verdad.

17

A la mañana siguiente, Rick me deja en la biblioteca. Siento como si mis párpados pesasen diez toneladas. Después de recoger el coche y de darle al taxista la para nada insignificante suma de setenta libras, finalmente caímos en la cama sobre las cuatro de la madrugada. Por supuesto, no dormí. Simplemente me quedé tumbada despierta, con la mente confusa, y sé que Rick tampoco pudo pegar ojo. Por la mañana la conversación fue muy tensa en el desayuno, sobre todo porque el resto de la familia no sabía nada de nuestra traumática hazaña. Simplemente me escabullí de la casa de madrugada y no les dije ni a mi madre ni a mis hijos adónde iba, así que de momento ninguno sabía nada.

—Lo siento —repite de nuevo mi marido cuando nos sentamos en el coche. Me aprieta la mano—. La próxima vez que no pueda dormir, me tomaré un somnífero.

Consigo sonreír.

—Estás preciosa hoy —dice—. Hace años que no te veía ese vestido.

Me ruborizo. Sería el momento perfecto para contarle lo de mi inminente comida con Steven, pero no lo hago.

—Te veo luego —beso su mejilla—. No tienes por qué venir a recogerme. Volveré a casa dando un paseo.

Oigo cómo Rick se aleja con el coche, pero no vuelvo la cabeza. Debe estar exhausto y sé que hoy va a tener un día muy ajetreado.

En la biblioteca, Una hace un chasquido nada más verme.

—Diez sobre diez por el esfuerzo, pero es insuficiente. Ese color te hace parecer muy cansada.

—*Estoy* muy cansada —le digo. De hecho, estoy hecha polvo. Una lleva un vestido verde azulado, un conjunto caro y precioso que resalta el color de sus ojos.

La clase de ropa que yo debería ponerme. La clase de ropa que no tengo.

—Hemos estado levantados casi toda la noche —me aseguro de que nadie más nos esté escuchando—. Han arrestado a Rick en el parque pegado al río a altas horas de la madrugada —hago una pausa para aumentar el efecto—. Por *dogging*.

Cojo una larga bocanada de aire. No necesito explicarle nada sobre esa clase de perversión sexual a mi mundana y sabia amiga.

—No lo hizo, ¿verdad?

Negando con la cabeza, le confieso:

—No lo creo. Dice que había ido a ver las estrellas y que se quedó dormido.

Una se ríe.

—Eso parece más propio de Rick.

—A eso me aferro yo también —admito—. En cualquier caso, es difícil ver a tu marido acusado de una cosa así. Últimamente se ha comportado de una forma un poco extraña, distante. Te hace preguntarte qué sabes realmente de las personas.

Quién hubiese pensado que Steven Aubrey podría dejarme la mañana de nuestra boda, pero lo hizo. Quién hubiese pensado que surgiese de la nada en la biblioteca un cuarto de siglo más tarde como si nunca hubiese ocurrido nada, y también lo hizo. Creía que le conocía del derecho y del revés y nunca le vi venir. Podría decir lo mismo de Rick.

—Venga ya —dice Una conduciéndome hacia la sala del personal—. Déjame que te prepare una taza de té bien cargado antes de que llegue la gente. Tu cita de hoy puede ser el estimulante que necesitas.

—Creo que la voy a cancelar.

—No, no lo harás.

Estoy agobiadísima.

—No se lo he dicho a Rick y eso me hace sentir mal. ¿Cómo puedo enfadarme con él por hacer algo a mis espaldas cuando estoy planeando hacer lo mismo?

—¡No es para nada lo mismo! —protesta mi amiga—. Rick estaba en el parque viendo cómo unos desconocidos se lo montaban en un aparcamiento. Tú vas a tener una civilizada comida en un restaurante con un ex novio. No hay ni punto de comparación.

Me siento en la mesa mientras prepara un té para las dos. Don, nuestro gerente de la biblioteca, se sienta también y Una le sirve otra taza de té.

—Don —dice cuando deposita la taza—, hoy no voy a utilizar mi hora de la comida, se la voy a ceder a Juliet. Estará fuera desde las doce hasta las dos.

—Una.... —la miro perpleja, con los ojos muy abiertos.

—No creo que esté permitido —dice Don—. Probablemente va en contra de las normas de Seguridad e Higiene.

—Bien, no se lo diremos a nadie si tú no lo haces —contesta, y pestañea mirando a Don—. Te compraré un paquete nuevo de galletas digestivas.

Nuestro gerente se da unos golpecitos en el estómago.

—Tengo que vigilar mi peso. No tengo ni idea de adónde fue a parar el último paquete. Ni tan siquiera recuerdo haberme comido la mitad.

Una y yo intentamos contener una risita nerviosa. Don se acaba su té y, dando las gracias, se retira a su oficina, que vuelve a poder usarse desde que han cubierto su tejado con una lona impermeable.

—Voy a acercarme un momento a casa para traer algunos complementos que alegren tu conjunto.

—Me temo que se necesita algo más que algunos complementos.

—Eres una mujer muy guapa —insiste Una—. Simplemente estás un poco... —busca una palabra que no me haga estallar en lágrimas... — pasada de moda.

Pasada de moda. Mis ojos se llenan de lágrimas. A su lado soy la señora *pasada de moda en la ciudad de la moda.*

—Justamente lo que yo decía.

—Basta de llanto —me ordena—. Todo lo que necesitas son algunas joyitas. También puedes ir pensando en ponerte botox.

—¿Antes de la comida?

—Es sólo un plan para la nueva Juliet.

—No tenía planeado crear una nueva yo.

—Entonces quizá deberías —sugiere Una. Mi amiga me aparta hacia un lado mientras coloca su diminuto cuerpo cerca del mío, bastante más robusto—. Sé que eres esposa, madre y todas esas cosas, y por cierto lo haces de maravilla, pero primero y más importante eres una mujer. Siempre piensas en ti la última, Juliet Joyce. Quizá deberías intentar pensar en ti primero aunque sea una vez.

—¿Y eso implica escaquearse del trabajo para comer con mi antiguo amante?

—Es un punto de partida —apostilla Una—. Pero ahora será mejor que te pongas las pilas ya que quiero que trabajes el doble esta mañana para compensar mi generosidad.

—Nunca he tenido una amiga tan buena como tú, Una. Gracias.

—Ahora me voy pitando antes de que Don vuelva a aparecer y te traigo algunos de mis zapatos de tacón asesinos. ¡Quiero que pisotees a ese hombre!

Pensaba que solamente iba a comer con mi antiguo amor; en lugar de eso parece que voy a sacarle los ojos a Steven con mi vestido, dejarle KO con mi encanto y pisotearle con sus zapatos de tacón asesinos. Pobre Steven, ya me siento mal por él.

18

—¿En qué estabas pensando, tío? —Hal se rió a carcajadas.

—No sabía que fuese un famoso punto de encuentro de pervertidos —insistió Rick con el ceño fruncido—. Simplemente fui allí para pensar en mis cosas y pasear a *Buster*.

—Tienes tanto que aprender, amigo mío.

—Eso parece —Rick no estaba sorprendido de que Hal estuviese al tanto del tema del *dogging* o de que tuviese lugar en los alrededores del aparcamiento de coches.

Ambos seguían trabajando en el invernadero y el sol caía de pleno sobre ellos. Se achicharraban allí dentro incluso con las puertas y ventanas abiertas.

Rick había llegado tarde esa mañana y Hal había estado quisquilloso con él hasta que le explicó el motivo.

—¿Qué dijo Juliet?

—No mucho —Rick se encogió de hombros—. Pero te puedo asegurar que no está muy contenta.

—Melinda me hubiese cortado los testículos con un cuchillo sin afilar o con algo peor —sentenció Hal—. Hubiese tenido que unirme al Club de John Bobbit*.

---

* John Wayne Bobbitt y Lorena Leonor Bobbitt se hicieron famosos en 1993 por el incidente en que Lorena cortó el pene a John con un cuchillo. *(N. de la T.)*

Shannon probablemente habría hecho lo mismo. Considérate un tío con suerte, tío.

Rick estuvo de acuerdo en que, después de todo, no había sido demasiado malo que Juliet se hubiese limitado a mirarle fijamente con reprobación.

—Deberíamos ir juntos a la ciudad, machote —dijo Hal palmeándole la espalda mientras se arrodillaba sobre el suelo intentando colocar correctamente una pieza de la tarima flotante. Sus ojos estaban vidriosos y le iba a explotar la cabeza—. Vamos a echar una canita al aire. A tomarnos unas copas. A reírte de lo que ha pasado.

—No creo que Juliet me pierda vista en las próximas semanas.

—No le importará que te vayas a tomar unas copitas con tu viejo colega.

—Tengo que volver a la comisaría el mes que viene. Suponiendo que presenten cargos.

—No lo harán —Hal le tranquilizó—. Hay violadores y asesinos sueltos por las calles. No te van a privar de libertad aunque te encuentren culpable de estar en posesión de lubricante y tener un aspecto sospechoso —empezó de nuevo a reírse entre dientes—. Solamente conseguirás una rozadura en la muñeca y aversión a aparcar en las áreas de descanso —se sujetaba la barriga mientras se reía a costa de Rick.

—No tiene gracia —le recordó Rick.

—Te tomas la vida demasiado en serio —apuntó su amigo—. Tenemos que relajarnos y divertirnos.

A Rick le pareció que Hal necesitaba una noche lejos de Shannon.

—No estoy seguro.

—Podemos ir solamente los dos, o podemos salir los cuatro. Juliet todavía no conoce a Shannon, ¿verdad?

No. Y no estaba muy seguro de cuánto tenía en común su mujer con el nuevo amor de Hal. Cuando Hal estaba casado con Melinda salían a menudo a cenar juntos; a veces incluso pensaron en irse juntos de vacaciones, pero nunca ocurrió. Juliet no aprobaba el hecho de que Hal hubiese abandonado a su mujer y a sus dos hijos por una joven modelo. No creía que fuese una buena idea juntarlas.

—No acepto un no como respuesta —avisó Hal.

Rick conocía a su amigo demasiado bien. A Hal no era fácil disuadirle cuando se le metía algo en la cabeza; era mejor decirle que sí.

—Nos iremos a tomar una cerveza un día de éstos —prometió Rick.

—Te tomo la palabra —dijo Hal.

—Vale, vale —suspiró Rick. Hal se había portado bien con él en el pasado.

Le hizo una oferta de trabajo en cuanto le despidieron. Algunas veces se aprovechaba, dejando a Rick trabajando mientras él se escapaba con Shannon, pero al fin y al cabo era su empresa. En general, Hal era bastante responsable.

—Tenemos que continuar con esto —dijo Rick, deseando cambiar de tema—, si no, no acabaremos nunca —arrastró una pila de planchas hacia él y se concentró en colocarlas.

Tuvo unos pocos minutos de paz antes de que su amigo hablase de nuevo.

—Tío —Hal intentó sonar distraído sin conseguirlo—. ¿A qué hora exactamente has dicho que estuviste en el aparcamiento?

19

Steven Aubrey me llamó a la biblioteca a media mañana para concretar una hora y venirme a buscar. Sólo el escuchar su voz me volvía a hacer sentir de una manera que no soy capaz de describir. Y ya está aquí, a las doce en punto. Una, que está catalogando los libros, le echa una ojeada de arriba abajo, y es evidente que le gusta lo que ve. Apoya la cara entre las manos y mira fijamente a Steven, de un modo muy sugerente. Yo me miro los pies.

—Estás preciosa —me dice Steven, mientras me escondo tras el mostrador de recepción con timidez.

Ha sido gracias a Una. Mi vestido liso y pardusco se ha visto resaltado por un pañuelo de color crema y azul turquesa. Llevo unas pulseras étnicas en las muñecas y tengo unos bamboleantes pendientes que cuelgan de mis orejas. Mis pies, que usan la talla 39 de zapato, se han apretujado en un par de sandalias de Una muy ostentosas con tacones cinco centímetros más altos de los que suelo llevar. Aparte de transformarme en una *femme fatal* me siento completamente incómoda al ir así vestida; un cordero disfrazado de lobo o como hubiese dicho Rick, una mujer disfrazada de quinceañera. Una madre de mediana edad vestida como una glamurosa divorciada.

Steven, por otra parte, parece muy seguro de sí mismo. Por alguna extraña coincidencia nos hemos puesto de acuerdo en los colores y él lleva puesto pantalones marrones, una sudadera de color café y una chaqueta de color crema claro. Puede que no sea el colmo de la moda, pero parece ropa cara. Su ligero bronceado le hace parecer sano y relajado; justo al contrario que mi cara, que está pálida y machacada. Pero Steven no se pasó la mayor parte de la noche preguntándose qué demonios hacía su media naranja. De hecho, me da la impresión de que ni siquiera sé si Steven tiene media naranja.

—No te quedes aquí perdiendo el tiempo —dice Una, mientras nos empuja hacia la puerta—. Sólo tienes dos horas, y veinticinco años que poneros al día.

Fuera de la biblioteca hay un coche despampanante y Steven abre las puertas con un simple pitido.

—Muy bonito —digo—. ¿Qué coche es?

—Un Aston Martin DB9

El Paraíso de Rick. Me deslizo en el interior del coche, impoluto, sintiéndome como una de esas famosas que ves en revistas como el *Hola* o *Vale*, esas que Una estudia cada día detenidamente y que yo hojeo en la biblioteca cuando creo que no me está mirando nadie.

—Todo esto es muy raro —dice Steven.

—Sí —estoy de acuerdo con él—. Muy raro.

—Me han dicho que el restaurante Paris House es un sitio que no te puedes perder, pero he pensado que como sólo tienes una hora es mejor que vayamos a Cosgrove y que comamos en la taberna de allí.

—Está bien —no le digo que Una ha intercedido por mí para que me pudiera coger dos horas libres. Puede que una hora sea más de lo que soy capaz de soportar.

—Puedo llamar al restaurante Paris House y preguntar si tienen una mesa libre.

—No, no —insisto—, es demasiado fino para mí —me preocupa que se me puedan caer los cubiertos o tirarme el vino encima—. Una taberna está bien.

Me pregunto por qué ninguno de los dos ha pensado simplemente en ir a High Street y comer en alguno de los múltiples sitios que hay ahí y que están bien. Quizá puede que los dos tengamos miedo de que nos reconozcan; sabemos que demasiada gente se preguntaría qué hacíamos ahí juntos. Cuando has vivido tanto tiempo como yo en esta ciudad sabes que aquí se guardan muy pocos secretos.

Steven arranca el coche, que ruge al salir de la ciudad y enseguida estamos atravesando caminos de un verde exuberante en dirección a Cosgrove. No sé dónde meterme ni cómo empezar la conversación con Steven, por lo que en su lugar miro por la ventana y disfruto de las vistas.

Esta parte del mundo es muy bonita. Incluso a pesar de que estamos haciendo frontera con una vasta ciudad, en cuestión de segundos puedes perderte en la preciosa campiña británica. Los campos ondeantes que se extienden a lo largo de la frontera de Buckinghamshire y Northamptonshire están frente a nosotros y altos robles perfilan la carretera, que está ribeteada por el perejil de monte que se mece con la brisa. Pasamos por delante de casas de campo con el techo de paja, diminutas casas adosadas y por una estoica iglesia antes de torcer hacia Cosgrove.

—No te creerías cuánto tiempo he esperado para hacer esto —dice, con los ojos fijos en la carretera. Sus manos se mueven para encontrar las mías, que están apoyadas sobre mi regazo, y me invade la preocupación—. ¿Te encuentras bien?

Asiento con la cabeza.

—Sí.

Pero la verdad es que soy un amasijo de nervios. ¿Por qué estoy haciendo esto? Steven es una parte de mi pasado y se tendría que haber quedado ahí. No quiero coger un cuchillo y empezar a abrir lenta y dolorosamente viejas heridas. Lo hecho, hecho está, y al fin y al cabo después de todo el tiempo que ha pasado ya debería estar superado.

—No pensé que aceptarías quedar conmigo.

Debería haber dicho que no. Si hubiese tenido algo de sentido común.

Steven me sonríe y se me derrite el corazón.

—No lo hubiese hecho si no me hubieses suplicado mil veces.

Soy demasiado fácil de convencer, pienso. Siempre lo he sido y siempre lo seré.

20

Al llegar a la taberna me tranquiliza ver que está relativamente vacía. El Barley Mow está situado en el corazón de la ciudad, un popular refugio que ofrece comida decente y casera. La parte delantera de la vieja taberna de piedra está llena de macetas llenas de lobelias azules, fucsias rosas y hiedras trepadoras. El jardín descansa a un lado del Grand Union Canal y hay muchos juguetes de niños desperdigados por el césped. Hoy día se le da un buen uso. Un grupo de mamás con unos cuantos niños pequeños han acampado aquí.

Decidimos que hace demasiado aire para sentarnos a comer fuera, y en cualquier caso, si nos quedáramos ahí, rodeados de las madres, me sentiría muy expuesta. Por lo que vamos dentro, que hace fresco y está más oscuro, y Steven elige una mesa que está apartada en un rincón y que a mí me parece perfecta. No es que me dé vergüenza estar con él, bueno, ya sabes. No me apetece mucho que me vean con él cuando no le he dicho a Rick dónde estoy.

Pedimos enseguida y yo sólo quiero una Coca-Cola *light* ya que no quiero catalogar libros esta tarde si no mantengo el equilibrio. Estoy en esa edad en la que una copa de vino es lo mismo que una botella, y la gente conservadora de Stony Stratford probablemente no llevaría bien la idea de que la bibliotecaria esté borracha. Doy un sorbo de mi vaso y trato con todas mis fuerzas de hacer como que no me doy cuenta de que Steven me está mirando con cierta nostalgia.

—¿Bueno, y qué es lo que has estado haciendo durante estos últimos veinticinco años? —digo con una sonrisa que pretende romper la tensión entre nosotros, pero sin conseguirlo. Quizá sería mejor si la taberna estuviera llena, entonces no me sentiría tan cohibida aquí sentada con Steven.

—Me ha ido muy con bien mi empresa —me contesta con mucha seriedad—. No tan bien en el amor.

—Justo lo contrario que a mí —bromeo.

La cara de Steven se vuelve seria.

—Me casé cuatro veces.

—Eso ha debido salirte muy caro.

Se encoge de hombros.

—Es el precio que tuve que pagar por dejar escapar a mi verdadero amor.

Podía haber sido simplemente la número uno de las *cinco* mujeres de Steven Aubrey, pero eso no lo digo en voz alta. Llega nuestra comida, lo que me salva de tener que responder.

—Esto tiene muy buena pinta —trato de llevar la conversación a un terreno neutral de nuevo y centro la atención en mi ensalada César. Una le quitaría los *crutons* de pan y dejaría la salsa a un lado, pero yo no. Antes de empezar a comer me desato su pañuelo y me lo quito. Conociéndome lo meteré en el plato. Más vale prevenir que curar.

—Sigues teniendo un cuello precioso —me dice mi acompañante con ternura.

No sabía que Steven pensaba que mi cuello era bonito.

Levantando la mano para taparlo, toso de formo involuntaria.

—Te he ruborizado.

—No, no.

—¿Has pensado en mí todos estos años? —claramente, Steven no piensa lo mismo sobre mantener una conversación neutral.

—Por supuesto que sí, Steven. Pero no siempre cosas agradables —sonrío para mostrarle que a pesar del comentario le estoy tomando el pelo.

—¿Cómo culparte? —dice mi antiguo amor, mientras corta el bistec que se ha pedido. Está poco hecho y se ve la sangre—. Te traté de una manera despreciable.

—Lo que hiciste fue bastante horrible —afirmo con malicia. Miro al chico de entonces, ahora convertido en un hombre, y que tanto daño me hizo.

Mi mente retrocede a esa mañana. Todavía lo recuerdo con total nitidez. Habían llegado las flores y estaban aguardando en la entrada. Mi ramo, resplandeciente con orquídeas de Singapur y rosas blancas era tal y como había soñado. El peluquero había acabado de peinarme, de hacerme lo que para mí era un recogido muy sofisticado, salpicado de perlas. Tiré la casa por la ventana y contraté a una esteticista para que me maquillara, en contra de lo que pensaba mi madre, que decía que era una terrible pérdida de dinero. La chica me maquilló y aunque yo sentía que era como una máscara gruesa de maquillaje, cuando me miré en el espejo vi a una mujer que parecía recién salida de la portada de una revista de moda. Llevaba puesta una lencería preciosísima que jamás me había puesto antes, debajo de mi vieja bata y mi maravilloso vestido, que le había costado a mi padre casi el sueldo de un mes, estaba colgado en la parte trasera de la puerta de mi habitación. Sabía que iba a entrar por el pasillo de la iglesia pareciendo y sintiéndome una princesa. Mis tres damas de honor se reían con nerviosismo, expectantes, mientras que yo me sentía tranquila y serena, lista para volar del nido y empezar mi nueva vida de casada. Ésta era la culminación de mucha espera y muchos nervios, casi no podía soportarlo. Habíamos comprado una pequeña casa adosada a la que nos íbamos a mudar tan pronto como hubiéramos vuelto de nuestra luna de miel, que iba a ser en Cornwall, durante dos semanas, lo que en ese momento resultaba algo muy lujoso.

Entonces llegó Steven. Mi madre no quería que subiera a mi habitación, insistiendo en que daba muy mala suerte ver a la novia antes de la boda. Resultó ser cierto. Efectivamente a mí me trajo muy mala suerte. El peluquero y la esteticista se escabulleron, mis damas de honor, reacias a irse, tuvieron que ser arrastradas a la fuerza por mi madre, que lamentablemente se había dado cuenta de la bomba que me iba a caer encima. El momento en el que vi la cara de Steven supe que algo terrible había pasado. Pensé que su padre había muerto, que le había pasado algo catastrófico a su madre, que el salón del banquete de bodas se había incendiado, que el cura había huido con uno de sus feligreses o que alguien se había olvidado de hacer el trabajo administrativo. Nunca se me pasó por la cabeza que Steven simplemente iba a anunciarme que no se sentía preparado para casarse conmigo y que en lugar de ir a la iglesia se iba al aeropuerto. Ésa fue la última vez que le vi, aparte de ayer.

De repente, se me ha ido el apetito y aparto el plato de ensalada. Tengo un nudo en el estómago por la ansiedad, probablemente una reacción retardada del efecto del vino.

—Ya es agua pasada —digo en voz baja.

Steven también aleja su plato y me mira fijamente, con los ojos clavados en mí.

—Quiero que sepas que me he arrepentido cada día de mi vida.

—Bueno —añado—, durante un tiempo pensé que nunca lo superaría. Pero lo hice. Estoy felizmente casada y tengo dos hijos maravillosos. Todo ha salido bien.

—¿Estás segura de eso? —me pregunta Steven—. ¿Nunca te has preguntado qué hubiera pasado si…?

Demasiadas veces, pienso. Siempre que teníamos que apretarnos mucho el cinturón para poder pagar la hipoteca, siempre que Rick y yo nos peleábamos, o algunas veces, cuando miraba por fuera de las ventanas de la biblioteca en un día frío y lluvioso el «qué hubiera pasado si» me venía a la mente constantemente. Pero no le voy a decir eso a Steven.

—Creo que te podría haber hecho muy feliz —continúa.

—Estoy segura de que sí —reconozco—. Pero nada de eso importa ahora. Los dos tomamos nuestras decisiones. Hemos tenido vidas diferentes. El destino ha sido muy generoso con nosotros. Es bonito que podamos compartir una agradable comida como amigos.

—Pero no es suficiente, ¿o sí? —dice Steven. Su mano cubre la mía. Miro fijamente nuestros dedos entrelazados durante un segundo y entonces aparto mi mano con suavidad.

—Para mí sí —le respondo, a pesar de que mi estómago da vueltas—. Tengo un marido encantador y dos hijos estupendos. Mi vida es simplemente perfecta —y, como creo que si le digo la verdad puedo estropearlo todo, es mejor que Steven Aubrey tampoco lo sepa.

21

Steven Aubrey me lleva de vuelta a la biblioteca. Se inclina hacia mí y creo que quiere besarme, pero me escabullo de él.

—Gracias —le digo alegre—. La comida fue estupenda. Ha sido genial volver a verte.

—¿Tú crees? —me pregunta a la vez que suspira—. Habría preferido que hubieses caído en mis brazos de nuevo y me hubieses dicho que no podías vivir sin mí ni un segundo más.

Estoy desconcertada.

—No esperabas eso realmente, ¿verdad?

Steven se ríe.

—No —dice—. A pesar de lo que tú te crees te conozco demasiado bien. Sólo te tomo el pelo. Sin embargo, ¿podemos volver a repetirlo?

Ahora estoy completamente cohibida.

—No sé, Steven. Quizá no sea una buena idea.

—Yo creo que sí —insiste—. Quiero volver a ser parte de tu vida.

¿Cómo iba a serlo? Ahora somos personas diferentes. Steven es un empresario de éxito que viaja alrededor del mundo. Yo soy una madre aburrida que nunca ha salido de su ciudad y que no ha hecho nada interesante. Ya formo parte del paisaje de Stony Stratford.

—¿La semana que viene a la misma hora?

—No sé…

—Entonces me pasaré antes por la biblioteca.

¿Qué puedo hacer para que deje de hacer esto? Trabajo en un lugar público. Podría venir a sacar libros para su madre, quien, según dice Steven, cada vez está más delicada.

—Me tengo que ir —digo—. O llegaré tarde.

No es que importe demasiado. Puedo ver desde aquí que no hay clientes esperando en el mostrador. En cambio, me agacho y salgo del Aston Martin intentando que no se me vean las rodillas antes de que diga otra cosa que me frene.

Steven siempre fue un galán, incluso de adolescente. Tenía una espontaneidad que hacía que la gente le adorara. Mi viejo amor no ha perdido ese don y ahora se le suma la seguridad en sí mismo que da la madurez; una combinación letal, que lo sepas.

Me precipito dentro de la biblioteca, en busca de refugio. Una me mira en cuanto entro.

—Ay, ay, ay —dice—. Alguien ha conseguido devolverle algo de color a tus mejillas.

—Hacía calor en el restaurante y el ambiente estaba muy cargado —le contesto.

—Cuéntame otra —se ríe mi amiga. Me he puesto el pañuelo de Una otra vez para que no se dé cuenta de que me lo había quitado.

—¿Has estado muy liada?

—No te preocupes por mí. Me las he apañado para lidiar con las hordas de lectores alborotados yo sola

—cuando ve que me cambia la cara hace un chasquido con la lengua—. Por supuesto que no he estado liada. Eso hubiese estado genial.

Una encuentra el ritmo de vida en la biblioteca de lo más aburrido, mientras que a mí me gusta la calma, los días tranquilos, la atmósfera sosegada.

—Me voy arriba a archivar los libros de ese carro —digo.

—No, de eso nada —Una me ordena—. Te vas a quedar aquí y fingir que estás igual de ocupada que yo mientras me cuentas todos los detalles con pelos y señales.

Cojo de debajo del mostrador una caja de libros que hay que devolver a otras bibliotecas y trato de poner cara como si me lo estuviera pensando.

—¿Y bien…? —me apunta Una.

—No ha cambiado mucho —le digo—. Más elegante y desenvuelto, más sofisticado que cuando era el chico adolescente que conocí y del que me enamoré, pero no está muy diferente.

—¿Sigue estando la chispa?

—No —miento.

Mi amiga me mira decepcionada.

—¿Ni siquiera una pequeñita?

—El pasado pesa mucho. Ha sido raro volver a estar con él. Muy raro.

—Raro puede ser sinónimo de emocionante, creo yo —dice Una—. Ésa es la parte que más me gusta de estar divorciada. Me gusta la sensación de salir con alguien nuevo, sin saber cómo va a ser, qué va a decir. Una piel que no conoces contra la tuya, tocar a alguien que no has tocado antes.

Siento cómo me voy acalorando y me aflojo el pañuelo de Una.

—El sexo con desconocidos es muy emocionante.

Tengo que tomarle la palabra a Una. Yo nunca me he acostado con un desconocido. Mi marido ha sido mi único amante. Me conozco cada milímetro de la piel de Rick igual que él conoce la mía. ¿No es eso un consuelo? ¿Tienes que tener una larga lista de conquistas para sentir que tienes un sexo maravilloso? Incluso si tuviera el encanto de Una, ¿querría realmente a mi edad irme a la cama con un hombre diferente cada semana? No puedo soportar el pensamiento de compartir mi celulitis con desconocidos. ¿Y de qué hablas a la mañana siguiente?

—¿No has pensado en cómo sería con Steven? —me da un golpecito en las costillas.

—No —me río sólo de pensarlo—. Eso es lo gracioso —digo, y suena ligeramente nostálgico incluso para mis oídos—. Es un desconocido y a la vez demasiado familiar al mismo tiempo.

—¿Y sigue sin pasarte por la cabeza?

Pienso en cómo se me aceleró el pulso cuando me senté junto a Steven, cómo se me erizó la piel cuando me tocó, cómo se me fue tensando la garganta cuando hablaba del pasado que compartimos, y la verdad del asunto es que pasamos más buenos tiempos que malos.

—Ni un poco.

—¿No vas a acudir a toda prisa a Doxley, Poxley y Roxley, los abogados especialistas en la crisis de los cuarenta para mujeres de cuarenta?

—No se me había pasado por la cabeza.

Una clienta se acerca al mostrador con un libro que quiere sacar prestado, *Más allá de la pasión*, de Ian McEwan. Es uno de mis favoritos. Una la mira con el ceño fruncido porque nos está interrumpiendo la conversación y pone el sello con un manotazo seco.

—Pensé que estaba muy bueno —dice Una cuando la chica se ha ido.

—Sé por qué dices eso —reconozco—. Steven es un hombre muy atractivo —pero ¿me podría imaginar en la cama con él? ¿Haciendo las cosas que hacen los amantes? Aparto el pensamiento de mi mente.

Una se inclina sobre el mostrador.

—¿Nunca has pensado en dejar a Rick? ¿Ni siquiera una vez?

—Bueno, algunas veces, cuando hemos tenido una pelea o cuando los niños me han sacado de quicio me he preguntado cómo sería estar sola. Pero no soy como tú, Una. Me gusta estar casada. Puede que Rick y yo no seamos puro fuego —especialmente ahora—, pero siempre nos hemos llevado bien. Casi siempre. Estoy acostumbrada a sus pequeñas manías y él a las mías.

—¿Y eso es todo lo que hay entre vosotros? —mi amiga está boquiabierta—. Dios, Juliet, haces que suene a una cadena perpetua en lugar de a una relación apasionada.

Me enfado ligeramente.

—No me refiero a eso.

—Ésta podría ser tu gran oportunidad de escapar, de poner algo de emoción en tu deprimente vida.

¿Es mi vida deprimente? Me paraliza pensar que puede que sí lo sea.

—¿Por qué dejaste a tu marido?

—Estaba aburrida —me dice Una—. Aburrida a más no poder.

—Pero ¿tenías todo lo que el dinero puede comprar? —la antigua casa de Una era una casa solariega. Un día pasamos por delante con el coche, paramos en la entrada y tuve que tomar aire de la impresión.

Mi amiga se encoge de hombros.

—Eso no lo es todo, ¿no? Quería un hombre que se volviera loco por mi cuerpo, que quisiera hacer cosas alocadas y salvajes. Todo lo que quería Martin era quedarse dormido frente a la televisión cada noche.

—¿No es eso lo que hacen los maridos?

—No tiene por qué ser así —dice Una, y suena irritada conmigo—. Sólo porque hayas estado casada durante veinticinco años no significa que no puedas tener sexo desenfrenado.

No le digo a Una que justo ahora que ha dejado a su marido sí que no tiene sexo.

—Un día simplemente me paré a pensar en mi vida: los niños se habían ido, demasiado ocupados con sus propias vidas, los años se me echaban encima, y pensé: «No puedo seguir así otros veinticinco años». ¿Nunca has pensado eso?

Se me seca la boca y digo:

—No.

Una me mira irónica.

—Entonces quizá deberías hacerlo.

—Será mejor que me vaya y coloque los libros antes de que llegue Don —advierto. Nuestro gerente piensa que la sociedad se desquebrajará si los libros permanecen mucho tiempo en el carrito en vez de estar disponibles para los lectores que quieran hojearlos. En este momento eso me alegra.

Y meto el carro en el ascensor para subir al piso de arriba, buscando refugio en los libros que tanto aprecio, colocándolos con cariño, aclarando mi mente confusa, sin pensar en nada más que en cuál es su lugar correcto en la estantería; no pienso en el arresto de Rick, en la sonrisa cálida de Steven ni en que mis veinticinco años de casada puede que se lleven el premio a la longevidad, pero para nada, a la pasión.

22

Cuando Rick llegó a casa, su suegra estaba leyendo el periódico local en la mesa de la cocina. Soltó un gruñido porque cada vez se hacía más difícil encontrar un momento del día en el que pudiera estar a solas con sus pensamientos. Se preguntaba por qué si le habían colocado un pequeño sofá a Rita en su habitación y le habían comprado una televisión LCD de veinte pulgadas en Costco, que él le había colgado en la pared, ella no pasaba más tiempo allí. Pero en tal caso, si se encerraba en su habitación, no podría causar problemas, y eso era algo que a la madre de Juliet le encantaba hacer.

Nada más entrar en la cocina se encontró con que Rita estaba hojeando el periódico deliberadamente, con la primera página bien a la vista. Rick soltó un gruñido todavía mayor. Se podía ver una foto de Rick, en su mayor momento de gloria, junto a la de otros cuantos hombres que no había visto en su vida con el titular de: «Arrestan pervertidos en un aparcamiento».

—Será mejor que ponga la tetera a calentar —dijo Rick.

—Creo que nos debes una explicación —espetó Rita.

—¿Sobre qué? —preguntó Juliet mientras entraba por la puerta.

—¡Sobre esto! —su suegra dio una buena sacudida al periódico.

¿Por qué no podían haber puesto: «Un vecino en proceso judicial por matar a su suegra»?, deliberó Rick.

—Lo sé todo, mamá —dijo Juliet con hartazgo, a la vez que retiraba la silla. Su mujer le miró fijamente—. Todo es un gran error.

—¿Entonces por qué sale en el periódico local?

Si el *Stony Stratford Companion* dijera que unos aliens estaban a punto de aterrizar en la plaza del mercado, Rita Britten se lo creería.

—Todo lo que estaba haciendo era tratar de encontrar algo de paz —explicó Rick con una voz débil. Algo que cada vez le resultaba más imposible.

Su suegra se llevó un chasco, claramente estaba dispuesta a pensar que era un pervertido porque así lo decía en la prensa local.

—No sé con qué cara voy a mirar a los vecinos —dijo ella, poniéndose una mano sobre la frente.

—Quizá te deberías mudar —sugirió Rick, y a cambio recibió una mala cara.

—Estamos muy preocupados, mamá —rogó Juliet en un tono calmado—. Rick necesita nuestro apoyo, no que le condenemos.

Otro chasco.

—Él no es el único que necesita apoyo —manifestó Rita—. Voy a someterme al TRH —terapia de reemplazo de hormonas—. El estrés no me conviene.

—¿TRH? Pero mamá, no lo necesitas.

—Claro que lo necesito si quiero tener otro bebé.

Juliet estaba horrorizada.

—¡No es TRH, lo que quieres decir es FIV! —fecundación in vitro.

—Eso es —Rita parecía contenta consigo misma.

—Pero tienes setenta y dos años, no puedes tener otro bebé.

—Hoy en día todo el mundo tiene bebés muy tarde. Es la moda.

—Sí, pero tarde es a los cuarenta.

Cincuenta si realmente quieres estirarlo mucho, pensó Rick. Lo verdaderamente raro e inusual es a los sesenta.

—No a los setenta —dijo Juliet.

—Puedo tener uno a los noventa si me voy a Rusia.

Menuda idea.

—Tengo dinero ahorrado en mi cuenta de ahorros.

—Creo que debería irse a Rusia —interrumpió Rick.

—Mamá, deja de hacer el idiota. Es totalmente imposible que quieras tener otro hijo con la edad que tienes. Estás diciendo tonterías.

—Lo que quiero es volver a vivirlo todo de nuevo, y esta vez quiero hacerlo bien. Siempre he querido un niño.

—Gracias —murmuró Juliet—. Aparte de eso, pensé que ibas a usar ese dinero para la operación estética de pecho, ¿no?

—Todavía me queda algo —insistió Rita —y en cualquier caso, tendría que esperar hasta que acabase de darle el pecho.

Rick se estremeció.

—¿Por qué no te tomas el té arriba? —dijo, resistiendo la tentación de tirarle el contenido a su suegra y dándole la taza de té en su lugar—. Juliet y yo tenemos cosas de las que queremos hablar.

—Apuesto que sí —Rita refunfuñó, pero para tranquilidad se levantó, salió de la habitación y tiró el té al suelo al pasar.

—Creo que está perdiendo la cabeza —afirmó Juliet cuando su madre se hubo ido—. ¿Crees que debería pedirle una cita para ver al doctor Kennet?

—Creo que deberíamos hacer algo para que se meta en sus propios asuntos. —sugirió Rick. Había tenido suficiente con todo esto. Todo lo que quería era escaparse durante un par de horas y no a un aparcamiento oscuro—. ¿Por qué no salimos esta noche? ¿Salimos de casa?

En este momento Tom apareció por la puerta y se dejó caer en la mesa.

—Tengo algo que deciros.

—Espero que sean buenas noticias —dijo Rick, mientras que clandestinamente apartó el periódico de la mesa y lo metió en uno de los cajones de la cocina.

Su hijo cogió aire profundamente.

—Gabe y yo nos queremos casar.

—¿Quién es Gabe? —preguntó Juliet.

—Mi novio —respondió Tom. Entonces con una sonrisa, añadió—: Mi alma gemela.

Rick retrocedió:

—¿Eres gay?

—¿Papá, estás ciego?

Primero le acusaban de pervertido en un aparcamiento y ahora también de que estaba ciego.

—¿Es con el que me topé en el rellano medio desnudo? —preguntó Rick.

Tom asintió con felicidad.

—Pensé que sólo era un amigo —Rick se pasó la mano por la cara. ¿Era posible?—. Un *buen* amigo. Te trajiste a casa a una chica no hace mucho. ¿Ésa quién era?

Su hijo se encogió de hombros.

—Los tiempos cambian.

Demasiado rápido para el gusto de Rick.

—¿Desde hace cuanto conoces a este Gabe?

—No mucho —ahora Tom estaba a la defensiva. Rick se tomó esto como semanas. O incluso días—. Pero tú y mamá casi no os conocíais cuando os casasteis, y mirad lo felices que sois.

Rick y Juliet se cruzaron una mirada. Nunca le habían contado a su hijo mayor el lapsus de tiempo que pasó entre la fecha de su precipitada boda y la fecha de su nacimiento. Algún día se dará cuenta él solo si se toma un tiempo para pensarlo.

—Casi no le conocemos —intervino Juliet, poniendo las manos sobre las de su hijo. Rick estaba de acuerdo. Ver a alguien en la puerta de tu baño en calzoncillos no cuenta como que le conoces—. ¿Por qué no nos lo has presentado a la familia como es debido?

—¿A vosotros? No quería espantarle —se rió Tom. Rick no le encontró la gracia—. Queremos una boda gay y que luego Gabe se mude aquí hasta que ahorremos para comprar nuestra propia casa.

—No —dijo Rick, levantando la mano en gesto de desaprobación—. Aquí no se muda.

La cara de su hijo cambió.

—¿Qué se supone que tenemos que hacer?

—Esto no es un hotel.

—No *va* a ser un hotel. Ya lo *estoy* usando como un hotel —Tom apuntó con razón—. Éste va a ser nuestro hogar.

—No —repitió Rick—. Si crees que eres lo bastante mayor para casarte entonces eres lo bastante mayor como para encontrar un trabajo y para pagarte tu propia casa.

Tom parecía como si esto no le estuviera ocurriendo a él.

—Las cosas ahí fuera están muy difíciles —dijo—. ¿Has visto los precios de las casas?

—Sí, es por eso por lo que la gente estudia duro durante la universidad, para empezar de la mejor manera posible. Parece que se te ha olvidado ligeramente.

—Estoy tratando de aclararme —contestó Tom en el acto—. Antes de entregarme a mi carrera profesional.

—¿Te importaría compartir qué ideas tienes?

—Estoy pensando en diseñador web, contable o paisajista —esto lo dice un hombre al que sólo hemos convencido para que pasara el cortacésped por nuestro jardín de Pascuas a Ramos—. O también estoy planteándome prepararme para piloto.

¿Vivía su hijo en el mismo planeta que ellos? Antes de que Rick pudiera formular una concisa respuesta, la puerta de la entrada se abrió y segundos más tarde Chloe irrumpió en la cocina. Tiró el bolso al suelo y luego retiró una de las sillas y se repanchingó sobre la mesa dejando caer la cabeza sobre sus brazos.

—Joder, estoy que palmo —dijo—. Pon la tetera en el fuego, papá. He tenido que venir andando desde la parada del autobús. ¿Cuándo te devuelven el coche, mamá?

—Mañana —contestó Rick por encima del hombro mientras se dirigía a poner la tetera—. Y tú no lo vas a conducir.

—Tengo que hacerlo —rebatió Chloe—. Tengo un trabajo. ¿Cómo voy a ir hasta allí?

—Ése es tu problema, querida.

—Los autobuses por aquí son lo peor.

—Entonces tendrás que pagarte un taxi con tu sueldo.

—Rick… —empezó Juliet.

Él levantó otra vez la mano. Su mujer estaba a punto de defender a Chloe, lo sabía.

—Estoy harto de que no me toméis en serio en esta casa.

—Pensé que os alegrarías de que consiguiera un trabajo —gritó su hija—. Todos los padres del mundo les compran un coche a sus hijos, pero vosotros no. Vosotros no hacéis nada por mí. ¿Cómo voy a desplazarme?

—Chloe —dijo Juliet razonablemente—, sabes que no podemos permitírnoslo. También tendríamos que comprarle otro coche a Tom y no nos lo podemos permitir. Te seguimos manteniendo y pagando el alojamiento de la universidad.

Chloe resopló con tristeza por lo injusto que era todo.

—¿Dónde has conseguido el trabajo? —preguntó Rick.

—No finjas ahora que te interesa —respondió Chloe echando humo. Recogió su bolso y apartó de un golpe la silla—. Odio esta familia. A nadie le importo —su hija se precipitó fuera de la cocina.

Juliet se levantó y se fue detrás de ella.

—Déjala —dijo Rick—. Es una niña mimada. Déjala que recapacite un poco. Algún día se dará cuenta de todo lo que hacemos por ella.

—¿Qué hay de cena? —preguntó Tom—. Me tengo que ir que he quedado con Gabe enseguida. ¿Cuándo estará lista?

—La cena se ha suspendido —dijo Rick—. Esta noche os buscáis la vida. La abuela incluida. Vuestra madre y yo estamos en huelga.

—Chloe tiene razón —Tom se quejó mientras se iba rabioso—. Esto es una familia más que disfuncional.

Su hijo dio un portazo a la puerta de la cocina.

—Si no estuviera tan cansado, puede que me reiría —añadió Rick, apoyándose sobre los cajones del armario de la cocina y cogiendo una profunda bocanada de aire—. ¿Podemos cambiarlos a *todos* y conseguir una nueva familia?

—Me temo que no funciona así.

Desafortunadamente.

Rick puso sus brazos alrededor de la cintura de su mujer. Su piel conservaba el olor de su perfume. Hacía mucho tiempo que no lo había percibido.

—¿Qué te parece si tú y yo salimos esta noche y los dejamos solos?

—Me parece una muy buena idea —dijo Juliet, y sonrió por primera vez en días.

23

Rick y yo vamos en coche hasta el centro, a Milton Keynes, y al enorme cine multisalas que hay allí. Hace mucho tiempo solíamos acurrucarnos en las butacas y besuquearnos aunque no debiéramos, pero hacía mucho que mi marido no era un gran fan del cine. No le gusta compartir sus experiencias cinemáticas con cientos de personas. Prefiere estar en casa en su propio sofá, con su propia cerveza y sus propias palomitas, y no tener que escuchar a la gente cómo manda mensajes de móvil o hablan cuando han pagado casi diez libras para ver la película.

Rick quería llevarme a cenar a la avenida principal de Stony Stratford, pero le he dicho que no tenía mucho apetito. Mi marido piensa que es porque estoy emocionalmente alterada por los problemas que tenemos con los niños y mi madre. No lo voy a hacer pero ¿cómo le puedo contar después de todo que he comido con Steven Aubrey? Eso sería la gota que colma el vaso y no le puedo hacer eso a Rick.

Mi marido corrió a la ducha antes de salir pero, como sigo llevando puesto el vestido pardusco y pijo y el pañuelo de Una, no me molesto en cambiarme. Hacemos cola con un millón de personas porque no se nos ha ocurrido comprar antes las entradas. A esta hora de la noche podemos elegir entre *Las hermanas Bolena*, que está basada en uno de los libros de mi autor preferido, o de *The Cottage*, que parece que es una película sangrienta de terror.

—Ya sabes que no puedo aguantar hasta el final de una película gore, Rick.

—Me da igual la película siempre que trate sobre las miserias de otras personas y no tengamos que pensar en las nuestras.

—Vamos —trato de sonar esperanzadora—. No estamos tan mal.

—¿Pensaste que nuestra vida sería así? —pregunta Rick con curiosidad—. ¿Es por esto por lo que nos casamos?

—Vamos tan sólo a disfrutar la película —digo—. Nunca sacamos tiempo para nosotros. ¿Por cuál nos decantamos?

Las hermanas Bolena ganan porque Rick, al igual que a la mayoría de los hombres de la faz de la Tierra le gusta Scarlett Johansson.

Hacemos cola otra vez para comprar un perrito caliente y unos nachos en lugar de cenar en condiciones.

—¿Qué hemos hecho mal? —suspira Rick mientras esperamos nuestra comida de plástico—. Dime, ¿por qué tuvimos hijos?

—Sabes que realmente los quieres.

—¿Significa eso que tengo que quererlos todo el tiempo? —mi marido coge un vaso gigante lleno de Coca-Cola que le hará ir corriendo al baño dos veces como mínimo durante la película. Yo cojo el perrito caliente y los nachos—. ¿Y qué te parece lo de Tom? —continuó diciendo—. ¿Sabías que era gay?

Una vez, cuando estaba pasando la aspiradora en la habitación de Tom, encontré unos calzoncillos de leopardo debajo de su cama, pero no pensé que fueran suyos. ¿Debería entonces haber hablado con él sobre sus inclinaciones? ¿O debería haber hecho lo que hice y simplemente ignorarlo y esperar que fuera una fase pasajera? Además, últimamente parece que han pasado muchas chicas por sus sábanas también. ¿Eso qué significa?

Nunca quieres pararte a pensar en las vidas sexuales de tus hijos, ¿no? Chloe, creo que perdió la virginidad con quince años. No tengo pruebas concretas en las que basarme, sólo un vago presentimiento. Estaba horrorizada, por supuesto, e intenté entablar conversaciones serias con ella sobre ser «responsable» y «prudente». La reacción de mi hija fue dejar de hablarme, a no ser que fuera sobre el tiempo, hasta que tuvo los dieciocho.

—Tenía mis sospechas —confieso mientras nos sumamos a la cola de personas escurridizas que va entrando al cine.

—Yo también —admite Rick—. Simplemente no quería reconocerlo. ¿Es políticamente incorrecto decir que prefería que la multitud de personas que se había traído a su habitación durante el último año más o menos hubiese sido de chicas solamente? No soy lo suficientemente moderno para tener un hijo gay, Juliet. De verdad, que no.

—A lo mejor es bisexual.

Mi marido se encoge de hombros.

—¿Es eso mejor o peor? ¿Si es bi, por qué no podía haberse decantado por la otra acera y así no les tendríamos que explicar cosas raras a los vecinos?

Rick le da las entradas al chico del personal uniformado y vamos hacia la sala 15.

—Impresiona —reconozco mientras buscamos un asiento idóneo. A Rick le gusta sentarse lo más atrás posible. A mí no me gusta sentarme en el medio de una fila, prefiero sentarme en un pasillo. Al final encontramos dos asientos que nos gustan a los dos—. Pero nos acostumbraremos. Sigue siendo nuestro bebé. Cosas peores suceden.

—¿Como tu madre de setenta y dos años anunciando que quiere tener otro hijo?

—Oh, Rick —digo—. ¿Qué vamos a hacer con ella?

—Bueno, no puede volver con tu padre ahora que tiene novio. ¡Espera un momento! ¿Crees que es genético ser gay? ¡Quizá Tom lo haya heredado de Frank! Es evidente que no viene de la parte de *mi* familia.

—¿Y qué me dices del tío Henry? —le recuerdo—. Siempre llevaba puestos trajes blancos y un bolso. Puede que no pensáramos que era sospechoso en ese momento, pero también pensábamos que George Michael era cien por cien heterosexual en aquel entonces.

Rick se ríe y veo cómo desaparece parte de la tensión de su cara. Me encanta salir los dos solos —como verdaderos adultos— y dejar atrás todos nuestros problemas, aunque sólo sea durante unas cuantas horas.

Nos acomodamos en nuestros asientos y el cine se va llenando mientras vemos los *trailers* de otras películas y los anuncios de productos más caros, la mayoría de bebidas.

—Siempre hemos intentado hacerlo lo mejor posible con ellos —dice mi marido como si estuviera cansado de la vida—. Hemos hecho todo lo que hemos podido para darles una buena educación —sus ojos se topan con los míos en la oscuridad—. A veces en detrimento de nuestra relación.

—Lo hemos hecho bien.

—¿Con eso basta? —pregunta Rick—. ¿Hacerlo bien? Sé que hay veces en las que no te he prestado mucha atención o que no te he dicho lo que debería. Me olvidé de nuestro último aniversario.

—No nos olvidaremos de éste.

—No —dice Rick—. Pero tampoco hemos hablado de qué vamos hacer. ¿Crees que deberíamos celebrarlo los dos solos o piensas que deberíamos organizar una fiesta?

—No sé…

—Oh, maldita sea, se me ha caído la salchicha.

—¿Qué?

—Se ha caído al suelo —mi marido empieza a hurgar alrededor de mis pies.

—No la toques, Rick. No sabes qué más hay ahí. Déjalo. La cogeremos cuando vuelvan a encender las luces.

—¡Puñetas! —exclama Rick—. Soñaba con ella.

—¿Quieres algunos nachos?

—No, huelen muy raro —se agacha y se mete entre los asientos—. Oh, aquí está —saca la salchicha llena de pelusas.

—No te la puedes comer ahora.

Le quita las cosas de encima

—Así estará bien. Un poco de suciedad nunca ha hecho daño a nadie.

No menciono el E.coli o la fiebre tifoidea. En su lugar digo:

—Ssh. La peli está a punto de empezar.

Y la conversación sobre la fiesta de nuestro aniversario queda olvidada cuando empieza la primera escena de la película y mi marido casi se atraganta con el perrito caliente lleno de pelusas. Pico de los nachos, pero están duros y la salsa de queso sabe a natillas. No sé cómo pero hemos perdido el amor que sentíamos el uno por el otro; no sé dónde ha ido. Quizá, igual que la salchicha de Rick, nuestro amor está escondido en alguna parte, a lo mejor sólo ha caído accidentalmente en la monotonía de la vida diaria y está esperando que lo busquemos y vayamos a por él, que le quitemos la suciedad y volvamos a convertirlo en algo especial. Ojalá fuera tan fácil de alcanzar como la salchicha.

En la pantalla, a Scarlett Johansson y Natalie Portman se las ve fabulosas haciendo de las hermanas Bolena. La película es sorprendentemente tan buena como el libro, aunque en este caso los efectos hacen un gran trabajo y le sacan todo el colorido y la tensión de los tiempos de los Bolena en la corte de los Tudor. La historia de otra familia disfuncional, pienso. Pongo la mano sobre la de Rick. Siempre trata con todas sus fuerzas de hacer lo correcto, pero de una forma u otra, nunca lo logra. Eso hace que se me ablande el corazón.

Justo cuando Ana mira melosamente a Enrique VIII en la pantalla, oigo un ligero resoplido y me giro hacia mi marido. Esto es lo que faltaba en nuestra cita ardiente. A pesar de tener a seis metros de su cara unos pechos majestuosos, Rick se ha quedado profundamente dormido.

24

—Ayer fuimos al cine y Rick se quedó dormido —le digo a Una en un momento de tranquilidad de nuestra mañana. Hoy siempre es el día más ajetreado en la biblioteca, con una afluencia constante de lectores habituales que vienen a por nuevos libros. Hay un mercadillo de productos agrícolas en la plaza pegada a nosotros, lo que siempre hace que la gente salga a la calle, llueva o haga sol.

—Yo me hubiera levantado e ido a casa —comenta mi amiga—. Le hubiese dejado ahí.

—Pensé en hacerlo —admito—. Pero me estaba gustando la película y, bueno, había factores atenuantes. No nos acostamos hasta las mil de la madrugada la noche anterior.

—Por lo del incidente de *dogging* de Rick —Una me lo recuerda con una ceja levantada—. Ahora le estás disculpando.

—Lo sé. Pero sigo enfadada con él. Eso me hizo sentir poco atractiva, Una. Se suponía que estábamos teniendo una cita. La primera vez que hemos estado juntos y a solas en semanas, probablemente en meses —ni siquiera puedo recordar, de la de tiempo que ha pasado, la última vez que Rick y yo salimos juntos, y claramente no fue lo bastante maravilloso como para dejarme un profundo recuerdo—. Y además, tenía mucho por lo que compensarme. ¿Crees que a lo mejor le he tenido demasiado a raya? —suspiro con sinceridad—. ¿Qué es lo siguiente que va a pasar si mi marido ni siquiera es capaz de mantenerse despierto con mi fantástica y deslumbrante compañía?

—Estabais a oscuras.

—¿Te estás poniendo de su parte ahora? ¿Estoy siendo poco razonable? No discutí con Rick por el hecho de haberse quedado dormido entre tanta lujuria, intriga y decapitaciones, pero me puse bastante seria con él. Ni siquiera creo que se diera cuenta.

—Hay un hombre que sí parece tener interés en prestarte atención —Una levanta la otra ceja.

—Ayer cuando estaba con Steven no podía evitar pensar en lo guapo que estaba. No ha envejecido para nada. En cambio, mírame a mí. Se me ve muy mayor. Mayor que el tiempo en sí mismo. Tengo cuarenta y cinco años, pero eso no es estar decrépita hoy día, ¿no? Los cuarenta se supone que son los nuevos treinta. Y mírate a ti, tú estás fantástica. Nadie pensaría que tienes la misma edad que yo. Estás en forma y eres muy moderna. A tu lado parezco un artículo defectuoso de alguna tienda de la caridad.

Una se ríe, pero sin sonar cruel.

—Juliet, eres un encanto —insiste—. Quizá te vendría bien un poco de asesoramiento.

—Cuando una amiga dice eso es que realmente tengo que hacerle caso.

—Yo voy a un pequeño y fabuloso salón de belleza al final de High Street, apartado en Swinfens Yard y que se llama Da la cara. ¿Por qué no te pido hora para unos cuantos tratamientos faciales? Ya verás como te sube la moral.

—Eso suena caro.

—Lo es, pero también es hora de que dejes de gastarte todo tu dinero en tus hijos y hagas algo por ti.

—Tienes razón. Pídeme cita. Antes de que cambie de opinión.

—Haremos que Rick no se quede indiferente.

Una coge el teléfono y marca un número. Trato de no escucharla mientras enumera todas las zonas de mi cara que necesitan reparación urgente antes de pedirme hora. Cuando cuelga dice:

—Hoy a las once en punto. Don esta tarde se vuelve a ir a la Biblioteca Central, por lo que no se enterará si llegas un poco tarde.

—Vas a hacer que me echen a este ritmo. Volveré guapísima pero sin trabajo.

—No le veo el problema a eso —Una ríe tontamente.

La puerta de la biblioteca se abre y mi padre entra con un hombre de aspecto elegante a su lado. Me temo que éste es Samuel Scott y que me lo va a presentar formalmente.

—Hola, cariño —dice papá—. ¿No estás ocupada hoy?

—Lo hemos estado —le contesto—. Sólo una tregua. Una y yo estamos arreglando el mundo.

—Ése es un duro trabajo, hoy día —se ríe.

Mi padre tiene un aspecto estupendo. Desprende una vivacidad al andar y tiene unos colores en las mejillas que nunca tuvo cuando estaba con mi madre; entonces siempre parecía que cargaba con el peso del mundo sobre sus hombros. Llevaba puesta una elegante camisa blanca y una pajarita roja, y había desenterrado su chaqueta deportiva de tweed preferida. Lo que fuera que estuviera haciendo ese Samuel —y ni si quiera quiero entrar en eso— le estaba dando a papá un nuevo aliciente en la vida. No importa cuánto puede que desapruebe su nuevo estilo de vida, no puedo negar que le está viniendo bien. Mi padre camina más erguido que lo que le he visto nunca y parece diez años más joven. Aquí estoy yo poniendo mi fe en cremas de belleza cuando lo único que necesitas es encontrar un amante. Bueno, no quiero pensar eso.

—Quería que conocieras a Samuel, cariño —mi padre parece cohibido.

Samuel es claramente mucho más joven que papá. Tiene casi la mitad de su edad, si recuerdo bien. Más joven que yo, desde luego. No es un joven muy moderno en cambio. Samuel probablemente parezca mayor de su edad. Tiene cuarenta y pico años, poco pelo, una bonita sonrisa y unos ojos dulces. Es evidente que mi padre piensa que es el amor de sus sueños.

Estiro la mano y Samuel la aprieta afectuosamente, se puede ver el alivio escrito en su dulce cara.

—Encantado de conocerte —dice de golpe—. Frank me ha hablado mucho de ti.

—Encantada de conocerte a ti también, Samuel —Una nos lanza una mirada inquisitiva, con toda la razón del mundo. Con todo lo que me ha pasado se me ha olvidado contarle que tanto mi padre como mi hijo han confesado ser gays esta semana.

—Éste es el… —me fallan las palabras, dado que no estoy muy segura de cómo describir a Samuel. Me lo imagino más como un compañero de papá a su edad antes que...

—Es mi novio —dice mi padre con una amplia sonrisa.

—Ha sido una semana muy ajetreada en casa —le digo a medida que la mandíbula de Una cae de la sorpresa—. Samuel trabaja en la librería grande de Milton Keynes.

—Me encantan mis libros —explica Samuel, animándose un poco a sí mismo.

Bueno, al menos tenemos algo en común.

—¿Por qué no comes con nosotros? —sugiere papá—. Estaría muy bien que os conocierais mejor. Ahora que somos familia.

—No puedo, papá —me excuso—. Una me acaba de pedir cita para un tratamiento facial en un salón de belleza. Estoy deseando retrasar el tiempo —unos veinticinco años estaría bien.

—Oh, es una lástima —mi padre parece un poco desilusionado—. Otra vez será.

—Por supuesto, por supuesto. Tenéis que pasaros un sábado a comer —entonces caigo en la cuenta de que tenemos a mi madre viviendo con nosotros, y creo que puede que no sea una buena idea. Todavía no le he contado el nuevo estatus amoroso de papá, ya que no creo que se lo vaya a tomar bien—. O podemos salir a comer fuera. Rick también está deseando conocerte.

¿Por qué he dicho eso? Es una completa mentira y últimamente parece que salen de mi boca con demasiada facilidad.

—Ya que estamos vamos a coger otros libros —dice papá. Desliza su brazo entre los de Samuel y los dos van hacia las escaleras. Les observo, sin saber qué pensar.

—Esto es demasiado para enterarse así, de sopetón —opina Una.

—Dímelo a mí —en cambio parece muy feliz. Eso tiene que ser algo bueno.

—No me extraña que parezcas demacrada, Juliet. No tengo ni idea de cómo puedes aguantar este ritmo con todo lo que tienes encima. Por eso es por lo que yo estoy sola. Sólo hago una llamada rápida a mis hijos, una o dos veces por semana para que me pongan al día y para saber dónde están o qué tal, pero aparte de eso no tengo a nadie más del que preocuparme excepto de mí. Lo recomiendo enormemente, amiguita. Deberías intentarlo.

Y me pregunto si puede que Una tenga razón.

25

Rick no podía más con las historias de Hal. Normalmente se tomaba un sándwich rápido para comer y luego seguía trabajando —nada de una hora de descanso para él—, pero hoy necesitaba escaparse completamente.

Estaban trabajando a sólo cinco minutos de su casa en coche, por lo que estaba lo bastante cerca como para volver con la furgoneta. Seguía estando molido esta mañana, incluso a pesar del largo y agradable sueñecito que se echó durante la película, lo que a Juliet no le había gustado mucho. Su mujer había mostrado su resentimiento no preparándole su habitual almuerzo, por lo que había decidido pasarse por casa en su lugar, tomarse un respiro y animarse leyendo las esquelas sin que nadie le viera.

Mientras aparcaba en Chadwick Close pudo ver que Stacey Lovejoy estaba fuera lavando su coche. Sin ningún trabajo aparente, su jovial vecina se las seguía apañando para vivir en la casa más grande de la calle y conducir un Mercedes último modelo.

Stacey llevaba puesta una de esas camisetas sin mangas que Juliet había dejado de comprarse porque decía que se le veían los brazos fofos y colgantes y una falda vaquera muy corta. Su vecina estaba inclinada sobre el capó, con los codos llenos de espuma, acariciando el coche rítmicamente con una esponja gigante. Rick empezó a sentirse acalorado. Estaba seguro de que había visto a Tom viendo un videoclip justo como ése en la MTV. Tenía un estilo curioso, pero Stacey no sería capaz de quitar ni las moscas del parabrisas si no se esforzaba un poco más.

Stacey le saludó con la mano cuando pasó por delante de ella y supo que no había ninguna opción de entrar en casa sin que le abordara.

No había acabado de salir de la furgoneta cuando ella apareció a su lado agarrando la esponja amarilla. Tenía la camiseta mojada y estaba claro que no llevaba sujetador. Rick intentó con todas sus fuerzas no mirar en esa dirección.

—Hola, Rick —arrulló ella—. ¿Qué estás haciendo en casa a estas horas del día?

—Sólo he vuelto para comer —dije—. Me olvidé los sándwiches.

—¡Qué tontada! —su vecina le pegó con la esponja, dejándole una mancha de humedad en su polo—. Estoy a punto de acabar, y estoy famélica. Prepararé algo de comer para los dos.

—No, no —respondió—. Es muy amable por tu parte pero tengo que hacer unas cosas.

—Pueden esperar —insistió Stacey, y en su lugar le condujo hacia su casa.

—Rita se va a preguntar dónde estoy si ve la furgoneta —de hecho, se le había olvidado que últimamente era muy difícil de encontrar algo de paz, particularmente en casa.

—Tu suegra ha salido hace como media hora. Se fue hacia el centro de la ciudad, diría yo. Tenía esa cara de determinación. Esa que hace que parezca como si se hubiese comido un limón.

Los dos se rieron del comentario. Así de desenvuelta es su vecina, la verdad es que era bastante simpática. ¿Era algo horrible pasar lo que le quedaba de su comida con Stacey Lovejoy?

—Tiene que ser un sándwich rápido —dijo Rick—. No tengo mucho tiempo.

—Oh, me gusta uno rapidito —a Stacey le entró la risa tonta mientras iban a la cocina—. Espero que te guste el queso, no hay mucho más en el frigo.

—Queso está bien —y esperó que no viniera nada más incluido en el menú.

—Sólo necesito quitarme esta camiseta mojada —continuó Stacey.

—Iré al jardín —dijo Rick—. Voy a tomar un poco de aire fresco ahora que puedo —y salió corriendo por la puerta trasera.

El jardín de Stacey estaba cuidado de forma impecable, igual que el resto de la casa. Puede que los vecinos se quejaran de que no estuviera a la altura de Chaddwick Close, pero no podrían culparla de cómo tenía su jardín y su casa. Aquí se estaba en silencio, sobre todo ahora, sin su prole de escandalosas hijas que parecía que tiraran la casa abajo. Supongo que hoy todavía estaban en el colegio, aunque a veces era como si su asistencia a clase fuera más bien esporádica.

Acercó una de las sillas acolchadas y reclinables y se recostó, disfrutando de la sensación del sol en su cara. Tenía que tener cuidado para no quedarse dormido. Hal nunca creería en su inocencia si hacía eso. Tampoco Juliet, si se diera el caso.

Minutos más tarde, justo cuando sus ojos empezaban a pesarle, Stacey apareció con un bikini negro y con una bandeja en la mano. Trató de no mirar a la parte de arriba del bikini ni a su exuberante contenido, y centrarse en su lugar en la bandeja que tenía debajo. Había una montaña de sándwiches apilados, flanqueados por dos vasos de limonada.

—Muy amable —dijo Rick, mientras ella le pasaba un vaso—. ¿Es casera?

—Ricky —se rió ella—. ¿Por quién me tomas? ¿Parezco una mujer que tiene tiempo para preparar su propia limonada? ¡Es de Sainsbury!

Su vecina parecía encontrar todo lo que él decía gracioso y, a pesar de que le tenía un miedo de muerte, era un cambio estimulante estar con alguien que le consideraba divertido. Después de la pasada noche estaba seguro de que su mujer no pensaba lo mismo de él.

—Es muy amable de tu parte —Rick ingirió su sándwich, tratando de estar atento a la hora.

Stacey se sentó a su lado y apoyó sus uñas blancas y brillantes sobre su brazo.

—Eres un hombre encantador, Ricky —ronroneó—. Juliet es una mujer afortunada.

—No estoy seguro de si ella estaría de acuerdo contigo.

—He visto de lo que has sido capaz en el periódico local. ¡Eres un chico travieso!

—Eso fue un terrible malentendido —empezó a decir él.

Su vecina se rió socarronamente y le golpeó en el brazo.

—No pensé que fueras así. Me gustan los chicos malos. Siempre me gustaron. Te has ganado mi estima.

Si Juliet hubiese pensado de la misma manera quizá ahora no existiría esta tensión subyacente entre ambos.

Observó cómo Stacey se bebía su limonada, con sus carnosos labios carmesí puestos en el borde, lamiéndolo mientras tragaba hasta la última gota. Las gotas del vaso resbalaron en su pecho y se deslizaron en fascinantes ríos sobre sus curvas hasta desaparecer bajo la escasa tela de su bikini. Un medallón con forma de corazón se encontraba en su escote y Rick no podía dejar de mirarlo. Era la hora de volver a casa.

Se levantó apresuradamente, limpiándose las migas de su regazo, agradecido de que no hubiera pasado nada que lamentar.

—Gracias —dijo—. Te lo agradezco mucho.

Stacey también se levantó y se acercó a él.

—El placer ha sido mío —le contestó y, apretando su cuerpo contra el suyo, le besó dulcemente en los labios; la dulzura de su boca no concordaba con lo estridente que era.

—Muy amable —dijo Rick, apartándose lo más rápido que pudo—. Gracias por la comida, Stacey.

—Lo tenemos que repetir alguna vez.

Y, mientras salía disparado hacia un lugar seguro, su furgoneta, Rick pensó que, definitivamente, no debían repetirlo.

26

Me miro en el espejo del salón de belleza Da la cara. ¿Me han arrancado diez años de mi piel en la última hora? Le doy unos pellizcos. Mi cara se ha puesto muy roja y un poco hinchada, pero no estoy segura de que vuelva a aparentar treinta y cinco años, si es que los aparentaré alguna vez. Mis arrugas siguen firmemente en su sitio, si te interesa. Lo único que han desaparecido son las mil libras que tenía en mi cuenta bancaria.

Se me seca la boca al pensar en lo que acabo de gastarme estúpidamente en búsqueda de la juventud. *Mil libras.* ¿En qué otra cosa me podía haber gastado mil libras? Mi destrozada cocina necesita un *lifting* tanto como yo, sino más que yo. Una oleada de náuseas me invaden. ¿He hecho alguna vez algo tan egoísta en mi vida? A Rick le va a dar una ataque de histeria. No estoy segura de que haya sido acertado por mi parte, pero me he dejado llevar por el momento. Entré aquí, en Da la cara, preparada para ser rejuvenecida, y cuando Felicity, la chica de unos veinticinco años, delgada y extraordinariamente guapa, me recomendó que me hiciera un *peeling*, que me pusiera inyecciones y rellenos faciales, eso es lo que hice. Tan imbécil que soy, que le entregué mi tarjeta de crédito y me dejé caer en sus brazos y en los de sus compañeras.

Ahora, una hora después, me han rellenado las arrugas del entrecejo (y de ésas hay unas cuantas), me han puesto botox en la frente y me han frotado la piel con una pequeña aspiradora que me clavaba cristalitos. Mis pliegues nasolabiales —que ni siquiera sabía que los tenía— me los han rellenado con colágeno sintético o algo parecido. Me han paralizado las patas de gallo con químicos muy peligrosos y sigo sin creerme que todo esto me pareciera una idea brillante hace tan poco tiempo.

—El botox te dura un par de meses hasta que necesitas volver a hacértelo —dice Felicity.

¿He pagado tal cantidad de dinero y sólo dura un par de meses? Bueno, ¿no dicen aquello de que cuanto mayor eres más irresponsable te vuelves?

—Gracias —añado educadamente.

—¿Te concretamos otra cita? Sería una buena idea que te dieses otra sesión de microdermoabrasión la semana que viene —creo que eso fue la cosa de los cristalitos—. Y luego una vez a la semana durante otro mes.

¿Una vez a la semana? Tendría que vender mi cuerpo al mejor postor de eBay para tener ese dinero.

—Lo pensaré —le respondo, y entonces me voy corriendo, absteniéndome de la gran cantidad de productos que mi nueva mejor amiga, la esteticista, me ha puesto en una fila porque piensa que son imprescindibles, y huyo a un lugar seguro, a la biblioteca.

Una está en el mostrador registrando algunos libros cuando vuelvo. Levanta la mirada.

—Se te ve fabulosa —dice.

No es así. Te puedo asegurar categóricamente que no. Se me ve como si me hubieran frotado la cara con un estropajo metálico.

Me entretengo en la recepción hasta que Una ha atendido a todos los usuarios, y espero para hablar con mi amiga.

—¿Cómo fue? —me pregunta.

—Dolió —le digo—. Todo. Me inyectaron, pellizcaron, restregaron, electrocutaron. Pero lo que más me dolió fue el daño que le hicieron a mi tarjeta de crédito.

—Recórcholis —dice Una, con una mirada de sorpresa cuando le digo a lo que he sido sometida—. Nunca pensé que te harían todo eso.

—Yo tampoco —digo abatida.

—¿No te ha hecho sentir mejor?

—Por ahora no —admito—. Si no te importa creo voy a ir a esconderme arriba por la tarde. Me siento la cara encendida —y me duele la cabeza, pero no se lo digo a Una porque me llamaría quejica. Sin embargo, es el momento de decir que no comparto su entusiasmo por los tratamientos de belleza avanzados. Soy una mujer que lo único que se echa en la cara es Nivea, una vez a la semana, por lo que soy consciente de que parto desde muy bajo.

—Hay un carro de libros que colocar, ¿por qué no haces eso?

—Eso haré —empujo el carro al ascensor y voy arriba, deseando perderme con mi montaña de novelas durante una hora. Lo que necesito en este momento es acurrucarme con un buen libro para recuperarme de mi trauma de belleza, pero como no me han parado de dar órdenes y no he dejado de sentirme una imbécil, sigo contrayendo y relajando los músculos de la cara para asegurarme de que el botox funciona.

Mucho más tarde, justo cuando he devuelto una montaña tambaleante de novelas a su hogar: Joanna Trollope,

Tony Parsons, Fannie Flagg, Penny Vincenzi, Karin Slaughter, Thomas Harris y Lee Child, oigo unas pisadas detrás de mí y me giro por si es un lector que necesita ayuda.

Steven Aubrey está ahí de pie, justo como cuando apareció por primera vez, y mi estómago y corazón dan un vuelco al mismo tiempo.

—Hola Steven.

—Oh, Dios mío —Steven se lleva la mano a la boca mientras me mira, con ojos de horror—. ¿Qué te ha pasado? ¿Ha descubierto Rick lo nuestro?

—¿Qué? —digo, poniéndome nerviosa—. ¿Qué? ¿Rick? ¿Nosotros? —no hay ningún nosotros. ¿No se ha dado cuenta Steven de eso? La verdad es que todavía no le he contado a Rick lo de mi comida con él, pero es que, sinceramente, no se ha dado la oportunidad.

—Pobrecita, cariño —Steven trata de abrazarme, pero le aparto. No hay nadie más en la sala pero eso no significa que quiera que me abrace delante de la misma biblioteca. Mi primer amor parece angustiado—. ¿Te ha pegado?

—¿Rick? —me río en voz alta al pensarlo—. ¿De qué diablos estás hablando?

Steven parece desconcertado.

—Tu cara —dice—. ¿Qué le ha pasado a tu cara?

—¡Santo cielo! —siento mi piel, parece que está en su sitio correcto… pero claramente, hay algo que en serio está mal—. Un espejo —pido—. Necesito un espejo.

—Ahí —Steven me conduce al espejo de cuerpo entero que está entre los audiolibros y las biografías.

Doy un grito cuando me veo a mí misma, y no muy bien que digamos. A lo largo de mis pliegues nasolabiales

—las líneas que se hunden entre mi nariz y la boca, que son propias de una mujer de cuarenta y cinco años— hay unos moratones oscuros, más bien negros, en el sitio en el que han puesto el relleno bajo mi piel para conseguir esa eterna juventud. No estoy segura de que estar negra y azul tenga algo que ver con estar joven.

No sólo no parece que sea diez años más joven sino que parece como si alguien me hubiese pintado el bigote de Fu-Manchú. Alrededor de los ojos, donde me inyectaron el botox, tengo unos círculos azules y amoratados. Soy mitad mujer, mitad panda. Mi frente puede que esté menos arrugada pero ahora hay una serie de rieles de color azul marino en su lugar.

De manera vacilante mis dedos acarician mi cara como si perteneciera a otra persona.

—¿Qué voy a hacer?

—¿Qué demonios te ha pasado? —pregunta Steven por tercera vez.

Podría decirle que me choqué contra una puerta, pero ¿no es esa le típica respuesta de una mujer maltratada? ¿Se creería que toda esta cantidad de moratones me los había causado lo que se supone que es un tratamiento de belleza? Está bien, siento que estoy pagando mi ataque de vanidad.

—Me he hecho un tratamiento facial —admito.

—Parece como si vinieses de diez combates de boxeo contra Amir Khan —me dice Steven.

—Necesito hablar con Una —digo—. Ella lo solucionará —aunque me temo que no estoy completamente segura de eso.

Steven me coge la mano.

—No necesitas tratamientos de belleza —añade, y me acerca hacia él, a sus brazos—. Te quiero tal y como eres.

Me estremezco y nuestros ojos se encuentran. ¿Es verdad que Steven me acaba de decir simplemente que me quiere? Éste no es el momento ni el lugar de seguir con esto.

—Me tengo que ir.

Su voz es más apremiante ahora.

—Quería saber si querrías salir a comer otra vez conmigo. O a cenar. O a algo.

¿Cómo iba a salir con este aspecto? ¿Qué me iba a decir Rick cuando me viera? Tendré que confesarle el dinero que me he gastado y se pondrá hecho una furia.

—Quiero pasar más tiempo contigo —continúa Steven—. Todavía tenemos muchas cosas de las que hablar. Hay muchas cosas que quiero decirte.

—Vale —asiento, porque me late la cabeza y sólo quiero dejar de hablar y ver qué puede hacer Una para reparar mi daño—. La semana que viene. Si consigo que Una me cubra en la biblioteca podemos volver a comer la semana que viene.

—Gracias —dice Steven. Entonces me abraza con fuerza y yo compruebo por encima de su hombro que sigue sin haber moros en la costa—. Lo estoy deseando.

¿Realmente voy a comer con Steven la semana que viene? Para ser sincera, no lo sé. Vuelvo a mirarme la cara, que parece un saco de boxeo, en el espejo. Por ahora no puedo ni imaginarme saliendo otra vez de casa.

27

Estoy preparando la cena cuando Rick llega a casa. Llámame manipuladora, pero le he preparado su plato favorito. Un buen bistec, patatas fritas, champiñones y una tarta de manzana casera con helado para acompañar. Rick no es otra cosa que una persona muy tradicional. Espero conquistarle por el estómago. Sería mucho mejor si sólo estuviéramos los dos solos pero, por supuesto, esta noche la casa está al completo. Por lo que mi cena romántica de hoy es para cinco. Seis si cuentas el trocito de bistec que le voy a dar a *Buster*.

Mi madre levanta la mirada cuando ve la furgoneta de Rick en la entrada.

—Le va a dar un patatús.

—Sí, bueno, no es necesario que comentes nada sobre el tema.

—No sé en qué estabas pensando, gastándote el dinero en tratamientos de belleza —le he contado estúpidamente a mi madre lo que me había hecho y cuánto me había costado llegar a este estado.

—Mamá, tú eres la que dices que te vas a operar el pecho —a la avanzada edad de setenta años. Si creo que estoy tratando de parecer una quinceañera sólo tengo que pensar en ella—. ¿Cuánto crees que te va a costar a ti *eso*? A mí sólo me han puesto unas cuantas inyecciones —y mira mi aspecto. Hay muchas cosas que decir sobre envejecer con dignidad—. No creo que tú seas la más indicada para criticarme —pero lo hará. ¿Por qué iba a perderse esta oportunidad única?

Mi madre carraspea.

—No quiero que digas nada —le aviso.

—No va a cambiar nada que le hayas cocinado eso —mira con desdén mi tarta de manzana.

—Bueno, al menos lo voy a intentar —no quiero empezar una discusión con mi madre sobre qué está bien y qué está mal en las maquinaciones conyugales, sobre todo cuando ella no tiene ni idea de lo que está haciendo mi padre actualmente. Quizá si le hubiera cuidado un poco mejor ahora no estaríamos en esta situación.

—Guauu —dice mi marido al entrar en la cocina—. Algo huele muy bien. ¿Qué estás haciendo? —entonces es cuando me doy la vuelta y grita alarmado—. ¿Qué te ha pasado?

Se está convirtiendo en un estribillo muy familiar. A pesar de que traté de alejarme de los usuarios de la biblioteca por si se asustaban, cada lector nada más verme me ha preguntado lo mismo. Aunque Una me ha puesto un kilo de maquillaje sobre los moratones, siguen siendo muy visibles. Me va a llevar semanas hasta que desaparezcan.

Ella dice que debería volver al salón de belleza para protestar. Francamente, no creo que vuelva a pasar por ese sitio ni siquiera cerca nunca más en mi vida.

Entonces me doy cuenta de que no tengo el valor suficiente. No le puedo decir a Rick lo que he hecho. Va a pensar que estoy loca —yo creo que estoy loca— y me estoy empezando a sentir muy mal. Cada vez que ve a alguien en la tele con la frente inmóvil o con un *lifting* mal hecho, no para de decir lo estúpidas o ingenuas que son. ¿Cómo voy a admitir ahora que yo soy ese tipo de mujer? Por lo que, en lugar de decirle la verdad, suelto:

—Tuve un accidente en el trabajo —le lanzo a mi madre una mirada de advertencia—. Un hombre se acercó a las estanterías demasiado rápido y se chocó conmigo.

A mi marido se le ha desencajado la mandíbula.

—No duele —añado con timidez—. Se ve peor de lo que es en realidad.

—Demandaremos —dice Rick, frotándose las manos—. Esto podría valer una fortuna. Espero que le cogieras el nombre y los datos.

Detrás de mi marido, mi madre se cruza de brazos y me lanza una mirada de: «Ahora qué vas a hacer».

—No es nada —digo—. No armes un escándalo.

—¿Nada? —repite Rick—. Tienes un aspecto horrible, mujer. ¿Te has visto la cara? Parece como si hubieras tenido un accidente múltiple en cadena.

Llegado este punto todo ha ido demasiado lejos, y de repente rompo a llorar.

28

—Perdona —dijo Rick, acariciándole el pelo a su mujer. Otra metedura de pata. A veces puede ser un completo idiota desconsiderado. Las mujeres se preocupaban por su aspecto. Para su opinión demasiado, pero así era la realidad. Ahora Juliet se preocuparía por su cara durante semanas. Aunque no tuviera muy buen aspecto. Quizá no como si hubiera sufrido un accidente múltiple en cadena, pero sí una disputa considerable.

Ella le había preparado su cena favorita —eso le transmitía claramente que le había perdonado por lo de quedarse dormido en el cine— y ahora también había estropeado eso.

Juliet se sentó a la mesa, con las manos en la cabeza, mientras él acababa de hacer los bistecs. No era un gran cocinero, pero gracias a sus entrenamientos en la cocina masculina, o en la barbacoa como a algunos les gustaba llamarlo, podía al menos hacerse un filete a la parrilla.

Su hija Chloe entró por la puerta. Llevaba puesto más maquillaje que Juliet, lo que te da una idea de la cantidad, pero nada parecido al concepto de mucha ropa.

—La cena está lista —anunció Rick—. Estaba a punto de darte una voz.

—No puedo quedarme —dijo Chloe, robando una patata frita de la fuente—. Tengo que ir a trabajar.

—Tienes un plato aquí esperándote.

—No me da tiempo —cogió otra patata.

—¿Y qué se supone que tengo que hacer con él? —Rick le enseñó el trozo de carne que estaba tratando de cocinar con todo su amor.

Chloe se encogió de hombros.

—Para *Buster* —robó otra patata—. Estoy a dieta.

El perro parecía como si pensara que era una buena idea y meneó su rabo con entusiasmo y con la esperanza de que alguien estuviera de acuerdo.

—Maldita sea —murmuró Rick entre dientes. Debería hacer que Tom y Chloe reservaran hora para la cena y si no aparecían o no se la comían, cobrársela.

Cuando su hija fue a coger otra patata, de repente metió el dedo en la llaga.

—Joder, mamá. ¿Qué le ha pasado a tu cara?

Juliet se puso la mano sobre la mejilla amoratada.

—Me choqué con una estantería en el trabajo.

—Joder.

—Esa boca, Chloe —se quejó Rick—. Pensaba que habías dicho que alguien se había chocado contigo.

—Sí —respondió Juliet—. Eso es lo que pasó.

—Vamos a demandar —añadió Rick—. Ja, ja. Les vamos a chupar la sangre. Puede que con eso podamos irnos de vacaciones a Bahamas —volvió a reírse, pero Juliet sólo volvió a sollozar.

—¿Puedo cogerte el coche, mamá?

—Sí —dijo Juliet.

—No —dijo Rick al unísono.

Su hija puso pucheros.

—¿Cómo se supone que voy a ir al trabajo entonces? Hoy es mi primer día. No puedo llegar tarde.

—Coge el autobús —avisó Rick.

—No hay.

Juliet sacó las llaves.

—Es verdad, Rick. No hay transporte público a estas horas de la noche. ¿Cómo va a volver a casa?

—Nos han devuelto el coche esta tarde, jovencita. Si le haces un rasguño… —Rick meneó el dedo amenazante.

—Sigues sin contarnos nada de tu trabajo —dijo Juliet—. ¿Dónde vas a trabajar?

—Me tengo que ir —contestó su hija, arrebatándole las llaves—. ¡Se os quiere. Hasta luego!

—¡Esta niña! —se quejó Rick—. No piensa en nadie más que en ella misma.

—Es joven —la excusó Juliet, y por algún motivo eso hizo que volviera a romper a llorar.

—Mira —dijo Rick—. Le prometí a Hal que íbamos a salir esta noche a tomarnos unas cervezas. Creo que tiene problemas con su nueva *querida*. Le voy a llamar y lo cancelo.

—No, no. Vete —insistió Juliet—. Creo que quizá me vaya a casa de Una esta noche con una botella de vino.

—¿A alguien le preocupa lo que voy a hacer yo? —empezó a decir su suegra.

—No —dijeron al unísono. Eso hizo que esbozaran una sonrisa a la vez; algo que era demasiado raro últimamente.

—Bueno, he conocido a un hombre en un pasillo del Marks & Spencer —les contó Rita, sin inmutarse—. Voy a salir esta noche con él. Me va a llevar a ese sitio, el Paraíso Rosa. Se supone que es para gays, pero Arnold dice que es muy divertido. Yo soy muy abierta de mente, como sabéis.

Eso hace que de alguna manera a Rick y a Juliet se les quite la sonrisa de la cara. Puede que Rita fuera abierta de mente cuando salía con la gente, aunque no tenían muchas pruebas de eso, pero Rick se preguntaba qué abierta de mente sería si se topaba con su marido y su nuevo novio ahí.

29

—Esta noche… —Hal cantaba una melodía completamente irreconocible, mientras aparcaba en el centro de Milton Keynes—. Esta noche nos vamos de fiesta, compa. Vamos a bailar hasta el amanecer, compa.

—Esta noche no me va bien —Rick lo intentó de nuevo.

—Esta noche es perfecta —insistió Hal —. Tú, yo, y unas cuantas cervezas.

—He perdido la credibilidad, tío, con la cosa esa del *dogging* —dijo Rick—. No creo que a Juliet le haga mucha gracia si salgo —añadió a pesar de que su mujer le había puesto buena cara, y también amoratada, al respecto. No le dijo a Hal que se había quedado dormido en el cine la noche anterior porque en tal caso se habría asegurado que le vacilara durante toda la noche y prefería evitarlo—. No me atrevo a llegar tarde. Unas cervezas y a casa.

—La noche es joven —le aseguró Hal—. Al final de la noche tú también te sentirás así.

Rick suspiró. No había forma de detener a su amigo cuando se ponía así. La noche podía acabar con Hal metido en una pelea o desplomado en el bordillo de la carretera o colgado de su cuello y diciéndole lo mucho que le quería. En cualquiera de los casos Rick no tenía pensado presenciarlo. Ya tenía suficientes problemas.

Empezaron en el bar Todos menos uno. A pesar de que era una noche de diario seguía estando hasta arriba, y todo el mundo empujaba y se apretaba para conseguir una copa. De dónde sacaban los chicos de hoy día el dinero para beber así, era algo que se preguntaba Rick. Cuando Juliet y él tenían esa edad, tenían la responsabilidad de pagar una hipoteca y su primer hijo estaba de camino; para ellos no había juergas en el centro de la ciudad. ¿Sus vidas fueron peores por eso? Rick no pensaba así. Parecía que el destino nos les había puesto a Juliet y a él las cosas muy fáciles, pero habían hecho todo lo que pudieron y se habían puesto a trabajar en serio para sacar adelante a la familia tan unida de la que ahora estaban tan orgullosos. Vale, solía quejarse de Chloe y Tom —tenían una actitud muy diferente ante la vida, eran una generación diferente— pero, en general, eran buenos chicos.

La verdad es que no podía hablar con Hal con tanto ruido, pero siguieron tratando de mantener una conversación a gritos por encima de tanto jaleo. Así se bajaron dos pintas, entre fuertes empujones de la gente.

—Ya ha sido bastante por hoy, tío —dijo Rick. Había veces en la vida en que las que te dabas cuenta de que eras demasiado mayor para tu entorno, y ésta era una de ellas. Éste era el típico sitio en el que esperabas ver a Chloe y Tom y no a dos vejestorios de mediana edad que por ley deberían estar en casa con los pies levantados enfrente de la televisión y con una agradable taza de té en la mano—. Tengo que salir de aquí —le gritó a Hal—. Me voy a casa.

—No —gritó Hal, alarmado—. Todavía no. Vamos a otro sitio más tranquilo. Conozco un sitio más pequeño.

No había «sitios pequeños» en Milton Keynes; todo eran grandes cadenas, llenas de gente pero que daban la sensación de que estuvieran vacías.

—No abre hasta muy tarde —continuó su amigo—. Podemos dejar aquí el coche e ir andando.

Rick echó un vistazo a su reloj. Sólo eran las diez en punto. Un poco temprano para rajarse en lo que iba a ser una gran noche. Juliet había dicho que no se iría tarde de casa de Una, pero sabía cómo eran esas dos cuando empezaban a hablar.

—Sólo una más —dijo Rick.

Hal le dio una palmadita en la espalda y sacó a su amigo del bar hacia la calle.

—Por aquí —señaló, abrazando a Rick por los hombros.

Hal era todo simpatía esta noche y estaba bien que se desahogaran un poco. A veces, como trabajaban todo el día juntos, las cosas podían ponerse un poco tensas. Rick pensaba que Hal se aprovechaba de él porque sabía que no le dejaría en la estacada, pero a veces le pedía demasiado. En este momento Hal no estaba muy centrado en su negocio de instalación de suelos; tenía la mente en conseguir que Shannon se sintiera sexualmente satisfecha. Aunque, si Rick estaba en lo cierto, puede que el nivel de Hal estuviera decayendo en ese apartado. Mantener el ritmo de una núbil de veintidós años puede que no fuera lo más relajado del mundo.

Habían estado caminando por Silbury Boulevard. Era una noche de verano cálida, pero dada la hora que era había empezado a refrescar. Lo que Rick quería más que nada en el mundo era estar en casa, en su cama. Quizá Juliet y él pudieran abrazarse y tener un poco de intimidad. Eso ya no sucedía mucho; mayormente porque tenían a Atila el Huno en la habitación de al lado. Eso es un mata pasiones para cualquier pareja.

Rick no se había dado cuenta de dónde estaban hasta que Hal se detuvo delante de una puerta con doble cristal y un cartel de neón luminoso encima.

—Qué pasa, tío —Hal le dio un apretón de manos al gorila de la puerta—. Me alegro de verte.

Rick no sabía quién era este tipo. ¿Era alguien al que le habían puesto el suelo? ¿O era el cuñado de alguien? Era un negado para las caras. Y qué decir para los nombres.

Al levantar la mirada vio que en el cartel ponía «El Club de la Felicidad». E inmediatamente supo, por los anuncios que había visto en el periódico —cuando su nombre no figuraba en él, eso es—, que éste era el nuevo club de *striptease* que habían abierto hace nada.

—No —dijo Rick—. Oh, no.

Hal se dio la vuelta.

—¿Qué?

—No voy a entrar ahí.

—Este sitio está genial —afirmó Hal.

Rick se las había apañado para llegar a la magnífica edad de cuarenta y cinco años sin pisar un club de *striptease*. Llamadle un carca anticuado, pero no quería empezar ahora.

—Juliet montará un numerito si descubre que he estado aquí, tío.

—No se va a enterar nunca.

—Las mujeres tienen un sexto sentido para descubrir este tipo de cosas.

—Sólo nos vamos a divertir un poco.

Rick no había estado nunca en ese tipo de locales, pero por lo que se imaginaba no creía que fuera a ser nada divertido. ¿Realmente le gustaría tener a chicas tan jóvenes como Chloe meneando las tetas y los traseros en su cara? ¿No sería simplemente algo demasiado embarazoso? Hal era todo un gallito —otra palabra que quiere decir mentiroso— pero ¿realmente era ésta su idea de pasar una gran noche o lo hacía sólo para demostrar que seguía siendo un chaval?

Rick sabía que él sí que no era un chaval. Sabía que quería irse a casa, poner la tetera al fuego, y mirar si había sobrado algo de pan para hacerse una tostada a medianoche. Levantando la mano dijo:

—Me voy de aquí, Hal. Entra tú, tío.

Hal le susurró:

—Ése es Bob. Le pusimos el suelo, cerca de la calle Willen —Hal tenía mejor memoria que él—. Nos deja entrar gratis. La cerveza aquí hasta las once es muy barata. Todavía no hemos tenido la oportunidad de charlar en condiciones.

A Rick no le gustaba recordarle a su amigo que se podían pasar el día «charlando»; aun así, sintió que flaqueaba.

—No tienes que mirar a las chicas si no quieres —dijo Hal—. Sólo tienes que mantener los ojos cerrados.

Rick se rió de su comentario, aunque si Juliet llegara a enterarse le mataría. Esta semana había sido lo bastante mala como para darle a su mujer más motivos para que se enfadara.

—Una copita no te hará daño —Hal le convenció zalamero mientras empujaba a Rick dentro de El Club de la Felicidad.

Pero una vocecita interior le decía a Rick que seguramente sí se lo haría.

30

Cojo una botella de vino de la nevera: un Wolf Blass Yellow Label Chardonnay del año 2006. No sé si es una buena cosecha, pero se ajusta a mis intereses y ya está frío. Mi madre está viendo *Holby Blue* en la televisión y no he sabido nada de Tom en toda la noche, a pesar de que dijo que volvería para cenar. Su comida todavía está en el plato esperando a ser recalentada en el microondas cuando quiera que aparezca por casa.

—Me voy a casa de Una —le digo a mi madre, asomando la cabeza por la puerta del salón. Ella apenas aparta los ojos de la pantalla.

Claramente, *Holby Blue* es fascinante.

—Pensé que tú también salías hoy.

—Más tarde —contesta con el mismo tono que mi hija de veinte años.

—Bueno, no salgas hasta muy tarde —añado, antes de poder controlarme a mí misma.

—Tómate una tila —dice mi madre, también al estilo de mi hija de veinte años—. Eres una tiquismiquis.

Si le pudiera responder algo adecuado lo haría, pero no puedo, por lo que me voy, dando un portazo a mi paso.

Una no vive muy lejos, lo que me viene muy bien, ya que me he quedado tirada sin coche otra vez; mi querida hija me lo ha mangado en cuanto me lo han devuelto. Suspiro para mis adentros e inicio un rápido paseo a lo largo de Chadwick Close hacia la casa de Una, con la botella de vino en la mano.

Mientras camino, trato de llamar a mi padre desde el móvil para avisarle de que mamá está planeando ir al Paraíso Rosa esta noche, por si acaso él también estaba pensando en hacer una excursión a ese lugar, pero nadie me contesta en el fijo y a mi padre no se le da la tecnología lo bastante bien como para ser capaz de manejar un móvil. Aunque con los cambios de vida que está teniendo actualmente a lo mejor de repente descubre que no está tan chapado a la antigua después de todo y se compra no sólo un móvil sino un Ipod y una Wii.

Quince minutos más tarde mi amiga abre la puerta y me hace pasar.

—Estoy en Internet —dice emocionada—. Te cojo un vaso y nos subimos arriba.

Desaparece en la cocina y vuelve, tal y como ha prometido, con un vaso grande.

—No me puedo quedar mucho rato —le aviso.

—¿Por qué? —pregunta—. ¿Por qué tienes que irte a toda prisa? ¿Para planchar una montaña de ropa? ¿Para ver el programa de Bill Cosby con tu madre?

—*Holby Blue* —la corrijo.

—Me has dicho que Rick ha salido esta noche, así que no cunda el pánico.

—Es verdad —asiento—. ¿De qué me preocupo? Lléname ese vaso hasta arriba.

Sigo a Una por su estrecha escalera. Aunque su casa adosada de estilo victoriano está muy bien distribuida —desde luego si no la comparas con su mansión anterior— el interior es como un decorado de televisión. Mi amiga es una experta en decoración. Todos sus accesorios pegan y supongo que es más fácil mantener limpia y ordenada una casa para una sola persona que una como la nuestra, a la que desde luego hemos sacado mucho provecho. La casa de Una huele a vainilla, a madreselva y a azucena del valle. Mi casa huele a litros de limpiador Cillit Bang.

Hasta el pequeño trastero de Una es de un gusto indescriptible: su ordenador está sobre una mesa de cristal y hay un jarrón con calas lilas al lado que estoy segura que no ha puesto ahí por mí. Las sillas de la oficina son de malla de acero inoxidable, y sus cajas y accesorios son de Perspex de color lechoso, donde tiene todos los papeles cuidadosamente amontonados.

Desde la silla del ordenador Una coge otra, la pone a su lado y le da una palmadita, por lo que me acerco y me siento.

—Fíjate en esto.

En la pantalla hay un tiarrón; incluso mi vista cansada lo agradece. Se le ve alto, moreno y lleva puesta una camisa de cuello abierto y unos vaqueros.

—Es americano, de Tejas, trabaja para una petrolera y vive en Londres.

—¡*Mmm*! —digo, y doy un trago al vino que me he servido yo misma.

—Nos hemos estado mandando mails durante unos días y me ha propuesto una cita. ¿Qué piensas? ¿Debería ir?

—¿No es Internet un poco arriesgado? Podrías estar hablando con un abuelo viejo y arrugado de Grimsby.

—Bueno, él se piensa que soy una tía buena de treinta y cinco años que tiene su propia empresa, por lo que me temo que se nos permite un poco de imaginación —Una suelta una risita a la vez que se enreda el pelo en el dedo como una niña.

—Ten cuidado —le aconsejo—. Si decides quedar con él dime el sitio al que vais o, mejor dicho, me llevas contigo.

—Quieres hacer un trío —se ríe nerviosamente—. Puede que a él le guste.

—¿Cómo se llama el susodicho?

—Tex —me dice, mientras teclea en el ordenador.

Nadie en la vida real se llama Tex.

—Tiene que ser su mote de Internet.

—No sé —admite mi amiga—. Pero es bastante sexy, ¿no? —se vuelve a reír tontamente.

—Te admiro, Una —le digo sinceramente—. No sé cómo eres capaz de hacer esto. Yo estaría muerta de miedo si estuviera sola. He estado casada durante tanto tiempo que no sé si podría ser independiente otra vez.

Ella se gira y me mira a la cara.

—Entonces estás preparada para quedarte con un segundo plato.

Me encojo de hombros.

—No es un segundo plato. Estamos pasando por una mala racha. Todos los matrimonios las tienen, ¿no?

—Yo me di cuenta de que mi matrimonio estaba atrofiado. Esto es mucho más excitante —mi amiga está muy ilusionada.

A mí me aterraría tener citas con desconocidos, pero parece que a Una le suben la moral. Puede que algunas personas estén hechas para ser independientes y libres de responsabilidades mientras que otras han nacido para ser.... Como yo.

—No me digas que no te sientes atraída por Steven —mi amiga me lanza una mirada sagaz—. He visto cómo estás con él. ¿No has pensado nunca cómo sería escaparte con él?

Me río ante eso.

—Sólo en mis momentos más difíciles.

—Él claramente está loco por ti —apunta Una—. Eso te hace pensar. Yo no creo que le rechazara si estuviera en tu situación.

—Quiero a Rick —trato de convencerme a mí misma—. Prometí que sería para siempre.

No añado que Steven tuvo la oportunidad de estar conmigo «para siempre» y que eligió largarse en otra dirección.

—Tu marido se está comportando de una manera muy extraña últimamente. ¿Seguro que no te la está pegando?

—Sabes —me sincero—. Estoy empezando a pensar que la menopausia masculina existe de verdad. Puede que no tengan sofocos, pero desde luego que tienen otros síntomas.

—¿Como las ganas de comprarse deportivos y escaparse con mujeres mucho más jóvenes que ellos?

—Algo así —definitivamente Rick no es el mismo. No sé quién es, pero no es el que era. Ya no le entiendo. Y no me refiero en las cosas normales en las que las mujeres no entienden a los hombres como por ejemplo por qué nunca cambian el rollo de papel higiénico cuando se acaba, por qué hay cajas vacías de cereales puestas de nuevo en el armario, o por qué nunca tiran la basura si está a rebosar. No le entiendo en un plano que no había vivido antes. Justo cuando crees que sabes todo lo que tienes que saber de una persona, es extraño cómo la vida puede fastidiarlo todo.

—¿Le has dicho ya que Steven ha aparecido de nuevo en escena?

—No —sacudo la cabeza—. No es que esté esquivando el tema —Una me mira como si no se lo creyera—. Pero no he tenido la oportunidad de hablar con él todavía.

—¿Y vas a volver a ver a tu amante?

—Sólo somos amigos, Una. No hay nada entre nosotros. De verdad.

—No estoy segura de a quién tratas de engañar, Juliet. ¿A mí o a ti misma?

Y, sabes, creo que es una buena pregunta.

31

Dentro del Club de la Felicidad parecía que Rick era la única persona que no estaba feliz. Grupitos de hombres trajeados se sentaron alrededor de las mesas que rodeaban la sala y se reían a carcajadas unos de otros, pero sonaba forzado, como si estuvieran fingiendo que se lo estaban pasando en grande.

Empezó a retumbar una música disco muy sensual.

—Pensé que se suponía que este bar era más tranquilo que Todos menos uno —le gritó a Hal.

—¿Qué? —dijo su amigo.

Ésta era la primera vez que Rick iba a este tipo de locales y no estaba seguro de que se hubiera perdido nada. La decoración era tal como te podías imaginar. Piel de leopardo en abundancia; aquí Stacey Lovejoy se sentiría como en casa. Había unas cuantas sillas estampadas en blanco y negro, unas cortinas de terciopelo de color púrpura, que conducían a los reservados recargados de borlas doradas, y una barra curva a lo largo de la pared con una fila de taburetes de leopardo bordeándola.

Lámparas de araña colgaban del techo, lo que no tenía mucho sentido, ya que ninguno de los hombres que estaban aquí miraban para arriba, aparte de él. Todo era muy lujoso, pero de alguna manera se veía cutre. Rick deseaba que se quedaran de pie donde estaban. Sinceramente, prefería que le metieran el codo en el ojo que la borla de un cubrepezones.

—Vamos a pedir una copa a la barra —dijo Hal, y avanzó serpenteando entre las mesas. Rick le siguió como un borrego.

Rick podía ver seis barras de momento; si es que se llamaban así. Tres justo delante de la barra y tres al otro lado de la sala.

En las que estaban junto a la barra, tres mujeres revoloteaban perezosamente. Todas llevaban puesto lo que él llamaría ropa fetiche; aunque no estaba muy iniciado en el tema. Una de ellas iba con un vestido rojo de látex y botas por las rodillas, la otra iba con un vestido negro ajustado sin espalda ni mangas y la tercera iba con un corpiño rosa chillón y un tanga diminuto. Si se paraba a pensar no era la única persona que no parecía feliz. Sin excepción alguna, las chicas parecían más que aburridas a medida que subían al escenario y se daban la vuelta enfrente del público. Daban vueltas alrededor de las barras, con la espalda arqueada, sacando pecho, las piernas extendidas. Rick tenía que admirar su elasticidad, pero la realidad era que no quería tener tanta carne desnuda tan cerca. No había duda de que eran guapas, pero demasiado jóvenes. Estas tres parecía que apenas hubiesen salido de la adolescencia.

Por encima de los reservados pudo ver a una chica desnuda sobre un pequeño pódium enfrente de un grupo de hombres de mirada lasciva. Estaba abriendo las piernas y mostrándoles sus partes más íntimas mientras ellos se reían estridentemente. ¿Por qué alguien querría hacer algo así? Y se refería tanto a las que bailaban como a los que miraban. ¿Ninguna de las dos partes lo encontraba degradante? Él nunca había sido de esas personas que leen revistas porno para excitarse. Sólo había querido a Juliet, no había deseado con la mirada a ninguna otra mujer. Si había venido aquí era porque había confiado en Hal. Rick supo antes de entrar por la puerta que esto no iba a ser santo de su devoción.

Se sentaron en los taburetes de leopardo de la barra y le pidieron dos cervezas a la camarera ligera de ropa. Hal se apoyó de espaldas a la barra, dando tragos a su enorme cerveza y mirando abiertamente a las chicas que bailaban a pocos metros de ellos. Rick no sabía cómo comportarse con naturalidad; se sentía fuera de lugar. Se preguntaba cuánto duraría el espectáculo y sospechó que toda la noche. Una cerveza para apaciguar a Hal y se iría de aquí.

Entonces la música cambió y las tres chicas se bajaron de un salto tras muchos aplausos para ser reemplazadas por otras tres bailarinas en la otra punta de la sala. Estas mujeres estaban completamente desnudas, lo que, por alguna razón, dejó a Rick perplejo. La música disco volvió a sonar de nuevo y las mujeres empezaron a contonearse, deslizándose de forma sexy arriba y abajo de las barras, completamente desnudas.

Hal le dio un codazo.

—¿Están buenas, eh?

—Mucho —asintió Rick, mientras trataba de no fijar la vista en nada en particular. Y entonces vio algo a lo lejos que le dejó paralizado. Algo que realmente deseaba no haber visto.

—Oh, Dios mío —dijo Rick—. Oh, santo querido.

—¿Qué? —Hal apartó la mirada de la bailarina desnuda que tenía enfrente.

Rick se tambaleó del taburete de la barra. Podía sentir cómo la sangre se le agolpaba en las sienes, cómo se le aceleraba el corazón. Sus piernas parecían incapaces de soportar su peso. Quizá le estaba dando un infarto al corazón. Podría ser perfectamente, eso estaba claro.

Dio bandazos mientras Hal, con el pánico escrito en la cara, dijo:

—Tío, ¿qué pasa?

—Chloe —contestó Rick, y señaló a una de las barras al otro lado de la sala, donde su única hija se retorcía completamente desnuda. No la había visto así desde que tenía tres años y desde luego que no quería verla así ahora.

—Maldita sea —dijo Hal. Él tampoco quería que su amigo tuviera que ver eso. Ni nadie más en realidad—. ¿Qué está haciendo aquí? —se preguntaba.

—¡Qué crees que está haciendo!

—Desnudarse —reconoció Hal—. Lo hace muy bien.

—Bueno, pues va a ser la última vez que lo haga —respondió Rick. La ira empezó a invadirle. ¿Durante cuánto tiempo habían estado ahorrando para pagarle la universidad? ¿Era así como ella se lo recompensaba?

—¡Chloe! —gritó por encima de la música, lo que dejó a su hija de piedra. Paró de dar vueltas y le miró fijamente, horrorizada. Rick le devolvió la mirada, también horrorizado.

Entonces atravesó la sala precipitadamente. Iba a bajar a su hija de ese pódium ahora mismo, antes de que nadie más le pusiera un ojo encima y aunque no estaba seguro de lo que iba a hacer después con ella, sabía que no sería nada agradable. Iba a machacarla hasta que cumpliera los sesenta y dos años. ¿Cómo podía estar haciendo esto? ¿Su única hija haciendo *striptease* y Dios sabe qué más por dinero? No era de extrañar que no les hubiese contado en qué trabajaba. Juliet se pondría furiosa. ¿Cómo demonios iba a contárselo?

Chloe trató valientemente de seguir como si nada mientras él se dirigía hacia ella. Le gustaría poder sacarse los ojos para no verla desnuda. En el respaldo de una de las sillas de los ejecutivos había una chaqueta. Rick la agarró y arremetió contra el pódium, con la idea de acabar cuanto antes con este bochorno.

—Papá —dijo entre dientes, mientras él intentaba alcanzarla para taparla con la chaqueta—. Vete de aquí. Déjame en paz.

—¡Colega! —un tipo gritó detrás suyo—. ¡Me tapas la vista!

Rick se dio la vuelta, listo para decirle cuatro cosas bien dichas. Pero en su intento de coger a su hija de un brazo, Rick no se dio cuenta de que las bailarinas que estaban a su lado seguían sin inmutarse a pesar del alboroto. Una rubia alta de la barra de al lado se giró en un momento con tan mala suerte que le dio una patada en la cara con uno de sus tacones de aguja.

Rick sintió cómo le explotó la nariz y cómo le salpicó la sangre por la camisa, por la chaqueta del ejecutivo, y por los asientos de leopardo.

—¡Ay! —gritó la striper. Se bajó de la barra pero al agarrarse el tobillo se cayó del pódium.

Chloe, hecha una furia, salió a toda velocidad mientras que Rick permanecía de rodillas, con un horrible dolor de cabeza. Esto, se dio cuenta en el momento en el que impactó contra el suelo, también iba a tener que explicarlo.

32

Son las tres de la mañana cuando oigo que se abre la puerta. Se oyen voces en la entrada, y es evidente que alguien está enfadado. Me he tomado tres copas de vino en casa de Una, una más de mi cuota habitual, y ahora tengo dolor de cabeza. Cuanto más cerca estoy de la menopausia peor aguanto la bebida. Pronto tendré que tener una vida completamente abstemia. Qué triste. Otro de mis pequeños placeres fuera de mi alcance. Ya he tenido que abandonar mi barrita diaria de Dairy Milk para el bien de mi silueta. Con este pensamiento tan deprimente clavado en la mente me arrastro de la cama, me pongo la bata y bajo a ver a qué se debe este escándalo.

En la entrada, Rick y Chloe están discutiendo.

—Es mi vida —dice mi hija entre dientes.

—No, cuando soy yo el que pago las facturas —contesta mi marido también entre dientes.

—No me puedes decir lo que tengo que hacer.

—Sí que puedo. Sigo siendo tu padre, te guste o no.

—Te odio.

—Ahora mismo yo tampoco estoy muy contento contigo.

Los dos suenan como si tuvieran cinco años. Cuando por fin se dan cuenta de que estoy delante de ellos, de pie y de brazos cruzados en mitad de las escaleras, se callan inmediatamente y me miran cohibidos.

Bajo hacia donde están ellos.

—¿Os importaría contarme exactamente de qué va todo esto?

Entonces me doy cuenta con efecto retardado de que Rick tiene una enorme escayola encima de la nariz y los ojos negros e hinchados. Su camisa está salpicada de sangre. Parece como si hubiera tenido una pelea, y Rick nunca se pelea. También parece que ha sido el que ha salido peor parado.

—Pregúntale a él —responde Chloe, apuntando a su padre con un dedo acusador—. Me voy a la cama.

Pero para su sorpresa, la bloqueo en su intento de subir las escaleras.

—No —digo—. Me lo cuentas *tú*.

—Me está arruinando la vida —bufa ella.

—Dile a tu madre en qué consiste tu nuevo trabajo —rebate Rick haciendo aspavientos—. Entonces veremos quién se está arruinando la vida.

Chloe hace pucheros de un modo poco atractivo.

—¿En qué consiste tu nuevo trabajo? —pregunto.

—Ya no tengo nuevo trabajo —contesta—. Me han despedido.

—¿Qué hacías antes de que te despidieran? —trato de estar tranquila, de mantener la calma.

—Es striper —grita Rick—. Y ni siquiera de las que al menos van con algo de ropa puesta. Hace *stripteases desnuda*. ¡*Nuestra hija* es una striper al desnudo!

—*Era* una bailarina que posaba desnuda —corrige Chloe—. Digo *era* gracias a ti.

—Oh, Chloe —se me parte el corazón. ¿Es esto lo que mi hija cree que queda bien en su currículo? ¿La he educado de tal modo que ha perdido los valores y la autoestima?

—Vosotros fuisteis los que me disteis la lata para que me buscara un trabajo —nos recuerda—. ¿Qué pensabais que iba a hacer? ¿Reponer mercancía?

—Ni por un minuto pensamos que brincarías desnuda delante de hombres lascivos por dinero —prosigue Rick.

—Tú eres uno de esos hombres «lascivos» —le lanza la mirada de vuelta a Rick—. Si tú no te hubieras presentado en el club no hubieses sido testigo de nada —mi hija se gira hacia mí—. Me ha puesto *completamente* en ridículo.

—¿Yo te he puesto en ridículo *a ti*? —parece como si la cabeza de Rick estuviera a punto de explotar—. Tú eras la que meneabas las tetas en la cara de esos tipos.

—No me avergüenzo de mi cuerpo —chilla ella.

—Bueno, pues deberías —Rick le devuelve el grito.

He oído suficiente.

—¿Queréis despertar a todo el vecindario? Vete a la cama —le digo rotundamente a Chloe—. Ahora mismo. Hablamos mañana por la mañana.

Mi hija pasa por delante de mí indignada. Sólo las dos manchas rosas de sus mejillas dan alguna pista de que puede que piense que no lo ha hecho muy bien.

Cuando se ha ido, Rick se sienta al final de las escaleras y se sujeta la cabeza con las manos.

—Me duele la cabeza.

—A mí también —digo bruscamente. Me siento a su lado y le digo—. ¿Y te acuerdas de la cara del otro tipo?

—No hay otro tipo —Rick suspira profundamente—. Te prometo que nunca he estado en un sitio parecido antes; en veinticinco años de matrimonio. Simplemente no va conmigo.

—Pero ¿anoche fuiste?

—Fue idea de Hal —continúa—. Te lo prometo. Accedí a tomarnos una copa nada más. No llevábamos ni media hora, probablemente incluso menos cuando vi a Chloe en uno de los pódiums —mi marido aprieta fuerte los ojos como si intentase borrar la imagen—. Perdí el control totalmente. Me precipité, atravesé la sala, cogí la chaqueta de un tipo e intenté tapar a Chloe —Rick me mira a los ojos, los suyos están tristes, llenos de lágrimas—. Nadie debería ver a su hija haciendo eso. De más está decir que Chloe no piensa lo mismo.

—Sabe que lo ha hecho mal —digo.

—¿Tú crees?

—¿Y cómo te hiciste esos moratones?

—Una de las stripers me dio una patada en la cara cuando iba en su rescate. Fue como salir a boxear con Bruce Lee. Dolió como un demonio. Me he roto la nariz —mi marido me mira buscando compasión.

Pero no encuentro ninguna.

—No sé qué te está pasando Rick —le digo—. Primero la cosa del *dogging*, que me dijiste que fue un terrible malentendido, ahora esto. ¿Qué se supone que tengo que creer?

—Tienes que creer que te quiero y que no lo hago aposta. ¿Realmente crees que salí con intención de encontrarme a mi hija así?

—No deberías haber estado ahí, eso en primer lugar.

—¡Ni ella tampoco!

—Mal de muchos, consuelo de tontos.

—¿Qué puedo hacer para que me perdones? —pregunta Rick. Busca mi mano y la coge, poniéndola sobre su brazo—. Siento como mi pequeña y ordenada vida de repente se estuviera rompiendo en mil pedazos. ¿Qué le vamos a decir a Chloe? No podemos consentirle lo que ha hecho.

—No sé —a una parte de mí le entristece mucho que ella sea capaz de creer que humillarse así es algo aceptable, y otra parte de mí piensa que ya es una mujer y que sólo porque no comparto lo que hace no significa que deba impedir que lo haga. En cualquiera de los dos casos sigo furiosa—. Quería que mi hija hiciera algo con su vida —digo, más a mí misma que a Rick—. Quería que hiciera las cosas que yo no hice.

—Bueno, desde luego que tú no has sido una striper, por lo que ya ha hecho algo que tú no hiciste.

—No me hace gracia.

—A mí tampoco —arguye.

—Vamos a la cama a dormir —eso es lo mejor que puedo hacer. Me levanto y me estiro con un gran bostezo. Espero que mi madre no haya oído nada de la conversación. No tengo muchas esperanzas. Hace mucho que aprendí que mi madre sólo está sorda cuando quiere. Probablemente ahora mismo esté tomando apuntes—. Tenemos mucho que hacer por la mañana.

—Es imposible que me pueda dormir ahora —dice Rick rotundamente—. Tú no la viste, Juliet. Fue horrible. Estoy muy avergonzado.

—Bueno, esperemos que entre en razón —trato de tranquilizarlo a pesar de que estoy muy enfadada con él por haber estado ahí—. Aquí acaba todo.

—No, aquí no se acaba todo —admite Rick, completamente destrozado—. La striper me ha demandado. Como se le rompió el zapato y se torció el tobillo, me pide responsabilidades. Esa mujer me va a sacar hasta los ojos.

Con esto, me doy media vuelta y vuelvo a la cama.

33

El desayuno va a ser muy tenso. Igual que Rick, no he pegado ojo en toda la noche. ¿Cómo puede mi hija ser tan idiota? ¿Cómo puede ser mi marido —al que debería conocer mejor— ser también tan estúpido?

Para recordarme lo estúpida que he sido me pongo una espesa capa de maquillaje en la cara para cubrirme los moratones consecuencia del programa de «rejuvenecimiento». No parezco más joven, parezco más ridícula.

—¿Ha paseado alguien a *Buster*? —pregunto.

—No —contestan mi hija y mi marido lacónicamente.

Qué pregunta más tonta. El perro cruza las patas y casi se le salen los ojos de la emoción. Abro la puerta trasera y dejo salir a *Buster* al jardín.

—Ya te debo tres paseos esta semana.

Si *Buster* pudiera hablar estoy segura de que me recordaría que son más de tres.

Chloe está sentada a la mesa. Estoy sorprendida de que incluso haya aparecido. Pensé que se quedaría en la habitación hasta que Rick y yo nos hubiéramos marchado pero, claramente, parece decidida a afrontar la situación. Sin embargo, no aparta los ojos de la mesa mientras come su muesli. Rick, para mantenerse entretenido, está leyendo su parte favorita del periódico, el obituario, en voz alta.

—«Las cosas cambian, vienen y van —dice—. Pero nuestro amor verdadero nunca morirá».

Mi marido me dirige una mirada sentida. Los moratones alrededor de sus ojos están peor y la escayola de su nariz no tiene muy buen aspecto.

—Este tipo era más joven que yo cuando murió.

No le menciono a Rick que anoche me entraron ganas de matarle y que su sueño de aparecer en el obituario casi se hizo realidad antes de lo que se podía haber imaginado.

—Mira éste: «Dulces son los recuerdos que he conservado, muchos los días que he llorado. Siempre he amado el tiempo que juntos hemos pasado, cómo nos hemos cuidado, jamás podré olvidarlo» —Rick me vuelve a mirar—. Eso es precioso.

Pienso: «Aquí yace Rick por ser un gilipollas y pillar a nuestra hija haciendo algo que no debía». Vale, puede que no sea Elizabeth Barrett Browning, pero ahora mismo estoy muy estresada. La poesía, incluso la mala poesía, es la última cosa que tengo en mente.

—«El tiempo puede que pase y se desvanezca...»

—Puedes dejarlo ya, por favor, Rick.

Cierra el periódico sin discutir. Dos rebanadas de pan ligeramente incineradas salen disparadas de nuestra chatarra de tostadora, lo que me pone de los nervios.

—Yo las cojo —digo y salto de la mesa.

Menos mal que no me dedico a las altas finanzas o algo parecido, no podría soportar la presión. Estoy muy contenta de trabajar en una biblioteca en la que, al menos, puedo encontrar algo de paz.

—¿Por qué no te traigo algunos libros a casa y así no tienes que recurrir al obituario? —le sugiero a Rick.

—Me gusta leer las esquelas —Rick mira abatido sus cereales.

¿Dice eso algo del estado de ánimo de mi marido? Me giro a Chloe.

—No me he olvidado de que tú y yo tenemos una conversación pendiente —le recuerdo—. Y quiero que te vayas y que encuentres otro trabajo hoy mismo. Uno que no implique quitarse la ropa.

—Pero…

—No hay peros que valgan —digo—. Hazlo y punto.

—Te estás poniendo de su lado —se queja mi hija mientras le lanza una mirada asesina a su padre.

—Sí —asiento.

Rick me lanza una mirada de complicidad, pero no encuentra respuesta en mis ojos, porque todavía no le he perdonado.

Me siento a la mesa otra vez. Tengo diez minutos para recomponerme antes de ir a trabajar. Cuando voy a darle mi primer mordisco a la tostada incinerada aparece mi madre por la puerta. Se la ve un poco nerviosa y con la cara sonrojada. El kimono corto y negro que confiné al fondo del cesto de la ropa vuelve a entrar en escena.

—¿Qué pasa? —pregunto.

—Nada —suelta una risita nerviosa—. ¿A qué venía todo ese escándalo a mitad de la noche?

—Nada —respondo secamente.

—¿Por qué tiene la cara llena de golpes? —mi madre señala a Rick.

Chloe y yo le miramos y esperamos a que Rick salga con una explicación.

—Tuve un pequeño accidente —dice Rick—. Pero ya estoy bien, gracias por preguntar.

Mi madre se acerca sigilosamente a la cocina y, francamente, me debería preocupar dado que ella nunca se acerca sigilosamente a ninguna parte. Pero, como estoy tan confundida por la falta de sueño y por tantos disgustos, ni siquiera caigo en la cuenta de que esto debería preocuparme.

—Ésa es mi bata —indica Rick, boquiabierto mientras señala el viejo albornoz que debería estar colgando de la puerta de nuestra habitación.

—Sí —responde mi madre—. Espero que no te importe. Arnold te la ha cogido prestada. Sólo para ahora.

—¿Arnold? Ése soy yo.

Cuando levanto la mirada veo a un señor mayor de pelo gris y fino bigote que merodea detrás de mi madre con la bata de mi marido puesta. Tiene una simpática sonrisa y nos lanza un agradable saludo con la mano.

Hasta la mandíbula de mi hija se desencaja. Mi madre se ha traído a un desconocido a casa. Y ha pasado la noche en mi casa. Con mi madre.

—No quería que Arnold se fuera a casa después de cenar —Arnold le coge fuerte la mano a mi madre—. Por lo que no se fue.

Los dos sueltan una risita nerviosa por el comentario.

—Me hubiese traído ropa de recambio si hubiese sabido que iba a tener esta suerte —nos explica Arnold.

¿Es que estos pensionistas promiscuos no tienen vergüenza? No tengo ni idea de qué decir, por lo que hago un intento forzado:

—¿Lo habéis pasado bien? —lo que no se acerca en nada en lo que realmente estoy pensando.

—Oh, sí.

—¿En el Paraíso Rosa?

—Es muy agradable.

—¿Visteis a alguien conocido?

—¿En el Paraíso Rosa? —dice mamá—. Para nada.

A lo mejor no es el tipo de sitios por los que suele salir papá y sólo porque ahora sea gay no debería encasillarlo.

Del mismo modo no debería pensar que mi madre es una facilona sólo porque ha pasado la noche en mi casa con un hombre que acaba de conocer.

—Siéntate, Arnold —indica mamá efusivamente—. Siéntete como en casa.

—Tampoco te pases —murmura Rick, mirando celoso su bata.

Arnold nos sonríe, ajeno a que se podría cortar la tensión con un cuchillo.

Entonces se abre la puerta principal y Tom la atraviesa.

—Un detalle que te pases por casa —dice Rick—. No estábamos seguros de si seguías viviendo aquí. Tu madre estaba pensando en alquilar tu habitación.

—Déjalo —responde Tom apenado mientras tira su mochila al suelo. Mi hijo está más desaliñado que normalmente y parece que no se ha preocupado en ducharse desde que se fue de casa hace dos días. Tiene los ojos enrojecidos y parece que también se ha unido a la brigada de la noche insomne.

Su cena sigue envuelta en plástico en la nevera.

—Tom —digo—. Él es Arnold. El… la abuela tiene un… —ponerle etiqueta es un dilema.

—Su rollo —me ayuda Rick tras soltar el aire.

—Hey, Arnold —dice Tom.

Arnold le da la mano.

—Encantado de conocerte.

—¿Qué te ha traído por casa, hijo? ¿Necesitas pantalones limpios? ¿Se te acabó el dinero? —interroga mi marido.

—Tengo malas noticias —contesta Tom, ignorando sus preguntas y dejándose caer en la mesa.

Vamos a tener que comprar más sillas si nuestra familia sigue creciendo así.

—Has vendido un riñón —expresa Rick.

—Déjate de tonterías, papá —suspira Tom.

—Bueno, va a tener que ser bastante malo para que entre a competir con algunas de las cosas que están sucediendo por aquí —Rick le lanza la mirada a Chloe.

—Gabe me ha dejado —anuncia—. Adiós matrimonio. Adiós a la boda. Adiós a todo —Tom se desploma en la mesa, con las manos en la cabeza.

Le rodeo con el brazo y le arrimo hacia mí. Debe estar muy disgustado, porque no me aparta.

—Eres joven —digo, dando las gracias a Dios de que esto sea todo lo que le pasa—. El mar está lleno de peces.

—Sí —asiente—. Y Gabe debe estar nadando con muchos de ellos.

Le doy un beso en la frente.

—Deja que te prepare una tostada. Me apuesto lo que sea a que no has comido —digo—. ¿Te apetece un té?

—No —Tom niega con la cabeza—. No tengo hambre. Creo que sólo quiero meterme en la cama.

—¿Por qué no? —dice Rick—. Mamá y yo nos vamos a trabajar. Tú sólo descansa.

—Sí —responde Tom, levantándose de la mesa—. Buena idea —entonces deambula y sale de la cocina mientras dice a su paso—: Hey, Arnold. Hey, abu.

—Hey —contesta mi madre.

—Trataba de ser sarcástico —grita Rick a su espalda.

—Eso es un golpe bajo —le grita de vuelta Tom.

—Tengo que ir a trabajar —digo. Tengo que salir de aquí. No estoy segura de qué es más difícil de llevar: las miradas de odio entre Chloe y Rick o las miradas coquetas entre mi madre y Arnold.

—Yo también —asiente Rick.

Recogemos nuestras cosas y salimos por la puerta juntos.

—Hasta luego —grito. Sólo oigo murmullos como respuesta.

Salgo a la entrada de la casa mientras le digo a Rick:

—¿Es mucho esperar que hayan emigrado todos para cuando volvamos a casa?

Al otro lado de la calle, Stacey Lovejoy está volviendo de pasear a su chihuahua.

—¡Ricky! —grita—. ¡Ricky, cariño! —y entonces me ve a mí. Estoy segura de que se ha llevado una decepción—. Oh, hola Juliet.

—Di hola y métete en el coche rápidamente —me ordena mi marido.

—Pensé que me podías acercar —digo—. Chloe va a necesitar el coche si va a buscarse otro trabajo.

Mi marido hace un chasquido con la lengua.

—Eres demasiado blanda con esa niña.

Soy muy blanda con todos ellos, creo. Con Chloe. Con Tom. Con mi madre. Con mi padre. Y con mi marido también. Pero puede que algún día —que podría ser hoy— me vuelva más tajante.

34

Rick estaba poniendo una tarima flotante de Astradan muy pija en el salón de un chalé que se encontraba en el pueblo de Nash, que era igual de pijo, cuando llegó Hal. El cliente se había ido a buscar madera Panga-Panga con bordes de metal. Era demasiado enrevesado para los gustos de Rick —a él le gustaba su parqué, de líneas rectas, sin mucha complicación— pero el cliente siempre tiene la razón. Sólo esperaba que le gustara a la dueña una vez estuviera terminado. A veces cuando acababa de poner suelos como éstos, sentía una gran alegría, pero hoy esa alegría era dificilísima de encontrar. Fingió que estaba muy concentrado en el suelo para evitar mirar a su compañero.

—Buenos días —dijo Hal con una pizca de alegría de más.

—Buenos días —murmuró Rick.

Su amigo y compañero silbó tímidamente mientras él hacía mucho ruido con las herramientas. Al final, Hal se agachó a su lado.

—Eso que has hecho está muy bien.

—Gracias —dijo Rick, admirando su propio trabajo.

—¿Entonces? —Hal se aclara la garganta—. ¿Cómo fue anoche?

—¿Después de que descubriera que mi hija se dedicaba a bailar desnuda o después de que una de sus compañeras me diera una patada en la cara?

—Perdona, tío —añadió Hal—. Nunca debí haberte arrastrado ahí dentro.

—No, claro que no debiste haberlo hecho, maldita sea —contestó Rick, pero aun así se permitió a sí mismo sonreír.

—Tienes que admitir —continuó Hal, más aliviado—, que tuvo bastante gracia.

—Eso depende de la posición en la que te encuentres.

—Yo tenía muy buenas vistas —Hal se rió de su comentario.

—No tientes a la suerte, tío —le advirtió Rick—. Fue un completo trauma ver a Chloe así. No estoy seguro de poder recuperarme nunca.

—Ya es mayorcita —observó Hal.

—Sí. Y ahora muchos señores, que no son precisamente caballeros, de Milton Keynes lo saben —Rick se reclina sobre sus talones.

La verdad era que todavía estaba resentido por los acontecimientos de la noche anterior aunque tratara de quitarle importancia. Pensaba en cuando era —bien como marido, padre, o como cabeza de familia— el epicentro de la vida familiar, cuando repartía por igual amor y disciplina a sus venerados y respetuosos hijos y a su mujer, que le adoraba. ¿Cuándo había acabado todo eso? ¿Qué era lo que había cambiado? ¿Por qué ahora su papel se reducía a dar voces y a ser un ogro? ¿Por qué sus hijos ya no le respetaban? ¿Por qué su mujer le miraba como si fuera un desconocido?

Rick desvió la atención de pensamientos todavía más deprimentes.

—¿Te quedaste mucho más?

—No —respondió Hal, pero mientras lo dijo parecía un tanto sospechoso—. He comprado un termo esta mañana. ¿Te apetece beber algo?

Rick asintió con la cabeza y cortó unas cuantas piezas más mientras Hal servía café para los dos.

—Tengo problemas —le contó Hal mientras se tomaban un respiro.

—¿Sí? —Rick pensó que no había nada que pudiera animarle más que oír los problemas de los demás.

—Shannon me ha dicho que quiere tener un bebé.

Rick escupió el café.

—Lo sé —dijo Hal—. Ésa también fue mi reacción.

—¿Se ha dado cuenta de que ya tienes dos?

—Me temo que ése es el problema de vivir con una joven polluela, que tienen un reloj biológico. Sólo esperaba que el suyo le sonara cuando yo fuera demasiado viejo y canoso para ser padre de otra criatura —Hal sacudió la cabeza, perplejo—. Los míos son unos monstruos cuando los tengo el fin de semana. Hacen todo lo posible para molestarnos. ¿No crees que debería quitarle la idea de la cabeza?

—Las chicas de hoy día pueden hacer lo que quieran con sus vidas —contestó Rick—. En nuestra época era diferente. Te casabas, tenías hijos. Nadie pensaba en otra cosa. Estábamos condicionados a pensar de esa manera. Ahora el mundo está a sus pies. Te imaginas que quieren salir al mundo para vivir la vida antes de asentarse.

—Es una gorda —admite Hal—. Lo único que quiere es un vale de comida, y se cree que conmigo ya tiene uno.

Rick no había sospechado que esto era un intercambio de opiniones. Hal todavía no estaba seguro de por qué había dejado a su mujer y a su familia a cambio de una situación que parecía mucho peor que la que tenía antes. Melinda, su mujer, siempre fue estupenda: guapa, buena madre, buena esposa. Aunque nunca sabes qué pasa de puertas para dentro en la vida de otra persona. Los pequeños escarceos que Hal pudiera haber tenido se los callaba; al menos a su mujer. Se llevaban razonablemente bien y estaban los niños de por medio. ¿Por qué desbaratarlo todo únicamente para volver a empezar lo mismo con otra mujer? ¿Qué sentido tenía eso?

—¿Qué voy a hacer, tío?

—¿Qué te dice tu entrenador de vida?

Hal cogió aire entre los dientes.

—Ya no veo a la entrenadora de vida —confesó—. Un día me sentí demasiado cómodo con ella en su sofá —él hizo una mueca—. Eso era todo lo que necesitaba.

Si Hal hubiese sido marinero hubiese tenido una mujer en cada puerto.

—Le tengo que quitar la idea de la cabeza a Shannon. La quiero, pero de ninguna manera quiero más niños latosos.

—Te puedes hacer la vasectomía.

Hal se encogió de hombros.

—Demasiado drástico. No creo que pudiera. ¿Dejarías a alguien acercarse a tu amiguito con un cuchillo afilado?

Rick entendía perfectamente lo que decía. Él seguía completamente intacto y era igual de escrupuloso.

—¿Cómo la puedo convencer para que se espere? Sólo piensa en pañales. Nadie cuenta con todo lo que conlleva.

Mientras daba sorbos a su café Rick pensó en Chloe y en Tom, y en cómo habían sido de pequeños. Habían sido su orgullo, su vida, sus retoños. A veces sentía que su corazón se desbordaba del amor que les tenía.

Ahora míralos: unos holgazanes, los dos, nacidos en una generación que piensa que la vida está en deuda con ellos. Él tenía mucha esperanza en ellos. Habían sido brillantes en el colegio sin ni siquiera poner mucho de esfuerzo. Habían demostrado ser dos futuras promesas. ¿Dónde se había ido todo eso? Ahora parecía que todos los chicos quisieran ser grandes celebridades a costa del esfuerzo de otras personas. ¿Cómo iba a conseguir que se fueran de casa algún día y se valieran por sí mismos si ni siquiera conseguían trabajos decentes y ni ganaban el dinero suficiente para comprarse una casa? Hoy día los hijos eran adolescentes hasta los treinta.

—En mi opinión —dijo Hal sabiamente— tener hijos está demasiado sobrevalorado.

Y Rick pensó que no podía estar más de acuerdo.

35

—¡Oh, querida! —el grito del señor mayor que está sentado a mi lado me devuelve al mundo real. Miro a la pantalla del ordenador. Estoy en la biblioteca y ayudo a uno de nuestros pensionistas habituales a entrar en «Amigos reunidos» en Internet.

—Me temo que esto no es, ¿no? —él ladea la cabeza y se acerca para mirar desde más cerca.

En la pantalla aparecen parejas vestidas con ropa de cuero llena de rotos en sitios donde los rotos no son muy apropiados, retozando juntos.

—Perdón, perdón —digo—. Esto es «*Demonios* reunidos». Una página totalmente distinta. La de problemas que puede causar la omisión inocente de una letrita.

Tecleo a toda prisa la dirección correcta y me doy cuenta de que el señor que está a mi lado parece más bien desilusionado.

Debo decir que no tengo la cabeza puesta en el trabajo esta mañana. Estoy tan cansada que podría echarme un rato en el suelo de la biblioteca, justo detrás de la estantería de los audio-libros y quedarme dormida.

El sitio web correcto aparece en la pantalla.

—Esto está mejor —le digo a nuestro lector—. Aquí le dejo.

Me apuesto a que al segundo de darme la vuelta tratará de ver la página de los demonios en su lugar. Ha llegado el momento de mi pausa y necesito urgentemente ir a la sala de personal a por un chute de cafeína o si no nunca conseguiré llegar a la hora de comer.

Una ya tiene la cafetera en el fuego cuando entro.

—Le he pedido a Don que nos supliera en el mostrador durante diez minutos —me dice—. Pareces agotada esta mañana. No puede ser sólo por nuestra noche de ayer.

—No te creerías todo lo que ha sido capaz de hacer mi familia desde entonces —sacudo mi cabeza—. ¿Qué voy a hacer con ellos?

Mi amiga pone el café delante de la mesa. Coge dos galletas Jaffa Cakes y me las da.

—Las galletas que nos tiene escondidas Don. Tengo que salir a comprar más a la hora de comer y reponerlas antes de que se dé cuenta.

No pienso en vigilar mi peso o en eso que dicen de un segundo en la boca y toda la vida en las caderas; sólo disfruto del subidón que me da el azúcar. Si estuviera sola me comería primero el chocolate que tiene por encima a lengüetazos, porque me encanta.

—En las últimas doce horas, desde la última vez que te vi, mi marido ha descubierto que nuestra hija estaba trabajando en un club de *striptease*, justo antes de que otra de las chicas le diera una patada en la cara. Mi madre se ha pasado la noche echando un polvo con un desconocido en nuestro cuarto de invitados y a mi hijo le ha dejado su novio gay. El único que no ha hecho nada bochornoso es *Buster*.

—Bien por el viejo *Buster* —reconoce Una—. Menos mas que él no da problemas porque los demás te van a mandar a la tumba antes de tiempo.

—Estoy agotada de tanta emoción —confieso—. Ahora mismo de lo que tengo ganas es de hacer una mini maleta y largarme.

—¿Te llevarías a *Buster* contigo?

—Me lo pensaría —nos reímos del comentario. Entonces confieso—. Tengo pánico de volver a casa, me pregunto qué es lo siguiente con lo que me voy a encontrar. Dime al menos que todo va bien con Tex el de Internet.

Una sonríe.

—Tenía otro mail esperándome esta mañana. Parece muy entusiasmado.

Don asoma la cabeza por la puerta de la sala de personal y, como me siento culpable, escondo la galleta Jaffa Cake que me queda.

—Tienes visita, Juliet.

—Vuelvo en un momentito —le digo a Una.

En el mostrador de la biblioteca, Steven Aubrey, me espera pacientemente. Se le iluminan los ojos cuando me ve y creo que no he causado este efecto a nadie en años.

—Juliet —dice él, sin aliento—. Siento molestarte.

Le llevo hacia la zona infantil. Como es un día entre semana sólo hay unas cuantas mamás con sus niños. Sólo a partir de las tres y media es cuando esta parte de la biblioteca se llena de vida, pero me siento cohibida de que alguien me pueda ver con Steven.

—¿Qué pasa? —ya me invade el pánico.

—Nada —se ríe él—. Pareces muy preocupada.

Trato de relajar mis músculos faciales, entonces me doy cuenta de que están llenos de moratones, por lo que me pongo la mano en la boca para intentar al menos cubrir unos cuantos.

—Sólo he venido a verte —continúa diciendo—. No podía esperar hasta la semana que viene. ¿Por qué no comes hoy conmigo? Tengo planeada una sorpresa maravillosa.

Miro alrededor con nerviosismo.

—No creo que le pueda pedir a Una que me sustituya otra vez.

—Te prometo que te traeré de vuelta en una hora.

—No sé Steven —me tambaleo de un lado a otro y en general me comporto de una manera extraña. Hace años venía una pareja a la biblioteca a leer y luego quedaban para comer. Era evidente que estaban casados y no precisamente el uno con el otro. Se comportaban como yo ahora: parecían incómodos, culpables, con los dedos puestos en libros que probablemente nunca tuvieron previsto leer, llenos de nostalgia. Todos los bibliotecarios solían reírse de ellos, yo incluida, pero ahora me entristece que estuvieran obligados a verse de esta manera.

—Por favor —dice él.

—Está bien —respondo. Estoy muy cansada como para poner una fuerte resistencia—. Te espero a la una en punto.

—Gracias —contesta—. No llegaré ni un minuto tarde —entonces se va de la biblioteca.

Esta situación es muy embriagadora. Todo lo que este hombre quiere de mí es algo de mi tiempo. Quiere estar conmigo y mimarme, no llenarme la cabeza de problemas como hace el resto de la gente, según parece.

Ahora mismo, ir a comer me parece una proposición muy apetecible.

36

Estoy catalogando los libros en el mostrador cuando, diez minutos antes de la una, veo el reluciente coche de Steven aparcado fuera de la biblioteca.

—Vete —me ordena Una—. Diez minutos no van a cambiar nada lo quieras o no.

Termino con el libro que estaba y se lo paso.

—Eres una gran amiga —digo, dándole un beso en la mejilla, y salgo volando de la biblioteca, con alas en los pies.

Todo tipo de emociones revolotean por mi mente mientras me deslizo en el asiento del copiloto. Me siento nerviosa, culpable, eufórica y agitada. Todos los dolores musculares de esta mañana y el agotamiento desaparecen de repente.

—Hola de nuevo —dice Steven. A veces la confianza en sí mismo se esfuma también y se pone nervioso, como el adolescente que en su día conocí tan bien.

—Hola. ¿Adónde vamos?

—Espera y verás —responde, mientras nos alejamos a toda prisa de la biblioteca, dejando el centro de la ciudad a nuestra espalda.

No han pasado ni cinco minutos y ya hemos entrado en el camino que lleva al parque pegado al río. Aquí es donde arrestaron a Rick por presunto escándalo público. Si Steven ha visto la ignominia de mi marido en la prensa local no me lo ha mencionado; y yo tampoco le he dicho nada. Conduce por el silencioso sendero bordeado de castaños de Indias. Es un lugar muy solitario. Ahora entiendo que sea tan popular por hacer todo tipo de prácticas sexuales en él. Entonces mi corazón se acelera.

—¿Qué hacemos aquí?

Steven hace gestos señalando la Casa del Molino que está al final del sendero, mientras nos acercamos a ella. Es una casa majestuosa que siempre he admirado, cada vez que Rick y yo traíamos a *Buster* aquí en uno de sus largos paseos.

—Vivo aquí —dice—. Pensé que te lo había dicho antes. Por ahora sólo la he alquilado, pero hay opción de compra, y estoy deseando hacerlo. Me he enamorado de este sitio.

Sus ojos se encuentran con los míos y algo me dice que no es de la única cosa de la que se ha enamorado desde que ha vuelto.

Conduce hasta la entrada de gravilla y aparca el coche fuera, sin meterlo en ninguna de las tres plazas de garaje que tiene la casa, bajo la sombra de una maravillosa haya roja. Miro alrededor sobrecogida. La Casa del Molino es enorme. No conozco su historia, pero la fachada es de una arquitectura tradicional de grava blanca que se funde son la estoica estructura de ladrillo de la parte trasera, que solía ser un molino de agua. Alguien se ha gastado una desorbitada cantidad de dinero para poder restaurarla con tanta perfección.

Al salir del coche, Steven me coge la mano y me lleva a la parte trasera del molino.

—¿Vives aquí tú solo? —pregunto, mientras cuento las ventanas. Debía haber al menos seis habitaciones, quizá más. Pienso en lo apretados que estamos ahora en casa. La primera vez que nos mudamos a Chadwick Close hace alrededor de veinte años era la casa de mis sueños. Rick y yo habíamos empezado viviendo en una diminuta casa en la calle Silver Street con un patio trasero del tamaño de mi mano. Sólo teníamos una habitación medianamente decente y un pequeño trastero que se convirtió en el cuarto de Tom en cuanto nació. Cuando cumplió cinco años y Chloe estaba de camino, y cuando los precios de las viviendas todavía no eran una locura, nos hicimos un hueco en el mundo y nos compramos nuestra actual casa de cuatro habitaciones con un amplio jardín. Me parecía tan grande en comparación con la anterior que me preguntaba cómo íbamos a ser capaces de llenarla. Pensé que nunca querría vivir en otro lugar que no fuera ése. Ahora en cambio pienso que no nos vendría mal otra habitación en el piso de abajo con un baño independiente. Tampoco tenemos cuarto de la plancha y nos vendría muy bien un sitio en el que secarle las patas llenas de barro a *Buster*. La entrada siempre está llena de bolsos a rebosar y zapatos, y también me gustaría quitarlos de en medio. Rick dice que todo lo que necesitamos es que los niños se vayan de casa y algunos días entiendo lo que dice.

—Cuando era pequeño me encantaba este lugar. Solía venir aquí con Laurence Ashurts y hacer travesuras. ¿Te acuerdas de él?

Asiento con la cabeza.

—Ahora es locutor en nuestra emisora de radio. Es muy famoso.

—¿De verdad? —Steven se ríe, y de alguna manera me llama la atención lo relajado que está, porque yo me siento muy tensa—. Es el trabajo perfecto para él. Siempre fue un charlatán.

A un lado del molino hay una laguna grande y cristalina. Los nenúfares flotan serenamente en la superficie, que ha sido impregnada de la luz del sol, encima de pequeñas hojas cubiertas de espinas. Las libélulas revolotean entre las flores amarillas. Esto es el paraíso.

Steven me lleva al jardín que está detrás del terreno. Al contrario que mi pequeña parcela, está perfectamente cuidado. Tiene un montón de macetas de geranios rosas, hortensias azules y blancas y arbustos de romero. Delicadas franjas de lilas adornan las viejas paredes de piedra. Cuando yo me decido a plantar en mi jardín, *Buster* siempre lo tira todo, lo rompe o hace pis encima: ésos son sus únicos vicios.

—Esto es increíble —suspiro, invadida por la felicidad.

—Aunque tengo casas en Sudáfrica, Florida y una villa al sur de Francia, ésta sería mi mejor adquisición.

Me apuesto lo que sea a que ninguna de las casas de Steven tiene una selección multicolor de gnomos de risa maléfica en sus jardines.

En el cenador —es muy pijo para llamarlo patio— hay una mesa montada para dos comensales.

—Me encanta cocinar —dice Steven—, pero no tengo la oportunidad de hacerlo muy a menudo. No hay nada mejor que una buena carne o pescado a la parrilla, una cosa que aprendí cuando estaba en África. Así que… ¿prefieres un solomillo o salmón?

—Salmón sería estupendo.

—Siéntate —me ordena mientras abre una botella de champán y me sirve una copa—. Vuelvo en dos minutos.

El río avanza por detrás del molino, subiendo lentamente por la rueda hidráulica que ha estado ahí durante generaciones. Un puente muy arqueado cruza el río y conduce un poco más adelante a unos prados; algunos años ha estado salpicado de amapolas. El sol de primera tarde abrasa con intensidad. Me siento debajo de la sombrilla, que se ondea con la brisa y cojo aire. Es la primera vez en meses que me siento en paz con el mundo. Esto es como un pequeño oasis. No me sorprende que esté impaciente por comprarlo y sumarlo a su lista de propiedades.

Tal y como había prometido, Steven vuelve pasados unos minutos, con dos suculentos filetes de salmón en una mano; en la otra mano trae un cuenco con ensalada.

—También hay ensalada de arroz —dice—, pero confieso que la he comprado.

Enciende la barbacoa y pone el salmón encima, con la naturalidad de un hombre que ha hecho esto muchas veces antes. Aunque la verdad es que Rick hace barbacoas bastante a menudo y siempre se las apaña para incendiar algo: el césped, la casa, o él mismo. A Steven se le ve muy seguro cuando comprueba si el pescado ya está listo.

Dios, tengo que dejar de pensar así. ¿Qué me pasa? Cada vez que comparo a Steven con Rick, mi marido sale perdiendo y eso es, simplemente, injusto. Rick ha sido un buen marido y un buen padre. No tengo nada de qué quejarme. Aparte de los delitos sexuales y los clubes de *striptease*, que acaban de sumarse recientemente a su repertorio, faltaría más.

Steven va a rellenarme la copa, pero le pongo la mano antes de rozar el borde.

—No puedo estar borracha si me tengo que hacer cargo de las novelas románticas —le tomo el pelo.

Se pone de cuclillas a mi lado y me cubre la mano con la suya, entonces se la lleva a los labios y la besa con delicadeza.

—Desearía que no tuvieras que volver al trabajo esta tarde —dice, con su boca pegada a mi piel—. Me encantaría que te quedaras aquí conmigo.

—Es muy agradable estar aquí —respondo, y las palabras se me atraviesan en la garganta.

—Oh, Dios mío —exclama Steven—. ¿Por qué te dejé escapar? ¿Qué clase de idiota fui?

No sé qué opinar ante eso.

—Creo que el pescado se debe estar quemando.

Mi viejo amor me lanza una mirada compungida. Me acaricia la mano y se aleja para ocuparse de nuestro almuerzo.

Entonces siento una punzada de arrepentimiento, de manera espontánea. Está envuelta de algo que podría ser envidia; un sentimiento que raras veces he experimentado. Si hubiese acabado siendo la señora Juliet Aubrey, mi vida habría sido muy diferente. Podría haber sido una mujer con tiempo libre, haber vivido en un lugar como éste. Pero son las mujeres como Una las que acaban en sitios como éste, no mujeres como yo.

37

El salmón está cocinado de maravilla, tal y como me imaginaba. Steven ha preparado una salsa para la ensalada con albahaca y aceite de nuez, que es sublime. La conversación ha sido divertida, chispeante. Steven y yo hemos hablado de los viejos tiempos, de los sitios a los que solíamos ir, de la gente que conocíamos.

—Muchas veces me he preguntado qué habrá sido de Mary Williams —dice—. Siempre quiso ser veterinaria.

—Acabó montando una peluquería para perros —le comento—. Peinó a *Buster* unas cuantas veces, pero era un poco carera —era un lujo que no nos podíamos permitir.

Muy pocos de nuestros amigos comunes se han ido de la ciudad. Stony Stratford es el tipo de sitio en el que la gente tiende a quedarse de por vida. O si se van al final acaban volviendo. Me pregunto si Steven corresponde a este último modelo de personas. ¿Realmente había vuelto para quedarse?

El único inconveniente que le pongo a nuestra breve, y mejor dicho, exquisita comida es que he estado todo el tiempo con el ojo atento a la hora, desde el principio hasta el final, porque sé qué estoy apretada de tiempo.

—Me tengo que ir en un minuto —comento mientras doy el último bocado—. Ha sido maravilloso. Gracias.

—Mejor que ir a un restaurante y que te pongas de los nervios.

—Sí —no le explico a Steven que si me pongo de los nervios es por el hecho de que él haya vuelto. Y continúo diciéndole—: Mucho rememorar viejos tiempos y no te he preguntado cómo está tu madre.

Steven sacude la cabeza con tristeza.

—No muy bien.

—Siento oír eso.

—Está muy bien cuidada —afirma—. Una estupenda enfermera viene a verla dos veces al día y está bien dentro de lo que cabe. Sólo es cuestión de tiempo.

—Si hay algo que pueda hacer… —mis palabras se van apagando. ¿Qué puedes hacer por alguien que está en esta situación? Para acabar con la tensión del ambiente recojo los platos.

—Deja eso donde está —me reprende Steven—. No quiero que muevas un dedo.

—Sólo los dejaré en la cocina —llevo los platos dentro de la agradable cocina, que tiene el suelo de piedra y que ha sido reformada de maravilla, a la vez que borro de mi mente la imagen de mi vieja cocina. Steven me sigue, con el cuenco con los restos de ensalada en la mano.

Después de amontonar los platos en la encimera me doy la vuelta y me choco con Steven. Me agarra de los brazos y me sujeta fuerte.

—Oh, perdona —estoy de los nervios.

Da vueltas a su dedo gordo sobre mi piel desnuda.

—Estás más guapa ahora que hace veinticinco años —dice con dulzura, y me arrima un poco más hacia él.

Se me pone un nudo en la garganta.

—No creo —¿no ve los moratones que me he hecho en la cara por tratar de recuperar mi juventud? La chica con la que en su día iba a casarse ha desaparecido hace muchísimo tiempo.

—La última señora Aubrey tenía veintidós años y era tailandesa —suspira Steven—. Incluso cuando estaba tumbada debajo de mí y hacíamos el amor seguía pensando en tu piel blanca, dulce y sedosa.

Sí, bueno. Ahora tengo mucha más piel que entonces, pienso. Así voy de embutida en una talla L de pantalones.

—Podríamos volver a repetirlo —me insta Steven—. ¿Te podrías escapar una noche? Me encantaría hacerte la cena.

—Steven —digo—. Es maravilloso volver a verte. Me ha encantado pasar un rato juntos. Pero lo que significábamos el uno para el otro es cosa del pasado —mi corazón se ha acelerado y piensa de manera diferente—. Esto no va a ninguna parte. No puede ser.

—No creo que pienses eso —contesta mi viejo amor—. ¿Por qué habrías aceptado venir aquí si no?

Entonces me suena el móvil. Justo en el momento perfecto. Es Tom. Suena adormilado.

—No puedo con mi vida —masculla entre lágrimas—. No puedo vivir sin Gabe.

—¡Tom, Tom! —grito—. Dime qué te pasa. ¿Qué has hecho?

—Me he tomado pastillas, mamá.

El miedo me absorbe.

—¿Qué? —digo—. ¿Qué te has tomado?

—No sé —comenta. Entonces se corta el teléfono.

—Es Tom —le informo a Steven—. Se ha tomado una sobredosis. Tengo que volver a casa.

—Yo te llevo. Llama a una ambulancia.

Corremos hacia el coche a la vez que marco el 999 en el teléfono y trato de explicarle al operador lo que ha pasado, lo más tranquila que puedo, aunque en realidad lo que quiero es ponerme a gritar. Mi hijo se podría haber estado muriendo mientras yo disfrutaba de una ilícita comida con mi ex novio. El operador me promete que el Samur irá lo antes posible.

—¿Dónde vives? —me pregunta Steven mientras echa marcha atrás en dirección a la carretera principal, levantando gravilla a nuestro paso.

—Chadwick Close —es raro que no sepa eso sobre mí.

Steven acelera y atraviesa la ciudad para llevarme a casa, a los brazos de mi hijo que me necesita. Me pongo frenética. Sé que Tom estaba convencido de que su relación era La Definitiva, pero se conocían desde hacía muy poco tiempo. ¿Cómo le había podido afectar así?

Yo también me eché a perder cuando Steven me dejó, pero le conocía desde hace muchos años. Él había sido mi único amor; íbamos a casarnos. Incluso cuando peor me sentí, ¿pensé en jugarme la vida? A lo mejor lo hice, pero era demasiado cobarde para ni siquiera intentarlo. No quería que la gente pensara mal de mí.

Entonces llamo a Rick.

—Tom se ha tomado una sobredosis —le digo con un tono grave.

—Oh, Dios mío —contesta—. Voy para allá. ¿Dónde estás tú?

—De camino —le cuelgo—. Ve más rápido —le digo a Steven, y pisa el acelerador.

—Casi estamos —responde.

Entramos en Chadwick Close y señalo nuestra casa.

—Ahí, ahí —le señalo a Steven—. Ésa es mi casa.

Sin decir ni media palabra deja el coche en el bordillo.

—Tienes que irte —digo, a la vez que me bajo de un salto del coche. Rick va a llegar en un minuto y no quiero que me vea bajando del Aston Martin de Steven Aubrey.

—Voy contigo.

—No, no —todavía me pregunto cómo iba a explicar que estaba con él—. Te llamo —estoy a mitad de camino de la entrada de mi casa. Espero por Dios que ninguno de los vecinos nos haya visto.

Steven está fuera del coche, apoyado en una de las puertas.

—Voy a la biblioteca —dice—. Así se lo cuento a Una.

—Gracias —al buscar a tientas las llaves de casa casi se me caen y me entran ganas de llorar. Si le pasa algo a Tom, a mi hijo, si no llego a tiempo, no me lo perdonaré nunca.

38

Subo corriendo por las escaleras mientras grito: «¡Tom, Tom!». *Buster* ladra desesperado, y me persigue, claramente se piensa que esto es un juego muy divertido, aunque a mí me va a estallar la cabeza.

En efecto, tal y como había imaginado, Tom está en su habitación, tendido en la cama.

Voy directa hacia él y le sacudo los hombros.

—¡Tom, despierta!

Hay un vaso de agua en su mesilla y se lo tiro sobre la cara.

—¿Sí? —se despierta mi hijo.

Me gustaría tener otro vaso que tirarle. En el suelo, junto a su cama, hay una botella de vodka. Hay un considerable charco alrededor, por lo que parece que la mayoría del líquido está en la alfombra más que en el estómago de mi hijo.

—¡Tom, Tom! —le incorporo ligeramente, aunque ni siquiera sé si eso es lo que debo hacer—. ¿Qué te has tomado?

—Uf —suelta un gruñido y con el brazo medio muerto coge un tubo de pastillas del suelo, que está junto al vodka.

Se lo quito de las manos y miro el recipiente con los dedos temblorosos.

—Esto no puede ser —sollozo—. Tom, dime qué te has tomado.

Miro alrededor de la cama y busco las pastillas que se ha tomado. En casa no tenemos muchas medicinas porque somos una familia razonablemente sana; por lo que no tenemos calmantes o barbitúricos. Y aunque nuestro alijo de medicinas ha aumentado considerablemente desde que mi madre se vino a vivir con nosotros, fundamentalmente se reduce a pastillas diuréticas o laxantes. No creo que pueda morir de eso. Por lo que, a no ser que Tom se haya traído algún tipo de droga, no sé qué se ha podido tomar.

—No encuentro nada —le digo con nerviosismo—. El Samur lo va a necesitar saber. ¿Eran somníferos? Lo único que veo es este bote de glucosamine sulfate.

—Eso es —murmura con una voz débil.

Me paro en seco.

—¿Te has tomado una sobredosis de glucosamine?

—Sí —Tom respira con dificultad.

Suelto a mi hijo, que cae de espaldas en la cama y se golpea con la almohada a la vez que grita:

—¡Ay!

Me levanto de nuevo y pongo las manos en las caderas.

—Esto es para lubricar las articulaciones, Tom —le señalo.

Tom abre un ojo.

—Papá lo toma para su hombro malo —digo secamente.

Abre el otro ojo.

—No creo que una sobredosis de esto te mate. Sólo hará que tengas más flexibilidad.

De repente y en cuestión de segundos, mi hijo está despierto y sobrio. Se incorpora de golpe.

—¿Me tomas el pelo?

—Yo creo que eres *tú* el que me tomas el pelo.

Tom me coge el bote de las manos.

—¿He intentado suicidarme a base de vitaminas?

—Creo que él las denomina complejo vitamínico. Pero eso es lo de menos.

—Mierda —masculla mi hijo—. Pone «Alta potencia» en la parte delantera. Pensé que acabaría conmigo.

—¿No te planteaste leer el resto de la etiqueta?

Tom sacude la cabeza.

¿No les enseñan nada en la universidad?

—La próxima vez que quieras casi matarte, a ti y a tu madre, te sugiero que te enteres mejor de cómo hacerlo.

Mi hijo se rasca la cabeza a la vez que lee la etiqueta.

—«Excelente para las articulaciones y artritis.»

—Un poco tarde para eso —descorro las cortinas y, dado que ya no me da miedo que mi hijo esté a punto de morir, me golpea de lleno el olor tóxico y a cerrado de su habitación: el hedor de unas zapatillas de deporte podridas compiten con la peste que desprende su ropa sucia y las sábanas, que piden a gritos que se cambien. Abro muy rápido las ventanas y mientras dejo que entre el aire oigo la sirena de la ambulancia al final de Chadwick Close.

—Ahora bajas y les dices que todo ha sido un malentendido —le regaño—. Sal de la cama. *Ahora*.

Tom se tambalea en el intento, pero no discute ni media palabra.

—Creo que estoy un poco borracho.

—Y puede que estés más cerca de la muerte de lo que te puedas imaginar cuando llegue tu padre a casa.

La cara de Tom empalidece.

—¿No habrás llamado a papá, no?

—¿Qué esperabas que hiciera? Pensé que te estabas muriendo.

—Bueno, ahora me siento bien —dice tímidamente.

—Ya estás saliendo por esa puerta —contesto—. Y asegúrate de pedir perdón. Efusivamente.

El Samur se apresura a la entrada y le da la bienvenida la presunta víctima, que masculla lo mucho que lo siente. Espero que le cobren algo de dinero por malgastar el valioso tiempo de unas personas que podrían estar atendiendo verdaderas emergencias. Pero entonces me doy cuenta de que lo acabaríamos pagando Rick y yo.

Antes de que pueda llamar a Rick, aparece por la puerta, en la que se encuentra con dos médicos que no parecen muy contentos y que se dirigen de vuelta a su ambulancia.

Suspirando, me tumbo en la cama de Tom, y me pregunto cuándo habrá cambiado las sábanas. Últimamente ya no entro aquí, en un equivocado intento de respetar su privacidad, pero el trato es que se supone que tiene que respetar las reglas mínimas de higiene pública. Parece que no está cumpliendo el trato. Esto es una central de bacterias C.difficile. Mi hijo tiene veinticuatro años y su habitación parece la de un maloliente chico de catorce. ¿Qué nos está pasando?, me pregunto. Mi imagen ideal de la familia hacía mucho que había desaparecido, pero ¿de verdad que tiene que ser tan mala como ésta?

Abajo oigo cómo Rick grita a Tom, que en un acertado y excepcional acto, no le está gritando a su vez. *Buster* menea el rabo y empieza a dar lengüetazos al vodka de la botella volcada.

—Ven aquí, chico —digo—. No hagas eso. Es asqueroso —resume bastante bien la vida en la casa de los Joyce. El perro se acerca y le abrazo, apoyándome en su cuello para estar más cómoda.

Pienso en mi comida con Steven, en la sofisticación y la calma de su jardín. ¿Por qué mi vida no es así todo el tiempo? Si no quiero volverme loca o llegar a ingerir una sobredosis de glucosamine sulfate, las cosas por aquí tienen que cambiar.

39

—Me he cruzado la ciudad como un loco —dice Rick. Apenas había entrado por la puerta ya se estaba enfadando con Tom—, sólo para encontrarme con que todo esto es una falsa alarma —él mismo sabía que estaba gritando y que, quizá, no era la mejor idea del mundo, pero no podía evitarlo.

—Una llamada de auxilio —le corrigió Tom.

—Tienes suerte de que no te mate —le contestó Rick—. ¿Qué pensabas que estabas haciendo?

En ese momento su mujer bajó por las escaleras. Su cara estaba blanca y demacrada.

—Déjale, Rick —dijo con cansancio—. Esto no va a mejorar las cosas.

—Cállate, Juliet —respondió—. Es hora de que Tom y Chloe empiecen a ser conscientes de sus actos.

Juliet levantó las manos y entró en la cocina. Él oyó el ruido de la tetera, pero iba a necesitar más de una taza de té para tratar de hacer bien las cosas.

—¿Qué te llevó a hacer esto? —preguntó Rick.

Tom caminó con nerviosismo.

—¡He pillado a Gabe con otro hombre!

Quizá no necesitaba saber esto.

—Estaba muy disgustado.

—¡La vida está llena de disgustos! —dijo Rick—. Y no vamos por ahí matándonos. Tienes que controlarte. Salir a la calle y conseguir un trabajo, entonces no tendrás tiempo para pensar en esas cosas.

—No vamos a volver a la misma cantinela de siempre —gruñó Tom, levantando las cejas.

Por lo que podía ver Rick, su hijo se estaba recuperando milagrosamente. Entonces sonó el teléfono de casa. Rick cogió el auricular y exclamó:

—¡Hola!

Era el novio de Tom, o el ex novio, al otro lado del teléfono. Ésta era la primera vez que Rick hablaba con Gabe, sin contar la mañana que le había visto en calzoncillos. Simplemente no estaba bien que su hijo se angustiara tanto por otro hombre.

—Gabe quiere saber cómo estás —dijo Rick—. ¿Le has dicho que has intentado suicidarte?

Tom parecía avergonzado.

—Le mandé un mensaje.

Rick hace un chasquido con la lengua.

—Está bien —le contestó, respondiendo a la pregunta que le había hecho Gabe sobre el actual estado de salud de Tom.

Cuando Gabe hubo terminado de hablar, Rick colgó y se giró hacia Tom.

—Dice que eres un perdedor más grande de lo que él pensaba.

—Genial.

—¿Y estabas planeando pasar el resto de tu vida con este hombre? —Rick sacudió la cabeza.

Su hijo parecía avergonzado.

—¿Es ésta toda la lástima que os doy?

—Sí —dijo Rick—. Pídele perdón a tu madre y apártate de mi vista.

Tom arrastra los pies hacia la cocina y Rick le oye pedir perdón a Juliet entre dientes.

—Prométeme que nunca más volverás a hacer nada igual —contesta su mujer—. Si vuelves a encontrarte alguna vez en esta clase de situación sólo tienes que hablar con nosotros. Papá y yo te entenderemos.

Rick reprimió el resoplido que quería hacer.

—Voy a ordenar mi cuarto —dijo Tom.

Que su hijo volviese a parecer un niño pequeño hizo que a Rick se le diera un vuelco el corazón.

—Perdona, papá —pidió Tom, mientras iba a la entrada.

—Que sea la última vez —contestó Rick bruscamente. Le chocó los cinco a Tom, que le respondió desganado cuando pasó por delante camino de las escaleras.

—Me estoy planteando estudiar para trabajar en el Samur —añadió su hijo—. Hacen un gran trabajo.

Rick contuvo las ganas de contentarse y en su lugar observó a su hijo hasta que desapareció en su habitación. Entonces entró en la cocina, frotándose la cara.

Juliet le dio una taza de té.

—No creo que sirva de nada —afirmó Rick malhumorado, pero no obstante se la bebió—. ¿He sido muy duro con él?

—Sí —respondió ella—. No. No más de lo que he sido yo. Hizo algo muy serio y estúpido, pero no me gusta que Tom se lleve estos disgustos.

—Ninguno de ellos en cambio se preocupa de no disgustarnos a nosotros, ¿no?

Juliet sacudió la cabeza.

—Por qué no nos quedamos en casa en vez de ir a trabajar —sugirió Rick—. Estoy demasiado nervioso para centrarme en poner suelos. Hal se las puede apañar solo por una vez en la vida. Vamos a coger a *Buster* y a dar un largo paseo por Toombs Meadows, a desconectar de todo.

—Llamaré a Una —dijo Juliet—. Le diré que la veo mañana. Lo entenderá.

—La divorciada desesperada se lo habrá contado a media ciudad antes de que anochezca.

—No lo hará —insistió Juliet—. Es mi amiga —cogió el móvil—. Una, soy yo —dijo—. Sí, sí, está bien. Lo sé. Perdí los nervios. Ingirió glucosamine sulfate, sólo eso. Lo sé. Así son los hijos. No voy a ir trabajar esta tarde, si te parece bien. Estoy histérica. Te veo mañana por la mañana. Lo sé. Hablamos mañana.

Juliet puso el teléfono en la mesa. Un segundo después volvió a sonar, lo que hizo que ambos fruncieran el ceño.

—Sí, está bien —dijo, cuando descolgó. Sus mejillas estaban coloradas—. Lo sé. Perdí los nervios. Ingirió glucosamine sulfate, sólo eso. Lo sé. Así son los hijos. Hablamos mañana.

Entonces colgó el teléfono.

—Las noticias vuelan. ¿Quién era?

—Eh…, Una otra vez.

—Pero le acabas de contar eso mismo.

—Sólo quería corroborarlo. Tiene memoria de chorlito —pero las mejillas de Juliet se pusieron más rojas todavía.

—Qué mujer más tonta —dijo, pero de repente empezó a darle vueltas.

Juliet se levantó y se estiró la falda.

—¿Sigues queriendo dar un paseo?

—Sí. Coge a *Buster* —señaló Rick—. Necesito salir a la calle. Olvidarme de todo esto.

Mientras iban a la entrada para coger la correa del perro, oyeron que estaban repartiendo el periódico local por los buzones y justo unos segundos más tarde el suyo cayó en el suelo. Juliet lo recogió.

Echó un vistazo a la portada y entonces sin decir ni una palabra sujetó fuerte el periódico.

«Bailarina de *striptease* demanda a un pervertido por acoso y agresión sexual», leyó.

—Fabuloso —Rick se tapó la cara con las manos, tratando de apartar el titular de su mente.

Tendrían que mudarse a un sitio lejano, pensó Rick. Quizá Australia estaba lo bastante lejos.

40

—Nunca nos pedimos una tarde libre para hacer algo juntos —dijo Rick mientras paseaban a lo largo del camino que salía desde detrás de su casa hacia Toombs Meadow.

—Eso es porque los dos somos personas muy ocupadas.

—¿Es sólo por eso? —me pregunta mi marido. Me coge la mano mientras paseamos—. ¿No es porque nos hemos quedado sin cosas que contarnos?

No estoy de acuerdo. El problema es que, últimamente, cada vez que hablamos es sobre algún tipo de catástrofe. ¿Las demás parejas se sientan en el salón de su casa al final del día con una copa de vino y charlan simplemente sobre cosas banales sin importancia? ¿Hablan de filosofía, arte, de los libros que han leído o de las flores que van a poner en su jardín? Todo lo que hacemos es dar bandazos de un problema a otro, comunicarnos mediante cuchicheos o a gritos. ¿Cuándo fue la última vez que nos sentamos para charlar sin más?

El sol sigue brillando en el cielo. No ha llovido desde hace más de una semana. Tengo que ir al jardín y regar las plantas de las macetas. Las flores deben estar ya muertas. Demasiadas cosas que hacer para el poco tiempo que tengo.

Si no fuera por el hecho de que todavía le estamos pagando la universidad a Chloe estaría tentada a trabajar sólo media jornada.

—¿Te acuerdas cuando solíamos venir aquí con los niños y hacíamos un picnic?

Esta parte de Stony Stratford no ha cambiado mucho desde que yo era una niña y desde que era el lugar preferido de mis hijos.

Es un gran espacio al aire libre en el que correr y desahogarse. Ojalá pudiera hacerlo yo también. El río serpentea perezosamente a través de las praderas y a menudo hay ovejas pastando.

—Parece que no fue hace tanto tiempo.

—Ahora mira qué par de dos —Rick sacude la cabeza—. ¿Les hemos educado tan mal? Pensé que habíamos hecho un buen trabajo.

—Yo también —una agradable brisa me aparta el pelo del cuello—. Desde luego que lo hemos hecho lo mejor posible.

—Quizá simplemente es que no lo hicimos tan bien.

—No —hay un banco con vistas al río y nos sentamos en él, viendo el agua correr entre los juncos y los patos arrastrados por la corriente.

—Deberíamos celebrar nuestro aniversario —dice mi marido decidido.

—No parece que haya mucho que celebrar últimamente.

—No podemos pasarlo por alto. Con todo el caos que tenemos en casa nos hemos olvidado.

No le recuerdo a mi marido que él también ha tenido mucho que ver con este «caos».

—También me gustaría regalarte algo especial —añade Rick—. ¿Te apetecería algo en concreto?

Pienso en el regalo que querría Una por su veinticinco aniversario, en caso de que estuviera tanto tiempo con una persona. En la lista desde luego que aparecerían diamantes, quizá un viaje a un *spa* de lujo o un fin de semana en París. Muchos maridos sorprenden a sus mujeres con joyas, o eso creo, pero Rick no me ha comprado más que un par de pendientes en todos los años que llevamos casados.

—Sé que necesitas un lavavajillas nuevo —dice Rick—. Y siempre has querido un invernadero para el jardín —esto es lo que entiende por un regalo romántico.

Debería haber sabido que su mente se decantaría por cosas más prácticas que las mías. Después de todo, éste es el hombre que por mi cuarenta cumpleaños me compró una carretilla, muy bonita la verdad. En su momento me gustó mucho. Pero era una carretilla al fin y al cabo. Para Una hubiera sido motivo de divorcio. Rick le tendría que haber escondido al menos una pulserita de oro dentro por el bien de la armonía conyugal. Tiene suerte de que cueste tan poco mantenerme a mí.

—Quizá deberíamos hacer algo que no nos lleve mucho esfuerzo. Alquilar una sala en algún restaurante para que no tengas que preparar tú toda la comida.

—No estoy segura de si estoy de humor para una fiesta en este momento.

Rick me aprieta la mano.

—Estamos bien, ¿no?

—Sí —respondo. Me pellizca en una mejilla.

—Te quiero —dice.

—Yo también te quiero —pienso en la llamada de Steven, en cómo hizo que se me revolviera el estómago por los nervios, y en el sentido de culpabilidad, en que ni siquiera le haya contado a mi marido que el que en su día fue mi comprometido ha vuelto a la ciudad. Y en que no estoy para nada segura de que estemos bien.

41

—¿Por qué le diste mi móvil a Steven?, ¿estás tonta? —le pregunto a Una cuando la veo a la mañana siguiente en la biblioteca. Estamos haciendo un descanso apoyadas sobre el mostrador principal. Los libros que hay que devolver a su sitio quedan desatendidos.

—Estaba desesperado —explica ella—. Sólo quería saber si todo estaba bien.

—Le podías haber contado tú lo que había pasado —señalo—. Cuando me llamó, Rick estaba sentado a mi lado. Me puse muy nerviosa y no supe qué decir.

—No podía pensar —admite ella—. Estaba muy preocupada por ti. Los dos lo estábamos.

—Tengo que decirle a Rick que Steven ha vuelto. Es ridículo, pero nunca parece que sea el momento apropiado. Durante años tuvo celos de Steven, al principio de nuestro matrimonio. ¿Te lo había contado?

Una niega con la cabeza.

—Nunca me he atrevido a mencionar su nombre. Con todo lo que nos está pasando últimamente lo que no quiero en absoluto es sumarle a esta mezcla explosiva un ex novio.

—Quizá deberías dejar de verlo —me sugiere mi amiga.

—Fuiste tú la que me animó a quedar con él —protesto. Entonces nos reímos.

—Dios, escúchanos —digo—. Parecemos una par de adolescentes discutiendo por un chico. Soy una mujer crecidita. Debería ser capaz de quedar a comer con quien me apetezca. Steven y yo hemos vivido demasiadas cosas juntos. No quiero darle la espalda y, para ser sincera, la hora que pasamos ayer me ha ayudado a mantener la cordura.

—Todavía no me has hablado de eso.

—Fue una comida muy agradable. Steven es un cocinero maravilloso y su casa es preciosa. Nada que ver con aparcar en un área de descanso para hacer cochinadas.

—Aun así no me digas que no has pensado en eso.

Nos volvemos a reír tontamente. Don sale de su despacho.

—¿Tenéis planeado trabajar algo hoy, señoritas?

—No —dice Una—. Juliet está muy cansada. Te conté que su hijo había intentado suicidarse. Ten un poco de compasión.

—Lo siento mucho —expresa nuestro gerente, escarmentado. Creo que Una debería tener una cita con Don, un hombre que sí merece la pena y que hace lo que ella quiere—. Id y tomaros un café en la sala de personal mientras yo me quedo en el mostrador.

—Gracias, Don —responde Una, luciendo sus largas pestañas postizas.

Nos vamos a la sala de personal y para corresponder a la generosidad a Don, Una le birla dos galletas para acompañar a nuestro café.

—Eres lo peor —le comento.

—No es verdad —se justifica—. Soy encantadora y para demostrártelo he reservado para las dos una sesión de maquillaje hoy, justo después del trabajo, en uno de los *stands* de John Lewis.

—Oh, Una. Eso suena genial. Siempre he querido hacerlo pero nunca me he atrevido a ir yo sola.

—Sólo nos llevará una hora. Después te puedo llevar a casa o podemos ir a tomarnos una pizza y lucir nuestras caras nuevas.

—Lo de la pizza suena genial —Una nunca come pizza. Ella se pedirá algo que lleve ensalada y luego se dejará la mitad.

—Pensé que te alegraría.

Doy un sorbo al café. Necesitaría un chute de cafeína, pero esta semana sólo tenemos descafeinado porque Una ha decidido que no va a beber otra cosa y ha decidido que tenemos que hacer lo mismo todos los demás. En cambio, hago como si me despejara.

—¿Qué voy a hacer con Steven?

—Eso depende de ti, cariño —responde Una—. Es un hombre muy atractivo. Desde luego que yo no le diría que no.

Más risitas tontas.

—Depende de si todo es tan inocente como dices y si controlas la situación. O si estás, en realidad, jugando con fuego.

Y la verdad es que no lo sé.

42

Por fin es otro día. Otra tarima flotante les espera. En esta era en la que casi no te conceden un crédito y donde se producen tantos recortes económicos, parecía que la gente seguía queriendo cambiar sus viejas moquetas por relucientes y nuevas tarimas flotantes imitando la madera. Rick y Hal nunca habían estado tan ocupados como ahora.

En este momento los dos estaban haciendo una pausa de diez minutos para tomarse un café y habían salido al jardín de la casa en la que estaban trabajando para tomar el aire. Siempre era de agradecer dar con un cliente que no te saca de quicio constantemente. A medida que Rick iba cumpliendo años poner suelos empezaba a ser un trabajo matador. Dejó la taza de café en un poyete del jardín y se masajeó las lumbares. Tenía la espalda dura como una piedra; debía ser lo único que estaba así últimamente. Tenía que hacer algo al respecto. Cuidarse la espalda.

Hal daba caladas frenéticamente a un cigarro.

—Los vas a gastar —observó Rick.

—¿Quieres uno?

Rick sacudió la cabeza.

—Fumar es estúpido.

Había probado a fumar cuando era más joven pero sus precarios recursos económicos no le daban ni para pagarse un paquete, y en cualquier caso nunca le gustó el sabor.

—Me encantaría dejarlo —admitió Hal—. Lo he intentado con los parches esos de nicotina. No sirven de nada.

—Prueba a clavarte un cigarrillo en cada ojo y así no encontrarás el paquete.

—Muy gracioso —dijo Hal, aplastando el cigarrillo del delito en el jardín de su cliente. Rick tenía que acordarse de recogerlo más tarde.

—¿Podrías pasarte a la hora de la comida por un sitio y presupuestar una obra por mí?

—Quería ir un segundo al centro —dijo Rick—. Tengo que hacer una cosa.

—Hazla a la que vuelves, tío. Es importante.

—No podemos coger más trabajo, Hal. En estos momentos estamos hasta arriba.

—Tengo que ganar más dinero —confesó su amigo—. Voy a ver si puedo contratar a alguien más. Estas mujeres me están chupando la sangre. Tengo que ganar el doble para poder tirar.

—Pensé que Shannon trabajaba.

—La pagan una mierda. Puede que sea joven pero tiene gustos caros. Aun así nuestra Shannon se merece lo mejor —había un ligero tono de rencor en su voz—. Ahora está a punto de dejar el trabajo para tener más tiempo y preparar las cosas del niño que aparentemente va a tener conmigo.

—¿Es decir que sigue en sus planes?

—No, si me salgo con la mía —Hal, ajeno al hecho de que acababa de apagar un cigarro, se encendió otro. Dio una larga calada—. Déjame que te dé un consejo, amigo. Si alguna vez piensas en hacer una tontería habla con el tío Hal. Te voy a decir una cosa. Cuando te notes excitado date una ducha de agua fría. Además, hoy día que la electricidad está tan cara eso sólo cuesta unos veinte peniques. Un abogado matrimonial te costará cuatrocientas cincuenta libras la hora. Y encima da la impresión de que se ponen más de parte de tu mujer que de la tuya.

—¿Cuatrocientas cincuenta libras? —Rick dio un silbido.

—Asegúrate de que tratas a tu mujer como se merece. Te saldrá mucho más barato a la larga.

Y eso era lo que iba a hacer. Había sido estúpido pensar que a Juliet le gustaría un lavavajillas o un invernadero como regalo de aniversario; a pesar de que los invernaderos podían llegar a ser bastante caritos. Pero eso simplemente no era romántico. Se había dado cuenta de cómo le había cambiado la cara a su mujer nada más decirlo y se arrepintió de sus propuestas cero románticas en cuanto se le escaparon de la boca. No lo consentiría, este aniversario lo iban a recordar el resto de su vida. Todo se iba a arreglar.

43

Los almacenes John Lewis están al final del área comercial en Milton Keynes. Es un lugar muy grande y luminoso. Pasar las horas allí es el momento preferido de Una.

Don nos ha dejado salir de la biblioteca unos minutos antes y en este momento Una y yo estamos sentadas sobre dos taburetes bastante altos en uno de los *stands* de maquillaje. A las dos nos han puesto una especie de baberos alrededor del cuello para no mancharnos y, muy a mi pesar, me han echado el pelo para atrás con una cinta que me aprieta muchísimo. No es una imagen que me apetezca compartir con la gente de Milton Keynes y me pregunto por qué los *stands* de maquillaje están nada más entrar en los almacenes en vez de estar alejados en un pequeño rincón en la parte trasera para que sea algo más íntimo. Aquí sentada me siento desnuda y observada por todos los desconocidos que pasan por delante nuestro.

Una claramente está en su salsa. Escucho cómo está disfrutando de una larga y amena conversación sobre las últimas tendencias de sombras de ojos y de pintalabios con la chica que la está maquillando. Yo soy incapaz de hacer eso. Nunca lo he sido. No sé si el color mora o el plata brillante son los colores obligados esta temporada, y no estoy segura de si me importa. Quizá debería.

Mi amiga está eligiendo los colores que quiere que le pongan para que la chica pruebe cosas diferentes. Yo estoy aquí sentada con pasividad, dejando que pase lo que tenga que pasar. Quizá necesitaría tomar el control de esta sesión de maquillaje aunque no controle nada más en mi vida.

—Tienes muchos moratones alrededor de la boca y los ojos —dice la chica recelosa.

—Me pusieron botox y rellenos faciales con demasiado énfasis —explico, a lo que ella chasquea la lengua.

—Te pondré más corrector para tratar de ocultarlo —se ofrece.

—¿Qué colores me vas a poner? —pregunto, sin gustarme lo tímida que sueno. ¿Cómo me puede intimidar una niña de diecinueve años que lleva puestas tres capas de maquillaje?

—Tú eres un Beis Clásico —dice, mientras me extiende unos polvos en mi piel. Me entran ganas de toser—. Por lo que te estoy poniendo colores neutros.

Beis Clásico. Qué deprimente. Apuesto a que Una no es un Beis Clásico. Apuesto a que no la están embadurnando con tonos neutros.

—¿Qué color es el de mi amiga?

La chica mira sobre la paleta de sombras de colores que le van a poner a mi amiga.

—Oh, ella es Flores Exóticas.

Flores Exóticas frente a Beis Clásico. Está claro cuál prefiero. ¿Por qué yo no puedo llevar ése? Me gustaría preguntárselo. En cambio, mantengo la boca cerrada.

Una hora después casi hemos acabado. Justo cuando mi paciencia estaba prácticamente agotada. Estoy a punto de sacarle la lengua a la gente que se me queda mirando a medida que pasa por delante nuestro. Me temo que no me gusta que me maquillen.

Cuando la chica me quita la especie de babero blanco, veo por el rabillo del ojo a un hombre que me está mirando desde lejos.

—Guapísima —dice, a medida que se acerca más, y es una voz que otra vez me suena muy familiar. Mi corazón empieza a acelerarse de nuevo, lo que me preocupa.

—Steven —me sorprendo, al mismo tiempo que me giro hacia él—. No te esperaba ver aquí.

—¿Qué hacen estas dos señoritas tan maravillosas por aquí?

—Nos están poniendo guapas —interrumpe Una, que ahora está de pie a mi lado.

—Pues estáis impresionantes.

La cara de Una parece como si hubiera sido acariciada por el sol. Sus mejillas están resplandecientes, sus labios brillantes, sus ojos están encendidos. A mí se me ve toda mate.

—¿Puedo invitaros a un café?

—Sería estupendo —dice Una, que ni siquiera me mira para ver si estoy de acuerdo—. Conozco el sitio perfecto.

Ella se coge del brazo de Steven y salen del establecimiento, tambaleándose sobre los tacones mientras avanza. Yo me arrastro detrás de ellos. La señora Juliet Beis Clásico pisándole los talones a la señora Una Flores Exóticas y al señor Steven el Super-Seductor.

44

Rick sabía que nunca tenía tiempo de sobra durante la hora de comer para presupuestar otra obra y pasarse por el área comercial. Afortunadamente, Juliet había llamado para decir que iba a salir con Una sin pasar por casa después del trabajo, por lo que le daba tiempo para hacer sus pequeños recados en paz.

Quería dedicar algo de tiempo para buscar un regalo especial para su mujer, por su aniversario de boda; quizá alguna joya, aunque no sabía qué tipo de estilo le gustaba a Juliet. Entonces se dio cuenta de que después de todo este tiempo de casados realmente debía hacerlo. Quizá le gustaría algo de lencería o uno de esos bolsos de diseño que cuestan un ojo de la cara.

Mientras ella pasaba la noche fuera él iría a Marks & Spencer a por comida preparada para su cena, de esa que se podía calentar en el microondas en cuestión de minutos pero elaborada: una salchicha de cerdo de Lincolnshire completamente orgánico, sedosas patatas Jersey y cebollas en salsa enriquecida con salvia. No era solamente salchicha y puré de patatas, sino salchicha y puré Marks & Spencer. Miró alrededor sigilosamente. Últimamente éste era el punto de encuentro preferido de su suegra y deseaba que no estuviera aquí ahora, que estuviera en casa paseando a *Buster* tal y como había prometido.

En realidad ésta era una hora bastante civilizada para ir a comprar. Normalmente, cuando intentaba evitar el área comercial, que estaba llena de mamás con carritos de coche, niños gritando y adolescentes poniéndose morados en el McDonald's. Nunca entendió el sentido de ir de compras a modo de terapia, pero sus hijos parecían hacerlo por él, por lo que iban y le vaciaban la cartera con regularidad.

Una vez que compró la cena, Rick buscó por los pasillos del centro comercial y miró en los escaparates de un montón de joyerías. ¿Por dónde demonios debía empezar? Quizá debería haber llevado a Chloe con él. Su hija podía representar a Inglaterra a la hora de gastar dinero y sabría exactamente qué tipo de joya le gustaría a Juliet, y no le echaría para atrás el abusivo precio de las etiquetas. Pero Chloe y él seguían sin hablarse y ella le esquivaba completamente desde el incidente del *striptease*.

Quizá podía emplear esta tarde simplemente como un primer contacto, escribir una pequeña lista y lanzar alguna insinuación a Juliet para ver si eso le daba alguna pista.

Una hora más tarde la búsqueda de un regalo estaba empezando a perder parte de su atractivo. Todos los demás compradores parecían estar repletos de bolsas pero él todavía no había comprado nada salvo la cena precocinada para calentar en el microondas. Para cambiar eso, Rick se paró en el café Costa Coffee más cercano y se compró un capuchino espumoso para llevar. Se detuvo en una de las mesas para espolvorearse chocolate por encima y como

Juliet no estaba ahí para verle añadió dos sobrecitos de azúcar moreno al mejunje.

De vuelta al área comercial Rick se bebió a sorbos el café a través del diminuto agujero de la tapa. Era difícil absorber por culpa de la espuma. A este paso se habría colapsado los pulmones antes de llegar al café, que estaba abajo del todo. Un poco más abajo del Costa Coffee estaba la tienda Ann Summers. Se detuvo y miró en el escaparate, que estaba lleno del tipo de lencería que había visto desperdigada por la casa de Stacey Lovejoy. Quizá era aquí donde su vecina hacía todas sus compras. El coqueto maniquí posaba con un picardías de encaje rojo y un liguero. Personalmente, a Rick le gustaba. Pero sabía que su mujer no era el tipo de persona que se pondría nada de encaje carmesí. La ropa interior de su mujer era o blanca o negra y era ligeramente práctica. No había mucho encaje a la vista en ningún lugar de su armario.

Medias. Hmm. Nada se ve más sexy en una mujer, pero Juliet le dijo que de ninguna manera la convencería para atarse a sí misma en un liguero, y Rick tenía que admitir que no parecían muy cómodos. ¿Si se cambiaran las tornas se torturaría a sí mismo con ese atuendo? La respuesta era no.

Rick absorbió por el agujerito de la tapa de plástico de su café. No salía nada. Era desesperanzador; iba a tener que quitarle la tapa si tenía alguna esperanza de conseguir ingerir algo de ahí. Intentó quitarla pero estaba muy dura. Juliet siempre se estaba quejando sobre lo fuerte que cerraba las cosas. Nunca podía abrir una botella después de que él la hubiera abierto. Ahora se daba cuenta de que podía ser que tuviera razón. De nuevo trató de hacer palanca pero la tapa estaba muy bien sujeta. Dio otro sorbo pero todavía seguía sin salir nada. Era ridículo. Todo lo que quería era un maldito café, no un combate de boxeo. Rick decidió hacer el último intento.

Finalmente la tapa se separó a la vez que la taza. Por desgracia la tapa fue la parte que se le quedó en la mano mientras que su café para llevar se caía al suelo, volcándose sobre la pernera de sus pantalones por el camino.

—¡Maldita sea! —gritó Rick, y se echó de un salto hacia atrás, tratando de esquivar el líquido hirviendo.

Miró hacia abajo y vio que sus técnicas de esquivar habían sido insuficientes. Tenía espuma en un sitio en el que realmente no quieres que haya una mancha de espuma. Parecía ligeramente obsceno. Desesperadamente, Rick se frotó la espuma con la manga de su camisa. No era de extrañar que no hubiera salido por el minúsculo agujero de la tapa; esta cosa era como espuma de afeitar. Volvió a frotarlo, más rápido esta vez.

Por el rabillo del ojo vio cómo una señora mayor tiraba todas sus bolsas de la compra al suelo. Cuando Rick se giró para ver si le había pasado algo vio que se había tapado la boca con las manos y que estaba gritando de un modo aterrador. Muchas cabezas se dieron la vuelta, unos cuantos corrieron hacia ella, y entonces Rick la vio señalar algo: *a él.*

Bajó la mirada para ver lo que estaba señalando y su fino dedo iba directo al montículo de espuma que estaba depositado en sus pantalones a la altura de la ingle. Oh, no. Miró para arriba y vio el escaparate, que tenía artículos eróticos. Entonces se dio cuenta de que sus movimientos inocentes habían sido malinterpretados.

—Se estaba toqueteando —gritó la mujer—. Le he visto.

—No, no —le devolvió el chillido Rick. Caminó hacia ella para explicárselo, pero ella volvió a gritar de nuevo y se alejó de él—. Señora, esto es un terrible malentendido.

¿Cuántas veces había usado últimamente esta misma frase?

No sólo la mujer no se calmó sino que se lanzó a él con el bolso, dándole fuertes golpes en la cabeza y los brazos.

—Eres un pervertido.

—¡Ay, ay, ay! —¿qué podía hacer para que dejara de matarle? ¿Cómo podía explicarle que sólo había sido una coincidencia que estuviera frente a un sex shop mientras se estaba frotando las manchas de espuma blanca a la altura de su ingle?

Entonces vio a dos policías fornidos corriendo a lo largo del área comercial en su dirección. Esto no tenía buena pinta. ¿Qué iba a hacer? Podía intentar escapar pero nunca dejaría atrás a esos dos.

Sólo deseaba que ellos atendieran a razones. Pero cuando ambos le hicieron un placaje de rugby, le tiraron al suelo y le esposaron pensó que quizá no fuera así.

Rick suspiró para sus adentros. Esto iba a significar más problemas. Podía imaginarse el titular en el periódico local: «Pervertido en club de *striptease* y por escándalo público arrestado por hacer obscenidades frente a un sex shop». Les encantará. ¿Cómo le iba a explicar *esto* a Juliet? Ella podría creer que Rick era inocente y la parte afectada un número limitado de veces.

Cogió una profunda y tranquilizadora bocanada de aire mientras escuchaba a uno de los policías cómo le leía sus derechos. ¿Qué le estaba pasando que no podía ni siquiera beber una taza de café sin que le arrestaran?

45

Una se bebe de un trago su batido descremado y sin azúcar en un instante. Ha sido una divertida y amena compañía y, tengo que admitir, pega mucho más con Steven que yo. Él se ha reído de todas sus alocadas historias mientras mi amiga se ponía más y más coqueta. Juliet Joyce, la carabina de aspecto Beis Clásico.

—Me tengo que ir pitando —explica Una sin aliento justo cuando acaba otra historia—. Os dejo a vosotros dos, tortolitos.

—No somos tortolitos —le susurro—. Y se suponía que íbamos a ir a tomar una pizza.

—Steven te puede llevar a cenar —dice de parte de mi viejo amigo—. Estoy segura de que no tiene nada importante que hacer.

—Ni tú tampoco —le recuerdo.

—Quedé con Tex en Internet —me guiña un ojo y me da un beso en la mejilla—. Algún día tendré un novio real.

Una besa también a Steven.

—*¡Ciao, ciao!*

Y entonces se marcha. Steven se ríe mientras se va.

—Es muy divertida.

Mi amiga nos ha abandonado en un café en la zona de los teatros justo en la calle de enfrente del área comercial. Está lleno y compruebo alrededor que ninguno de mis vecinos está aquí, pero nadie hace caso de nuestra presencia.

—No lo hice a propósito —me asegura.

—Podías haberlo hecho en cualquier caso.

—Ya que estamos aquí —cambia de tema con labia—, podíamos ir a cenar. Tan sólo vine al centro comercial a comprar algunas cosas para que mi madre se sintiera más cómoda en casa. No tengo nada urgente que hacer.

—Debería volver —una cosa es compartir una tranquila comida con Steven, pero otra muy distinta es escabullirme a espaldas de Rick para cenar con él. Eso no estaría bien—. Mi marido estará esperándome.

—Tu marido espera que vayas a cenar con Una.

—Y ahora no estoy haciendo eso.

—Pero estás muy arreglada y sin ningún sitio al que ir.

—No estoy arreglada. Sólo me han puesto un maquillaje muy pijo.

—Una lástima desperdiciarlo —observa—. Podríamos ir a algún lugar fuera de la ciudad.

—Steven —le digo—. No estoy segura de que pueda seguir quedando a escondidas. No me gusta.

—¿Por qué no le has hablado a Rick sobre mí?

—Es difícil. Con todas las cosas que nos han pasado últimamente no hemos tenido tiempo para sentarnos y hablar sobre ti —me doy cuenta de que puede que no sea estrictamente cierto, pero Steven no necesita saber por qué razones prefiero no contarle lo que siento. Ni siquiera estoy yo segura de saber lo que siento.

—Ayer estaba tan preocupado que estaba fuera de mí —admite Steven—. Fue horrible además por no poder estar a tu lado o ni si quiera poder hablar abiertamente por teléfono. Me doy cuenta de que te debí llamar en un mal momento.

—Bueno —digo—, afortunadamente Tom está bien y ahora se ha dado cuenta de lo estúpido que ha sido, pero nos ha dado un buen susto a todos.

Steven me coge las manos y lo que siento es demasiado agradable como para apartarlas.

—Sé que estás pasando por una mala racha en casa.

Me río.

—En eso consisten las familias. Unas cuantas alegrías con muchas dificultades entre medias.

—No tiene por qué ser así —me dice—. Yo te podría sacar de todo esto.

—¿Es eso una frase de una película?

—No sé —responde Steven con mucha seriedad—, pero aunque lo fuera lo digo sinceramente.

Yo creo que si pudiera se apoyaría sobre una rodilla y diría: «Sé que no merezco una segunda oportunidad, Juliet, pero realmente desearía que me la dieras».

—Oh, Steven. Esto parece sacado de un cuento de hadas. Soy una mujer casada y con responsabilidades —demasiadas, pienso—. Incluso aunque quisiera no podría hacer como que somos felices y comemos perdices. Eso en vez de solucionar las cosas generaría más problemas.

—Podemos superar cualquier cosa. Juntos.

Quiero echar la cabeza hacia atrás y reírme. ¡Qué fácil parecía todo en boca de Steven! Destrozar dos vidas y volver a construir una nueva. ¡A nuestra edad!

—Nunca podría hacer eso —digo—. Nunca podría dejar a Rick. Le mataría. Y no ha hecho nada malo. Ha sido un buen marido, un hombre honrado y trabajador.

Mi café ahora está frío pero aun así me lo termino.

—Creo que sería mejor que no volvieras a la biblioteca. Ya hemos limado nuestras asperezas. Eso es todo lo que puede pasar. Ser viejos amigos, nada más.

—Ojalá sintieras lo mismo que yo.

—Steven, te he querido mucho y la verdad es que no quiero volver a sentir lo mismo que hace años porque eso haría mi vida muy pero que muy difícil. Por tanto si me quieres lo entenderás y simplemente dejarás que me vaya y no volverás a ponerte en contacto conmigo.

Su cara está afligida y como te puedes imaginar, me gustaría alargar la mano y acariciarle la mejilla, mitigarle el dolor.

—No me creo que no te importe.

—Tiene que ser así —añado—. Es lo más sensato.

—El amor no siempre es sensato.

—Y el amor no siempre es pasión y excitación tampoco. Se trata de compromiso y entereza —mis ojos se llenan de lágrimas y trago saliva—. Te quise una vez, Steven. Te quise muchísimo. Por favor, no hagas que vuelva a hacerlo.

Entonces me levanto y, tratando de que mis piernas anden, dejo a Steven detrás de mí.

46

No había nadie en casa cuando Rick volvió de la comisaría. Estaba empezando a convertirse en un cliente habitual. Mucho peor. Pronto se tutearía con el policía de la recepción de la comisaría y se acabarían mandando felicitaciones de Navidad. O a lo mejor no.

Estaba contento de tener algo de tiempo para él. Estaba empezando a ser un acontecimiento excepcional en esta casa. Sólo estaba *Buster* para darle la bienvenida y a primera vista no había charcos en el suelo, por lo que alguien debía haberle llevado a dar un paseo. Quizá lo había hecho Rita antes de desaparecer con su última adquisición en el pasillo de comida rápida para solteros.

A lo mejor podía tomarse tiempo para darse una larga y agradable ducha, quitarse el olor impregnado del capuchino de su entrepierna. Esta vez parecía que iba a conseguir que no le acusaran de nada, de lo que estaba satisfecho, particularmente porque no había hecho nada por lo que arrestarle. A no ser que cerrar la tapa de tu café muy fuerte se haya vuelto un delito. Y, con el gobierno que tenían, eso no sería una sorpresa. La histérica de la señora del bolso había accedido a no poner cargos si él accedía también a no ponerle cargos a ella por asaltarle con el bolso. Parecía un buen trato.

Se preguntaba si podía evitar tener que contarle a Juliet todo. ¿Si no le iban a acusar ni nada parecido cómo iba a descubrirlo ella nunca? La honradez quizá fuera la mejor idea, pero estaba en una situación muy delicada en este momento de su vida después de los dos últimos incidentes. ¿Se podía arriesgar a que saliera a la luz un tercer incidente? Seguro que Juliet lo entendería. Pero a veces un triplete era algo bueno y otras veces no lo era tanto, de hecho, era todo lo contrario. Éste era un triplete del segundo tipo.

Rick subió arriba, a la habitación, para cambiarse de ropa, para quitarse sus pantalones sucios y su camisa salpicada de café con los puños destrozados. Era una lástima que esta camisa y estos pantalones fueran sus favoritos ya que estaba tentado de tirarlos directamente a la basura para tratar de erradicar cualquier recuerdo del desafortunado incidente con el capuchino-sex shop. Y para estar completamente seguro nunca más iba a volver a esa zona del centro comercial. Cada vez que desde ahora volviera a ver lencería de encaje en un escaparate iba a cerrar los ojos y seguir caminando lo más rápido que pudiera.

Al ponerse la bata, Rick hizo una mueca ya que se acordó que tan sólo el día de antes el novio anciano de Rita, Arnold o como quisiera que se llamase, se había estado paseando con ella puesta. Debería haberle dado una buena patada a sus gnomos a modo de pequeña pero satisfactoria venganza. Todavía estaba a tiempo de hacerlo.

—Agg —se dijo Rick a sí mismo mientras metía a regañadientes los brazos por las mangas. La bata era otra cosa más que añadir al cesto de la ropa sucia.

Entró en el baño, cerró el pestillo de la puerta y abrió el agua para que se calentara: otra cosa que tenía que arreglar de la casa. En algún lugar del armario del baño había escondido un gel de baño muy bueno que Juliet trataba de mantener fuera del alcance de Chloe. Rick sintió que se merecía un poco de mimos después de su traumática experiencia y estaba seguro de que a Juliet no le molestaría que cogiera unas gotitas del gel.

Hubo un día, hace mucho tiempo, en el que le solía gustar cantar en la ducha, echar la cabeza hacia atrás y sentir el cosquilleo de la garganta cuando cantaba una melodía por lo agradable que era. ¿Por qué ya no podía reunir la energía necesaria para cantar un serenata en la ducha?

Se apoyó en el armario y revisó el desorden de frascos, los repuestos de rollos de papel y varias cremas y lociones en su búsqueda del gel de ducha. Y entonces vio algo que no se esperaba para nada ver ahí. Justo en el fondo, en lo más recóndito, cerca de las telarañas y de la ligera mancha de humedad había un test de embarazo. Estaba en una caja rosa y azul y se llamaba: «¿Niño o niña?». Lo sacó, sujetándolo como si fuera una bomba sin detonar.

Rick se sentó en el baño, apoyándose bien, y examinó lo que había encontrado. Era evidente que lo habían abierto. El envoltorio estaba quitado y la caja estaba un poco rota por un lado. Él también abrió la caja y sacó el contenido. Era obvio que el test estaba usado y trató de no pensar que habían hecho pis en él. Ahí estaba el resultado, cristalino como el agua. ¿No se suponía que estas cosas eran exactas? Rick podía sentir cómo se le aceleraba el corazón en el pecho y su boca de repente se había resecado.

Volvió a comprobar el test de embarazo una vez más. No había duda posible. No era un «¿Niño o niña?» sino definitivamente niño o niña. Parecía que iba a volver a ser papá.

47

Cojo un taxi desde el centro de la ciudad, impactada de lo mucho que cuesta mientras pago al conductor. Me está bien empleado, me tendría que haber ido con Una tal y como tenía planeado en lugar de quedarme con Steven Aubrey en la cafetería.

En casa, Rick está sentado en la mesa de la cocina, parece deprimido.

—Hola, cariño —digo, mientras voy directa a por la tetera—. ¿Un mal día?

Mi marido me mira, parece enfadado y está cruzado de brazos.

—¿Hay algo que te gustaría contarme?

Instantáneamente siento cómo se me sonrojan las mejillas debajo de mi nueva y renovada piel Beis Clásico.

Llevo un nuevo look y Rick ni siquiera ha reparado en él. Me quedo paralizada.

—¿Sobre qué?

Mi mente da vueltas. ¿Le ha dicho alguien a Rick que Steven ha vuelto a la ciudad? ¿Nos han visto mientras comíamos juntos? ¿Me han visto en la Casa del Molino? ¿O nos ha espiado alguien en el centro comercial? Sea lo que sea que haya pasado la cara de Rick tiene una expresión muy extraña y no de alegría precisamente. Mi corazón late fuerte en mi pecho.

Rick aparta los brazos y deja ver que encima de la mesa está el test de embarazo.

—¿Qué estás haciendo con eso?

—¡Eso mismo digo yo, Juliet!

—¿De dónde lo has sacado?

—Lo encontré escondido en el fondo del armario del baño.

Entonces no estaba muy bien escondido, pienso.

—¿Por qué no me lo has dicho? —pregunta mi marido—. No tenía ni idea.

Yo tampoco. Me dejo caer en la silla que está enfrente de la de Rick y pongo la cabeza entre las manos.

—¿De cuándo es?—pregunta Rick.

—No sé —contesto con un suspiro.

—¿Cuándo pensabas contármelo? —la voz de Rick está afligida—. ¿Has ido ya al médico?

—*¿Yo?* —mi cabeza se incorpora ante el comentario. Señalo al test de embarazo al que mi marido no le quita el ojo de encima—. ¿Crees que es *mío*?

—¿De quién más iba a ser si no?

—Oh, Rick —sólo había una persona a la que le podía pertenecer—. Esto no es mío. ¿Cuándo fue la última vez que hicimos el amor? Como no sea por obra y gracia del espíritu santo —pongo la mano sobre la suya y le miro con compasión—. Es de Chloe.

Ante tal comentario Rick coge una larga bocanada de aire.

—No soy yo la que estoy embarazada —continúo—. Es nuestra hija.

—Ella no puede estar embarazada —razona Rick—. Si ni quiera tiene novio. Y desde luego que no se le notaba en la tripa cuando la vi —su cara se llena de angustia— desnuda en el club de *striptease*.

Mis hombros se hunden y, al instante, parece como si se hubiera arrepentido de decir eso. Quizá él preferiría que nuestra hija fuera una bailarina de *striptease* antes que una mamá soltera.

—Bueno —reitero—, desde luego que no es mío. Por lo que a no ser que mi madre fuera a hacerse la fecundación in vitro a escondidas, sólo puede ser de una persona.

—Oh, Dios —dice Rick—. ¿Mi niñita?

Asiento a modo de confirmación.

—Está en la universidad —continúa diciendo su trastornado psicológico padre—. ¿Qué va a hacer? ¿Qué vamos a hacer *nosotros*?

—Sinceramente no lo sé —me siento demasiado tranquila. ¿No debería en su lugar estar pegando el grito en el cielo y despotricando? ¿No debería estar haciendo aspavientos en el aire? ¿No debería estar llorando entre miles de pañuelos? En su lugar, sólo me siento completamente desilusionada. Mi hija es una mujer moderna con todas las ventajas que eso supone. ¿No debería haber sido precavida y no dejar que esto le pasara?

—Tenemos que hablar con ella sobre esto —le aconsejo—. Puede que nos estemos precipitando. Nunca sabes, puede que sea un error. Vamos a esperar hasta que oigamos la versión de la historia de Chloe.

—¿Cómo ha podido... ? —Rick suena angustiado, claramente no le he convencido con mi comentario racional—. ¿Cómo ha podido hacernos esto a nosotros, a ella misma?

Levantándome digo:

—Será mejor que ponga la tetera al fuego.

—Y escríbele un mensaje a tu hija —ordena Rick de forma rápida y brusca.

Ahora ella es *mi* hija.

—Dile que venga a casa. Inmediatamente.

Cogiendo el teléfono, escribo un mensaje pidiéndole a mi hija que venga directa a casa. Un minuto más tarde mi móvil vibra con un mensaje de vuelta: «¿Ahora?». Chloe quería saber qué pasaba pero creo que es mejor no decir nada hasta que esté aquí.

—La cosa que no le puedo perdonar —dice Rick— no es el hecho de que esté desperdiciando su vida, o que no tenga una relación sentimental seria. Ni siquiera que no nos lo haya contado, sino el hecho de que a la tierna edad de cuarenta y cinco años me vaya a hacer abuelo —baja la cabeza—. Más que increíble es cruel.

Eso me convierte a mí también en abuela y, al igual que Rick, tampoco me siento preparada.

48

Chloe está llorando. Hemos levantado el campamento en el salón. Gracias a Dios, tanto a mi madre como a mi hijo no se les ve por ninguna parte. Aunque tengo pavor de pensar qué estarán haciendo.

Mi hija está sentada en el sofá y yo estoy a su lado, tratando de consolarla. *Buster* se ha arrimado a ella por el otro lado, con cara de preocupación. Rick camina de un lado para otro, poniéndonos a nosotras histéricas.

—No puedo deshacerme de él —solloza—. Pero ¿cómo voy a tenerlo?

—Lo arreglaremos —la consuelo, acariciándole la espalda—. No te preocupes.

—Oh, no —dice Rick sarcásticamente—, no te preocupes. Ya nos preocuparemos nosotros por los demás.

—Rick, con eso no ayudas nada.

—¿Sabes quién es el padre? —pregunta mi marido—. ¿O hay varios candidatos?

—Mamá… —se gira hacia a mí con ojos suplicantes.

—Rick…

—Tenemos que saberlo —apunta—. Tiene que hacerse cargo de algo.

Mi mente retrocede veinticinco años cuando estábamos en la misma situación. Es como si no pasaran los años. Recuerdo lo espantoso que fue. Lo sola que me sentí, lo asustada, lo en contra que estaba mi madre, cómo me señalaban por la calle. Pero entonces eran otros tiempos. Hoy día no te estigmatizan por ser madre soltera. Puede que a Rick y mí nos empujaran al matrimonio, pero yo no haré eso con Chloe. Eso está más que claro, aunque ella no me dejaría en ningún caso. Mi hija no es para nada tan maleable como yo lo era a su edad. Y no creo que sea algo malo. Si no quiere tener relación con el padre de su hijo entonces también la apoyaré en esa decisión. Quiero estar junto a ella y que no lo pase mal, porque nadie hizo eso conmigo.

—¿Sabes quién es el padre? —le pregunto con más suavidad que mi marido.

Chloe asiente con la cabeza.

—Creo que sí.

Mi hija «cree que sí». Cierro los ojos momentáneamente. Esto no parece ser un gran comienzo. A lo mejor Rick tenía razón y hay más de un candidato.

—¿Le quieres?

Mi hija asiente otra vez y trata de sonreír.

—Es un chico que he estado viendo en la uni.

—«Viendo» —Rick dejó salir un «¡*bah*!» al estilo victoriano—. Parece como si hubieses hecho muchas más cosas con él a parte de *verle*.

Vuelven los sollozos de Chloe.

—Rick —le suplico calmada— ¿Podemos ir un minuto a la cocina tú y yo, por favor?

Salgo de la habitación y mi marido me sigue. En la cocina me vuelvo hacia él.

—Deja de comportarte así —le exijo—. Déjalo ya. Chloe está embarazada. No hay vuelta atrás. Ahora tenemos que ver cómo la vamos a ayudar.

Rick va a abrir la boca pero hago un movimiento con la mano.

—¿No te acuerdas de lo asustados que estábamos cuando nos sucedió lo mismo a nosotros? ¿Tienes tan mala memoria? Fue horrible Rick. No teníamos ni idea de qué hacer o de a quién acudir. Salimos adelante milagrosamente. Pero los primeros años fueron un infierno. No fueron más que dificultades.

—No era lo mismo —contesta Rick, cuando le dejo meter baza.

—No, no lo era. No voy a dejar que mi hija pase por lo mismo. Todos cometemos errores —y sé que es un golpe bajo, pero añado—: Deberías saberlo mejor que nadie.

—Lo siento —dice Rick. Se acerca y me estrecha entre los brazos—. Sólo estoy muy preocupado por ella. Creía que tenía unos planes en su vida… y ahora esto.

—No podemos controlar la vida de los demás. Ya es mayor. Todo lo que podemos hacer es apoyarla en sus decisiones aunque no sean las que nosotros elegiríamos.

—¿Qué puedo hacer? —pregunta mi marido.

—Entrar ahí dentro y abrazarla. Dile que la quieres y que la apoyaremos —le doy un golpecito y le empujo ligeramente hacia la puerta.

—La quiero mucho —dice Rick, con lágrimas en los ojos—. A ti también te quiero.

—Y yo te quiero a ti.

—Pero sigo sin querer ser abuelo —añade.

—Te va a encantar —le aseguro.

—No estoy seguro. Pero probablemente tienes razón.

Me tomo un segundo antes de seguir a Rick. La verdad es que a este bebé le va a llevar un tiempo acostumbrarse a todos nosotros.

49

Rick estaba tumbado en la cama, con las manos detrás de la cabeza, mirando hacia el techo. Su habitación, igual que el resto de la casa, necesitaba una mano de pintura. Unos instantes después Juliet llegó del baño y se metió en la cama a su lado. Le pasó el brazo por la cintura y se arrimó a él.

—Creo que he escuchado voces en la habitación de mi madre. ¿Crees que se ha traído a otro tío?

—Dios, no.

—Quizá sea Arnold otra vez.

—Pues no va a ponerse mi bata —gruñó Rick.

Se acurrucaron juntos y se quedaron tumbados en silencio.

—¿Estás bien? —preguntó a Juliet. Ella asintió con la cabeza—. Te hace pensar. ¿A que sí?

—¿El qué? —murmuró ella.

—Todo esto. Tengo cuarenta y cinco años, uno piensa que aún le queda un montón de tiempo para poder conseguir todas las cosas que quiere, visitar los lugares que quiere conocer. Y cosas como éstas te hacen ver que en realidad no es así.

—¿No estarás a punto de ir a leer las esquelas otra vez, no?

—Pues lo mismo sí —reconoció.

Su mujer le dio un leve codazo en el costado.

—Nos las apañaremos mucho mejor de lo que crees.

—Podría ser peor —señaló Rick.

—Podría haber sido yo la embarazada —le recordó Juliet—. ¿Cómo te sentirías si fuera el caso?

—No quiero más hijos —reconoció—. Hal y yo hablamos largo y tendido al respecto el otro día. Su señorita —la llamó así como quien no quiere la cosa— por lo visto quiere un bebé. Hal tiene cuarenta años y está completamente en contra. No quiero que también nos pase eso. Nosotros ya hemos cumplido.

Bastante tenía con pensar que tendría en casa un bebé que no era del todo su responsabilidad. ¿Qué pasaría si Juliet se quedara también embarazada? Abuela y madre de otro niño al mismo tiempo. No era algo completamente imposible, pero sí demasiado raro.

—Debería hacerme una vasectomía —dijo Rick.

—Si siempre has estado radicalmente en contra.

—Ya lo sé, pero todo esto ha hecho que me dé cuenta de que no quiero volver a tener un crío. Cerremos esa puerta definitivamente.

—Si estás seguro… —constestó Juliet—. Nos las hemos arreglado bien todos estos años.

—Pero este tipo de bebés que te cambian la vida tienen la manía de llegar justo cuando menos te lo esperas.

—Gracias por ese detalle —pudo sentir cómo Juliet se ponía tensa.

—No quiero decir que se te haya pasado el arroz —dijo Rick bruscamente—. Todo lo contrario. ¿Qué pasaría si tuviéramos un accidente? ¿Qué podríamos hacer?

—Para poder tener un bebé tendríamos que tener vida sexual.

Rick suspiró. Luego los dos se quedaron paralizados al escuchar un golpeteo rítmico proveniente de la habitación de su suegra, justo al lado.

—¡Oh, no! —exclamó Juliet—. ¿No será eso lo que creo que es?

—¿Doy golpes en la pared?

—Ni se te ocurra. No quiero que se dé cuenta de que la escuchamos mientras lo hacen.

—Pero sí la escuchamos.

—Voy a tener que pillarme unos tapones para los oídos —se quejó su esposa— esto va más allá de lo tolerable —luego apagó la lamparita de noche, le dio la espalda y se envolvió la cabeza con la almohada.

Rick volvió a estudiar el techo, intentando ignorar el ruido de los golpes y los gruñidos que se escuchaban de vez en cuando. Juliet tenía razón. Era imposible. Parecía que eran los únicos de la casa que no estaban haciéndolo.

50

—¿Qué voy a hacer, Una? —mi amiga me sigue por las estanterías mientras elijo el libro para la sesión de cuenta cuentos infantil de esta mañana.

—¿Abuela? —dice, exhalando el aire con un gesto sorprendido—. No sé si darte mis condolencias o la enhorabuena.

Miro por encima del hombro.

—Yo tampoco.

—Pero te encantan los críos.

—Sólo porque disfrute dirigiendo la actividad de cuenta cuentos de la biblioteca no significa que quiera que mi hija de veinte años deje la universidad para poder tener uno.

—No —dice mi amiga—. Entiendo que eso sería diferente.

—¿Qué harías tú si fuera Danielle?

—Pegarle un tiro —contesta Una.

—No creas que no lo he pensado. Hay veces que pienso que ésa sería la salida fácil.

Saco mis libros favoritos de la estantería, también el que más le gusta a los niños que suelen venir: *Diez en la guarida*, *Conozco una anciana*, *Fui al Zoopermercado*.

—¿Qué tal fue anoche? —quiere saber Una.

—¿Con el cambio de look? —mi amiga no ha hecho mención alguna sobre mis esfuerzos por cambiar mi look Beis Clásico con los restos de rímel que conservo desde hace treinta años.

—No, con Steven.

—Ya está —digo—, no puedo andar a escondidas con él. No lo haré más. Le he dicho que no me llame más.

Hoy me hubiese venido genial haber estado sentada en su apacible jardín, bebiendo vino fresquito, sintiéndome atendida y piropeada. Bloqueo el pensamiento. No va a pasar. Tengo que asegurarme de que no pase.

—Sabía que no debí haberos dejado a los dos solos —chasquea.

A la vez que meto los libros en la bolsa de tela que traigo justo para eso, me coloco sobre el taburete rojo que hay en la esquina. Este rincón está pintado con colores llamativos para que resulte atrayente a los niños, y es una de mis partes favoritas de la biblioteca. Sólo quedan cinco minutos y me tengo que centrar. Algunos de los niños y sus padres ya van llegando.

—*Ciao*, *ciao* —me dice, apuntándome con un dedo; luego Una se dirige hacia el mostrador para devolver los libros que nuestras madres cogieron prestados la semana pasada.

La zona del cuenta cuentos está en la parte del fondo de la biblioteca, lejos de las corrientes de la puerta. Ahí tengo mi taburete rojo y enfrente hay una gran alfombra con el dibujo de un gran dinosaurio sonriente que les encanta a los niños.

A medida que empiezan a juntarse todos los niños pequeños saco mi guante de marioneta con monitos en los dedos y empiezo a moverlos. Ya hay una fila de niños colocada delante de mí y se ríen con aprobación. Sólo hay que esperar cinco minutos y estarán todos inquietos o llorando.

Empezamos con la canción: «¿Qué queréis cantar hoy?».

«Brilla, brilla», propone Bea, una niña pequeña sentada en la primera fila. Es todo sonrisas y ceceos, y le cuelga una melena rubia y rizada por la espalda. Hoy va completamente vestida de rosa y sus deportivas tienen lucecitas que parpadean. Chloe era igual que ella a esa edad. Apenas puedo creer que vaya a tener un niño. Esto me va a llevar un tiempo de asimilación.

Normalmente acuden unos quince o veinte niños. Las madres los dejan sobre la alfombra y, después, casi todas se dedican a cotillear. A veces tengo que gritar para oírme a mí misma.

Luego sigo cantando: «El elefante cruzó la colina». Me pregunto si Chloe traerá a su bebé aquí. ¿Será el tipo de madre que tiene ganas de hacer cosas con su hijo?

Luego empiezo con la historia, moviendo los monitos de la marioneta y poniendo voces, acompañada por parte de los niños con un coro de pedos, eructos y bostezos. A mitad del recital suelo perder a un par de ellos, secuestrados por el sueño.

Mi madre fue un desastre con mis dos hijos. Jamás hacía de canguro, ni de broma. Aunque no es que Rick y yo tuviéramos dinero como para irnos por ahí. Lo único que hacía era criticar la forma en que yo los criaba. Cuando los llevaba a su casa les hacía estar quietos y no hacer el menor ruido. En ese momento juré que yo sería la mejor abuela del mundo y que repartiría amor y ternura al bebé de Chloe.

Estoy compitiendo contra los cotilleos de las madres, y tengo que alzar más y más la voz para hacerme oír por encima de ellas, así que todos juntos cantamos otra canción. Esta vez probamos con «Cinco monitos saltando sobre la cama», con un éxito relativo.

Igual que pasa con los padres, hay niños a los que les coges cariño aunque sientes que crecerán para ser criminales profesionales o contables corruptos. Me pregunto qué nos albergará el destino en nuestra nueva vida.

A veces es difícil diferenciar entre las madres y las abuelas. ¿Me mirará a mí la gente y se preguntará lo mismo cuando me vean con el bebé de Chloe? Aquí hay madres que parecen niñas, empujando cochecitos con quince o dieciséis años, y supongo que debería dar gracias de que por lo menos Chloe sea un poco más madura. Tenemos aquí una madre mayor, con gemelos, y otra con trillizos, niños por los que luchó mucho en una clínica de fertilización in vitro. De modo que es también una suerte que Chloe haya podido ahorrarse eso. Si una lo va posponiendo, en busca del hombre perfecto, provoca que algo que debería ser lo más natural del mundo se convierta en un incesante tour de visitas al médico y fármacos.

Aparto estos pensamientos de mi cabeza y me meto de lleno en nuestra última canción. ¿Dónde estaríamos sin «Las ruedas del autobús»? Y ahí acaba, una semana más «La Hora de cuenta cuentos para pequeños». Regalo las pegatinas (rosas para las niñas y azules para los niños) en las que pone: YO ♥ LEER. A veces, para variar un poco tengo unas en las que pone YO ♥ MI BIBLIOTECA.

Luego guardo los libros y la marioneta de los monitos. A regañadientes las madres dejan de cotillear y cargan con sus hijos en los cochecitos. Una pequeñaja viene y me da las gracias. Es la única que cada semana lo hace. El resto ya se está yendo. Por alguna estúpida razón mis ojos se llenan de lágrimas. Así son los niños, unos cabroncetes ingratos.

51

Esta noche vamos a conocer al nuevo novio de mi padre. ¡Ay!, apenas puedo pronunciar esa palabra. Más sorprendente aún es que nos hayan invitado a ir a Wagamama*. Ahora mi padre come tallarines y usa palillos. El mundo se ha vuelto loco, de verdad. Mi madre se desmayaría si se enterara. Aunque le sorprendería más el hecho de que coma comida oriental que su nueva orientación sexual.

Aún no he afrontado el tema con ella. Pero la verdad, está tan obsesionada con Arnold, así como con sus rondas por el pasillo del supermercado de comida rápida para solteros, que nunca me pregunta por el estado de mi padre. Podría estar pudriéndose, con su chaqueta de punto tejida a mano, en el salón que antes compartían, que le daría igual.

Wagamama está lleno y vemos a mi padre y Samuel esperándonos sentados en uno de los bancos de madera. No tengo muy claro que éste sea el tipo de sitio que me gusta y sé que Rick no quería venir aquí. Mi marido prefiere comida que se pueda tomar con cuchillo y tenedor. Comida que no tienes que sorber haciendo tantísimo ruido.

---

* Restaurante japonés de moda, en Londres. *(N. de la T.)*

Pero cuando veo a mi padre se me derrite el corazón. Tiene tan buen aspecto, y se ha puesto su mejor camisa, ¡con el cuello desabrochado y todo! Éste era el hombre que llevaba corbata hasta para cortar el césped. Es la primera vez que mi padre viste informal en toda su vida, y hay que decirlo, le queda bien. Samuel está sentado a su lado, y aunque no me fijo demasiado, juraría que están cogiéndose la mano por debajo de la mesa. Aun así se me hace imposible creer que mi padre, que toda su vida ha odiado a los «mariquitas», se haya convertido en uno.

—Hola, cariño —dice.

—Papá, Samuel.

Me apoyo sobre la mesa y le doy un beso a papá en la mejilla, y luego le doy otro a Samuel, que se pone rojo. Rick les da la mano, de una forma muy masculina. Pedimos las bebidas y me doy cuenta de que mi padre está tomando una copa de vino tinto, cuando toda su vida había sido un hombre de cerveza.

Cuando llega la comida a mi padre le cuesta cogerle el tranquillo a los palillos.

—A ver Francis, deja que te ayude, cariño —y Samuel se acerca para ayudarle, metiendo los pequeños palillos de madera en las arrugadas y arqueadas manos de mi padre, y mientras hace eso se ríen a la vez como adolescentes.

Se me hace un nudo en la garganta y no puedo evitar sonreírles. Hasta Rick se ha relajado.

—Estamos pensando hacer un viaje a Italia —me dice papá mientras sorbe ruidosamente sus tallarines—. No hay nada que le guste más a Samuel que perderse por Florencia.

Samuel el librero, sonríe conforme.

Le doy a Rick una patada bajo la mesa, por si acaso se le ocurre hacer un chiste al respecto.

—¿Italia? —pregunto yo.

Los dos asienten con la cabeza y lo afirman. De nuevo, estamos ante mi padre, que nunca, jamás, ha salido de su país, salvo que cuente la isla de Wight. Nunca quiso aventurarse a lugares extranjeros ya que estaban llenos de extranjeros que comían comida extranjera. Ahora mírale.

—Papá, creo que no tienes pasaporte.

—Samuel me ha hecho el papeleo —me informa.

Bien hecho Samuel. Durante años intentamos que mi padre se aventurara a ir más allá de Eastbourne sin lograrlo. Me gustaría conocer cuál es su secreto, pero luego pienso que en realidad no me gustaría saberlo.

—Yo lo organizaré todo, Francis —le asegura Samuel—. No tienes que preocuparte por nada.

Mi padre sonríe lleno de orgullo.

Me pregunto qué diferente hubiese sido mi padre si se hubiera casado con otra mujer. ¿Ha sido mi madre la que le ha hundido todos estos años? Ambos envejecían juntos y se habían habituado a la monotonía de una manera tan nimia, tan cerrada de mente. Ahora es muy feliz, y ansía abrazar ese nuevo mundo que ha descubierto que existe ahí fuera. ¿Es esta la persona que siempre ha llevado dentro? ¿Ha hecho falta un hombre gay, amable y algo rellenito para que papá se diera cuenta de quién es?

Forma parte de la generación que aguantaba el matrimonio cayera la que cayera. Me pregunto si es lo más adecuado. ¿Habríamos sido diferentes personas si Rick y yo no hubiésemos estado juntos todos estos años? ¿Habría cumplido sus sueños de viajar mi marido? ¿Habría descubierto yo si tenía algún sueño en la vida? Juego con mis tallarines e intento mantener la sonrisa pese a mis pensamientos oscuros e inquietantes, y mientras tanto Samuel me cuenta qué tipo de libros le gusta leer.

Miro a mi esposo. ¿Qué hubiese pasado si me hubiera atrevido a tener un hijo yo sola, en vez de verme metida a toda prisa en un matrimonio con un hombre que apenas conocía? ¿Sería una mujer diferente ahora?

—La cuestión es —dice mi padre— que Samuel y yo queremos irnos a vivir juntos.

Contengo una exclamación a la vez que me trago un tallarín, que acaba yéndose por el lado equivocado. Toso, toso y toso hasta que por fin acude a mi rescate Rick golpeándome la espalda.

Otros comensales nos miran. La gente con la que compartimos banco se aleja de mí.

—Juliet —me pide papá en un tono suave—. No hagas que nos miren.

¡Que no haga que nos miren! Aquí estoy con mi padre de setenta y dos años y su nuevo novio que acaban de anunciar que están pensando en arrejuntarse, y ¿yo soy la que está haciendo que nos miren?

—Vas a tener que decírselo a mamá —digo bruscamente, después de beberme dos vasos de agua para aclararme la garganta y así poder hablar de nuevo.

—Lo haré —responde de forma cauta— pero aún no.

No, pienso yo. Creo que va a retrasarlo todo lo que pueda. Lo sé porque yo haría lo mismo. Y cuando por fin se lo cuente no quiero estar cerca.

52

Rick se dio la vuelta en la cama. Había bebido mucho esa noche, con Frank y Samuel, y sabía que sufriría las consecuencias por la mañana. Pero, a pesar de lo raras que resultaban las circunstancias, era bueno ver al viejo feliz de nuevo. Más feliz de lo que había sido jamás, de hecho.

Escuchó crujir la puerta de la habitación y unos pies cruzando el pasillo de puntillas. Juliet también había bebido lo suyo, algo poco común, y no era de extrañar que tuviera que levantarse en medio de la noche. Al fin y al cabo mañana era sábado y no tenía que preocuparse por tener que trabajar; él, sin embargo, estaba hasta arriba de curro para el día siguiente. Rick se sonrió a sí mismo. Su mujer se tiró sobre la cama, al lado suyo, y le dio un golpe mientras se acomodaba.

«Túmbate en tu lado», murmuró Rick medio dormido. ¿Qué narices hacía en su parte de la cama? Habían tenido sus lados designados durante veinticinco años. ¿Cómo se le habría olvidado ahora? Se sonrió a sí mismo, Juliet debía estar más borracha de lo que había pensado. A la fuerza se colocó de nuevo en la cama.

Su mujer se acurrucó junto a él, rodeándolo con los brazos. Sus manos le recorrieron el cuerpo, calientes y ansiosas. Rick volvió a sonreír. Definitivamente llevaba una buena cogorza. Podía notar su aliento y se quedó sorprendido cuando ella le dio un pequeño mordisco. Eso era muy atrevido para Juliet, llevaba años sin hacer eso. Luego su cuerpo se apretó contra el de él, rozándole. Muy bien. La llevaría a Wagamama de nuevo si éste era el efecto que provocaba en ella. Rick acarició con la mano su muslo. ¡No llevaba camisón! Muy sexy.

Se giró hacia ella y abrió los ojos de forma cansada. Otro par de ojos miraban a los suyos. Hasta en la oscuridad pudo darse cuenta de que se trataba de otra persona.

—¡Ahhh! —gritó, casi nadando hacia atrás—. ¿Quién coño eres tú?

La mujer se incorporó al instante

—¿Quién eres tú?

—Yo vivo aquí —dijo Rick, innecesariamente.

A esas alturas Juliet se había despertado. Rick se dio cuenta de que su mujer estaba firmemente enclaustrada dentro de su camisón. También ella se incorporó, encendió la lámpara de la mesilla.

—¿Rick?

Bajo la luz resultaba obvio que aquella mujer no era la esposa con la que llevaba veinticinco años. Era pequeña, morena, quizá extranjera. Rick sintió vergüenza hasta lo más hondo de su envejecido ser al recordar cómo había reaccionado su cuerpo ante su presencia. Pero claro, si alguien se colaba en tu cama a media noche, estando medio dormido, era un error fácil de cometer. Bueno, ésa era su defensa, en caso de que Juliet intentase interrogarlo.

Se giró hacia su esposa, muerto de miedo.

—No es mi culpa, no sé quién es.

—Perdón, perdón —dijo la mujer—, ha sido un error —estaba completamente desnuda e intentaba ocultarse bajo el edredón. Estaba claro que no había venido a robarles—. Lo siento mucho.

—¿Qué haces aquí? —exigió saber Juliet.

La mujer sonrió, poniendo un gesto estúpido.

—Soy Silva —dijo—. Estaba buscando el cuarto de Tom. Debí equivocarme al salir del baño.

—¿El cuarto de Tom? —Rick y Juliet se cruzaron una mirada.

Silva se rió nerviosa.

—Si pudierais indicarme cómo llegar...

—Vuelve por el pasillo, la tercera puerta a la derecha —le indicó Rick.

—Muchas gracias —dijo ella—, debéis ser los padres de Tom.

—Sí —respondió Rick, como si estuvieran presentándose en una fiesta—. Ésta es mi mujer, Juliet, la madre de Tom. Y yo soy su padre, Rick.

La mujer les sonrió de nuevo.

—Es un placer conoceros. He oído hablar mucho de vosotros.

Ellos, sin embargo, no habían oído hablar de ella jamás.

Luego hubo un momento en el que ninguno supo qué hacer.

—Me tengo que ir —añadió Silva, mirando su cuerpo desnudo bajo el edredón para lanzarles una indirecta.

—Ah, sí —dijo Rick—. Claro. Apagaremos la luz y cerraremos los ojos.

—Gracias —contestó la mujer—. Espero volver a conoceros algún día.

Con más ropa, supuso Rick.

Juliet apagó la luz. Rick cerró los ojos e imaginó que su mujer haría lo propio. Escuchó los pies de Silva rozando la moqueta, pero ni siquiera sintió la tentación de mirar. La puerta se cerró suavemente tras ella.

Tanto él como su mujer abrieron los ojos de par en par.

—¿Ésa era la novia de nuestro hijo, ese que hace apenas dos días era gay y suicida?

—Sí —murmuró Juliet—. Ésa es.

—Joder —se quejó Rick—. ¿Y qué hace con una tía buena en su cuarto?

—Creo que los dos podríamos dar una buena respuesta a esa pregunta —dijo Juliet refunfuñando.

—Espero que no traiga una oveja la semana que viene.

—Vamos a dormir y ya está —pidió Juliet.

—Estoy completamente desvelado —anunció Rick—. No es muy normal que una mujer desnuda se meta en tu cama.

—Me lo puedo imaginar.

Se acercó a su mujer.

—¿Supongo que no querrás acurrucarte un poco, verdad?

—No —contestó Juliet seca—, vuelve a dormir, anda.

Rick suspiró y se giró sobre su espalda. Lo único a lo que iba a poner las manos encima en su vida era a las tarimas flotantes.

53

Para cuando me desperté esta mañana, Rick ya se había levantado e ido al trabajo. Casi mejor. Tengo un dolor de cabeza tremendo debido al vino que bebimos ayer con mi padre y Samuel, y estoy cansada y borde por culpa de nuestra agitada noche con la novia de Tom intentando montárselo con mi esposo en nuestra propia cama. ¿Por qué nuestra vida familiar no puede ser sencilla y discreta? ¿Por que siento siempre que estoy viviendo dentro de un episodio de *Los Simpsons*?

Cuando me levanté le di un buen paseo a *Buster*, un poco para compensar lo poco que le saco durante el resto de la semana. También quería despejar la mente un poco, pero fracasé. Ahora estoy en el jardín, he dejado a Chloe sentada en la mesa de la cocina comiéndose una tostada con muy mala cara, casi peor de la que tengo yo.

No suelo disponer de mucho tiempo para estar aquí fuera. Tenemos un jardín grande, cubierto de césped, una reminiscencia de cuando los niños eran pequeños y necesitaban un espacio donde jugar a la pelota. Ahora podríamos hacer alguna cosa más emocionante, darle un aire más adulto al espacio, creando un lugar para estar, construir una barbacoa o algo, pero no lo hacemos. Para variar ha sido un verano largo y cálido y mis plantas herbáceas tienen pinta de estar secas y sedientas. No hay un grifo instalado para la manguera, al menos todavía no, pero aun así intento hacer lo propio en favor del medioambiente y sólo uso agua para rellenar el estanque, y la demás la saco de la lluvia que recogemos dentro de dos depósitos. Rick no es muy dado a la jardinería, no es una afición que compartamos. Sólo es feliz aquí fuera cuando blande una motosierra o una tijera de podar.

Buster pulula por ahí, marcando su territorio y disfruta al redescubrir algunos de sus juguetes que se perdieron o quedaron olvidados bajo los arbustos. Después de echar algo de comida dentro del estanque para los peces, me siento sobre el banco de madera, que compramos muy barato en el Leroy Merlin, y observo cómo se acercan a la superficie a comérsela, viendo sus golosas bocas engullir las bolitas. Tenemos un pez que disfruta lanzándose fuera del estanque y quedándose dando aletazos tirado sobre la hierba hasta que alguien lo rescata, normalmente yo. Por suerte tenemos un perro dócil y no un gato depredador, si no los peces no hubiesen durado tanto.

No he vuelto a saber nada de Steven desde la noche del jueves y supongo que no debería sorprenderme. Por un lado, me alegro de que haya renunciado a esa estúpida manía de pretender recrear el pasado, y sin embargo, por el otro, me siento algo decepcionada al ver lo rápido que se ha rendido. Quizá no merecía tanto la pena perseguirme.

Mientras estoy sentada así, mirando al infinito, Tom sale arrastrando los pies descalzos, portando una taza de té en la mano.

—Hola, mamá —se sienta a mi lado, rascándose su desastroso pelo. Hay un toque a feromonas en torno a él, pero cuando tiene este aspecto no logro imaginar qué puede ver alguien en él, ya sea hombre, mujer o bestia—. Lo siento por lo de anoche.

—Tu pobre padre estaba aterrorizado.

—Papá se agobia con cualquier cosa.

—Una mujer metiéndose en la cama con uno, no es «cualquier cosa», Tom —le reprendo—. Además, creía que tú y las mujeres erais cosa del pasado.

Mi hijo se encoge de hombros.

—Nunca he conocido una mujer como Silva —dice con astucia—. Esto sí que es de verdad, mamá.

—Si apenas la conoces hace cinco minutos, y además, decías lo mismo de Gabe hace unas tres semanas o así.

—Pero ahora he encontrado lo que buscaba.

—Ay, Tom —digo, acariciando el pelo de mi hijo—. Eres joven y deberías vivir sin líos. No pienses en imponerte ataduras todavía. Diviértete. Busca una buena carrera profesional.

—Estoy pensando en hacer fotografía.

Las únicas fotos que he visto hacer a Tom son las que les saca con el móvil a sus amigos, emborrachándose. No tengo muy claro que haya mucho reclamo para ese tipo de cosa en el enorme y vasto mundo real.

—Da igual —continúa—. Pensaba que papá y tú estaríais completamente a favor de que yo sentara la cabeza. Os casasteis siendo más jóvenes de lo que soy yo ahora.

—Lo sé, pero las cosas eran diferentes entonces. Tú decides qué hacer, y nosotros no te estamos cuestionando. Vuestra generación puede hacer lo que le plazca —le doy un golpe en el costado—. Se puede ser gay una semana y la siguiente ser hetero.

Tiene la decencia de reírse de eso.

—Aun así, Silva es maravillosa. Es de Bulgaria. Es mayor que yo...

—¿Lo es? Era difícil distinguir eso a medianoche.

—Treinta y cinco.

Bueno, no está mal, pienso. Diez años no es tanta diferencia.

—... y su divorcio será definitivo pronto.

—¿Divorcio?

—Y sus hijos son una maravilla, te encantarán.

—¿Hijos?

—Su hija Raya tiene ocho años, y el pequeño Georgi, seis.

—Sabes, deberías tener cuidado a la hora de meterte con tanta prisa en una nueva relación. Hace unas pocas semanas querías casarte con Gabe. Te pusiste en plan suicida cuando se acabó todo. Ahora estás locamente enamorado de otra persona —y encima del sexo opuesto, pienso.

Mi hijo se retuerce a mi lado. Ya debería haber aprendido que su madre siempre tiene la razón.

—Esta mujer es mayor que tú y ya tiene hijos. ¿Estás seguro de verdad de que quieres una familia ya hecha?

—Me encantan los críos —insiste Tom, aunque cuándo ha tenido experiencia con ellos es algo que se me escapa. Luego añade, mintiendo descaradamente—, Gabe y yo estuvimos pensando en adoptar un bebé chino.

Lo dice como si hubieran estado planeando comprarse un viejo Ford Escort.

—¿Tienes idea alguna de la responsabilidad que supone un hijo?

Maldigo a todos esos famosillos que se pasean por la tele mostrando a sus familias multi étnicas como si de bolsos de diseño se tratara.

—No son sólo un capricho.

—Lo sé —dice bruscamente.

Un crío chino. Niego con la cabeza. Menos mal que se le ha pasado esa tontería. Aun así, quiero decirle que no mencione ese tipo de cosas delante de la abuela. Viendo cómo tiene la cabeza últimamente lo mismo decide que ella también quiere uno.

—¿Sabes que tu hermana va a tener un hijo?

—¿Chloe?

Asiento

—¿De verdad? —Tom digiere la información—. ¡Qué guapo!

—No —le contesto— de guapo nada. Probablemente tenga que dejar la carrera y volver a casa a vivir.

—Todo saldrá bien —responde mi hijo con una confianza que ojalá pudiese sentir yo—. Papá y tú lo arreglaréis todo.

Y me pregunto si así es cómo nos ven nuestros hijos: no importa en qué líos se metan, saben que estaremos aquí esperando a echarles una mano. ¿Eso es bueno o es malo? ¿Nunca nos ven como personas que quizá quieran tener una vida propia, que quizá tengan ambiciones sin cumplir, que quizá a veces necesiten un poco de ayuda también?

Me estiro, como si me hubiese quedado rígida de tanto estar sentada en el banco.

—¿Te apetece ayudar a tu vieja madre con el jardín una hora?

—No puedo —dice Tom, mientras le da un trago a su té—. Tengo cosas que hacer.

Y con esas palabras, y ante la amenaza del trabajo, desaparece.

Ésa era la respuesta a mis preguntas. No nos ven así.

54

Mi madre está sentada en la mesa de la cocina cuando vuelvo a entrar. Lleva una mascarilla embellecedora de barro verde extendida por toda la cara y da una imagen realmente horripilante. ¿No podría hacer esto en privado, en el baño? Es casi la hora de comer pero sigue con la bata puesta, lo que no es muy apropiado, así que supongo que ha desayunado tarde. Ahora está sentada pintándose las uñas de un color púrpura vampírico y contemplándolas según lo va haciendo. ¿Por qué no puede arrastrarse por la casa en zapatillas y faldas de poliéster leyendo revistas como el *Hola* como se supone que deben hacer las ancianas? ¿Por qué me ha tocado cargar con este híbrido adolescente-pensionista?

En el jardín he estado cuidando un poco las jardineras, pero no tenía muchas ganas de cortar el césped. Estoy esperando que una taza de café fuerte y unas galletas digestivas bien tomadas me den algo de motivación.

—¿Y Arnold? —pregunto.

—Se ha ido a casa —me contesta, sacando los dedos para soplar sobre ellos—. No te lo has cruzado de milagro. Estaba bastante cansado, así que va a tener que dormir.

Es obvio que mi madre no ve nada de ironía en todo esto. Me hago un café y le ofrezco uno, al que me dice que no, y luego me siento con ella a la mesa.

—He oído que Rick encontró a vuestra hija saltando a la pértiga, con una barra de esas americanas.

—Practicando barra americana, mamá.

—Ah. Ya decía yo que no tenía pinta de ser muy de atletismo.

Aunque según lo que contó mi marido nuestra hija es bastante más atlética de lo que le conviene.

—Me imagino que no te habrás enterado de que va a tener un hijo.

—No —dice mi madre—, no lo había oído —para un momento de aplicar la pintura púrpura—. ¿Estás contenta?

—Pues no precisamente —respondo—. Me encantaría ser abuela algún día. Pero ahora mismo me gustaría que hubiese acabado la carrera, que se hubiera divertido, que hubiese podido viajar y conocer el mundo.

—¿Todas esas cosas que no pudiste hacer tú?

Asiento con la cabeza.

—Es demasiado joven como para cargar con un bebé.

—Creo recordar haberte dicho lo mismo a ti.

—Las cosas eran diferentes por aquel entonces.

Mi madre se encoge de hombros.

—Un accidente es un accidente ocurra cuando ocurra. Me parece exactamente lo mismo. Ya saldrá adelante. Es lo que mejor se nos da a las mujeres. Tiramos. No montamos un pollo.

Evito recordarle que en realidad sí que suele montar bastantes pollos. Es raro que tenga un momento íntimo así con ella y no quiero estropearlo.

—Mamá —le digo—, ¿cuándo te diste cuenta por primera vez de que no amabas a papá?

No quita los ojos de sus uñas.

—Unos diez minutos después de haberme casado con él.

—No, en serio.

—Hablo en serio —mete el cepillito a la fuerza dentro del bote—. ¿De qué se trata todo esto?

—Nada —contesto, probando a encogerme de hombros, simulando indiferencia—. Sólo sentía curiosidad.

—¿No estarás pensando que quizá te hayas desenamorado de Rick?

—¿Qué te hace pensar eso?

Ahora le toca a ella lo de encogerse de hombros.

—Pues que últimamente se ha estado comportando como un capullo...

No parece ser el único, pienso para mis adentros.

—... pensé que quizá te habrías cansado.

Niego con la cabeza.

Mi madre suspira.

—Dejé a tu padre porque me hacía sentir catastrófica.

—Claustrofóbica —le corrijo.

—No podía esperar a salir. Se supone que soy parte de la generación que aguanta lo que le echen. La generación que cree que el «hasta que la muerte nos separe» significa justo eso y nada más. Que le den a eso —añade mi madre—. Sólo me quedaba esperar a la tumba. ¿Por qué ibais a ser vosotros la única generación tranquila y sin apuros?

—Yo nunca he sido así, mamá. Rick y yo habremos tenido nuestros altibajos pero siempre hemos capeado el temporal. Estoy metida en esto pase lo que pase.

—Me alegro por ti —me dice, sin parecer que realmente lo sienta. No pensará de verdad que debería dejar a Rick, ¿no?—. Bueno —continúa—, sea quien sea con quien esté tu padre deseo a esa mujer la mejor de las suertes. Se lo merece.

Me acuerdo de papá y Samuel cogidos de la mano y riendo como críos.

—¿Entonces no has escuchado ningún cotilleo? —algo que en Stony Stratford parece un milagro.

—Sí he escuchado algún rumor —mi madre se acerca a mí como si fuera todo una conspiración—. La madre de Steven Aubrey está enferma y creo que él está por aquí de nuevo.

—¿De verdad? —noto cómo me pongo roja. No era ése el tipo de cotilleos al que me refería.

—Siempre me gustó Steven.

—Pero ¿eso antes o después de que me dejara plantada? —pregunto antes de poder controlarme.

—Quizá te hubiera ido mejor si te hubieses casado con Steven —me dice.

—Eso no fue posible, ¿no te acuerdas?

—Algo debiste hacer para que se asustara —típico de mamá, pensar que todo fue culpa mía.

—Eso fue hace mucho —digo, justo antes de sentirme tentada a contar algunos secretos caseros—. De todas formas, no me puedo quedar aquí de cotilleo. Tengo que poner una lavadora —y vuelvo a salir al jardín para desahogarme un poco cortando el césped.

—Yo tengo que quitarme esta mascarilla —explica mamá levantándose—. Espero que me haya hecho parecer diez años más joven.

Sigo a mamá por las escaleras, hasta nuestro cuarto, donde cojo la cesta de la ropa sucia y me vuelvo con ella a la cocina. Mientras organizo la ropa me encuentro con la camisa y pantalón favoritos de Rick, que están manchados de café. ¿Qué habrá estado haciendo? No me había dicho que se había puesto perdido de café. La ha liado buena. Voy a tener que sacar el KH7.

Una vez en el pasillo escucho cómo meten el periódico local por el buzón con dificultad, hasta que finalmente cae sobre la alfombrilla de dentro.

Buster, siendo como es el mejor amigo del hombre, me lo trae. Normalmente el juego consiste en quitárselo antes de que lo muerda en mil pedazos. Hoy me lo deja a los pies, como si fuera uno de esos adorables perros de Pixar.

No sé ni por qué leo esta basura. No es más que un montón de hojas llenas de publicidad. No hay nada interesante. Salvo que mi marido salga en portada, claro.

Luego según lo cojo me doy cuenta de que he hablado demasiado deprisa. Esta semana sí que es interesante, bajo el titular: «Pervertido fan de barra americana y de sexo público, detenido por comportamiento obsceno dentro de sex shop»; hay una foto borrosa de mi amado esposo con cara de asustado que parece haber sido tomada con un móvil. Está en la puerta de la tienda de Ann Summers, la que hay en la ciudad, y hay una anciana dándole con el bolso.

Así que Rick ha vuelto a salir en portada. Por tercera vez en las últimas semanas. Menos mal que mi madre no lo ha visto antes que yo. No puedo esperar a leer el reportaje. ¿Qué habrá hecho esta vez? ¿Y por qué no me lo habrá contado?

Veo el bote de KH7 sobre la encimera y me pregunto si este producto surtirá algún efecto sobre los maridos.

55

Juliet no le estaba hablando. Se había tomado muy mal el incidente del capuchino-sex shop. Y no ayudaba el hecho de que su camisa y su pantalón estuvieran arruinados más allá de cualquier posible salvación. Era la gota que colmaba el vaso.

Era por eso por lo que él no le había contado nada acerca de la vasectomía. La lista de espera de la Seguridad Social era de meses y, francamente, tras el sorprendente anuncio de Chloe no podía esperar tanto. No hubiese sido capaz de asumir ser abuelo y padre a la vez, eso le hubiese dejado KO definitivamente.

Yendo por lo privado, le dieron cita para dos días después. Eso sí, despojarse de su masculinidad le iba a costar quinientas libras. Ahora estaba nervioso.

Hal le aseguró que sería una tontería. No es que su amigo se hubiese sometido a esta intervención, pero sí tenía un conocido que lo había hecho, y tras recibir un mensaje de Hal escrito en nombre de Rick, éste les aseguró que todo había ido bien. Sin problemas.

Había salido de trabajar una hora antes, y en la sala de espera de la clínica privada estuvo hojeando las gastadas páginas de una revista sobre jardinería a la vez que mantenía un ansioso ojo atento al reloj. Si se consideraba lo que cobraban parecía lógico que pudiesen ofrecer algo de calidad en cuanto a la literatura, o por lo menos no revistas de hace tres años. Rick necesitaba algo para distraerse del resultado final de la inminente operación. Lo ideal hubiera sido la revista de coches, *Top Gear*, algo que rebosaba de testosterona pero sin exponerse al riesgo de una erección. Eso no era deseable en pleno corte, lo mismo distraía al médico y cortaba la parte equivocada.

Había otros dos tipos esperando, con la misma cara de miedo que la suya. Todos evitaban hacer contacto visual los unos con los otros. Ahora Rick deseaba haber hablado de esto con su mujer, estaría aquí con él, cogiéndole de la mano y susurrando palabras de alivio en su oído. Dios sabe que él había querido hablarle de ello. Pero no había podido encontrar el momento idóneo para tratar el tema, y encima ahora estaba otra vez cabreada con él. A lo mejor hasta hubiese sido capaz de convencerlo para que no lo hiciera, pero claro, si no hubiese querido que él se sometiera.... y quizá ése era el motivo por el cual no le había dicho nada respecto a su decisión.

A lo mejor debería llamarla ahora. Confesar. Contarle lo que estaba a punto de hacer. Echó un vistazo a un cartel con un teléfono móvil tachado por una cruz roja. Podía salir justo un minuto fuera, ella estaría saliendo del trabajo en ese instante y podría ir directa a la clínica y o bien convencerlo para que no lo hiciera o bien podría sujetar su mano.

—Señor Richard Joyce.

La enfermera estaba de pie, sujetando su carpeta, esperándole.

Mierda. Deseó con todas sus fuerzas que ella estuviera presente en la operación. Era rubia, joven y guapa. ¿Por qué no le había tocado una enfermera vieja y chocha? ¿Por qué alguien había ido a la central de enfermeras y pedido que le trajeran una sexy? Le brindó una sonrisa de enfermera sexy.

Se puso de pie, con las rodillas temblando, y fue tras ella. No sólo se lo estaba pensando dos veces, sino hasta tres. Rápidamente todo el asunto se estaba convirtiendo en una mala idea. Él y Juliet apenas se acostaban. ¿Acaso tal situación merecía una acción tan drástica?

Era demasiado tarde. La enfermera le llevó hasta un cubículo y le dijo que se desnudara y se pusiera una bata quirúrgica. En respuesta a una pregunta suya, le habían indicado que se depilara «por abajo» antes de acudir, y ¡vaya si había dado un espectáculo a las seis de la madrugada en el baño! No es asunto fácil afeitarse esa zona solo, y había logrado estropear dos de las cuchillas de Juliet. Cómo podían las mujeres hacer esto de forma voluntaria y regular, era algo que no le entraba en la cabeza.

Luego volvió la enfermera para buscarle, y lo llevó, como un cordero que va al matadero, hasta la sala de operaciones. «Súbase ahí, encima de la cama.» No estaba en posición como para discutirle nada, así que obedeció.

Luego apareció una mujer ataviada como para operar, con el pelo cubierto por un gorro de color azul pálido. Pese a su indumentaria, estaba aún más buena que la enfermera. ¿De dónde habían sacado a estas dos? Sólo había visto a este tipo de enfermeras en las revistas que siempre llevaba Hal en el maletero.

—Siento decirle que el señor Wallace no se encuentra bien hoy —le informó—. Yo me encargaré de su operación.

Eso hizo que Rick se sintiera inquieto. ¿Una mujer operando? ¿Qué hombre, en su sano juicio, permitiría que una mujer blandiendo un bisturí afilado se acercara a su mejor amigo? Deberían prohibir que las mujeres pudiesen practicar vasectomías. Es contra natura.

—¿De acuerdo? —se puso los guantes con una vehemencia mayor de la que le hubiese gustado a Rick.

Al tragar notó que le costaba contestar.

—De acuerdo.

La sala de operaciones daba al parking y las persianas estaban completamente abiertas. ¿Acaso no podía venir cualquiera a aparcar su Corsa o Fiesta y mirar hacia dentro y así ver aquellas partes de su anatomía que prefería no compartir? No se las denominaba partes privadas porque sí. Aun así Rick prefirió no decir nada, no fuera que pudiese parecer inseguro.

La doctora le levantó la bata y tocó sus testículos. Era difícil no gritar. Sintió cómo se arrugaba, por dentro y por fuera.

—No se preocupe, señor Joyce —dijo con un tono tranquilizador—. Le voy a aplicar un poco de anestesia local. Sólo sentirá un pequeño pinchazo.

Y tenía razón, sólo sintió eso.

56

Mucho, mucho después, Rick fue ayudado a bajar de la mesa de operaciones y a sentarse en una silla de ruedas. Algo no había salido según lo planeado. No es que la señora doctora hubiese cortado sin querer otras cosas o algo por el estilo, pero había habido un problema con una hemorragia interna, así lo había dicho ella, con un tono demasiado científico para el gusto de Rick. Lo que significaba era que ahora sus testículos tenían el tamaño de un melón y el color del cielo por la noche. Un cielo especialmente oscuro.

Le habían dicho que llevara dos pares de calzoncillos para ponerse después, para soportar el peso de sus testículos. Ahora sentía que quizá necesitara dieciséis. Incluso quizá una carretilla, como ese personaje de la revista *Viz*, Buster Gónadas y sus Testículos Descomunalmente Grandes.

Pese a que su intención había sido conducir hasta casa por su cuenta tras la operación, y así poder contárselo todo a Juliet en una fecha muy posterior, y más adecuada, a ser posible tras unos vasos de vino, ahora era obvio que debería acudir a su rescate. Otra vez. Por lo menos esta vez no tendría que ir a la comisaría.

Avisó con una corta llamada, contándole brevemente lo que pasaba, y por respuesta sólo obtuvo un silencio pétreo. Ahora su mujer iba de camino. Cuando apareció su pequeño coche en el parking, le pidió a la enfermera sexy que empujase la silla de ruedas hasta encontrarse con ella.

La cara de Juliet estaba oscura, sumida en un gesto de desaprobación, según se aproximaba.

—Hola, cariño —dijo con el tono más alegre que pudo recrear—. Gracias por venir hasta aquí.

No hubo respuesta. En silencio, ayudó a la enfermera sexy a cargarlo en el asiento del pasajero como si de un bebé inútil se tratara; un bebé inútil con los testículos palpitando de dolor y creciendo por minutos. No se atrevió a manifestar su dolor con un grito, algo que sólo hubiese empeorado la situación.

Cuando se había ido la enfermera, su mujer se giró hacia él. Había desaparecido la oscuridad de su rostro y ahora parecía que fuera a llorar, lo cual hacía que Rick se sintiera aún peor.

—¿Por qué no me habías dicho nada?

—Iba a hacerlo —dijo Rick—. En serio.

—Deberíamos haberlo hablado antes de que estuviera hecho.

—Lo sé —dejó caer la cabeza—. Pero no queríamos más hijos, ¿no?

—Eso tendríamos que haberlo decidido juntos.

No quiso señalar que últimamente apenas tenían tiempo ni para intercambiar dos palabras.

Pero sabía que eso tampoco le daba la razón.

—Lo siento.

—No sé que nos está pasando, Rick. Solíamos estar tan unidos. Éramos tú y yo contra el mundo. Y ahora parece que hubieses asumido una misión en solitario para destruirnos a todos. Todas estas cosas en las que te has visto envuelto, lo del mirón, lo de bar de *striptease*, lo del sex shop, no pareces tú. Y ahora esto —señaló con su dedo hacia la zona afectada, que en este momento le dolía como el diablo. Fueran cuales fueran los calmantes que le habían administrado, no bastaban—. No conozco a la persona en la que te has convertido —y no parecía que le cayese muy bien.

—Sigo siendo yo —insistió Rick.

—Pero ahora con una parte de ti menos —señaló. Luego suspiró, y fue el sonido más cansado, frustrado y decepcionado que había escuchado jamás. Todo eso contenido dentro de un ruido tan pequeño—. Venga anda, vamos a llevarte a casa.

Y a modo de pequeño castigo, Juliet pasó por encima de cada tope y bache sin frenar. Como muestra de resignación, Rick no se quejó ni una sola vez.

57

En la planta de arriba de la biblioteca, Una y yo llevamos un carrito de libros cada una, para así fingir estar poniéndolos en las baldas. Yo tengo contra el pecho a Wilbur Smith y Una a Jeffery Deaver y Tess Gerritsen, para así parecer ocupadas.

Aún no hay nadie más en este piso. Apenas son las nueve de la mañana y los lectores de Stony Straford no suelen ser madrugadores.

—¿Qué dijiste? —pregunta Una tras contarle yo las últimas noticias.

—¿Qué iba a decir? A esas alturas ya estaba todo hecho.

—Cabrón —exclama.

—Rick está sufriendo —le digo, aunque la verdad es que no hay un ápice de simpatía en mi voz—. No ha ido a trabajar hoy por primera vez en no sé cuánto tiempo —mi marido nunca falta al trabajo. Ahora está sentado en casa sujetándose sus partes púdicas y quejándose suavemente—. ¿Cómo pudo hacer eso sin decírmelo?

—Pero no queríais más hijos, ¿no?

—No —respondo—. No lo sé. Quizá. ¿Y si hubiese pasado algo que me hubiera hecho cambiar de opinión? ¿Qué pasa si al parir Chloe, me entran ganas de nuevo?

—Creo que estarás demasiado ocupada cambiando pañales y persiguiendo a Chloe como para tener ganas —resalta Una—. Además, tienes cuarenta y cinco años. ¿De verdad quieres meterte en todos esos líos de nuevo?

—Mi madre tiene setenta y está hablando de tener otro hijo.

—Sí, pero tu madre está loca.

—Es verdad. El asunto es que me haya mantenido completamente al margen. ¿Tan vacío está nuestro matrimonio que ya no hablamos siquiera de cosas tan importantes?

—Supongo que siendo parte de su cuerpo, Rick podrá hacer lo que quiera con ello —evito mencionar que Una se divorció de su marido por un asunto mucho menos importante.

—Es un matrimonio, se supone que esas cosas se comparten —nos reímos las dos—. Ay, Una, ¿qué voy a hacer con él?

Creo que lo que más me duele es que todos los demás estúpidos asuntos en los que se ha visto envuelto Rick podrían haberse atribuido a la mala suerte, o a haber estado en el lugar equivocado en el momento equivocado, pero este asunto de la vasectomía ha sido decisión de Rick y sólo de Rick. Esto no puede ser atribuido a un error o un descuido. Esto fue hecho adrede, de forma intencionada, y me mantuvo al margen a propósito. Es eso lo que no le perdono.

—Imagino que no sabes nada de Steven desde la otra noche.

Niego con la cabeza.

—Casi mejor. Ése es un asunto sin el que ahora mismo estoy mejor.

Metemos a Wilbur, Jeffery y Tess en sus lugares correspondientes y luego cojo a James Patterson y Ben Elton, Una elige Martina Cole y Robert Goddard. Seguimos de cháchara, confiadas en que Don jamás se dará cuenta de que estamos aquí arriba sólo para cotillear.

—Creí haberte visto mirando hacia la puerta con nostalgia ayer.

—No —digo, aunque miento. Pensé que quizá aparecería Steven para ver qué tal me iba. Aunque una cosa es segura, paso de que se complique todo con Steven, a escondidas de Rick, sinceramente, pero por algún motivo sí echo en falta la atención prestada, y la verdad, nunca pensé que pudiese ser tan voluble. Ni siquiera debería estar pensando en Steven, pero temo reconocer que sí lo hago—. Bueno, háblame tú de Internet Tex. Eso seguro que me anima. ¿No se supone que vas a quedar con él pronto?

—Me mandó una foto —Una mete la mano en el bolsillo—. La he impreso para enseñártela.

—Hummm.... —digo—. Menudo bombón.

Internet Tex está posando, sin camiseta y con los músculos marcados.

—Tiene pinta de estar bueno —aunque quizá parezca un poco un póster gay. Está moreno, definido, depilado y embadurnado en aceite.

—Iba a haberle visto la semana pasada, pero tuvo que irse a trabajar a Oriente Próximo.

Una coge la foto y le da un beso. La vuelve a doblar y la guarda en su bolsillo, dándole un golpecito para dar buena suerte.

—Qué pena.

—Está metido en un buen lío —me dice—. Algo le ha pasado a su tarjeta de crédito. Nadie se la acepta. He tenido que enviarle los datos de la mía para que pueda pagar el hotel.

—¿Qué? —suenan todas mis alarmas, pero obviamente no las de Una—. ¿Por qué no se encarga su empresa?

—Trabaja solo.

—¿No tiene contactos con los que pueda contar en esa zona?

—Por lo visto no —dice mi amiga.

—¿Y amigos? ¿Por qué te lo pide a ti?

—No me importa echarle una mano. Dice que me lo pagará en cuanto vuelva, que es sólo un pequeño fallo técnico.

—¿Y te fías de él?

Una se encoge de hombros.

—Parece estar bien de la cabeza. Llevo bastante tiempo chateando con él. Y por el momento no ha habido motivos para desconfiar. Ha estado tan interesado como yo en tomárselo con calma.

—Bueno, tú sabrás.

—Es sólo esta vez —me asegura Una—. ¿Qué te crees que soy? No soy idiota.

La cabeza de Don asoma por las escaleras.

—Estoy seguro de que todo esto es muy interesante, pero ¿podría insistir en que trabajarais un poco hoy?

—Perdón, Don —contesto—. ¿Qué podemos hacer para recompensarlo?

—Dejad de robarme las galletas digestivas de chocolate.

Eso hace que Una y yo empecemos a reírnos.

—Dicen que no deberías trabajar nunca con animales ni niños —se oye decir a Don al alejarse—, pero nadie dice nada sobre mujeres de mediana edad.

—¡No somos mujeres de mediana edad! —se oye gritar a Una.

Pero sí que somos mujeres de mediana edad, y como tal deberíamos poseer madurez y sabiduría, y paz interna, cosas que sin embargo brillan por su ausencia.

58

Pasaron tres días hasta que los testículos de Rick adquirieron un tono y tamaño más normal y así pudo caminar sin parecerse a John Wayne tras un duro día sobre la silla de montar. Aún no había regresado al trabajo y Hal empezaba a estar cabreado por ello, ya que estaban hasta arriba de curro. Al fin y al cabo, su colega, le repetía constantemente a Rick, se había sometido a una vasectomía sin problema alguno.

Rick decidió que si podía bajar andando hasta el centro y volver sin sentir que le habían dado una patada en la entrepierna, entonces estaría lo suficientemente sano como para ir al día siguiente a poner suelos.

Hacía un día soleado, el clima perfecto para pasear, le enganchó la correa al collar de *Buster* para así poder llevarse a su fiel amigo al paseo. Más o menos podía decirse que el perro era el único miembro de la casa Joyce que todavía le hablaba.

«Vamos, *Buster*, viejo amigo». Salieron de Chadwick Close juntos, intentando pasar lo más rápidamente posible por delante de la casa de Stacey Lovejoy sin ser vistos.

Si las cosas entre él y Juliet hubiesen estado mejor, podrían haberse pasado por la biblioteca a hacerle una visita, pero las cosas seguían algo tensas. Apenas habían intercambiado tres palabras de forma civilizada desde la operación y había recibido poco apoyo para aliviar su sufrimiento. El camino de vuelta iba a ser largo y pedregoso.

Caminaba disfrutando del sol, sin sentir demasiadas tensiones en sus partes bajas, siguió por Horsefair Green hasta llegar a High Street. Siempre le agradaba ver que el surtido de tiendas de toda la vida lograba sobrevivir a estos tiempos difíciles, y por ello Juliet y él compraban aquí siempre que podían. Quizá podía comprar unos bombones belgas en aquella pequeña tienda de caramelos en Stratford Arcade que tanto le gustaba a ella, a modo de ofrenda de paz. Aunque probablemente fuese a hacer falta bastante más que unos inocentes bombones para volver a caerle bien a su mujer.

Se fue a echar un vistazo a la tienda de libros de segunda mano de la Cruz Roja, aunque para ello tuvo que dejar a *Buster* atado fuera. No pensaba comprar nada, no tenía mucho sentido hacerlo con Juliet trabajando en la biblioteca, pero aun así le gustaba mirar. Luego entró en la tienda de bombones y escogió algunos de los favoritos de su mujer y alguno que otro que le gustaban a él. Quizá debería comprar también unas flores, pero a lo mejor parecía todo un pelín exagerado.

Tiró calle abajo, y por el momento todo bien en el ámbito de la ingle. No le dolía demasiado. Algún pequeño tirón, pero nada que no pudiese soportar. Parecía que iba a librarse de quedar permanentemente mutilado, lo que suponía un gran alivio.

Luego paró en el quiosco y compró un boleto para el sorteo de la lotería de esa noche. Había acumulado ya en el bote la increíble cifra de veinte millones de libras. Casi sintió la tentación de comprar dos boletos.

—Oye, guapa, ¿puedes asegurarte de que sea el ganador? —dijo bromeando.

Con cara borde le contestó.

—Nadie me había dicho eso antes.

No era muy dado a las apuestas, un par de libras a la semana en lotería y una apuesta al año durante el Grand National y poco más. Además, la lotería ni siquiera era apostar de verdad, y encima parte de los beneficios iban a caridad. A Juliet, sin embargo, le parecía que era tirar el dinero. Pero ¡eran veinte millones! A esas alturas hasta un par de millones vendrían bien. Podrían comprarle a Tom y Chloe una casa a cada uno y una casita a Rita. Luego vendría la vuelta al mundo en crucero para él y Juliet durante un año o dos durante los cuales le dirían adiós a todo el mundo. Se metió el boleto en el bolsillo, deseándose suerte mientras lo hacía.

Luego decidió invitarse a un café en la cafetería que había en Bull Alley antes de volver a casa. Había pensado en tener la cena hecha para cuando llegara Juliet, quizá incluso abrir una buena botella de vino. A lo mejor podía sobornar a su suegra e hijos para que se mantuvieran alejados. Aun así no había ninguna posibilidad de tornar todo un poco más romántico aquella noche dado el delicado estado de sus genitales. Pero no haría ningún mal demostrarle que sí que pensaba en ella. Como siguiese por este camino corría el riesgo de perderla, aun después de veinticinco años juntos, y no podía ni siquiera soportar la idea de que pasara algo así. Había momentos en los que sencillamente le apetecía dejarlo todo. ¿Acaso no le pasaba eso a todo el mundo? Pero con sólo mirar a Hal uno se daba cuenta de que sencillamente no merecía la pena.

Había amado a Juliet desde el momento en que sus ojos se depositaron sobre ella. Todos sabían que Steven Aubrey estaba con ella y que desde entonces se había recluido un poco. Él lo único que veía era una chica guapa con sentido del humor y una vulnerabilidad que le atraía poderosamente. Habían tenido sus altibajos, claro, pero más que nada debido a preocupaciones económicas. Tuvieron la hipoteca de su casa los últimos veinticinco años y sólo ahora las cosas empezaban a aliviarse. Aunque probablemente con la nueva incorporación vía Chloe las cosas iban a volver a las viejas andadas.

Juliet seguía siendo una gran mujer y quería asegurarse de que ella supiera que él aún la amaba y apreciaba. Era un tipo con suerte y lo sabía. Sería un idiota si se quedaba quieto observando cómo se escapaba todo por culpa de sus recientes tonterías.

Decidido. Tenía un gran matrimonio e iba a llegar a celebrar el cuarenta aniversario, y si llegaba, incluso el cincuenta. A partir de ahora, durante semanas, meses, o lo que hiciera falta empezaba un despliegue total de encanto para volver a ganarse la fe de su mujer en él.

59

Llego a casa y me encuentro a mi madre sentada a la mesa de la cocina, con cara de mala leche y llorando. Es una extraña combinación y, como he tenido un día bastante bueno en la biblioteca, no sé si quiero conocer la causa de todo ello.

Rick también está en la cocina y su rostro también muestra una agitación considerable.

—Díselo —dice en cuanto atravieso la puerta—. Todo el mundo, todos, saben que estas cosas son un timo.

—Yo no lo sabía —solloza mi madre con el ceño fruncido.

«Hola, Juliet», me digo. «¿Has tenido un buen día, amor? ¿Todo bien? Ponte cómoda. Déjame que te preparé un té.» Sólo *Buster* parece contento de verme y mueve el rabo mostrando lo alegre que le ha puesto mi llegada, pese a estar medio asustado por los gritos.

Tiro mi bolso al suelo.

—¿Y ahora qué?

—Pensé que había ganado —se gira hacia mí—. ¿Cómo iba a saberlo?

—¿Saber el qué?

—Pensaba que había ganado la lotería española. Me llegó una carta y todo.

—Os llegó a ti y a veinte mil más —interviene Rick.

—Parecía auténtica —insiste mi madre—. Hasta sabían mi nombre y todo.

—Y ahora saben toda tu información bancaria y todo —gruñe mi marido.

—Ay, mamá —me desplomo sobre la mesa. Algo que, al parecer, hago mucho últimamente—. No has hecho eso, dime que no has hecho eso.

—Dijeron que había ganado. Un millón de libras. Sólo tenía que enviar mis detalles bancarios...

—... incluyendo tu contraseña —añade Rick.

—... y me lo acabarían mandando, decían.

—¿Has comprado alguna vez un boleto de la lotería española?

—No —gruñe mi madre.

—Quizá eso tendría que haberte dado una pista.

—Hay mucha gente cruel en el mundo —mi madre mira fijamente a mi marido—. No deberían aprovecharse de una frágil y vulnerable anciana.

Mi madre tiene la vulnerabilidad de aquel asesino, el doctor Crippen.

—He estado hablando con el banco durante la última hora —dice Rick—. Les llamé en cuanto me enteré. Los ladrones ya habían retirado el dinero.

—¿Cuánto? —no sé cuánto dinero tiene mi madre en su cuenta corriente, unas pocas cientos de libras a lo sumo, quizá más.

—Ocho mil libras —dice temblorosa.

Estoy estupefacta.

—¿En tu cuenta corriente?

—No —dice Rick— les dio la información y contraseña de su cuenta de ahorro.

—Ay, mamá —cierro los ojos un momento.

—Ahí estaba el dinero para mi aumento de pecho —lamenta miserablemente.

Así que no hay mal que por bien no venga, pienso.

—He hablado con el departamento de fraudes del banco. Fue de mucha ayuda, de hecho. Han dicho que van a hacer todo lo que puedan.

Rodeo a mi madre con los brazos.

—¿Por qué no vas a tumbarte un rato? No te disgustes más. Veremos qué puede hacer el banco. No está todo perdido.

Deja que la ayudemos a levantarse de la mesa y la encamino hacia la puerta. Le digo con los labios en silencio a Rick que ahora vuelvo.

Llevo a mi madre arriba y solloza todo el camino.

—Todo saldrá bien —le digo según se acuesta en la cama.

—Eres una buena hija —me llora—. A pesar de todo.

¿Eso no es una especie de insulto? Le pongo el edredón encima.

—Duerme un poco. Te sentirás mejor en un par de horas.

—Eso espero —afirma con sueño—. Luego viene Arnold a buscarme, nos a vamos a ir de fiesta a Londres.

Por la cara que tenía mi marido cuando lo he dejado en la cocina, creo que a él tampoco le importaría irse de fiesta.

Negando con la cabeza me vuelvo abajo. Rick remueve algo en una sartén sobre el fuego.

—Qué bien huele eso —digo con un lamento—. ¿Celebramos algo?

—Pensé que podríamos compartir una cena romántica, pero de nuevo, tu madre ha logrado quitarle la gracia a todo.

—Déjala —me apoyo contra la encimera, me echo un vaso de vino de una botella que ha abierto Rick—. ¿Qué voy a hacer con ella?

—Podíamos reformar el jardín —sugiere Rick—. Cavamos ahora. Podríamos meterla debajo.

—Es mi madre —aunque suena tentador.

—Está clínicamente loca.

—Dicen que al final todas las mujeres terminan pareciéndose a su madre.

—Pues mátame ya —dice Rick.

Me río.

Los ojos de Rick se encuentran con los míos.

—Me alegra oírte reír.

—No ha habido mucho de lo que reírse últimamente.

—Quiero cambiar eso —dice mi marido—. Quiero que volvamos a ser como éramos antes.

Rick se acerca a mí y me rodea la cintura con los brazos.

—Quiero que me ames de nuevo.

—Nunca he dejado de amarte.

Aunque debo admitir que no me ha gustado mucho mi marido estas últimas semanas. Si nuestro matrimonio ha de sobrevivir, eso tiene que cambiar también.

60

En un más que raro momento de intimidad, Rick y Juliet se encontraban acurrucados sobre el sofá. Algo apacible sonaba en el equipo de música, elegido por Juliet. La verdad es que no era del gusto de Rick, que era más un hombre de Van Halen, pero hasta él sabía que «Jump» probablemente echaría a perder el momento.

No habían ni visto ni oído a sus hijos en toda la tarde. Chloe estaba en su cuarto y Tom aún tenía que volver de donde fuera que estuviera. Rita, que por fin había dejado de llorar, había salido con Arnold a algún sitio. Mientras estuvieran fuera de casa, no le importaba dónde estuvieran. Salvo que se tratara de su hija en un club de *striptease*, por supuesto.

—Ha sido una cena maravillosa —dijo Juliet.

Había preparado pasta carbonara, con su propia receta para la salsa, nata, bacón y mucho ajo.

—Había olvidado lo buen cocinero que eres.

—Debería hacerlo más a menudo.

—Sí —dijo ella con una sonrisa irónica—, deberías.

—Está bien estar solos para variar. No suele pasar.

—Sé que tener a mamá aquí no es lo ideal.

—Es el infierno —le contestó Rick—. Siempre juramos que no tendríamos a nuestros padres viviendo con nosotros. Y ahora parece que vamos a tener que luchar para librarnos de tu madre.

—Me da pena.

—A mí no —Rick dio un trago a su vino—. ¿Cómo puede ser alguien tan estúpido de pensar que ha ganado la lotería sin haber comprado un boleto?

—No puedes esperar que sea tan espabilada como nosotros —le razonó Juliet—. Tiene setenta años. Es parte de una generación que aún confiaba en la gente.

—Pues esperemos que el banco pueda hacer algo para solucionar esto. Bastante tenemos con Chloe y Tom —se quejó Rick.

—Parece que Chloe tendrá que volver a vivir con nosotros de forma permanente. No creo que le merezca la pena volver a la universidad. Probablemente salga de cuentas justo antes de los exámenes.

Rick se escuchó a sí mismo gruñir.

—¿Alguna vez estaremos solos?

—No parece probable —reconoció Juliet—, al menos no en el futuro más próximo.

—Yo sí que necesito ganar la lotería, no tu madre —revisó sus bolsillos y sacó el boleto que había comprado esa tarde y se lo mostró a Juliet—. ¿Qué hora es? A lo mejor a estas horas ya soy millonario.

Echó un vistazo a su reloj. El sorteo de entre semana estaba a punto de empezar, así que encendió la tele con el mando. La pantalla de plasma de cuarenta y dos pulgadas era la única cosa que se había regalado a sí mismo en los últimos años y era su orgullo y felicidad.

La estrella del pop, Jamelia, salía en la pantalla acompañada de la música cutre de la lotería. Un logotipo luminoso brillaba por detrás.

—¡Dejad lo que estéis haciendo y sacad esos boletos! —Jamelia señalaba hacia la pantalla—. Estamos a punto de llevar a cabo el sorteo de esta semana. Así que, Alan —le dijo a la voz en off de la lotería, Alan Dedicoat, también conocido coloquialmente como La Voz de las Pelotas—. ¿Cuál es el bote esta semana?

—El bote se estima en unos veinte millones de libras.

—¡Guau! Ésa es una cantidad que te cambia la vida —dijo Jamelia.

—Sí, y nos gustaría dar la enhorabuena a las cinco personas que compartieron el último bote.

—Capullos con suerte —murmuró Rick.

Su mujer le mandó callar.

—Esta noche usaremos el juego de bolas número ocho.

¿Por qué pensaban que a la gente le podría importar esas cosas? Deberían cortar el rollo y dar sólo el sorteo, y no disfrazar todo dentro de un programa.

Jamelia levantó las manos. La máquina de la lotería empezó a girar detrás de ella, dentro se tambaleaban las bolas rosas, verdes, amarillas y azules.

—¡Saquemos esas bolas que tanto dinero van a repartir esta semana!

Los números de la lotería salieron, uno a uno. Rick solía tener la costumbre, cuando empezó a jugar, de usar los mismos números cada semana, pero no habían dado muchos frutos, así que había acabado optando por cogerlos por sorteo de la máquina. Pero siempre quedaba, al fondo de su cabeza, un pensamiento: ¿qué pasaría si alguna vez salieran esos números y ya no los tenía? Probablemente querría ahorcarse.

—Siete —dijo Alan Dedicoat, según salía una bola rosa por el tubo hasta llegar a formar parte de la fila que llamaban La Fila Millonaria—. Es la vez ciento sesenta y una que esta bola es la primera.

—Ja —dijo Rick—. Eso está bien —se suponía que el siete era un número de la suerte.

—El diez —prosiguió Alan Dedicoat, según salía la siguiente bola—. Esta bola cerró la Fila Millonaria hace tres semanas.

Era el número de su casa.

—Joder. No recuerdo haber acertado dos números seguidos jamás.

—La siguiente bola en salir es la veintiuno.

El cumpleaños de Chloe.

—Tres —exclamó Rick— ya he ganado diez libras.

—No es que con eso vayamos a pagar la hipoteca —comentó Juliet.

—Ya, pero son diez libras. No he ganado nada en meses.

—Y desde hace mucho más tiempo, más te valdría pedir suerte tirando una moneda en el estanque.

Sobre la pantalla el presentador seguía lanzado.

—La cuarta bola en salir esta semana es la número treinta.

El treinta de agosto, su aniversario, para el cual faltaban muy pocas semanas.

—¡Por Dios! —dijo Rick alarmado—. ¡También tengo ése! —estaba al borde del sofá. Era la primera vez en su vida que acertaba cuatro números. ¿Cuánto valía eso? ¿Cincuenta? ¿Cien? Hasta Juliet se había emocionado.

—Y el quinto número en esta noche de bote doble es el número treinta y dos. ¿Dará eso la victoria a alguien?

El número no tenía relación alguna con su vida, sin embargo, ahí estaba impreso en negro delante de él. Tenía cinco números. Su corazón golpeaba contra su pecho. No sería eso irónico, ganar la lotería y luego morir de un infarto. ¿Cuánto valían cinco números? No tenía ni idea. Pero debía ser bastante. Seguro que les permitiría darse unas buenas vacaciones. A lo mejor hasta cambiar de coche.

Notó su garganta al tragar, y se giró hacia Juliet.

—También tengo ése.

—¡No! —dijo al ver la sexta bola salir rodando de la máquina. Su mujer se acercó a él para ver los números, y ella le cogió el brazo con fuerza.

—Eso son cinco —dijo en un susurró, sorprendida—. Nos han salido cinco números. Eso seguro que son un buen puñado de libras.

—Seguro.

Las manos de Rick temblaban. Apenas podía leer los números impresos sobre el boleto. Ahora sólo quedaba la última bola. Aunque fueran sólo cinco números, eso les daba dinero. La boca de Rick parecía llena de arena.

Con tono alegre, La Voz de las Pelotas anunció: «Y la última bola esta noche, que podría hacer que tú fueras el ganador del bote, es el cuarenta y dos».

—Dios mío, Dios mío, Dios mío —dijo Rick. Miraba fijamente hacia el boleto que tenía delante. Tenía todos los números, los seis. Su garganta estaba seca mientras gritaba—. ¡Hemos ganado! ¡Hemos ganado!

Jamelia estaba despidiéndose sobre la pantalla, pero ya no escuchaban lo que tuviera que decir.

Juliet tenía los ojos completamente abiertos.

—¿Veinte millones?

—Quizá haya otros ganadores —se le notaba sobrecogido de la emoción aunque por fuera estaba tranquilo. Era lo único que podía hacer para evitar correr por todo el salón—. Lo mismo no es tanto.

—¿Cómo lo sabremos?

—No lo sé —admitió Rick. Ahora le temblaban las piernas—. Creo que debería llamar a la administración de la lotería.

Incluso habiendo veinte ganadores, algo muy poco probable, aun así eso les brindaría un millón de libras para meter en el banco. ¡Su banco! Con eso tendrían suficiente para quitarse de encima a los críos y a la madre de Juliet. Si eran veinte millones, a partir de ahora irían a todas partes en jet privado. ¡Hasta a las tiendas del barrio! Rick sentía que a lo mejor caía al suelo y se ponía a llorar.

—Esto no puede ser, Rick, cosas así no nos pasan a nosotros.

—Juliet —cogió firmemente a su mujer por los brazos—. Hemos ganado. No sé cuánto, pero te puedo asegurar una cosa: la vida va a cambiar mucho en este lugar a partir de ahora. Quizá tu madre no haya ganado la lotería, pero yo sí.

61

Estamos tumbados en la cama, pero Rick no deja de moverse. Yo también estoy alterada, pero lo puedo achacar casi en exclusiva a la botella de champán que nos mamamos para celebrar nuestra victoria. Apenas podía creer que tuviéramos una botella de champán a mano para poder celebrarlo. Incluso la sublime prosa del libro que leo, *Mil espléndidos soles*, no logró engancharme. Todavía me parece todo tan irreal. No me lo voy a creer hasta que alguien nos dé el cheque en mano y nuestra foto salga en el periódico *Daily Expres*, con nuestras caras mostrando una amplia sonrisa.

—¿Qué pasará cuando nos pille la prensa?

—Pediremos que no haya nada de publicidad —dice Rick. Parece que lo tuviera todo planeado.

Se levanta sobre su codo y yo vuelvo a encender la luz de la mesilla. Está claro que dormir no va a ser una opción esta noche.

—Creo que no deberíamos decírselo a nadie. Ni a una sola alma. Sobre todo nada a tu madre, si no, todo el mundo del Instituto de la Mujer lo sabrá en menos que cante un gallo.

—¿No puedo decírselo a nadie?

—Vamos a mantener esto en secreto —advierte Rick—. Espera hasta que sepamos cuánto nos toca y qué vamos a hacer con ello.

—Vale —va a ser duro ir a trabajar y fingir que nada ha pasado—. ¿Estás completamente seguro de que hemos ganado?

—Claro. Viste cómo salían los números sentada a mi lado. No hay duda. ¿Quieres que pruebe a llamar al teléfono ese de nuevo?

Niego con la cabeza. Debe haber algún fallo con esa línea, eso, o un millón de personas están llamando a la vez, lo que quiere decir que habríamos ganado todos veinte libras y han dejado la línea ocupada. Rick lo ha intentado unas veinticinco veces hasta ahora. Miro el reloj. Ya son las tres de la mañana.

—Intenta relajarte.

—No quiero relajarme —me dice mi marido—. Quiero colgarme de la lámpara, quiero bajar Chadwick Close corriendo en pijama. ¿Quieres volver a mirar el boleto?

—La verdad es que no.

Rick se ha puesto los calzoncillos más apretados que tiene, los que usaba cuando estaba recuperándose de su turbulenta vasectomía, y dentro de ellos ha metido el boleto. Jamás nos han robado desde que vivimos aquí, pero Rick está convencido de que esta noche será la que nos roben. Tengo los ojos secos por falta de sueño.

—¿Qué haremos con el dinero? —pregunto con voz cansada.

—Mudarnos a una mansión, comprarle una casa a Chloe, a Tom y a tu madre. Comprarnos una casa en España. Regalarme un Aston Martin. Decirle a Hal que se meta el trabajo por donde le quepa.

—No querrás dejar de trabajar, ¿no?

—¿Estás de coña?

—Te gusta tu trabajo. Y a mí el mío.

—Pero no hará falta trabajar.

—Echaría de menos a Una.

—Podríamos pagarle por estar en casa y ser tu amiga. Podrías convertirte en una de esas mujeres que organiza comidas.

Tuerzo el gesto.

—No tengo muy claro que me fuese a gustar eso —nunca hemos sido ricos y tanto dinero me agobia—. ¿No es ese el error que cometen todos los que ganan la lotería? Dejan sus trabajos, dejan el barrio que conocen y quieren y luego sus vidas se tornan tristes y vacías.

—¿Vidas tristes y vacías con veinte millones en el banco? Creo que podría soportarlo.

—No sé...

—¿Qué querrías tú? —me chista Rick.

Pienso un rato y luego suspiro.

—Estaría bien tener un invernadero.

—¿Veinte millones y sólo se te ocurre un invernadero?

—No se me ocurre otra cosa.

—Recuerdo una vez que estábamos en Bournemouth y tomamos un cóctel o dos de más y estuviste dando piruetas por la playa sin bragas. ¿Qué fue de esa mujer? ¿Hubiese deseado esa mujer tener, de todas las cosas, un invernadero a su disposición? ¿Dónde está esa mujer?

Unas pocas lágrimas se asoman a mis ojos.

—No lo sé.

—Odiaría ser uno de esos pringados que gana la lotería y aun así se levanta todos los días a las cinco de la mañana para ir a trabajar a la misma fábrica porque eso es lo que ha hecho los últimos treinta años de su vida, esa gente que sigue conduciendo su Skoda hecho polvo porque no tienen imaginación suficiente como para idear otra vida. No quiero ser así —los ojos de Rick me suplican—. Quiero dejar a toda la familia colocada. Comprar algún que otro lujo. Pasarlo bien. Construiremos ese invernadero. Pero quiero hacer tantas cosas aparte de eso. Por favor, di que me ayudarás.

Me acurruco al lado de Rick.

—Claro que lo haré.

—Te quiero —me dice—. Y te querré aún más cuando seas una zorra rica.

Riendo como niños nos abrazamos y, por primera vez en meses, aun con los testículos de Rick algo delicados, hacemos el amor. Hasta sacamos el boleto de lotería y lo colocamos sobre la mesilla mientras lo hacemos.

62

Rick probó a llamar al número de teléfono de ganadores otra docena de veces mientras preparaba el desayuno. Lo primero que harían con los veinte millones de pavos, decidió, era ir a comprar una nueva tostadora, una que tostara más que chamuscar.

—¿Con quién habla papá cada cinco minutos ? —preguntó su hija al volver a la cocina. Juliet y él se intercambiaron una mirada fugaz.

Habían acordado llevar las cosas del día a día con normalidad hasta que Rick pudiese asegurarse de cuánto habían ganado. Iba a ir a trabajar con Hal, pero tenía pensado escaquearse tantas veces como pudiera para así llamar al número de la lotería. Trabajar le ayudaría a distraerse un poco. Juliet iría a la biblioteca a sellar libros como si no fuera a suceder nada extraño. «Va a ser difícil», pensó Rick, mientras su emoción crecía por momentos.

Logró tragarse a la fuerza un trozo de tostada ennegrecida con mantequilla, pero poco más: su estómago estaba demasiado agarrotado como para tan siquiera pensar en comer algo más. El boleto estaba bien guardado en sus calzoncillo, pero ¿podía correr el riesgo de dejarlo ahí todo el día? ¿Qué pasaba si lo dejaba en casa y se lo comía

Buster, o lo usaba su suegra como papel para anotar la lista de la compra y luego se lo dejaba en el supermercado? Un millón de desastres podían caer sobre el papel antes de poder reclamar los millones. No merecía la pena pensar en ello.

Dándole un beso de despedida a Juliet, le dijo: «Te veo luego, amor». Luego le guiñó un ojo y ella le sonrió. Todo iba a salir bien a partir de ahora, lo notaba en los huesos, y se fue hacia su furgoneta, caminando con aire distraído. Hasta devolvió el saludo de forma jovial a Stacey Lovejoy cuando ésta, ataviada con su bata y de pie en la puerta, le gritó: «¡Eoo!».

Pero al llegar al trabajo, un adosado en el pueblo de Nash, Hal estaba de mal humor. No pintaba bien. Rick notó cómo se desanimaba al instante.

—¿Cuatro días de baja, macho, por una vasectomía? —se quejó su amigo a modo de saludo según entraba Rick al salón de la casa donde esperaba Hal, que movía los pies de forma nerviosa—. ¿Qué pasa con eso?

—Tuve una hemorragia interna y entumecimiento, Hal —Rick trataba de ser paciente. Pensó en el boleto guardado dentro de sus Calvin Klein y eso hizo que siguiera de buen humor—. Tengo los cojones como pelotas de fútbol. Duele de la hostia.

Hal se quejó para sus adentros.

—Aún no estoy al cien por cien hoy —prosiguió Rick.

No explicó que se debía a haber pasado la noche con los ojos como platos por la emoción. Hal podía esperar a otro día para enterarse de eso.

—Pero aquí estoy, así que vamos.

Tenían que arrancar una vieja y cutre moqueta y sustituirla con una de color crema de buen gusto, que estaba esperando en la furgoneta. Era un trabajo que Rick conocía a la perfección y podrían acabar antes de comer e ir a otro trabajo si Hal conseguía seguirle el ritmo.

—Si el señorito quiere —contestó su compañero.

—Déjalo, Hal —avisó Rick—. Nunca he estado de baja en todos estos años que llevo trabajando para ti. No me des la vara por unos días recuperándome tras una operación. Dolió mucho, te lo digo en serio, joder.

—Mi colega Lee me contó que estaba dando brincos de tigre el día después.

—Me alegro por él —dijo Rick. A esas alturas aún llevaba ocho calzoncillos y empalmaba un calmante con otro. Pese a no tener gana ninguna, empezó a sacar las herramientas.

—Estamos muy atrasados —se quejó Hal—. Tengo trabajos saliéndome por las orejas. Voy a tener que trabajar el domingo también, supongo, y entonces me caerá la bronca de Shannon.

Así que ése era en realidad el elemento clave del asunto. Las cosas no andaban bien en *Maison Bryson*.

—Trabajaré contigo el domingo —ofreció Rick—. Si te sirve de ayuda.

No quería dejar a Hal tirado en medio de todo el lío. No supondría demasiado esfuerzo trabajar otras dos semanas. No sabía cuánto tardaría el dinero en llegar una vez hubiesen acabado todas las formalidades

—No te agobies —dijo Hal. Rick se controló.

—Bueno, manos a la obra —su amigo aún no había cogido las herramientas. Rick trataba de sonar animado—. No vamos a acabar a tiempo si te quedas ahí quejándote. Trabaja y protesta si quieres.

Hal reaccionó.

—No me digas cómo dirigir mi negocio, macho.

—Eh, tranqui, tío —dijo Rick—. Hoy no estoy de humor. Me he ofrecido a trabajar de más. Cuanto más tiempo estemos aquí discutiendo, más atrasamos el trabajo. ¿Vamos a arrancar esta moqueta sí o no?

—Pero ¿quién dirige este trabajo?

—Ahora mismo nadie —apuntó Rick—. ¿Te importaría ponerte a ello?

—Que te follen —dijo Hal—. Ya estoy harto.

—¿Qué tú estás harto? —respondió Rick—. Yo sí que soy el que está harto.

Metió con violencia las herramientas de vuelta en su caja y se levantó. No tenía por qué aguantar este tipo de cosas ahora. Iba a ser rico y no tenía que soportar la mierda de Hal más tiempo.

—¿Adónde crees que vas? —ahora Hal parecía preocupado, de hecho, probablemente lo estuviera.

—Me voy a casa —anunció Rick según se dirigía a la puerta—. Te puedes meter tu trabajo por el culo.

—Pues me las apañaré perfectamente sin ti —gruñó Hal—. Todo te ha resultado muy fácil conmigo.

—No me hagas reír —contestó Rick—. He mantenido este negocio en pie mientras tú mantenías tus relaciones con todas esas mujercitas. He currado diez horas al día mientras tú ligabas por ahí, por aquí, en todas partes. Te habrías arruinado hace años si no hubiese estado yo levantándote.

—Me las puedo arreglar sin ti, tío.

—Pues adelante —Rick extendió su mano hacia él.

—¡Se acabó! —gritó Hal—. Si te vas ahora se acabó todo entre tú y yo. Es el fin. No vuelvas luego arrastrándote.

—No lo haré. Hasta la vista, Hal.

—¡Vuelve! —gritaba Hal según se alejaba—. Sabes que no lo dices en serio.

Pero Rick sí lo decía en serio. Era un multimillonario gracias a la lotería y no tenía por qué comerse la mierda de nadie.

63

He estado toda la mañana en el piso de arriba, en la mesa de información. En todo ese tiempo se han inscrito en la biblioteca cinco personas, les he expedido sus carnés, me he asegurado de que sepan dónde está todo, y les he explicado cómo recibir préstamos de nuestro exiguo catálogo de libros en formato audio y nuestros DVD, algo anticuados. También he mostrado a seis personas los planos del nuevo parking cuya inauguración está prevista para el año que viene, el cual está generando mucha expectación. Dos personas necesitaron mi ayuda para conectarse con sus ordenadores a Internet, y luego, además, vendí tres tarjetas de cumpleaños preciosas que tenemos en *stock*, decoradas con dibujos de un artista local y acuarelas con escenas cotidianas de Stony Stratford.

Tal vez tenga tiempo de aprender a pintar ahora que Rick ha ganado la lotería. Aunque no puedo imaginarme dejando el trabajo. ¿Qué haría con mi vida, más allá de aprender a pintar acuarelas? Me siento privilegiada por poder trabajar en la biblioteca y no me gustaría marcharme, a pesar de lo que dice Rick sobre el tipo de perdedores sin imaginación que ganan la lotería y siguen trabajando. Supongo que algunas personas somos felices con lo que nos ha tocado.

Todavía no sé nada de Rick. Iba a mandarme un mensaje al móvil si conseguía hablar con la atención telefónica de la lotería. Aunque a veces te pueden tener esperando todo el día. Tengo las uñas completamente mordisqueadas, debo hacerme la manicura sin falta. Por suerte no he visto a Una en toda la mañana porque ha estado liada en recepción, así que no me he visto tentada de irme de la lengua. Rick me ha prohibido expresamente contarle nada a Una, pero ¿cómo puedo guardarme para mí sola algo así?

Ahora asoma la cabeza por encima de la barandilla de las escaleras.

—Venga —dice—, no hay mucho jaleo así que podemos comer ya. Don dice que se queda al cargo. Coge tu sándwich y vámonos fuera, al césped, que todavía hace sol.

De modo que vamos fuera. Todavía hace un calor horrible y, cómo no, los periódicos están llenos de noticias que si calentamiento global por aquí, calentamiento global por allá.

Nos sentamos en el césped. Hay una o dos personas más. Reconozco a un par de peluqueros de donde me suelo cortar el pelo en High Street y les saludo con la mano.

—Bueno, ¿alguna novedad por casa de los Joyce? —pregunta Una mientras ataca su fiambrera, llena de verduras y algo que parece salsa de yogur. No hay pan a la vista.

Yo había optado por un sándwich de atún con mayonesa.

—Ninguna —respondo mintiendo—. Todo muy tranquilo por el Frente Occidental.

—No me lo creo —contesta Una—. ¿Cómo es posible?

Trato de evitar más preguntas diciéndole:

—¿Y tú qué? ¿Has sabido algo de Tex el de Internet?

—Sí. Ya ha vuelto de Oriente Medio. Sano y salvo, gracias a Dios.

—¿Has recuperado tu dinero?

Asiente con la cabeza mientras mordisquea una zanahoria.

—Esta mañana. Me ha enviado un cheque.

—Eso es genial.

Ella se encoge de hombros.

—A mí me lo vas a contar. Estaba empezando a preocuparme un poco. Ya sabes, cuentan tantas historias.

—Bueno tal vez sea un buen tipo.

—Tendremos que echar un polvo pronto —dice—. Sus *emails* son cada vez más calientes. Me estoy volviendo loca.

Este comentario hizo que nos riéramos un buen rato.

—Si te las arreglas para verle, ya me puedes dar todos los detalles. Mejor aún, llévame contigo.

—Tú ya tienes novio o ¿es que no te acuerdas? —me dice con ironía—. ¡Ni se te ocurra ponerle las manos encima!

—Sabes a lo que me refiero, Una. No quiero que te lances precipitadamente con un desconocido.

—No lo haré —me promete—. ¿Sabes algo de Steven?

—No —niego con la cabeza—. Y no creo que sepa nada de él. Es poco probable de todos modos. Él quería más de lo que podía ofrecerle.

—¿Por qué no puedes ser amigo de un hombre, sin más? Al final todo se reduce al sexo.

—Yo creo que no estamos hechos de la misma pasta —sugiero—. Seguro que tenemos varios libros sobre eso en la biblioteca.

—Tal vez debería leerme alguno.

Una saca la cuchara de plástico del yogur.

—¿Va todo bien entre Rick y tú ahora? Sé que estabais pasando por una mala racha.

Me permito dirigirla una mirada algo misteriosa.

—Una, si te cuento una cosa, ¿me prometes no contárselo a nadie?

Mi amiga se incorpora de golpe.

—¿Qué pasa? —me pregunta, mirándome intrigada—. Steven y tú no habréis...

—Por supuesto que no. ¿Por quién me tomas?

—Sólo esperaba que tu ética fuera tan laxa como la mía —bromea.

Echo una mirada a mi alrededor para cerciorarme de que no está escuchando nadie. Sólo Dios sabe por qué estoy haciendo esto.

—Prométeme que no se lo contarás a nadie.

—Te lo prometo —me contesta solemne—. Por Dios, Juliet, suéltalo ya o me da algo.

—Hemos ganado la lotería.

Mi amiga me mira como si le hubieran dado una bofetada.

—¿Qué?

—La lotería —insisto—. Hemos ganado.

—¿Cuándo? ¿Cuánto?

Una no se lo puede creer.

—Anoche —le contesto—. Todavía no sé cuánto. Rick está tratando de ponerse en contacto con la atención telefónica de la lotería.

—Pero ¿estamos hablando de mucho dinero?

Asiento con la cabeza.

—Creo que sí.

—Bruja con suerte —se queja—. Tienes un admirador secreto, super sexy, y ahora ganas la lotería. ¿No podrías pasarme un poquito de suerte?

—Lo intentaré —le digo—. Prométeme que seremos amigas pase lo que pase.

—Por supuesto.

Una me abraza, estrujándome.

—Me lo voy a pasar genial gastándome tu dinero por ti.

Mi amiga suspira mientras me suelta.

—Imagina, a partir de ahora podrás tener todo lo que quieras: una mansión, un cochazo, vacaciones exóticas.

—No me preocupa nada de eso. Sólo quiero asegurarme de que a mi familia no le falte de nada.

—Pero puedes hacer eso y aun así permitirte algunos pequeños lujos extravagantes.

—Bueno, eso sí que puedo.

Todo esto me hace sonreír otra vez. El sol nos da directamente y tengo el presentimiento de que todo va a ir bien a partir de ahora.

64

Rick por fin consiguió ponerse en contacto con la atención telefónica de la lotería. Sus manos no paraban de temblar; en parte tenía que ver por su discusión con Hal, que le había dejado muy alterado, y en parte se debía a la excitación provocada por la nueva vida que se abría ante sus ojos.

—Buenas tardes, atención telefónica de la lotería —contestó una animada voz al otro lado.

Rick tenía el boleto, algo arrugado ahora, firmemente sujeto. Dijo con la boca seca:

—Tengo el billete ganador. De la lotería de anoche.

—Felicidades, señor.

—He estado tratando de llamar desde anoche, pero no paraba de comunicar.

—Estamos teniendo algunos problemas técnicos, señor, y un gran número de llamadas.

¿Un gran número de llamadas? ¿Quería eso decir que hay otro millón de personas tratando de reclamar su dinero?

—¿Puede decirme los números, señor?

Rick se los dictó solícito:

—Siete, diez, veintiuno, treinta, treinta y dos, y cuarenta y dos.

—Excelente. ¿Puede decirme también la fecha que consta en el boleto por favor?

—Veintitrés de julio.

Se produjo una pausa al otro lado del teléfono.

—¿Y dice usted que era para el sorteo de anoche?

—Así es.

—Lo siento mucho señor —dijo la voz, algo más seria ahora—. Pero ese billete correspondía al sorteo de la semana *pasada*.

—¿Qué?

Rick se quedó mirando, atónito, el trozo de papel blanco y rojo que tenía delante. Las letras le bailaban y se mezclaban.

—El sorteo de anoche fue el del treinta de julio.

Oh, no. Rick miró de pasada la fecha en su reloj. Sí, era treinta y uno de julio. La fecha de su boleto era, de hecho, de la semana anterior.

—Un momento, un momento.

Rick husmeó en su bolsillo y ahí, arrugado, al fondo, estaba el boleto que había comprado para el sorteo de anoche. ¿Cómo había sido tan estúpido? Tan, tan estúpido.

—Lo he encontrado —dijo, patético—. Había cogido el boleto equivocado.

—Le podría pasar a cualquiera, señor.

Sobre todo si eres un gilipollas.

—¿Quiere que comprobemos también ese boleto?

¿Qué posibilidades tenía de llevarse todo el bote con este boleto? Eso ya sería demasiado.

—Sí —dijo con la voz entrecortada—. Sería muy amable por su parte.

Podía escuchar cómo tecleaban al otro lado del teléfono mientras él dictaba los números de, esta vez sí, el boleto correspondiente al sorteo de la noche anterior.

—Oh, tiene usted mucha suerte señor —dijo la muchacha.

Su corazón dio un vuelco. ¿Era posible que...?

—Ha ganado diez libras.

Diez libras. Su sueño de millones de libras hecho pedazos, y había ganado diez libras. Eso ya era como echar sal en la herida.

—Sólo tiene que acercarse a la administración de lotería más cercana y ahí le canjearán el boleto con mucho gusto.

—Muchas gracias.

Indiferente, colgó el teléfono y se dejó caer al suelo. Nada de millones. Nada de casas para los niños. Nada de Aston Martin. Nada de vacaciones en las Bahamas. Nada de vuelos en un *jet* privado para ir al Grand Prix de Mónaco. Nada.

Y, fruto de su estupidez, se había quedado también sin trabajo. Rick hundió su cabeza entre las manos. ¿Qué había hecho? ¿Qué acababa de hacer? Quería gritar en voz alta pero no logró articular ningún sonido. Miró su reloj de nuevo. Juliet llegaría a casa pronto. Y ahora se preguntaba cómo se lo iba a contar, cómo, una vez más, la iba a decepcionar.

65

Juliet se echó a llorar cuando se lo contó. Lágrimas enormes, de tristeza, de las que hacía mucho tiempo que no derramaba. De hecho, no podía recordar la última vez que la había visto tan triste. Y todo era culpa suya, por haber sido tan estúpido.

—Deja que te prepare una taza de té.

Sollozaba haciendo bastante ruido, sobre la mesa de la cocina, mientras Rick iba de aquí para allá, sintiéndose culpable, tratando de mantenerse ocupado, preparando té para ambos mientras evitaba su mirada.

—Te sentirás mejor cuando te lo bebas —le dijo, mientras le acercaba la taza de té, humeante.

—Estoy bien —respondió ella sorbiéndose la nariz—. De verdad.

Arrancó un trozo de papel de cocina y se lo dio. Juliet se sonó bien la nariz.

—Tengo ganas de pegarme un tiro —dijo Rick—. ¿Cómo he podido ser tan idiota?

—No pasa nada —contestó su mujer.

—Y yo llamando a tu madre de todo por creer que había ganado la lotería española.

Su mujer le miró, irónica, como queriendo decir «mira quién fue a hablar».

—Al menos tú no has perdido dinero, como mi madre.

—Pero yo estaba tan *seguro* de que habíamos ganado.

Rick se retorció las manos.

—Tan seguro.

—Bueno.

Juliet suspiró profundamente, provocándole un escalofrío.

—No podemos perder lo que nunca hemos tenido.

Comenzó a llorar otra vez y a Rick se le partió el corazón.

—Yo no quería millones. Sólo una pequeña ayuda, para ayudar a Chloe con su bebé, hubiera sido increíble.

—Lo sé, lo sé.

Se acercó y se sentó junto a ella, rodeándola con el brazo. ¿Se lo habría tomado él igual de bien si hubiera ocurrido al revés? Rick no estaba muy seguro. Él en este momento estaría despotricando y comportándose como un loco. Dios, quería a Juliet tanto. ¿Cómo podía hacerle estas cosas? Y lo que era peor aún, es que no lo hacía aposta. Su mujer había permanecido a su lado a las duras y a las maduras, tal y como ella le había prometido todos estos años.

Quería hacerlo mejor, ser un mejor marido.

—No se lo cuentes a tu madre —le suplicó—. No quiero tener que enfrentarme a ella.

—Por supuesto que no lo haré —le prometió mientras se sonaba de nuevo la nariz con el papel de cocina.

—Uff —resopló Rick—. Menos mal que no se lo hemos contado a nadie.

Vio a Juliet ponerse ligeramente tensa.

—¿No se lo has contado a nadie verdad?

—No, no —insistió ella.

—Me sentiría un imbécil si esto saliera a la luz —dijo negando con la cabeza.

—Será mejor que piense en hacer algo de cena. Chloe llegará pronto a casa y Tom ya me ha dicho que está al caer. Estoy segura de que mi madre también saldrá a dar una vuelta con Arnold. Con algo de pasta fresca bastará.

—Eso suena genial, amor.

—No es exactamente la cena perfecta para un multimillonario —aseguró con la voz trémula.

Pero no eran multimillonarios. Pese a haber estado tan seguro, absolutamente seguro.

Juliet se apoyó en la mesa para levantarse.

—¿No estás cabreada conmigo? —preguntó en voz baja.

Su esposa negó con la cabeza.

—Tenemos todo lo que necesitamos, Rick. Estamos bien de salud, tenemos una buena casa. Y tenemos una familia adorable.

—Bueno eso es discutible.

Juliet trató de reírse pero apenas esbozó una sonrisa.

—Y ambos tenemos un trabajo que nos gusta.

—Ah —dijo Rick—. Eso tal vez no sea del todo así.

Juliet se quedó paralizada, mirándolo inquisitivamente.

—Cuando pensé que iba a ser multimillonario, puede que le dijera a Hal que podía meterse el trabajo por donde le cupiera.

66

—¿Quién es entonces la chica afortunada?

La señora Marley me guiña el ojo mientras devuelve unos libros sobre el mostrador. Josephine Cox, Freda Lightfoot, y Joan Jonker la han tenido entretenida toda esta semana.

Miré alrededor sólo para asegurarme de que esa anciana me estaba hablando a mí.

—¿Afortunada?

Me guiña el ojo otra vez.

—La señora Fry me lo ha contado. No diré una palabra.

Entonces se marcha escaleras abajo para buscar otra pila de libros para la semana entrante. ¿A qué se estaría refiriendo? ¿Habrá escuchado tal vez a mi madre hablar del bebé de Chloe? Pero ¿entonces por qué me guiña el ojo? En ese momento caigo en la cuenta. Alguien se ha ido de la lengua sobre nuestro supuesto billete de lotería premiado, y sólo ha podido ser una persona.

Me levanto de la silla y voy directa a la otra sala, donde está Una con los pies encima de la mesa mientras bebe a sorbos té y mira embobada a través de la ventana, sin lugar a dudas pensando en Tex, el chico de Internet.

—Una —digo desde la barandilla—, ¿has sido tú?

Se da la vuelta.

—¿He sido yo qué?

—¿Le has contado a alguien que Rick y yo habíamos ganado la lotería?

—Eh... Tal vez lo haya mencionado en la floristería. Sólo lo he dejado caer.

—Oh, Una.

—Antes o después todos sabrán que has ganado la lotería.

Dejándome caer en la silla que está junto a ella, mascullo:

—Entonces pronto todos sabrán que hemos ganado diez libras.

—¿Diez libras?

La miro a los ojos y afirmo con la cabeza.

—Sí.

Mi amiga está alucinando. Pero no más de lo que alucino yo.

—Rick esta vez sí que la ha cagado. No miró el boleto correspondiente a la semana. No sé, algo así. Los números que él pensaba que tenía eran de la semana anterior. En realidad nos han tocado diez libras.

—Eso se merece el divorcio.

—Estoy segura de que acabaremos por reírnos de esto. En el futuro.

—Oh, Juliet.

Mi amiga pasa su brazo sobre mi hombro.

—¿Qué vas a hacer ahora?

—Nada —le contesto—. Continuar con mi vida como era antes.

Don asoma su cabeza por la puerta.

—Perdonad que interrumpa este momento de amor. Juliet, hay alguien preguntando por ti en tu mesa.

—Yo también me voy, Don —dice Una.

—Tranquila, disfruta de tu descanso —insiste nuestro jefe—. No quiero que acabes demandándome por acoso sexual —dice bromeando.

Vuelvo al mostrador y veo a Steven, sonriendo. Lleva unos pantalones vaqueros y una camisa marrón-chocolate. Está guapísimo. ¿Qué siento cuando le veo? Es difícil de decir. Tranquilidad, alegría, ansiedad, miedo, y todo junto a la vez. Me alegra que se alejara, y me alegra que no lo hiciera del todo.

Me coge del brazo y me aleja de la mesa.

—Imagino que lo primero de todo es felicitarte.

—Oh, no, tú también —suspiro.

—¿Qué pasa?

—No hemos ganado la lotería, Steven. Imagino que estás hablando de eso.

Mi ex novio afirma con la cabeza.

—Se trata sólo de un estúpido error.

—Siento escuchar eso. Debes estar destrozada.

¿Lo estoy? La verdad es que no lo sé. Éste es el tipo de comentarios que puede provocar un rumor, de modo que quizá estemos mejor así.

—¿Te encuentras mal?

—Un poco.

El dinero no te da la felicidad, pero desde luego que puede evitarte muchas dificultades.

—Mataría por abrazarte —susurra Steven.

—Hay suficientes rumores circulando como para que nosotros creemos otro.

—Come conmigo anda —me suplica—. He tratado de mantenerme alejado porque tú me lo pediste, pero te echo mucho de menos, Juliet. Sólo una hora.

Siento cómo flaquean mis barreras.

—Steven...

—Dí que sí.

Un vaso de vino podría sentarme muy bien ahora mismo.

—Sólo una hora. Te levantaré el ánimo ya verás.

—Nada más que comer, eso es todo, ¿de acuerdo? —le digo.

—Me basta con eso —contesta Steven.

—Entonces te veo aquí a la una —digo.

Coge mis manos y las lleva a sus labios un segundo.

—No puedo esperar.

Y entonces me doy cuenta de que tal vez me arrepienta de esto, pero ahora, lo único que quiero es alguien que me dé cariño.

67

Rick le contó a Juliet que había llamado a Hal para pedirle que le admita de nuevo en el trabajo, pero ya ha pasado una semana y no lo ha hecho. Además, ahora Hal tampoco le coge el teléfono.

Tal vez era el momento adecuado para que piense en dar un giro a su vida, hacer otra cosa, o por qué no, montar su propio negocio. Podría convertirse en la competencia de Hal. Eso le dejaría de piedra. Aunque también le sorprendería a Rick, ya que él no era en realidad el tipo de persona rencorosa. Sólo Dios sabe de cuántos apuros sacó a Hal en todos estos años. No podía poner piedras en el camino de su amigo, sobre todo ahora que estaba luchando por sacar su negocio adelante.

Había recogido las cosas del desayuno y limpiado la cocina. A Juliet le gustaban ese tipo de cosas, y sabía que iba a ser muy complicado arreglar esta situación. Cuando acabaron su desayuno, tanto Chloe como Tom desaparecieron. Chloe a la puerta de la entrada y Tom a su habitación. Rita se acomodó en el salón para ver en la tele *Cash in the Attic*, *This Morning*, y *Doctors*. Ésa sería su agenda hasta la hora de la comida, cuando tal vez fuera a ver a Arnold.

Rick pensó en todas las ocasiones en las que había deseado no trabajar más para tener tiempo libre. ¡Todas las cosas que podría hacer! Jardinería, pesca, salir a correr, incluso probar con el golf. Ahora, después de siete días en el paro, no tenía ni idea de qué hacer con su vida. Incluso el obituario del periódico estaba perdiendo atractivo para él.

¡Buster! Salir a pasear con el perro sería genial. Eso le daría tiempo para pensar sobre cómo iba a solucionar las cosas, en lugar de andar deprimido por casa, con su suegra dándole la brasa y monopolizando la tele con programas basura, o preguntarse qué estaría haciendo su hijo durante todas esas horas encerrado solo en su cuarto.

Su fiel perro apareció, moviendo el rabo, Rick le puso la correa y salió trotando por Chadwick Close. Tenía la espalda más agarrotada que nunca. Él pensaba que era su trabajo lo que hacía que tuviera problemas de espalda, pero tal vez fuera todo lo contrario. No se atrevió a contárselo a Juliet, porque si no le hubiera obligado a ir a clases de pilates o algo peor. El omnipresente dolor le impedía dormir por las noches y ella ya se había quejado de que se pasara la noche tosiendo y dando vueltas por la cama para ponerse cómodo. El hecho de que no dejara de darle vueltas a la cabeza tampoco ayudaba. Por todo eso, luego estaba cansado durante el día.

Cuando Rick y *Buster* llegaron a la pradera de Toombs, Stacey Lovejoy se encontraba también ahí con su pequeña chihuahua, *Britney*.

—¡Hola, Ricky! —le gritó, moviendo la mano.

En lugar de ponerse nervioso, como solía pasarle siempre que veía a Stacey, ahora se animó un poco. Siempre había querido paz y tranquilidad en casa, pero no era para nada divertido cuando tenías paz y tranquilidad tú solo.

El único inconveniente de toparse con su exuberante vecina era el hecho de que llevaba con él una pequeña bolsa azul de plástico con la caca de *Buster*. Cuando Stacey fue hacia él, tiró la bolsita a unos matorrales. Odiaba a las personas que hacían eso, pero en ocasiones era necesario.

Su vecina se acercó a él, con *Britney* ladrando a su lado. *Buster* se echó hacia detrás, aterrorizado por la irascible chihuahua, embutida en un vestido rosa. Rick sabía cómo se sentía. Hoy Stacey llevaba una especie de vestido de piel de leopardo muy ajustado. Llevaba unas botas negras de piel que se ataban a la altura de sus rodillas, y unas gafas de sol que le hacía los ojos enormes.

—¿Estás de vacaciones, Ricky?

—No exactamente.

Ella le miró arqueando las cejas.

—Me han despedido —acabó por admitir cuando estuvieron ya el uno frente al otro.

—Pensé que te vería por ahí durante el día.

—Un pequeño altercado con el jefe. Salí malparado.

Stacey Lovejoy pasó su brazo por el suyo.

—Un hombre tan adorable como tú no estará mucho tiempo sin trabajo. Todo se arreglará pronto.

—Espero que tengas razón.

Rick se masajeó el cuello.

—¿Te duele, Ricky?

Él asintió.

—Tengo la espalda fatal desde hace tiempo. Siempre le había echado la culpa a mi trabajo, pero la tengo todavía peor desde que me han echado.

Buster estaba correteando alrededor de sus piernas, queriendo jugar. Rick se agachó para coger un palo, y lo lanzó tan lejos como pudo para hacer que *Buster* se diera una buena carrera. Fue en ese momento cuando su cuello se quedó totalmente rígido. Sintió una punzada de dolor y no podía moverse. Ni un centímetro. No podía girar la cabeza ni a la derecha ni a la izquierda sin que viera las estrellas.

—¡Aaargh! —gritó.

—Oh, Ricky, a ver que te mire.

A regañadientes, dejó que Stacey le masajeara el cuello y los hombros con sus dedos. Era sorprendentemente buena.

—Lo haces genial.

—Soy quiromasajista —le dijo Stacey—. Trabajé en un centro de masajes. Pero no en uno cutre, eh —añadió riéndose—. Tenía toallas limpias y todo eso. Deberías dejarme que te hiciera un buen masaje. Mis manos curan, Ricky. Muchos hombres me lo han dicho.

No le costaba ningún trabajo creer eso.

Stacey le tocó en el hombro.

—Vente a mi casa. Las niñas están en clase. Estaremos tranquilos y en silencio. Te voy a dejar como nuevo.

Juliet le despellejaría vivo.

—No sé si puedo.

—¿Qué tienes que hacer hoy, Ricky?

Stacey le llevó de vuelta a Chadwick Close, interrumpiendo el paseo de *Buster*.

—No puedes estar así todo el día. Debe dolerte muchísimo, pobre.

Le dolía muchísimo.

—Seguro que te sienta genial el masaje.

—Estoy seguro de ello.

No le quería decir a Stacey que no era precisamente eso lo que le preocupaba.

68

Steven me ha llevado en coche a Calverton, un pueblecito precioso justo a las afueras de Stony Stratford. No podemos alejarnos mucho dado que sólo tengo una hora para comer y no quiero que Una se enfade conmigo por escaquearme mientras coqueteo con un tío. Me he dado cuenta de que no se ha ofrecido a cubrirme si llego tarde. Hay un aparcamiento al lado del camino principal, junto al río Ouse, y paramos ahí.

Steven saca del coche una pequeña cesta para el picnic y una manta. Hay varias mesas y bancos para comer esparcidas alrededor del aparcamiento, pero las evitamos y me limito a seguirle mientras camina más allá del sendero y encuentra un lugar apartado bajo la sombra de un enorme roble. Me quedo impresionada por su capacidad de encontrar lugares tan perfectos y románticos que están a apenas unos minutos en coche de la biblioteca. Probablemente pronto hayamos estado en todos ellos. Además, ¿qué haremos en invierno, cuando el tiempo no sea tan agradable? En ese momento me pregunto por qué estoy siquiera pensando en eso. No podemos seguir con esto. Sé que no podemos.

Hoy hace más frío y la brisa mece la hierba, creando pequeñas olas en el río. Las ramas de los sauces llorones se inclinan con la suave brisa. Una manada de vacas marrones bebe a lengüetazos al otro lado del río, y algunas de ellas meten alguna pata en él. El cielo, que nos había estado abrasando con un clima mediterráneo, está moteado de nubes del color del helado. Al fin y al cabo, éste es el típico paisaje inglés.

Extiendo la manta y la dejo en el suelo mientras mi compañero empieza a montar el picnic.

—Hay sándwiches de salmón ahumado. Espero que te gusten.

Steven me mira sonriéndome.

—Me encantan.

—También hay palitos de queso recién hechos.

—¿Los has hecho tú?

—No —admite—, en la charcutería de High Street. Para el postre hay fresas con nata. Y he guardado unos cuantos bombones belgas en hielo para que no se derritan.

—Suena genial.

—¿Un vaso de champán?

—Sólo uno.

Creo que nunca he bebido tanto a la hora de comer.

—Compré dos botellas pequeñas individuales cuando venía de camino.

Las descorcha y sirve en los vasos. Steven es un anfitrión fabuloso, incluso cuando estamos en pleno campo.

Me hace sonreír. Aunque ya no seamos unos críos, para mí los picnics tienen aún un toque infantil. Nunca me imaginé llevando sándwiches de salmón ahumado o sándwiches de mantequilla de cacahuete, que es mi comida perfecta, con bolsas de patatas y empanadas de carne si tienes suerte. Lo normal es que haya zumo de naranja y no champán. Y si nos ponemos a tirar la casa por la ventana, tal vez llevemos un termo con té.

Estiramos las piernas en la manta y disfrutamos del picnic, mirando embobados el río y el campo que se extiende más allá de él.

—¿En qué piensas?

—Nada, sólo en lo diferentes que son nuestras vidas.

—Puede que tenga todo tipo de comodidades, Juliet, pero eso no quiere decir que mi vida sea por ello mucho mejor. Hay muchas cosas de ti que envidio.

Me río con ese comentario.

—Lo dudo.

—Tú tienes una familia, una vida estable. Yo siempre quise tener niños, muchos, pero siempre me junté con mujeres que no querían.

—Criar una familia no es tan fácil como parece —digo, aunque me quedo corta.

—Por supuesto que no lo es, pero me hubiera gustado intentarlo. Contigo.

Mi antigua pareja se queda mirando al horizonte melancólico.

—¿Qué es lo que tengo? Un montón de dinero en el banco, propiedades por todo el mundo, y nadie a quien dejarle todo esto. ¿Para qué ha servido entonces? No hay día en el que no piense qué habría pasado si tú y yo nos hubiéramos casado.

Después de todas las veces que habíamos comido juntos, por fin salía a la luz la pregunta que siempre habíamos esquivado, la que siempre había querido ver respondida.

—¿Por qué me dejaste aquel día, Steven? ¿Era tan horrible la idea de casarnos?

—Ya sabes qué pasó —dice suspirando—. Simplemente la situación me sobrepasó. No estaba seguro de si podría ser el marido que todo el mundo se esperaba.

—Nunca esperé nada de ti. Yo sólo te quería como nunca había querido a nadie.

Y debía admitir que, en cierto sentido, más de lo que jamás querría a Rick.

Steven y yo éramos, para usar la expresión tan manida, almas gemelas. A pesar de tantos años de cariño, todavía conservábamos la pasión, la excitación, y saber que estábamos creciendo y aprendiendo juntos. Éramos inseparables, todo el mundo lo decía. Estábamos tan enamorados. Pero éramos unos críos y no teníamos ni idea de nada.

—Lo sé. Nunca me he enamorado de ese modo desde entonces. Nada parecido —me confiesa Steven—. Pese a habérmelo pasado muy bien en la búsqueda.

Nos reímos los dos.

—Era joven e idiota —continúa—. ¿Qué más puedo decirte, Juliet? Me entró el pánico y huí. Sabía que si hacía algo tan horrible, no podría quedarme en esta ciudad. Estaría en la picota. Mis padres me hubieran repudiado.

—Siempre imaginé que fue eso, pero nunca estuve segura. No tenía a nadie con quien hablarlo. No sabía si había otra persona.

Steven niega con la cabeza.

—Creo que eso también influyó. Tú habías sido mi única novia, mi primer y único amor. Pensaba que habría muchísimas mujeres por ahí que encajarían conmigo.

Coge mi mano y le dejo que la lleve a sus labios.

—Estaba muy equivocado.

—No debes arrepentirte, Steven. Mira todas las cosas que has hecho.

—De cara a mis negocios, desde luego fue la mejor decisión. Si me hubiera quedado en Stony Stratford, ¿habría sido capaz de apreciar todas las oportunidades que se me presentaron? Tengo un viñedo en Sudáfrica, inversiones en Cape Town, un hotel-boutique en Miami, intereses en Asia. Pero mis relaciones no han ido tan bien.

Steven bebe un trago de su champán y se queda mirando el campo.

—Me he acordado mucho de ti todos estos años. Me encantaba escuchar nuestra canción, ¿la recuerdas?

Se trata de «Every breath you take» de The Police. Yo todavía soy incapaz de escucharla, ni siquiera ahora.

—Y eso hacía que te sintiera de nuevo a mi lado —continúa—. Tú has sido la única persona que me ha llegado de verdad al corazón. Pensé en llamarte estos años, pero nunca reuní el valor suficiente. Además, no quería romper la imagen idílica que tenía de ti. Cuando volví me preguntaba si serías o no la misma persona. Si el amor que sentía por ti era real o producto de tantos años de nostalgia.

—Oh, Steven.

—Todavía hay algo, Juliet. Sea lo que sea lo que tuvimos, aún no ha desaparecido. No por mi parte. Y estoy seguro de que tú sientes lo mismo. Estoy tan contento por haber vuelto.

Steven besa mi mano otra vez, dejando que sus labios mojados de champán se deslicen por mi piel.

—Sigues siendo mi Juliet.

Pero no lo soy. Soy más vieja, estoy más gorda, estoy casada y tengo dos hijos, y me da miedo mirar mi vida tan de cerca.

69

Buster, resignado, estaba tirado en el jardín. Rick, muerto de miedo, estaba en la habitación de Stacey. Era la típica habitación de niña, de color rosa, de hecho, se parecía mucho a la de Chloe cuando tenía quince años. Sin embargo, hace tiempo que se le quedó pequeña. Algunas lamparitas con plumas colgaban de la resplandeciente pared rosa.

—Quítate la ropa, Ricky —le ordena ella.

—¿Qué? —Rick siente el impulso de salir corriendo de su vecina—. ¿Toda la ropa?

Stacey suelta una risita.

—No soy tímida.

Para nada, piensa Rick. Pero yo sí lo soy.

—Sólo me duele el cuello.

—A menudo la tensión del cuello viene provocada por un problema en la parte inferior de la espalda —asegura ella—. No te quedarás del todo bien a menos de que te dé el masaje íntegro.

Rick se tumba en la cama, helado. Nunca se había quitado la ropa en frente de otra mujer, sin contar a la cirujana que le hizo la vasectomía, y en ese caso fue sólo por motivos médicos. Ahora se trataba de... placer. Rick no estaba seguro de cuál era la palabra adecuada. ¿Podía calificar el masaje como terapéutico cuando la masajista llevaba un traje de piel de leopardo?

—¿Quieres que te ayude? —Stacey va hacia él.

—No, no.

Le da una toalla y le dice:

—Te doy dos minutos y vuelvo.

Se queda mirándola mientras se marcha. Es muy atractiva, todo lo contrario que él. Se quita la ropa deprisa a pesar del dolor del cuello, todavía sin saber a ciencia cierta qué es lo que hacía ahí o por qué había accedido a que Stacey Lovejoy le pusiera las manos encima.

Cuando regresa, él está ya sentado al borde de la lujosa cama, con la toalla enrollada alrededor de su cintura, con los pantalones todavía puestos.

—Buen chico —dice ella—. Ahora túmbate boca abajo. Tengo aceite con aroma a lavanda ahí.

Su vecina le enseña la botellita.

—Esto hará que te relajes un poco.

—No estoy tenso —insiste Rick, pero Stacey Lovejoy le sonríe como haciéndole ver que no está de acuerdo.

—Allá vamos —dice, animándole a que se tumbe. Lo cual hace con cuidado.

Se tumba sobre el edredón rosa y, nada más hacerlo, Stacey le quita la toalla. Le da un cachete en el culo de broma antes de ponerle el aceite por toda la espalda. Huele mejor de lo que hubiera imaginado. Entonces su vecina le baja ligeramente los calzoncillos y le empieza a masajear el culo, sus manos apretando firmes. No está muy seguro de si le gusta eso. No está muy seguro de si tiene que ver con la rigidez de su cuello. Rick contrae entonces las nalgas.

—Sólo relájate —le susurra Stacey—. Relájate, siente mis manos. Siente el calor extendiéndose sobre tu cuerpo.

Sus manos suben y bajan por su espalda, acariciándole, apretándole en partes de su cuerpo que no sabía que le dolían. Le está encantando. Entonces le masajea por sus hombros, envolviéndole en una nube de olor dulce a lavanda. Oh, es increíble, piensa Rick. Increíble.

—¿Te gusta? —pregunta Stacey intrigada.

—Mmmmm —murmura Rick. Trata de mantener los ojos abiertos, que están empezando a cerrarse. Se está dejando llevar, disfrutando de los movimientos rítmicos del masaje de Stacey. Ahora entiende por qué hay hombres que pagan mucho dinero por cosas así.

Sus manos van más y más abajo por su espalda, trazando pequeños círculos. Y, para ser honestos, no recuerda nada más.

70

Salgo de la consulta del médico con Chloe. A mi hija ya le cuesta caminar debido al embarazo pese a que todavía no se le adivina del todo la tripa. Sonrío. El botón desabrochado de sus vaqueros indica que ya no es el palillo que solía ser. Le doy un pequeño achuchón.

—¿A qué se debe eso?

—A que te quiero.

Es mi hora para comer y tengo miles de cosas que hacer antes de volver a la biblioteca. Todo menos ver a Steven. Me he comprometido a acompañar a Chloe a todas sus citas de premamá, sobre todo por tener al padre del bebé viviendo en la otra punta del país, y porque todavía está flipando por convertirse de repente en padre. De hecho, todo apunta a que también seré yo quien la acompañe en el parto porque el futuro padre no ha manifestado mucho interés en estar allí y, para ser sinceros, para mí es un verdadero honor.

—¿Estás contenta?

—Más bien tengo miedo —admite. Mi niña se vuelve hacia mí con los ojos temerosos y me agarra del brazo—. De repente todo parece tan real.

Más te vale creértelo, pienso.

—¿Has decidido qué vas a hacer con la universidad?

—Tendré que dejarla —dice—. No veo otra solución. Quiero estar en casa contigo.

Me da cierto consuelo ver que algo debo estar haciendo bien si mi hija me necesita ahora como apoyo.

—Hablaremos con la secretaría de tu facultad, veamos qué solución podemos encontrar. Tiene que existir alguna. Estoy convencida de que es algo habitual estos días.

—Gracias por ser tan comprensiva, mamá.

—Sé por lo que estás pasando Chloe. Puede que sea mayor, pero también tengo memoria. Todo esto debe resultar emocionante y aterrador al mismo tiempo.

—Sólo desearía que papá me apoyara en esto.

—Dale algo de tiempo —le contesto—. Se acostumbrará a la idea. Ha tenido muchos disgustos últimamente.

Caminamos en silencio, pasando por delante de varias fruterías, de puestos donde se vende chatarra, una tienda preciosa de lámparas llamada Lampwise que me encanta y varias tiendas de caridad que están invadiendo nuestras calles principales.

—¿Va a estar el padre del niño a tu lado?

—Creo que sí —contesta Chloe—. Tanto él como yo necesitamos hablar un poco más de ello.

Me muerdo la lengua y no digo que el mejor momento para hablar sobre ello es antes de pensar en tener un crío, pero ¿quién soy yo para dar consejos?

—¿Le quieres?

Mi hija se encoge de hombros.

—Sí.

—No puedes sonar más entusiasmada.

—No quiero pararme a pensar en lo que significa. Ninguno de los dos estamos preparados para sentar la cabeza.

—Entonces que pase lo que tenga que pasar —digo—. No puedes hacer mucho más. No se le puede obligar al amor a surgir.

—Lo sé.

—¿Vamos a conocerle en algún momento?

—Me las apañaré para que venga pronto —contesta—. Qué planazo para él, venir a conoceros.

—Sabes que haremos lo que esté en nuestras manos para que estéis bien.

—Lo sé.

Chloe me agarra del brazo.

—Eres una madre increíble.

Estamos llegando al banco donde hemos quedado con mi madre, donde la abuela espera nuestra inminente llegada. ¿Podría decir de ella que también es una madre increíble? No lo creo, pero sí sé que lo hizo lo mejor que pudo conmigo pese a que en ocasiones eso no fuera suficiente.

Tenemos una cita con el director del banco para hablar sobre el dinero que ha perdido por el timo de la lotería nacional española. Todavía no le he contado a nadie el error de Rick con nuestro billete de lotería, él no podría soportarlo, y mi madre se burlaría durante meses.

—Eh, abuela —dice Chloe mientras nos aproximamos.

Mi madre choca los cinco con mi hija. Vivir con una adolescente de setenta años me está dejando sin fuerzas. ¿Nadie le ha dicho a mi madre que tener setenta años no es como tener quince?

—¿Cómo fue el médico, cariño?

—Genial —le contesta a mi madre—. He decidido que si el bebé es niño lo llamaré Kanye o Peyton, y si es una niña la llamaré quizá Cipriana o Suraya.

Mi madre pone en blanco los ojos y se encoge de hombros.

—Nos vemos luego —dice Chloe. Me da un beso en la mejilla y vuelve a chocar la mano con mi madre. Entonces se va calle abajo, caminando a toda prisa.

—Si hubieras sido un niño te hubiéramos llamado Paul —observa mi madre con sarcasmo.

—Cómo han cambiado los tiempos.

Y yo pensando que había sido muy moderna por llamar a mi hija Chloe.

Entramos juntas en el banco y nos sentamos para escuchar al director contarnos sus progresos para encontrar el dinero estafado de mi madre. Vamos, que no hay progresos. Nos dice que tengamos esperanza. Pero no nos sobra precisamente.

Dos minutos después, estamos fuera.

—Nos da tiempo a tomarnos un sándwich rápido —le digo a mi madre.

—He quedado con Arnold —me contesta—. Me tengo que ir en unos minutos.

—Vayamos entonces al Bon Appétit. Suelen servir rápido ahí.

Nos giramos y comenzamos a bajar por High Street, deshaciendo el camino que acabábamos de hacer.

Según pasamos por delante de varias tiendas de la zona gay, mi padre y Samuel salen de una joyería. Dios, espero que no hayan estado mirando anillos de boda. Ya nos han visto antes de que pueda llevar a mi madre hacia otro lado. Está tan ocupada mirando el escaparate de la librería Willen Hospice que no ve a mi padre hasta que está justo enfrente de él.

—Oh —dice, echándose para atrás—. Frank, eres tú.

—Rita —acierta a decir mi padre. Samuel se pone derecho en ese momento.

Mi padre y mi madre se miran boquiabiertos. Es la primera vez que se encuentran desde que mi madre recogió sus cosas y se fue.

Hoy mi padre lleva una pajarita y su pelo está peinado hacia atrás con gomina a lo Noël Coward.

—Tienes buen aspecto —comenta mi madre, aunque suena algo resentida.

¿Pensaba que Frank se hundiría sin ella? Seguramente. Su ex marido ha cambiado radicalmente de vida, ahora va a restaurantes exóticos y está planeando un viaje cultural a Italia. No le he contado a mi madre nada de esto. En primer lugar porque no le interesa. Mi madre piensa que ella es la única que se lo está pasando bien. Bueno, pues está equivocada.

—Qué pelo tan rojo tienes —dice mi padre, más diplomático que nunca.

Me pregunto cuánto tiempo tengo para llevármela de ahí antes de que repare en Samuel. Incluso para un ojo inexperto, Samuel parece gay. Mis ojos miran suplicantes a los de la nueva pareja de mi padre para que se marchen antes de que mi madre haga preguntas incómodas. Samuel Scott tal vez tenga muchas virtudes, y puede que le haya cambiado totalmente la vida a un hombre solitario que vivía como un viejo, pero está claro que es incapaz de leerme la mente, por mucho que me esté sonriendo amable mientras me mira.

—¿Quién es éste? —dice mi madre señalando a Samuel.

—Se llama Samuel Scott —responde mi padre con una amplia sonrisa.

—Creo que deberíamos ir yéndonos, mamá.

Cojo a mi madre del brazo pero ella se suelta.

—Pero ¿quién es? —insiste mi madre, con la sospecha marcándose en sus ojos—. ¿Es tu cuidador?

A ella le encantaría saber que mi padre no se las puede apañar sin ella.

—No —contesta mi padre tranquilo—. Samuel es mi compañero.

—¡Ahora te pones a montar un negocio! —exclama mi madre—. ¡A tu edad!

Mi padre y Samuel se miran, sin entender nada. Entonces mi padre empieza a reírse.

—Tal vez deberíamos irnos, mamá.

—¿Qué?

Entonces me llevo a mi madre de ahí.

—Hablamos más tarde, papá —le grito mientras nos alejamos.

Creo que he evitado por poco una buena discusión en plena High Street.

71

Mi madre se sienta en el café Bon Appétit y todavía se le nota en la cara el *shock* de lo que acaba de pasar. Van a abrir en nuestra diminuta ciudad un Costa Coffee —incluso aquí las cosas están cambiando—, pero aún no lo han inaugurado. Éste no es el lugar más apasionante para comer pero es lo que hay. Hay una docena de mesas destartaladas con varias sillas todavía en peor estado. El menú es más propio de los años setenta que de ahora, con el clásico olor de las típicas patatas al horno con mantequilla. Si alguna vez dejo la biblioteca me pensaré abrir una cafetería decente en la ciudad.

Encontramos un sitio junto a la ventana que domina la vista de High Street, lo que para mi madre siempre es un pequeño triunfo. Apenas unos minutos después de haber pedido nos traen la comida. Está recién hecha y el té está humeante. Es lo mejor que puedo decir de ella. En cualquier caso, está servida en los típicos platos de porcelana que puedes encontrar en mercadillos de segunda mano.

Mi madre devora su sándwich de queso.

—Tu padre tenía muy buen aspecto.

—Sí —contesto evasiva.

—¿En qué tipo de negocios se ha metido entonces?

Mi padre, convirtiéndose en empresario a los setenta y dos años. Incluso mi madre lo ve raro. Pero no tan raro como lo que pasa en realidad. Creo que es el momento de decir las cosas claras.

—Mamá —digo—, hay algo que tengo que contarte.

—¿No será sobre Steven Aubrey, verdad?

Mi madre me mira maliciosa.

—Marjorie y Norman Peebles te vieron comiendo con él la semana pasada.

Malas noticias. He estado viendo a Steven un par de veces a la semana. Lo sé, es una locura. No hace falta que me lo digas. Pero él es la única persona que me da algo de consuelo. Se interesa por mí, y debo decir que nadie en mi familia lo hace. Me considera una compañía agradable, atractiva incluso. Con él he dejado de sentirme de piedra. Claro que se lo podría haber contado a Rick, debo reconocerlo, no lo voy a negar. Llámame estúpida, imprudente, por qué no, pero algo dentro de mí me dice que debo guardármelo para mí. Era mi secreto, algo que nadie más sabía. Sin contar a Una, por supuesto. Ahora parece que ya no es un secreto.

—Era una comida inocente, mamá, nada más. Le puedes decir al señor y a la señora Peebles que no pasa nada. He visto a Steven un par de veces desde que ha vuelto. Su madre está enferma y sólo estoy animándole un poco.

Mi madre carraspea un poco.

—Piensa lo que quieras.

Pero por mucho que proteste, o dejo de verle o se lo cuento a Rick.

—En cualquier caso, no se trata de mí ni de Steven Aubrey. Es sobre papá.

Levanta las cejas y espera a que continúe. Cojo aire antes de soltar:

—Samuel no es exactamente un compañero de *negocios*.

Casi puedo ver la luz hacerse en su cerebro.

—Oh —dice—. Tu padre no, no en Stony Stratford.

Todo lo que puedo hacer es asentir con la cabeza.

—¿En qué mundo vivimos? —se pregunta mi anciana madre. Ella, que se dedica a coquetear con hombres en los pasillos del supermercado donde está la comida rápida típica de solteros, que estaba pensando en operarse el pecho y quedarse embarazada por fecundación in vitro hasta que perdió todo su dinero por el timo de la lotería española.

Pero ¿quién soy yo para juzgar la moral de mi madre? Este mundo en realidad sí que está como una cabra. Mi padre descubre quién es en realidad con setenta y dos años, tengo una hija que está embarazada pero no sabe si está enamorada o no del padre, un hijo que hace una semana era gay y la siguiente estaba enamorado de una extranjera divorciada con dos hijos, y un marido al que se le ha ido completamente la cabeza y que sale en la portada del periódico local más que los últimos concursantes de *Gran Hermano*. ¿De modo que con qué derecho puedo cuestionar yo la moral o la sexualidad de los demás, cuando yo misma estoy viéndome a escondidas con mi ex novio, pretendiendo que está todo bajo control cuando en mi corazón sé que no es así? Los seres humanos tenemos una enorme tendencia a fallarnos a nosotros mismos.

—Papá es muy feliz.

Mi madre resopla. No creo que ése fuera el plan que tuviera en mente. Papá en teoría iba a desmoronarse sin ella

—como casi le pasa, de hecho—, no transformarse en un *dandy* con gustos refinados y con un novio más joven que él. Dudo que mi madre contemplara esta posibilidad.

—Tu padre siempre ha sido un *cachondo* —me dice. Y no creo que se refiera a que podría haber sido un gran humorista.

Para que quede constancia de ello, debo decir que mi padre no ha sido un *cachondo* en toda su vida. Ha sido un padre y un marido muy trabajador al que muy pocas veces le recompensaron sus esfuerzos o le dieron las gracias por ello. Espero que por una vez encuentre la felicidad con Samuel, aunque sea algo pasajero.

—¿Qué le voy a decir a la gente? —se pregunta mi madre. Está más preocupada por lo que haga mi padre que por sus propias cosas—. ¿Qué voy a decir en el Instituto de la Mujer cuando descubran lo de tu padre?

Y no dudes que lo descubrirán. Veamos qué opinan Marjorie y Norman Peebles de ello, ¿eh, mamá?

—Es delicado —le contesto tomando aire. Debo dejar que lo procese bien, que, además, yo ya tengo demasiadas cosas por las que preocuparme.

—No es justo —se queja mi madre—, no es justo.

—A ver mamá —le contesto—, ser homosexual no es algo de lo que avergonzarse. Ahora mismo ya es algo normal.

—Lo sé —responde bruscamente—. No soy tan anticuada. ¡Lo que pasa es que tu padre tiene un novio mucho mejor que el mío! ¡No es para nada justo! —se lamenta negando con la cabeza.

Mientras mi madre está dándole vueltas a esto, Steven Aubrey pasa por delante de la ventana. Sus ojos se iluminan al verme dentro.

Trato de disimular que le he visto mientras le insto a que siga de largo por la calle haciendo un leve movimiento con la cabeza. Pero Steven interpreta mi señal al revés y, en lugar de continuar andando, se mete en el café. Ahora es mi madre la que coge aire. Quizá ella también está pensando lo bien que ha envejecido Steven, lo guapo que está, lo bien que parece haberle tratado la vida.

—Es Steven Aubrey —me susurra con disimulo en el momento en el que suena la campana de la puerta.

—¿Ah, sí? —contesto, fingiendo no saberlo, y me vuelvo hacia Steven, que está detrás mío de pie. Hasta Mr. Magoo hubiera podido darse cuenta de la química que hay entre ambos.

Su cara es el vivo retrato de la felicidad, mientras que el mío sólo refleja lo incómodo de la situación.

—¡Hola! —saluda Steven. Me tiende la mano para que se la estreche y, como no sé qué hacer, se la estrecho—. Es maravilloso verte después de todo este tiempo, Juliet.

—A mí también me encanta verte de nuevo.

—¡Señora Britten! —dice, volviendo su atención hacia mi madre mientras ella le mira—. Sigue igual de joven que la última vez que la vi.

Que, de hecho, fue el día que se canceló mi boda, pero espero que Rita no recuerde eso.

En lugar de entornar los ojos y soltarle alguna bordería, como imagino que va a hacer, mi madre le sonríe, actuando como una adolescente, hablando con la voz entrecortada. Imagino que es lo que debe hacer cuando charla con alguien en la sección de comida rápida de los supermercados.

—Steven —contesta—, ¡qué alegría volver a verte! Pero llámame Rita, por favor.

Está claro que el encanto urbanita de Steven funciona con mujeres de todas las edades. Tal vez por eso ha estado casado tantas veces. Y tal vez por eso me siento como una colegiala enamorada cuando está a mi lado.

—Me encanta haber vuelto por aquí —dice—. Ver a los viejos amigos.

Mi madre pone ojitos mientras que yo me pongo más roja que un tomate.

—Déjame que te invite a comer un día —me pide, dejando a mi madre fuera de la invitación—. Tenemos muchas cosas que contarnos después de todo este tiempo.

—No estoy segura de poder...

¿Cómo puedo advertirle que Marjorie y Norman Peebles nos han delatado?

—Venga di que sí —me ruega Steven—. Convénzala para que coma conmigo, señora Britten, Rita.

Ahora mi madre se endereza un poco sobre su silla.

—Creo que vosotros dos ya habéis estado disfrutando de algunas comidas íntimas, ¿no? —le contesta mientras nos mira con el semblante serio.

—Eh..., bueno —digo yo.

—¡Vaya, pero qué tarde es! —disimula Steven nervioso, mirando el reloj—. Estamos en contacto. Espero que volvamos a vernos.

—Dale recuerdos a tu madre —comenta mi madre, con el gesto aún serio, ofendida.

—Vale —le digo a Steven.

Me estrecha la mano otra vez y noto cómo nuestros dedos permanecen juntos más tiempo del debido. Mi madre también se da cuenta. Me estoy comportando de un modo horrible y yo sólo pienso en no soltarlo.

Steven sale del café y se aleja calle abajo, sin volver la cabeza.

—Qué bien haberlo visto —digo, aunque mi voz no refleja para nada tranquilidad.

—Ajá —contesta mi madre, mirándome muy seria a los ojos.

Me siento como cuando descubría que no había hecho los deberes, o que no había limpiado mi cuarto, o que no había vuelto a la hora que me había dicho. Como todas las madres, la mía sabía cuándo estaba mintiendo. Pero soy consciente de que las consecuencias de esto irán mucho más allá.

—Eres la hija de tu padre —dice—. Está claro que Frank Britten no es el único que tiene secretos.

72

Al girar hacia Chadwick Close, me alegra estar por fin en casa. Mi madre y yo no hemos vuelto a hablar sobre el «asunto» de Steven, algo que le agradezco. Es más, ahora el mero hecho de verlo me deja paralizada. Pensaba que tenía esto bajo control —un poco de flirteo inocente con un ex novio— pero nada más lejos de la realidad. Esa antigua llama aún es capaz de quemar como el infierno, y eso es algo que no había tenido muy en cuenta.

Después de aparcar en la entrada, me meto en casa. Todo lo que quiero esta noche es poner los pies en alto, darme un baño caliente bien largo si es que consigo que me dejen tranquila, y disfrutar de una copa de vino mientras veo la tele, o enfrascada en mi libro. Apenas he tenido tiempo para leer en las últimas semanas. Apenas he tenido tiempo para hacer algo ligeramente normal. Los únicos momentos de paz que tengo son cuando estoy con Steven, y no debería ser así. Tengo que cortar por lo sano porque me estoy empezando a acostumbrar con demasiada facilidad. ¿Qué pensaría mi familia de mí si lo supiera? Mi madre está a punto de irse de la lengua. Es una de las personas más cotillas de Inglaterra. Ningún secreto está a salvo con ella.

Tom está sentado en la mesa de la cocina.

—Estoy pensando en hacerme policía —me dice mientras simula con las manos la forma de una pistola y hace como si disparara a la barra de pan y a la cacerola. ¿Por qué los hombres nunca crecen? ¿Y por qué mi frase favorita es «hombre adulto»?

—¿Policía?

Ésta es la decimoséptima profesión que elige Tom, como mínimo, aunque no prosperó ninguna de ellas: quería ser contable, pese a no saber siquiera llevar sus propias cuentas en un cuaderno. Piloto, pese a que odia volar. Fotógrafo, pese a que sólo saca fotos a sus amigos borrachos con el móvil. Jardinero, pese a que tiene pánico a los cortadores de césped. No tengo ni idea de qué acabará haciendo mi hijo con su vida, pero me encantaría que lo decidiera pronto.

Ahora está apuntando a la tostadora. La verdad es que no me importaría que la volara en pedazos.

—Quiero ser un detective implacable, como Gene Hunt —me cuenta.

—Te harían cortarte el pelo enseguida —le contesto. No estoy segura de si lo harían, pero eso probará hasta qué punto se toma en serio su nuevo objetivo.

Tom no parece estar muy impresionado, y frunce el ceño mientras se pasa la mano por su preciada melena.

—¿Dónde está papá? —le pregunto.

—Ni idea —contesta.

—¿Y el perro? —añado. Mi marido no siempre me garantiza una bienvenida efusiva, pero *Buster* nunca falla.

—Está atado en el jardín de la casa de Stacey Lovejoy.

—¿Que está qué?

Vuelo hacia la ventana, recorriendo la cocina en tres brincos. Efectivamente, nuestro perro está sentado, paciente, en la puerta de la casa de nuestra vecina.

—¿No se te ha ocurrido pensar que es muy probable que papá también esté ahí?

Tom se encoge de hombros. Menudo detective va a ser.

—¿Cuánto tiempo ha estado ahí fuera? —le pregunto.

—Ni idea —contesta mi hijo—, estaba viendo la tele.

Tal vez Tom acabe por convertirse en crítico de cine, porque desde luego que tiene experiencia suficiente para un trabajo así.

Me quedo de pie, echando humo, viendo cómo nuestro perro mira la puerta de la vecina. Bueno, si nadie tiene interés por saber dónde está mi marido, yo sí lo tengo.

Me entran ganas de peinarme y maquillarme un poco antes de ir allí, pero me contengo. En lugar de eso voy hacia la puerta justo cuando Tom me pregunta que qué hay para cenar.

Intento mantener la calma y ser razonable a medida que cruzo el jardín, pero puedo notar cómo me hierve la sangre. En realidad nunca me ha gustado Stacey Lovejoy, desde que se mudó aquí, de hecho, y eso que no suelo juzgar a nadie por nada. Pero ella siempre ha sido descarada y cariñosa con él, tratando de tener a Rick siempre cerca de su casa, para que le arreglara tal o cual cosa, siempre pidiendo algo. Y él siempre acudiendo en cuanto le llamaba. Si al menos se hubiera mostrado así de entusiasta con todas las chapuzas que hay que hacer en nuestra casa, no me importaría.

No sé qué hace que me hierva la sangre, si sus enormes tetas moviéndose cada vez que habla, o que lleve camisetas apretadas con escote incluso en febrero. No sé de qué se trata, pero está claro que nunca estuvimos destinadas a ser muy amigas, y me repatea que intente llevar a mi marido a su casita rosa de Barbie siempre que tiene la menor oportunidad.

Estoy a dos pasos de *Buster* cuando me ve y comienza a mover la cola contento. Tiene tanta miopía que si fuera humano necesitaría un buen par de gafas.

—Quédate aquí un minuto, chico —le digo—. Necesito averiguar primero qué está pasando ahí dentro antes de que te lleve de vuelta a casa.

Llamo al timbre y enseguida escucho los pasos de Stacey por su parqué —que le instaló mi marido— acercándose a la puerta. Cuando la abre, tan sólo lleva una toalla enrollada en su cuerpo, tiene el pelo mojado, peinado hacia atrás. Lleva unas zapatillas rosas super pijas, con muchísimo tacón. Las mías las compré en el Matalan* y están hechas ex profeso. Me empieza a hervir la sangre hasta niveles desconocidos.

—¿Está Rick aquí?

Por supuesto que está. ¿Por qué estoy siendo tan educada? Aparto a Stacey y entro en su casa.

Su rostro es la viva imagen del terror. Esta mujer no sería buena jugadora de póquer, desde luego.

—Puedo explicártelo todo —me dice y, sin darse cuenta, mira hacia las escaleras.

---

* Popular cadena británica de tiendas especializada en ropa, zapatos y teléfonos móviles, fundada en 1985. *(N. de la T.)*

Intenta cortarme el paso, pero yo no me he pasado todas las tardes de los sábados viendo la película de *Gladiator* con mis hijos cuando eran más pequeños por nada. La esquivo mientras ella me ve yendo arriba, tan rápido como si estuviera subiendo por escaleras mecánicas.

Aunque en honor a la verdad, Stacey Lovejoy también llega en un segundo y está detrás de mí, con sus ridículas zapatillas, tirando de mi falda.

—Espera, Juliet —me ruega—, esto no es lo que parece.

Su casa tiene la misma distribución espacial que la mía, de modo que voy derecha a la habitación de matrimonio. Llámame desconfiada, pero no creo que Rick esté haciendo alguna chapuza en el baño. No oigo el alegre sonido de su llave inglesa golpeando las tuberías.

Al abrir la puerta me paraliza el empalagoso aroma del perfume, y me quedo de piedra por la escena que tengo ante mí. Mi marido está bocabajo, desnudo, sobre la cama de Stacey, con el resplandeciente edredón rosa cubriendo sus partes nobles. Está durmiendo plácidamente, sus ronquidos retumbando por la habitación.

—¡Rick! —le grito.

En ese momento mi marido pega un salto y abre los ojos.

—¿Qué, qué? ¿Dónde estoy?

Bah, qué típico. Cuéntame otra.

—Levántate y vete de aquí ahora mismo.

Se mira de arriba abajo horrorizado, y luego a Stacey Lovejoy, que está detrás de mí, envuelta con su pequeña toalla, muy nerviosa.

Mi marido se enrolla el edredón alrededor de su cuerpo, dejando una mano fuera.

—Aquí no ha pasado nada —me dice, presa del pánico—. Te lo prometo.

—Estoy cansada de tus promesas, Rick.

Me giro hacia Stacey.

—Y tú eres una zorra sinvergüenza.

Y con ésas me marcho escaleras abajo.

Una vez fuera, siento que la cabeza me va a estallar. Después del ambiente cargado de la habitación de Stacey, el aire fresco llena mis pulmones. Apenas puedo creer lo que acabo de ver. Después de todo por lo que me ha hecho pasar mi marido últimamente y que yo he soportado. Y siempre he creído ciegamente en su inocencia. Ahora comprendo que he sido una imbécil. Ha estado acostándose con Stacey Lovejoy todo este tiempo, justo enfrente de mis narices, y no me había dado cuenta. Quiero vomitar, purgar todo este dolor que tengo en el estómago.

Él se lo ha buscado, pienso. Ya no hay vuelta atrás. Rick se ha pasado de la raya.

—Vamos, *Buster* —digo mientras desato al perro—. Vámonos a casa. Espero que tú todavía seas un amigo fiel y leal.

Porque está bastante claro que mi marido no lo es.

73

Rick revolvió toda la habitación tratando de encontrar los pantalones.

—Me va a matar —dijo—. Tendrías que haberle dicho lo que pasaba.

—No pude, Ricky —insistió Stacey Lovejoy—. Estaba fuera de sí. No quería escucharme.

No parecía que Juliet quisiera escucharle a él ahora. ¿Cómo había hecho esto ahora?

—¿Cuánto tiempo llevo durmiendo?

—Horas —contestó Stacey—. Te quedaste dormido como un bebé nada más ponerme a darte el masaje. Me daba pena despertarte, pobrecito. Obviamente necesitabas dormir.

Lo que necesitaba era que le mirasen la cabeza, porque no era normal que dejara que Stacey Lovejoy le pusiera las manos encima. Sabía que esto acabaría muy mal, pero no se había dado cuenta de cuánto, ni qué pronto.

—¿Por qué estás vestida así?

Se metió los calcetines en los bolsillos, no quería perder tiempo en ponérselos. Cuanto antes se marchara de allí, mejor.

—Me he manchado de aceite el maillot, Ricky —explicó Stacey—. Me acabo de dar una ducha mientras tú echabas ese sueñecito. Tengo una gotera en el baño, ¿sabes?

Rick levantó la mano.

—Nada de goteras, Stacey. Deberás apañártelas tú a partir de ahora con las tuberías.

Y lo mismo para temas de electricidad, o si había algún insecto demasiado asqueroso como para que lo espantara ella, o para arreglarle el suelo. Si quería que Juliet le perdonara, de ahora en adelante Stacey tendría que buscarse a otro imbécil que le hiciera las chapuzas de su casa. Quizá le recomendara a Derek. Nunca ha sido muy amable con él.

Rick se puso los zapatos, equivocándose de pie al ponerse el primero, con las prisas para marcharse.

—¿No se te ocurrió no abrir la puerta? —dice mientras baja con dificultad las escaleras, abrochándose la camisa, perseguido por Stacey—. Deberías haber imaginado que era mi mujer.

—Perdí la noción del tiempo, Ricky —le asegura—. No sabía que Juliet llegaría tan pronto a tu casa. Casi me hace picadillo cuando le he abierto la puerta.

Juliet seguro que querrá hacer picadillo a alguien más.

—Sólo quería ayudar —dice Stacey, con lágrimas en los ojos.

—Lo sé.

—¿Te gustó el masaje?

—Creo que eso ahora es bastante irrelevante, pero sí, estuvo genial.

Lo poco que podía recordar de él. Si no hubiera estado tan cansado cuando comenzó, tal vez no estaría metido ahora en este lío.

—No es fácil ser una madre soltera —añadió lloriqueando—. A veces las mujeres simplemente necesitamos compañía masculina.

—Mira —contesta Rick—, eres una mujer adorable —a tu manera—. Pero por el bien de mi matrimonio, tenemos que darnos algo de espacio el uno al otro. Si me ves paseando con *Buster*, por favor, vuélvete y no vengas a saludarme.

—Has sido un buen amigo para mí Rick —responde Stacey—. Y no he tenido muchos en mi vida.

—Oh, Stacey.

Rick se siente fatal, pero este malentendido ha ido demasiado lejos.

—Eres muy especial para mí Ricky.

—Quiero mucho a mi esposa —le contesta Rick. Y debe marcharse a casa para decírselo ahora mismo.

74

Rick entró a toda prisa en su casa, metiéndose la camisa por los pantalones. Juliet no estaba ni en la cocina ni en el salón.

—¿Dónde está tu madre? —le preguntó a Tom.

—Ni idea —contestó su hijo, sin apenas desviar la vista de la televisión.

Subió las escaleras de dos en dos, volando hasta el dormitorio. Sentada frente al espejo del tocador, su mujer miraba su propio reflejo, ensimismada. Su expresión era lóbrega, pero al menos no estaba recogiendo sus cosas en una maleta. Eso era algo positivo, ¿no? ¿Significaba esto que, otra vez, iba a concederle el beneficio de la duda?

—Lo siento —le espetó—. Hay una explicación, muy, muy inocente de todo esto.

—Oh, Rick —le contestó su mujer, girándose hacia él—. ¿Cuántas veces vamos a pasar por este tipo de situaciones? Antes era capaz de confiar en ti. ¿Qué te ha pasado?

Rick se sentó en el borde de la cama, lo más cerca que pudo de Juliet aunque sin llegar a tocarla. Pensaba que ir directamente a abrazarla no era muy buena idea.

—Me topé con Stacey mientras estaba sacando a pasear a *Buster*, y me dio un tirón en el cuello. Me insistió para que fuera a su casa y me diera un masaje.

—¿Te *insistió*?

—Ya sabes cómo es.

—Sí, ya lo sé. ¿Y ésta es la supuesta explicación *inocente*?

—Stacey es quiromasajista.

—Sí, y yo soy Papá Noel —contestó Juliet, pasándose la mano por el pelo—. No puedo seguir creyendo en ti si haces este tipo de cosas.

—Juliet, en cuanto me puso las manos encima me quedé dormido.

Durmió como un tronco, tan profundamente como no lo hacía en años, pero en un extraño ataque de lucidez, prefirió no mencionárselo.

—Estabas desnudo sobre su cama.

—No, tenía puesto los pantalones —le corrigió Rick—. Y estaba terriblemente dormido.

—¿Qué pasó antes de eso?

—Nada —le aseguró—. Absolutamente nada.

Juliet no parecía muy convencida.

—Te lo juro —Rick se acercó lentamente a su esposa—. No me he acostado con esa mujer.

—Ajá —dijo ella, mordiéndose los labios—. ¿Dónde he oído ya *eso*?

—¿Por qué iba a estar persiguiendo a Stacey Lovejoy si te tengo a ti?

—Porque puedes hacerlo, Rick. Ella estuvo interesada por ti desde el primer momento en que se mudó aquí y, seamos sinceros, las cosas no han ido muy bien entre nosotros en los últimos meses.

Desde que tu madre se mudó con nosotros, estuvo a punto de decirle él, pero lo pensó mejor. En su lugar, optó por decir:

—Olvidemos todo esto. Todo.

—Siento que ya no te conozco, Rick.

Alargando el brazo, sujeta las manos de Juliet entre las suyas y las aprieta con fuerza.

—Sigo siendo el mismo hombre con el que te casaste. El Rick de toda la vida —le dijo, forzando una sonrisa, a la que Juliet apenas responde—. Todavía sigo aquí, a tu lado. Sólo he estado un poco idiota últimamente. Pero no ha sido por mi culpa, te lo prometo.

—No puedes pasarte la vida culpando a los demás, Rick. Debes asumir responsabilidades.

—Y voy a hacerlo. De verdad que lo haré.

Pasó su brazo alrededor de Juliet, e interpretó como buen síntoma que ella no se apartara.

—Puedes confiar en mí, amor. Lo sabes.

Su mujer suspiró.

—No estoy muy segura de que pueda contar con nadie o con algo ahora mismo.

—No digas eso. No es tan grave como para que te vengas abajo.

—Tal vez tenga motivos para estar así. Tal vez me esté quedando sin fuerzas.

Juliet se puso de pie.

—Tengo que ir a preparar la cena.

—Déjame hacerla a mí. Hoy cocino yo.

—No —contestó su mujer, levantando la mano—. Necesito estar sola, Rick, necesito pensar.

—Bebamos un vaso de vino entonces —sugirió—. Te pondré un buen vino.

—Déjame en paz, por favor. No quiero nada. No quiero hablar.

—No te rindas con lo nuestro —le suplicó mientras ella se alejaba del dormitorio. Pero comenzó a preguntarse si ya se habría rendido.

75

En mitad de la noche, escucho un ruido tremendo procedente de la cocina. No estaba dormida del todo, pero ahora he abierto los ojos de par en par.

—Rick.

Sacudo el hombro de mi marido y él masculla algo, medio dormido.

—¡Rick!

—¿Qué? —contesta, ahora sí despierto, restregándose los ojos con los nudillos.

Nos hemos ido a dormir sin hablar, y puedo contar con los dedos de una mano el número de veces que nos ha pasado eso en nuestro matrimonio. Pero ahora parece haber una emergencia, así que no puedo seguir callada.

—He oído un ruido —le susurro—. En la cocina.

—No es nada —me asegura—. Sigue durmiendo.

Enciendo la lámpara de la mesita de noche.

—A lo mejor hay ladrones.

—No tenemos nada de valor. Vuélvete a dormir.

Pero en ese momento se escucha otro ruido procedente del piso de abajo, y mi marido dice suspirando:

—Voy a echar un vistazo.

Se oye otro ruido. Agarro el brazo de Rick.

—No puedes ir ahí tú solo. ¿Qué pasa si está armado?

Mi marido me gruñe de nuevo. Está claro que no considera esa posibilidad.

—Iré contigo —digo sacando las piernas de las sábanas.

—¿Y qué vas a hacer *tú* si está armado? ¿Sacar una escopeta de tu camisón?

—No seas estúpido.

—Ahora ni siquiera se te puede pasar por la cabeza disparar a un ladrón —dice mi marido somnoliento—. Sólo puedes ofrecerles una taza de té para que estén bien despiertos mientras te roban todo tu dinero, si no sería infringir sus derechos humanos.

Si tuviéramos algo de plata, habrían arramblado ya con ella.

—Mientras tú estás aquí arriba diciendo chorradas —señalo— ellos pueden estar metiendo tu televisión de plasma en su furgoneta.

Eso hace reaccionar a mi marido, que se dirige a las escaleras en un segundo, mientras yo le sigo detrás.

—Quédate aquí —me pide, mientras comienza a bajar sigilosamente las escaleras.

—No —le susurro—, tengo miedo.

Se oye otro golpe. Se ha caído una silla. Desde luego son los ladrones menos discretos del mundo.

Llegamos al final de las escaleras. Rick coge con sigilo un paraguas de la entrada.

—¿Un paraguas?

—¿Se te ocurre algo mejor? —me pregunta mi marido—. Dejé de jugar al golf hace años. Te dije que no debería haber vendido los palos.

Mi boca está seca y el corazón se me va a salir del pecho. Rick no inspira demasiado respeto, con su pijama de Marks & Spencer, apretando contra su pecho el paraguas.

Avanzamos de puntillas hacia la cocina, yo agarrándome todo el rato a la camisa de Rick. No hay ninguna luz encendida, pero la luna está brillando con fuerza a través de la ventana. A veces me encantaría tener insomnio, para poder disfrutar de la casa a estas horas de la noche, cuando todo está en calma. Excepto cuando hay ladrones dentro, claro.

Estamos frente a la puerta de la cocina ahora. Puedo ver sombras moviéndose a través de las mamparas de la puerta. ¿Hay más de una persona ahí? Dios, no se me había ocurrido esa posibilidad. ¿Seremos capaces de enfrentarnos con ellos, nosotros dos solos?

Rick se vuelve hacia mí.

—A la de tres —me susurra—. Una, dos ¡y tres!

Abre la puerta de un golpe y entonces grita horrorizado. Puedo escuchar la voz de otro hombre también gritando.

Parapetada detrás de Rick no puedo ver gran cosa, por lo que trato de mirar por encima de su hombro.

—No mires —me dice.

De modo que, obviamente, le aparto para poder ver.

Sobre la mesa —sobre mi mesa del comedor— está una mujer desnuda abierta de piernas. Mi hijo, al que no había visto desnudo desde que iba en pañales, está sobre ella. Dos de las sillas se han caído al suelo, así como el bol de la fruta, que estaba en el centro de la mesa.

—Hola —dice Tom.

—¿Qué crees que estás haciendo? —grita Rick.

En realidad no hay forma de contestar a eso.

—Oh, Tom —le digo—. ¿Cómo has podido hacerlo?

—Lo siento, mamá —me contesta—. Lo siento por el ruido. Tal vez me haya dejado llevar un poco.

Sí, está claro que lo ha hecho.

—Buenas noches —saluda la chica debajo de él—. Es un placer conoceros, me ha hablado mucho de vosotros.

No hay duda de que nosotros no hemos oído hablar de ella.

—Limpia todo esto —ordena Rick—. Límpialo ahora.

Y entonces cerramos la puerta de la cocina. Los dos estamos respirando con fuerza.

—¿Qué me dices de todo esto, eh?

Mi marido tiene todavía la cara blanca del susto.

—No lo sé.

—¿Era la misma chica de la última vez?

—¿La que se metió en la cama con nosotros?

Rick afirma con la cabeza, agitado.

—No creo. Ésta parecía italiana.

—¿Y qué ha pasado con la búlgara con la que estaba, la que tenía dos hijos? ¿Qué está haciendo Tom? —susurra mi marido—. ¿Está tratando de mejorar las relaciones angloeuropeas o qué?

¿Me habría atrevido yo a hacer algo así en casa de mis padres? Rick y yo ni siquiera hemos tenido sexo en *nuestra* mesa del comedor. Tal vez deberíamos.

—Volvamos a la cama. Aunque no creo que pueda dormirme ya —farfulla Rick—. Otra noche arruinada. ¿Tendremos algún día paz en esta casa?

Debo decir que siento exactamente lo mismo.

—Al menos no eran ladrones —le digo.

Tal vez hayamos solventado esto, pero parece que hayamos perdido el control de nuestras vidas. Estoy muy cansada. Me duelen todos los huesos.

Rick trata de consolarme. Sabe que todavía estoy muy enfadada con él. La imagen de él desnudo sobre la cama de Stacey Lovejoy no se me va de la cabeza.

—¿Estás bien?

Niego con la cabeza. Mi hijo estaba tirándose a una tía cualquiera sobre la mesa del comedor. ¡Por supuesto que no estoy bien! Sólo quiero tumbarme en el suelo y llorar. Quiero llorar porque nadie se preocupa por mí o por lo que siento. Quiero llorar por la pérdida de inocencia de mis hijos. Quiero llorar por el desmoronamiento de mi familia, sucediendo delante de mis ojos. Quiero llorar por el amor perdido. Y quiero llorar porque todo el mundo parece que tiene una vida sexual mucho mejor que la mía.

76

Al día siguiente Steven me recoge a la hora de comer y me lleva de nuevo a la Casa del Molino, para que podamos disfrutar de una hora juntos.

—No parecías muy alegre antes por teléfono —me dice.

—Últimamente las cosas no han ido muy bien por casa —le confieso.

Nos sentamos en sus sillas de metal en la terraza, y contemplamos el precioso jardín que se extiende hasta el río, que serpentea a lo largo de él.

—¿Qué puedo hacer para ayudar?

—Nada.

Niego con la cabeza mientras le sonrío. ¿Cómo podría sobrevivir sin estos oasis de tranquilidad en mi vida?

—Vayamos a pasear junto al río. Tengo que volverme pronto.

Echamos a andar por el césped, uno al lado del otro. El jardín de Steven hace que el mío parezca insignificante, pese a ser mucho más pequeño. Pero creo que el estado impecable en que se encuentra no tiene mucho que ver con Steven. No me lo imagino podando las plantas con sus guantes. La hierba está segada en líneas paralelas y, aunque el jardín tiene muchísimas flores salvajes en perfecta sintonía con el paisaje de alrededor, todas ellas están cuidadas con mimo. Se cuida hasta el más mínimo detalle.

Las manos de Steven rozan las mías y yo no las quito. Envalentonado, mi antiguo amor entrelaza sus dedos con los míos. Cada vez que nos vemos nuestro cuerpo está más a gusto con el del otro, y me temo que ello no sea nada bueno.

Caminamos en silencio, escuchando el ruido del agua fluyendo por el antiguo molino, deslizándose por la corriente del río. Dos cisnes flotan en él, tranquilos, blancos y majestuosos. Me conmueve el corazón pensar que estas magníficas criaturas se aparearán de por vida. Sólo los dos, permaneciendo juntos para siempre, viendo crecer su familia, luchando contra los elementos para sobrevivir.

—Vi a Rick en la cama de una de nuestras vecinas ayer —le cuento a Steven de repente.

—No me extraña que estés hecha polvo.

No le menciono en cambio haber encontrado a mi hijo haciendo el amor sobre la mesa del comedor, ya que si no pensará que todos los miembros de mi familia son adictos al sexo. Que lo son. Excepto yo.

—Siento como si alguien me hubiera dado un puñetazo en el estómago.

Sensación parecida a lo que sentí el día de mi boda, cuando Steven me abandonó. Ésa fue la única vez que también me sentí tan mal.

—Amor, pobre.

Me siento en el césped, junto al río, y Steven se une a mí. Todavía está sujetando mi mano, y su hombro está pegado al mío. No estoy segura de si yo me estoy apoyando en él, o él en mí.

—Quiero a Rick —le digo.

—No parece que lo merezca —observa Steven.

—No —digo suspirando—, tal vez no.

Estamos pasando por algo mucho peor que una simple mala racha.

—Él jura que ha sido todo un error.

—¿Y tú le vas a perdonar?

—Espero que sí.

—Juliet —dice Steven, poniéndose serio de pronto—, tal vez no sea el momento más adecuado para decir esto, no sé —se vuelve hacia mí—. Ambos sabemos adónde está conduciendo esto.

—¿Tú crees?

—Yo quiero estar contigo —afirma—. Para siempre. Y lo sabes.

Quizá sí que lo sepa, pero no afrontar la realidad ha sido muy cómodo hasta ahora.

—No podemos pasar el resto de nuestras vidas viéndonos a escondidas en tu hora de comida, cogidos de la mano —continúa. Mira hacia abajo y estudia mis dedos, entrelazados a los suyos—. Por mucho que me guste.

Intercambiamos una sonrisa, pero hay tanta tristeza detrás de ella, que comienzo a sentir brotar las lágrimas de mis ojos.

—Ambos queremos estar juntos —me dice.

¿Es así?

Steven suelta una bocanada de aire.

—¿Adónde crees que nos está llevando esto?

—A ningún sitio —me escucho decir—. Rick tal vez haya sido infiel, pero no puedo hacerle esto.

—Déjale —me pide Steven, como si tal cosa—. Déjale y vente conmigo.

Me río ante ese comentario, pese a que no haya nada absolutamente divertido en sus palabras.

—He malgastado muchísimos años deseando poder volver atrás —continúa—. No podemos dejar que se nos escape de las manos esta oportunidad.

Me quedo callada, contemplando el río y los cisnes.

—Puedo darte una vida muy cómoda —sigue mi ex novio, al verme en silencio—. Tengo mucho dinero que no sé cómo gastar, Juliet. Podríamos viajar por el mundo. Me encantaría enseñarte todas las casas que tengo.

—Chloe va a tener un niño pronto —le informo—. Me necesita aquí.

—Podemos volver aquí siempre que quieras. Todo mi trabajo puede hacerse por teléfono o por correo electrónico. Tengo a personas muy válidas cuidando de mis negocios en todos los países.

Estamos debatiendo sobre esto, como si existiera una posibilidad real de hacerlo, cuando yo sé en mi corazón que no la hay.

—Tú me quieres —me dice Steven, muy seguro—. Tal vez no estés aún preparada para aceptarlo, pero sabes que es así. Di que podemos estar juntos.

Niego con la cabeza.

—¿Cómo podríamos estar juntos?

Es algo que escapa a mi imaginación. No puedo visualizar una vida diferente a la que tengo ahora. O quizá sea que tengo miedo. Si pudiera vislumbrar un futuro diferente para mí, ¿tendría el valor o sería suficientemente egoísta, como para aferrarme a él con las dos manos? ¿No es acaso más sencillo pensar que tal futuro simplemente no existe?

—Tienes que llevarme de vuelta, Steven —le digo—. Una debe estar muy preocupada.

Nos ponemos de pie. Las manos de Steven están sobre mis brazos descubiertos, y el contacto de su piel con la mía me hace estremecer. Puedo vernos hace años, dos críos que no teníamos nada en el mundo, sólo nuestros brazos entrelazados, nuestros cuerpos fundidos sobre los campos de maíz, no muy lejos de aquí, y la imagen hace que se me salten las lágrimas. Nunca hice el amor con Steven, no del todo, y no sabes cuánto me arrepiento de eso en este momento.

—No puedes imaginar cuánto odio hacer esto, porque creo que podría enamorarme de ti de nuevo —le confieso—. Pero no puedo volver a verte.

Esto tiene que acabar aquí y ahora. Y cuanto antes nos habituemos a ello, mejor.

77

Rick ha pasado toda la mañana pasando la aspiradora y limpiando el polvo, poniendo la lavadora, y fregando el suelo de la cocina. A Juliet le iba a gustar, ¿no? Antes de que desaparecieran, les metería prisa a Chloe y a Tom para que limpiaran sus habitaciones, que estaban asquerosas. Incluso Rick, que no es ningún fanático de la limpieza, admite que los dos son unos guarros. Después ha pasado el abrillantador con olor a limón por las habitaciones de abajo, para asegurarse de que su mujer se dé cuenta de su trabajo en el mismo instante que entre por la puerta esta noche.

Chloe y él siguen sin hablarse apenas después del tema del *striptease*, y sabía que era un asunto que tenía que afrontar en las próximas semanas. Quería felicitarla por el embarazo, hacerse a la idea de ser abuelo, pero se encontraba indeciso entre el deseo de abrazarla y cuidarla y, diez minutos después, quería gritarle por lo estúpida que había sido por lanzar por la borda todo por lo que había trabajado durante tantos años. Hasta que superara esta contradicción, lo mejor era evitar una confrontación. Y, lo que era más importante, tenía que arreglar las cosas con Juliet antes que nada, y de manera urgente.

Rick se había ido a pasear con *Buster* por la mañana, evitando Chadwick Close para huir de Stacey Lovejoy como quien lo hace de una plaga. Había llevado al perro hacia el final del valle Toombs, lejos de los caminos que suele utilizar la gente que saca a pasear a su perro. La caminata le había extenuado, pero *Buster* había apreciado esa duración extra de su ejercicio diario. Por increíble que pareciera, y apenas se atrevía a pensar en ello, ni mucho menos decirlo en voz alta, su cuello estaba perfectamente. Todas las contracturas habían desaparecido. Stacey Lovejoy tal vez fuera especialista en arruinar matrimonios, pero estaba claro que tenía el don de sanar con las manos. No se lo había dicho a Juliet y, de hecho, había mantenido su cuello en una postura un tanto rígida delante de ella, para que se compadeciera de él.

En el dormitorio, Rick había hecho la cama, cambiando las sábanas por unas limpias. También había pasado el limpiapolvos por el tocador de Juliet, levantando incluso todas las figuras colocadas sobre él para que quedara reluciente. Las estaba limpiando una a una, esforzándose para volver a dejarlas en su sitio cuando se le cayó al suelo la caja de madera tallada que una de sus tías mayores le había traído de unas vacaciones, un crucero por el caribe, hacía muchos años. Un montón de recibos cayeron al suelo y Rick se agachó para recogerlos. Mierda. ¿Cómo había organizado Juliet todo esto? ¿Estaban ordenados cronológicamente, o simplemente metidos al azar? Conociendo a su mujer, seguro que habría algún sistema para guardar los diferentes recibos.

Rick comenzó a amontonar los pedacitos de papel de Budgen, Tesco, John Lewis, etcétera, uno encima de otro, cuando uno de ellos llamó su atención. Era de un salón de belleza en Swinfens Yard llamado Da la cara. No sabía que Juliet se hacía tratamientos de belleza. Sólo Dios sabe por qué, ya que no los necesitaba. Era una belleza natural, siempre lo ha sido para sus ojos. Sin darse cuenta, su mirada se dirigió hacia la cifra que figuraba al final del recibo. Mil libras. A Rick casi se le salen los ojos. *Mil libras en tratamientos de belleza*. Era imposible. Andaban muy justos de dinero últimamente. Todos los gastos se habían disparado, el impuesto municipal había subido a veinte libras al mes, y la factura del teléfono —gracias a sus hijos, que se pasaban el día de cháchara con sus amigos, o a su suegra cotilleando por las noches— era siempre altísima. Ahora incluso necesitarían más dinero al tener una boca más que alimentar. ¿Cómo podía Juliet siquiera contemplar gastar semejante cantidad de dinero en tratamientos faciales? ¿Como podría, de hecho, *cualquier persona* gastarse mil libras en su propia cara? Botox y rellenos, se leía en la factura. ¿Juliet se había dejado inyectar con veneno para estar más guapa? ¿Se había vuelto loca? Miró la fecha. ¿Cuándo había sucedido? ¿Había notado alguna diferencia después de que dilapidara mil libras en su cara? Si no se hubiera dado cuenta ni le hubiera hecho ningún comentario ella le habría matado. ¡Espera! ¿No fue el día que estaba con la cara llena de moratones? ¿Se había gastado mil libras para acabar pareciendo Ricky Hatton? Tenía que hablar con ella sobre esto.

No era justo que su mujer le hiciera ser el malo de la película cuando ella tampoco estaba portándose muy bien. Después de lo culpable que le había hecho sentir por todas sus meteduras de pata, ¿y ahora ella hacía esto sin siquiera mencionarlo? Estaba empezando a volverse loco.

Tenía que salir de casa. El perfume del abrillantador para la madera le estaba mareando. Iría al centro, a tomarse un café, calmarse, y hablar con Juliet sobre todo esto cuando ella volviera.

Mientras bajaba las escaleras, vio el periódico local sobre el felpudo. El titular rezaba: «El acosador y pervertido sexual del *striptease*, hace el ridículo con la lotería». Si esto seguía así, el periódico se iba a quedar sin espacio para el resto de la portada.

Pero lo peor de todo era que parecía que su mujer le había contado a todo el mundo lo del supuesto boleto ganador de lotería, cuando le había prometido que se quedaría entre ellos. Ahora sería todavía más el hazmerreír. ¿Cómo podía haberle hecho esto, ahora que estaba tratando de enmendarse? No cabía ninguna duda: Juliet y él tenían muchas cosas de las que hablar.

78

—¿De modo que esto es el fin? —dice Steven, mientras nos sentamos en su Aston Martin, a la salida de la biblioteca. Sus manos sujetan el volante—. Todo lo que una vez tuvimos entre nosotros, todo lo que estábamos a punto de redescubrir, ¿lo vas a dejar marchar sin más?

—Así es —le contesto, sin atreverme a mirarle—. Debo hacerlo.

—No cometas este error, Juliet —suplica Steven—. Por favor.

Steven se alejó de mí hace muchos años, sin siquiera echar la vista atrás. Debo tener presente eso y armarme de valor para hacer lo mismo.

—Esto me está rompiendo el corazón —susurra.

—Lo siento.

No creo que jamás haya hecho daño a nadie de forma deliberada, y es una situación en la que no me gusta verme. Es tan doloroso que apenas puedo soportarlo. Siento una terrible opresión en el pecho, y mi respiración es cada vez más agitada.

—Me gustaría que siguiéramos siendo amigos.

—¿Amigos de los que se ven para comer habitualmente?

—No —le contesto moviendo la cabeza—. No ese tipo de amigos.

—¿Entonces qué? —Steven suena ahora enfadado, frustrado—. ¿Podré saludarte por la calle? ¿Tendré prohibido pisar ahora la biblioteca? ¿Qué tipo de amigos seremos?

—El tipo de amigos que se acuerdan el uno del otro con cariño, pero que se ven sólo de vez en cuando.

Observo a la gente entrar y salir de la biblioteca. Algunas personas van siempre a la misma hora, todas las semanas, puntuales como un reloj. Les gustan los mismos libros, los mismos autores. Otros son más abiertos a la hora de elegir el día en que acudir, o el libro que escoger. La señora Rowley empuja la puerta y desaparece rumbo a la High Street, metiendo los libros en su bolso. A ella le gustan los dramas familiares —Nora Roberts, Jodi Picoult, Rosie Thomas— y, de vez en cuando, alguna de las novelas de misterio de Barbara Erskine. La señora Bennett es una de las madres jóvenes que vienen por aquí. Sus gustos literarios van más hacia lo contemporáneo: Sheila O'Flanagan, Cecelia Ahern, Jill Mansell. Historias de amor de hoy día, de las que acaban mal.

Ésta es mi vida. Así es mi día a día. Adoro la biblioteca, los lectores, mis libros. ¿Puedo imaginarme dejando todo esto detrás para recorrer el mundo al lado de Steven? No lo creo.

—Si no puedo estar contigo, Juliet —dice Steven—, tal vez me mude a otra parte. No quiero estar tan cerca y tan lejos de ti al mismo tiempo. ¿Cómo podría soportar verte con tu familia, con tu marido, y saber que deberías estar conmigo?

—Te las apañarás —le contesto, triste—. Ambos lo haremos. Durante mucho tiempo has estado bien sin mí, todos estos años. Puedes hacerlo de nuevo.

—Piensa en la vida tan maravillosa que podríamos tener juntos —me replica, nervioso—. Prométemelo. Sólo piensa en ello.

En realidad, lo que a menudo me cuesta más es *no* pensar en ello. Me duele muchísimo la cabeza y me encuentro fatal.

Me acerco a Steven y le beso en la mejilla, pero al hacerlo él mueve la cabeza y mi boca encuentra sus labios. Están calientes, receptivos y, de nuevo, viajo hacia atrás en el tiempo, cuando esos labios solían estar sobre los míos.

Me separo de él antes de que me deje llevar por esa sensación para siempre.

—Te quiero —me dice, desesperanzado.

—Adiós, Steven.

—No lo hagas —me ruega.

—Por favor —le ruego—. Esto ya es muy duro de por sí. Deja que me vaya.

Y, sin más, salgo de su coche, abandonando su vida, recorriendo deprisa los pocos pasos que me separan del santuario que representa la biblioteca.

79

Al pasar por delante de la biblioteca, Rick reparó en el pulcro Aston Martin que estaba aparcado fuera. Oh, el coche de sus sueños. Rick se preguntó de quién sería. Stony Stratford era una ciudad pequeña y próspera, pero no se solían ver por los alrededores todos los días coches como ése. Estuvo tentado de cruzar de acera y preguntarle al tipo que lo conducía cómo era tener un coche así. Ahora que era un fracasado para la lotería y también para el amor, ésta sería seguramente la vez que más cerca estaría de un coche así. Pero, mientras lo pensaba, el coche salió disparado y perdió la oportunidad de acercarse. El corazón de Rick se hundió en la miseria.

Sabía que debería pasarse un minuto a saludar a Juliet en la biblioteca, pero no tenía valor para hacerlo. Rick todavía estaba enfadado, le hervía la sangre, y necesitaba calmarse antes y discutir con ella algunas cuestiones. ¿Ves lo que puede hacerte ver la televisión todo el día? Estaba pensando como el típico invitado de los programas de tertulia de la tele.

En lugar de eso, bajó la calle hasta el Bon Appétit, pidió un café y se sentó en una mesa junto a la ventana. Cogió un periódico que algún cliente había dejado ahí abandonado y comenzó a hojearlo. Sólo había noticias tristes y pesimistas, y ya tenía una buena dosis de ellas en su vida.

Le sirvieron el café y apenas estaba dándole el primer sorbo cuando alguien le dio un golpecito en el hombro.

—Rick —dijo el hombre—. ¿Eres tú?

Rick se volvió en la silla. Detrás de él estaba un hombre moreno, atractivo, y Rick se quedó mirándole, tratando de recordar.

—Steven —dijo extendiendo su mano—. Steven Aubrey. Ha pasado mucho tiempo.

Steven Aubrey. Joder. Era el tipo que había dejado plantado a Juliet hacía muchísimos años. ¿Qué demonios hacía en la ciudad?

Rick se puso de pie.

—Me ha costado reconocerte, amigo.

Parecía que los años habían tratado bien a Steven Aubrey y, por algún motivo, hizo que Rick se diera cuenta de que no llevaba sus mejores galas. Seguía llevando puesta la camiseta vieja y los pantalones que había usado para limpiar la casa. Steven Aubrey parecía que no necesitaba hacer ese tipo de trabajos, otros lo harían por él.

—Has estado fuera muchísimo tiempo.

—Demasiado —dijo Steven, y ambos se rieron aunque Rick no estaba muy seguro por qué.

—Pide un café, coge una silla —pidió Rick.

—No puedo quedarme. Sólo te vi por la ventana y pensé en saludarte.

—Dios mío, la sorpresa que se va a llevar Juliet cuando le diga que has vuelto.

Habían discutido mucho sobre este hombre en su día, cuando se casaron, ya que Rick siempre se sintió como el segundo plato después de Steven Aubrey, aunque, para ser sinceros, Juliet nunca hizo o dijo nada como para que él se sintiera así. Tal vez se debiera a que entonces era joven y más estúpido —si eso era posible, dadas sus últimas meteduras de pata—. Ahora ya era suficientemente maduro como para enfrentarse a este hombre, dejando atrás el pasado.

—Apuesto lo que quieras a que le encantará verte después de todo este tiempo.

No estaba del todo seguro si sería así. Juliet tal vez saliera corriendo en otra dirección, huyendo de él, si es que conocía a su esposa. Steven Aubrey le había destrozado la vida durante mucho tiempo y, como había comprobado él mismo, Juliet no era una mujer que perdonara u olvidara con facilidad.

—He comido con ella varias veces ya —dijo Steven como si nada—. ¿No te ha dicho nada?

Rick sintió cómo se le secaba la boca.

—No, no lo ha hecho.

Steven se encogió de hombros.

—No imagino por qué. Ha sido genial ponernos al día —comentó riéndose, recordando claramente el pasado con ella—. Como en los viejos tiempos. Sigue siendo una mujer increíble. Eres un tipo afortunado.

¿Lo era? ¿Era de verdad un «tipo afortunado», cuando ni siquiera sabía que su esposa había tenido comidas íntimas con su ex novio? ¿De qué iba todo esto?

Steven miró su reloj.

—Tengo que irme. Nos vemos, Rick.

Muy cordial, le dio una palmada en la espalda y se dirigió hacia la puerta.

—Ah, no te olvides de darle un beso a Juliet de mi parte.

A Rick no le gustó mucho el tono de esa frase, pero dijo:

—Sí, sí. Nos vemos pronto.

Rick se quedó mirándole mientras se marchaba, y comenzó a echar humos. Entonces escuchó cómo se ponía en marcha el Aston y salía disparado. No tenía ninguna duda de que era Steven Aubrey quien lo conducía.

Volvió a sorber del café, pero se había quedado totalmente frío y estaba asqueroso. ¿Por qué no le había contado Juliet que había comido «varias veces ya» con Don Steven Conduzco un Aston Aubrey? A menos que, pensó, ella no quisiera que supiera lo que estaba haciendo.

80

Estamos todos sentados alrededor de la mesa del comedor. Lo cual, pensándolo bien, tal vez no sea muy buena idea, ya que todavía tengo *flashbacks* de la espalda de Tom subiendo y bajando encima de ella. He pasado el limpiapolvos como una loca hasta en tres ocasiones, pero no estoy segura de que el recuerdo de mi hijo practicando sexo aquí se borre jamás.

Me he complicado muchísimo para la cena esta noche —llámalo sentimiento de culpa—, pero no sé por qué me he molestado. Mi pollo mejicano que he cocinado con tanto esfuerzo no ha tenido mucho éxito.

—Está un poco picante —se queja mi madre mientras aparta en los bordes del plato, como los niños de cinco años, mi delicioso pollo con berenjenas, tomate y chile.

Yo crecí a base de coles de Bruselas hervidas y carne asada que tenía la misma consistencia que la suela de un zapato. ¿Y acaso me quejé alguna vez?

—A Arnold no le gusta el ajo —continúa diciendo, torciendo el gesto—. Me va a apestar el aliento toda la noche.

No quiero saber eso, la verdad.

—No te lo comas.

Buster está babeando por mi pollo mejicano. Él se lo acabará, no te preocupes. Su cola está golpeando sin parar mi pierna bajo la mesa, esperanzado.

—Hazte una tostada si quieres.

—No, no pasa nada, doña irascible —dice mi madre, pero se come el pollo sin soltar más gruñidos.

Y pensar que podría disfrutar de una vida que implicara tener una sirvienta, la posibilidad de viajar en primera clase adonde quisiera mientras el champán corría por mis venas, pero estoy luchando para quitarme esa idea de la cabeza.

—¿Estoy gorda? —pregunta Chloe, mientras también ella aparta la comida en el borde de su plato en lugar de llevársela a la boca.

—Vas a tener un bebé —dice Tom burlándose—. Claro que estás gorda.

—¡Mamá!

—¡Tom! No le digas esas cosas a tu hermana.

Yo que creía que a medida que se hicieran mayores estas discusiones desaparecerían y que se tratarían como..., bueno, como hermanos. Parece que estaba equivocada. Cuanto más crecen peor se comportan.

—Estás resplandeciente —le digo a Chloe.

—O sea, que estoy gorda —se queja lamentándose, haciendo pucheros.

—Estás adorable —le insisto—. Pero vas a crecer, cariño. Me temo que es inevitable. Nadie se mantiene delgada cuando va a tener un bebé. Es ley de vida. Pero con el tiempo volverás a utilizar tus vaqueros de siempre. No te preocupes por eso.

No quiero decirle que estará tan exhausta cuando tenga el bebé, que le dará igual si se le queda una tripa enorme, y que probablemente la tenga durante los veinte años siguientes, cuando ya haya perdido las ganas de vivir. Tal y como me pasa a mí.

Miro a Rick. Está comiendo en silencio. Tal vez también él esté pensando que estaría mejor en cualquier lugar antes que aquí.

—¿La cena bien?

—Sí —me contesta, sin levantar la mirada del plato. De modo que por su parte tampoco recibo ningún tipo de agradecimiento. Mañana por la noche volveré a hacer pasta con salsa de bote y que se pongan hasta arriba.

Sé que mi marido y yo necesitamos sentarnos para hablar del asunto de Stacey Lovejoy, pero ambos estamos evitándolo por ahora. ¿Puedo en realidad culpar a Rick por buscar un poco de consuelo con nuestra atractiva vecina, cuando todo lo que tiene aquí son broncas y peleas? Tal vez no. Pero ¿sería él tan comprensivo si supiera algo del tiempo que he pasado junto a Steven?

—¿Puedo coger hoy el coche, mamá? —pregunta Chloe.

—Yo también lo necesito —dice Tom.

—Yo lo pedí primero.

—Voy a ir a ver a Silva.

¿Se trata de la novia de Europa del Este a la que todavía no hemos visto con ropa, o la chica de la mesa? No puedo recordarlo.

—Ahora mismo no estás como para pedir ningún favor —gruñe Rick—. De hecho, todavía no sé qué haces viviendo aquí.

—Sólo eché un polvo en la mesa del comedor —contesta Tom—. Tampoco es para tanto.

—¿Qué ha dicho? —inquiere la abuela.

—Ha dicho que sólo echó un polvo en la mesa del comedor, abuela.

Muchas gracias, hija. Mi madre levanta la vista del plato.

—Tal vez deba probarlo yo también con Arnold.

—Por encima de mi cadáver —responde Rick.

—Bueno, también me valdría —añade mi madre bromeando.

Mi marido se levanta de la mesa.

—Ya he tenido suficiente. Voy a sacar a pasear a *Buster*.

—Hay tarta de manzana de postre.

—Tal vez después —comenta mientras se aleja. Chasquea los dedos para llamar al perro y *Buster* se arrastra detrás de él.

—Mirad lo que habéis conseguido —les digo mientras Rick se marcha.

—Yo creo que lo que papá necesita es una tila —aconseja Tom.

—¡Basta ya! —les grito, y todos se sobresaltan al hacerlo—. No te atrevas a criticar a tu padre. No tienes ningún derecho.

Entonces comienzo a recoger bruscamente los platos de la mesa, quitándole a mi madre el suyo aunque aún no se lo había acabado. Bueno, que no hubiera tardado tanto.

En la cocina, puedo ver cómo Rick se aleja calle abajo, por Chadwick Close. Instantes después, la puerta de la casa de Stacey Lovejoy se abre, y sale con *Britney*. Las dos llevan unos conjuntos rosas. ¿Por qué alguien vestiría así en su sano juicio a una chihuahua? Pero entonces empiezo a pensar cosas peores sobre ella, mientras la veo caminar apresuradamente detrás de mi marido.

81

Parecía que todo el mundo había desaparecido en el momento en que Rick regresó de la caminata con el perro. No había hecho su ruta habitual con *Buster*, por si acaso Stacey Lovejoy había pensado en perseguirle de nuevo. Además, habría necesitado mucho más que eso para olvidar la noche de hoy. Le sería difícil volver a casa mientras siguiera sintiéndose humillado.

Puso agua limpia en el cuenco de *Buster*, se preocupó de guardar la correa, y entonces fue al salón. Juliet estaba acurrucada en el sofá, con un vaso de vino y un libro, de Jack Johnson. Incluso algo así tenía el don de cabrearle. Rick también podría haber escrito un best-seller si hubiera querido. Dinero fácil. Rick Joyce tenía muchas historias que contar. Jack Johnson era un tipo que vivía en Hawai, y parecía un modelo, afeitadito, una estrella de pop. ¿Por qué Dios no había repartido mejor la suerte? ¿Por qué a otros les tocaba ser un instalador de suelos en paro que vivía con su suegra, con dos adultos adolescentes bordes, y una mujer que tal vez estaba teniendo una aventura con su ex novio? Al menos el perro le quería.

Se sentó en el sillón. Juliet levantó la vista.

—¿Quieres que te prepare una taza de té? —le preguntó.

Rick negó con la cabeza.

—¿Un vaso de vino?

—No, gracias.

Su mujer sorbió de su vaso. Lo que en realidad necesitaba él era un brandy doble. No era fácil abordar este asunto y, cuando lo hiciera, ya no habría vuelta atrás.

Rick sintió cómo cogía aire antes de hablar.

—No sabía que Steven Aubrey hubiera vuelto a la ciudad.

—¿En serio? —contestó Juliet cerrando el libro—. ¿Ha vuelto? ¡Qué fuerte!

Su voz la delataba, sonando demasiado desinteresada.

—Tenía muy buen aspecto.

—Ah, eso es genial.

—Le he visto hoy —dijo Rick—, en la ciudad, mientras me tomaba un café.

—¿Te saludó?

—Sí, y mucho más —contestó asintiendo, mientras cogía de nuevo aire—. Me dijo que habéis comido varias veces juntos.

La cara de su mujer se puso blanca.

—¿Dijo eso Steven?

—Sí.

Juliet suspiró. Se quedó un momento callada y el silencio se extendió entre los dos, hasta que explicó:

—No sabía cómo te sentirías.

—O sea que es verdad.

—Sí.

—¿Qué está haciendo otra vez aquí?

—Su madre está enferma. Quería estar con ella y ha alquilado la Casa del Molino durante unos meses. Sabes dónde te digo, ¿verdad?

Rick asintió. Un lugar precioso. Debería haberlo supuesto.

—¿Le has visto muchas veces?

Apenas podía comprender por qué estaban siquiera teniendo esta conversación. Era como despertar en mitad de una terrible pesadilla.

Juliet balanceaba las piernas en el sofá, sentada en el borde.

—Nos hemos visto comiendo varias veces.

—¿Por qué no me lo dijiste?

Más suspiros.

—¿Cuándo hemos tenido siquiera la ocasión de sentarnos a hablar, con todo este caos? —contestó, haciendo un gesto como englobando toda la casa—. Sobre cosas que nos conciernen a ambos. He intentado abordar este asunto, pero nunca era el momento apropiado.

—Tal vez lo que pasó es que nunca lo intentaste de veras.

—Ambos hemos tenido bastante con lo que lidiar últimamente.

Juliet estaba totalmente a la defensiva.

—Estoy de acuerdo en que tenemos un buen número de problemas —admitió Rick—. Y que yo he contribuido a alguno de ellos.

Su mujer resopló.

—Te encontré en la cama de otra persona ayer —le recordó—. Así que no me des lecciones de moral. He comido varias veces con Steven y, para ser sinceros, Rick, creo que me habría vuelto loca de no haberlo hecho.

—¿Sientes todavía algo por él? —le preguntó. Había visto a Ricki Lake preguntar eso en el programa que ella dirige en la tele.

—Sí —le contestó Juliet—. Estábamos prometidos. Me rompió el corazón, lo sabes. No puede volver sin más a mi vida sin que yo no sienta nada, pero estoy casada *contigo*.

—¿Entonces tienes planeado pasar con él más veladas íntimas?

—No —contestó ella, bajando la cabeza—. Nos hemos dicho todo lo que necesitábamos decir. No voy a ver a Steven nunca más.

—Me alegra oír eso.

—¿Y qué hay de Stacey Lovejoy? Considerando que vive justo enfrente de nosotros, va a ser alguien mucho más difícil de evitar.

—Esa mujer está obsesionada conmigo —dijo Rick—. Yo no hago nada para contribuir a ello.

—Entonces nada de ir por allí a arreglarle el lavabo, enchufes, o el teléfono. Y nada de masajes.

—Hecho —contestó—. No habrá nada de eso. La mantendré alejada a partir de ahora.

—Entonces yo también me alegro de oír eso.

Juliet cogió de nuevo su libro y él se dio cuenta de cómo le temblaban sus manos al sujetarlo. Miró a su mujer y, por primera vez en su vida, no la creyó. Por el modo en que ella le había mirado, también supo que no le creería tampoco a él. De modo que si había desaparecido la confianza, ¿qué más les quedaba?

82

Una y yo estamos apoyadas sobre el mostrador. Hoy la biblioteca está desierta. Fuera está diluviando, lo cual está manteniendo alejados a los clientes. Hemos archivado todos los libros que necesitaban ser archivados, hemos enviado unos cuantos faxes, hemos comido algunas de las galletas de Don ya que está reunido, de modo que no hay nada más que hacer. Estamos de brazos cruzados contemplando la lluvia que resbala por los cristales. Tal vez deberíamos ir al piso de arriba y comprobar que no hay goteras en el techo para poner en caso contrario cubos debajo de ellas, pero ninguna de las dos mueve un dedo.

—Las cosas no van muy bien por casa —le comento a Una—. Si hubiera alguna habitación vacía en casa apuesto a que Rick estaría durmiendo en ella.

—¿Tan mal estáis?

Asiento, titubeando.

—Rick sabe que he estado viendo a Steven.

—Eso no es nada bueno —me dice.

—No.

—¿Cómo demonios se ha enterado? ¿Se fue tu madre de la lengua?

Niego con la cabeza.

—Fue Steven.

—¡Será idiota! —contesta Una.

—Quizá lo hiciera a propósito, para provocar esto. Quiere que deje a Rick y me vaya con él.

—¿No suena como una proposición apetecible?

Cierro los ojos y tomo aire antes de contestar.

—Cuando anoche me senté a la mesa a cenar, con toda mi familia discutiendo y enfadándose conmigo, entonces sí, debo admitir que sí que me lo pareció.

—Steven es todo un caballero.

—Imagino que nunca le olvidé del todo —confieso—. Siempre quedó algo pendiente entre nosotros. Ahora que ha vuelto, sólo me está provocando sentirme muy confusa.

—¿Qué le has dicho?

—Le dije que no podíamos seguir viéndonos. Que se había terminado.

—Bien —responde mi amiga—. Eso es lo correcto.

—¿De verdad lo es?

—Sí —me contesta. Una juguetea con sus dedos en el pelo, distraída—. ¿Puedo contarle ya que habéis roto?

Eso hace que las dos nos riamos.

—Pensaba que las cosas no te iban mal con Tex de Internet.

Una se encoge de hombros.

—Creo que sí. Ha estado tan ocupado que no hemos tenido ocasión de vernos, pero hemos progresado, ahora nos llamamos todas las noches.

—Eso es genial.

—Me está proponiendo montar algún negocio juntos. ¿Qué te parece?

—¿Qué tipo de negocio?

—Tex quiere importar al Reino Unido joyas de Extremo Oriente, y montar una tienda por Internet.

—¿Crees que funcionaría?

—Él dice que le gustaría contar conmigo para elegir los diseños. Tex me ha enviado por Internet varias fotos. Tienen muy buena pinta. Eso significa que podríamos viajar por todo el mundo para buscar proveedores. Me gusta cómo suena.

—¿Entonces dejarías la biblioteca?

Una resopla.

—Ni lo dudes.

Saca la fotografía que tiene de él de su bolso y la vemos juntas. La cara de Una cambia, poniéndose melancólica.

—Parece un hombre en el que se puede confiar, ¿verdad?

Demasiado moreno y seguro de sí mismo para mi gusto.

—No sé. Tú ten cuidado. ¿Hay dinero de por medio?

Una se enfada un poco.

—Quiere que invierta diez mil libras.

—Guau —le digo, después de dar un silbido—. Eso son muchas joyas.

—Es sólo capital de trabajo.

—¿Tienes semejante cantidad de dinero a mano?

—Podría sacarla de mi cuenta de ahorros.

—Creo que deberías tomarte las cosas más despacio, Una. Conócele primero, averigua si vais a tener algún tipo de relación o no. Éste es un paso muy grande como para darlo con alguien que es básicamente un extraño.

—¿Has pensado alguna vez que tal vez seas *demasiado* conservadora, Juliet? —me suelta mi amiga.

Me quedo de piedra. Me ha pedido mi opinión y yo se la he dado. Ahora está claro que no le ha gustado mi respuesta.

—Tal vez te guste esta vida humilde —continúa diciéndome—, pero yo no puedo soportarla más. Quiero irme lejos de Stony Stratford, de la biblioteca, de esta mentalidad de pueblo. Todas las cosas que tú adoras, yo las odio.

Este ataque de Una me deja desconcertada.

—A ti te han ofrecido la oportunidad de marcharte con un hombre maravilloso, comenzar una nueva vida, pero estás demasiado chapada a la antigua, demasiado influenciada por tus ideas como para aspirar a algo más. Bueno, pues yo no lo estoy.

Una se pasa la mano por el pelo.

—Ésta tal vez pueda ser mi gran oportunidad para salir de aquí y Dios sabe que pienso aferrarme a ella con las dos manos.

—No sabía que te sintieras así —le contesto despacio.

—Bueno, ahora ya lo sabes.

Una está respirando agitada. En todo este tiempo de amigas jamás habíamos discutido. Y ahora estamos peleándonos por culpa de un tipo poco fiable, un gigoló ultrabronceado que ha conocido por Internet. No sé qué decir. Me siento herida, triste. Y creo que lo peor de todo es que parte de sus palabras han dado en el blanco.

83

Rick tenía los pies sobre la mesa mientras veía el programa de Jeremy Kyle con Rita, cuando alguien llamó a la puerta. A esto es a lo que había llegado, pasarse la mañana viendo la tele con su suegra. Rick suspiró. Cuanto antes se movilizara y encontrara otro trabajo, mejor.

Camina despacio hacia la entrada, refunfuñando mientras llaman de nuevo al timbre. Al abrir la puerta se encuentra a Hal ahí.

Su amigo está sosteniendo el periódico del día anterior frente a él. El titular «El acosador y pervertido sexual del *striptease*, hace el ridículo con la lotería» estaba frente a sus narices.

El corazón de Rick dio un vuelco.

—¡Qué tal hombre! —dijo Hal con una enorme sonrisa.

—Lo sé —contestó Rick totalmente abatido—. Será mejor que entres.

Llevó a su amigo hasta la cocina porque no quería que Rita escuchara la conversación. Rick puso la tetera a hervir mientras Hal se apoyaba en el armario detrás de él.

—¿Ésta es la razón por la que mandaste a la mierda el trabajo? —le pregunta su amigo y ex jefe—. ¿De verdad pensaste que habías ganado la lotería?

Rick asintió.

—Comprobé el boleto de la semana anterior al sorteo.

Hal se rió al oír eso.

—Es lo que leí en el periódico.

—Le pedí a Juliet que no se lo contara a nadie, pero debió decírselo a alguien. Me voy a convertir en un divorciado solitario. Soy el hazmerreír de todos.

—Debes admitir compañero, que es muy divertido.

—Yo no lo veo así.

Hal comenzó a reírse con fuerza.

—Olvídalo. Veinte millones de libras habrían sido muy útiles, eso sí.

Su amigo se estaba riendo a carcajadas y Rick, a pesar de todo, comenzó también a sonreír.

—Maldito idiota —dijo riéndose todavía, con las manos en las caderas—. Eres un completo idiota.

Rick comenzó también a reírse.

—No te reirías tanto si estuviera ahora mismo en un yate en las Bahamas, ¿eh?

—Pero no lo estás. ¡Estás varado en Stony Stratford como un auténtico gilipollas!

Los dos se rieron hasta saltárseles las lágrimas. Cuando comenzaron a calmarse, Rick le acercó a Hal un poco de papel de cocina, y ambos se secaron las lágrimas.

—Necesitaba reírme, la verdad —le dijo Hal.

—Yo también —admitió Rick—. Las cosas no están yendo muy bien por aquí últimamente.

—En mi casa también se está jodidamente mal. Shannon está embarazada.

—¿Estás contento?

—¿Tú qué crees?

Rick le pasó el té y ambos brindaron chocando las tazas.

—Por el nuevo padre.

—Por el perdedor de la lotería.

Sorbieron el té, a la vez, y entonces Hal dijo:

—Tengo una oferta en son de paz.

Metió la mano en su bolsillo trasero y sacó dos entradas.

—¿Cuál es nuestro equipo favorito?

—El Manchester United.

Le enseñó las entradas a Rick.

—Manchester United contra el Portsmouth, en Wembley. Muchas personas matarían por estas entradas.

Los ojos de Rick se abrieron de par en par.

—Yo, sin ir más lejos.

—¿Vas a ser bueno con el tío Hal a partir de ahora?

—Depende de lo que implique ser «bueno».

—Vuelve a trabajar conmigo, Rick —le pidió Hal, ya hablando en serio—. Ha sido una mierda estar sin ti, y sé que te he estado tomando un poco el pelo. Pero ya no lo haré más. Sólo di que volverás conmigo.

—¿Y me das una de las entradas?

—Claro.

Rick alargó la mano y ambos las estrecharon.

—Tenemos un trato.

—Te habría dado la entrada igualmente colega —admitió Hal—. No tengo ya amigos desde que dejé a Melinda.

—Eres un tío legal —le dijo Rick.

—No, no lo soy —contestó Hal—. Soy un auténtico capullo que ha abandonado a su mujer y a sus hijos. ¿Y para qué? Mira en qué puñetero lío estoy metido ahora. He perdido mucho más de lo que tenía.

Se rió de nuevo, pero esta vez era una risa amarga.

—Tal vez no hayas ganado la lotería, colega, pero todavía tienes a tu familia junto a ti. No me di cuenta de lo importante que era hasta que fue demasiado tarde.

La historia de Hal parecía la típica fábula con moraleja, y Rick se dio cuenta de que estaba a punto de perder a Juliet entre lo de Stacey Lovejoy y el tema del escándalo sexual. Bueno, eso ya se había acabado. No podía quedarse de brazos cruzados y permitir que su ex novio se interpusiera entre ellos y se la llevara de su lado. Steven Aubrey perdió su oportunidad hace muchos años. Rick no estaba dispuesto a hacer lo mismo. Había llegado el momento de arreglar las cosas y darle la vuelta a la tortilla.

84

Esa misma tarde viene mi padre a la biblioteca. Lleva una cesta de mimbre colgando del hombro y una bufanda de terciopelo alrededor de su cuello, dándole un aspecto desenfadado. Su pelo gris, tan fino, está peinado hacia atrás, a lo *bouffant*. Estoy contemplando a mi padre, transformado en Quentin Crisp* delante de mis narices.

Mi padre sacude las gotas de lluvia de su paraguas rosa y me dirige una sonrisa. Sacando los libros de su cesta de mimbre, los deja sobre el mostrador. Me apoyo en él y le doy un beso en la mejilla.

—¿Ya te los has acabado? —le digo comprobando los libros; Wilbur Smith, Peter James, Robert Goddard, y John Connolly.

—Me han gustado. Gracias por recomendarme a John Connolly. Me ha gustado cómo escribe.

---

* Quentin Crisp fue un escritor, modelo artístico y actor inglés. Fue un icono gay en los años setenta tras la publicación de sus memorias, *El funcionario desnudo (The naked civil servant)* que atrajo la atención del público por su exhibicionismo desafiante y su persistente rechazo a ocultar su homosexualidad. *(N. de la T.)*

—¿Quieres sacar más?

Mi padre niega con la cabeza.

—Gracias igualmente, cariño, pero no tengo mucho tiempo para leer ahora. Con Samuel y todo lo demás.

Sus mejillas se colorean un instante.

Dejo de registrar la devolución de los libros y miro a mi padre.

—¿Eres feliz con él, papá?

Mi padre asiente.

—Es la mejor compañía que puedo tener. Sé que vosotros los jóvenes le dais mucha importancia al sexo...

No estoy muy segura de si mi padre debería incluirme en ese grupo.

—... pero Samuel me hace reír y cuida de mí. Me está enseñando a jugar al ajedrez. Estoy muy contento de que te guste.

—Parece adorable.

—Lo es. Es muy amable. ¿Quién lo hubiera dicho, eh? —dice mi padre conteniendo la risa—. ¡A mi edad!

Estoy tan contenta por mi padre, pero lo que me da miedo es que tal vez tenga que esperar a que tenga su edad para descubrir quién soy *yo*.

—No nos vemos mucho últimamente —le digo—. Déjame ver si Una puede cubrirme media hora y podemos tomarnos un café rápido.

—Me encantaría cariño. Si puedes sacar tiempo.

—Voy a preguntárselo.

Mi amiga está en la planta de arriba, limpiando el estante de los libros en formato de audio.

—Mira qué caos —me dice malhumorada mientras me acerco. Las cosas siguen algo tirantes después de su arrebato por la mañana. Ahora estaba liada con los CD y los casetes.

—Quiero salir un momento para tomar un café con mi padre —le digo—. ¿Te parece bien?

—Por supuesto —me contesta, y noto en su voz el alivio por volver a hablarnos—. No has parado para comer hoy. Estás en tu derecho.

—Pero ¿te puedes apañar...?

—Sí, no te preocupes.

Bajo rápidamente las escaleras, agarro mi bolso y mi paraguas —que no es para nada tan glamuroso como el de mi padre— y entonces paso mi brazo alrededor del suyo.

—Ya podemos irnos —le digo—. Pero no podemos estar mucho rato.

—Pues disfrutemos de él al máximo —me contesta, y salimos juntos a la lluvia.

Han abierto un restaurante muy elegante en High Street. Normalmente suelo llevar a mi padre al Bon Appétit, pero creo que el otro sitio está más acorde con su nuevo estatus. El restaurante está decorado con brezos e impera el color gris plateado. Me encantaría tener mi salón decorado de esta forma, si tuviera el valor de hacerlo. Me maravilla el hecho de que alguien como mi padre haya conseguido borrar por completo su antigua vida y yo ni siquiera sea capaz de plantearme cambiar el color de las paredes de mi casa.

Nos ponemos cómodos en los sofás grises de piel y pedimos un té, a la vez que le decimos al camarero que tenemos algo de prisa. Apenas un momento después, presentada de manera impecable en una bandeja de madera oscura, nos traen la tetera.

—¿Parezco mamá, eh? —le digo, y entonces me dan ganas de morderme la lengua.

Mi padre sonríe algo forzado.

Sirvo el té y bebemos en silencio, disfrutando de la compañía. Siempre me he sentido mucho más cómoda con mi padre. A pesar del hecho de que siempre había sigo algo testarudo, era mejor compañía que mamá. Menos absorbente. Menos criticón. Y compartíamos nuestra pasión por los libros. Me gusta pensar que he heredado eso de él.

—¿Va todo bien, cariño? —me pregunta mi padre.

—Sí, sí —le digo, tratando de que no se preocupara—. Muy bien.

—Pensaba que parecías un poco… —se para con el fin de elegir con cuidado la palabra—… tensa.

—Las cosas están algo difíciles por casa —confieso.

—¿Con Rick?

No conseguiré nada fingiendo con mi padre.

—Con todo el mundo.

—Puede llegar a ser muy difícil convivir con tu madre.

—Ya.

—Doy fe de ello —dice mi padre—. Lo viví mucho tiempo.

—¿No la echas nada de menos?

Mi padre niega con la cabeza.

—Para mí esto es como una vida diferente. Nunca fui feliz con Rita, pero íbamos tirando, haciéndolo lo mejor posible. Si soporté todo eso fue sobre todo por ti.

—Oh, papá.

—Entonces, cuando te fuiste de casa y te casaste, parecía muy tarde como para hacer algo al respecto. Ya había decidido lo que hacer.

—No sabía nada de eso. Yo pensaba que algún día volveríais a estar juntos —le explico—. Pensaba que sólo se trataba de una fase por la que estaba pasando mamá. Nunca esperas que tus padres se divorcien.

—No estamos técnicamente divorciados, cariño —me recuerda—. No estoy muy seguro de la necesidad de hacer todo ese papeleo, a nuestra edad. No me parece importante.

Supongo que mamá tiene derecho a la mitad de la casa. Pero la casa de mis padres es el lugar más pequeño de la tierra: mi padre no podía hacerlo más pequeño. Incluso aunque lo vendieran, no tendrían suficiente dinero como para comprarse cada uno una casa donde comenzar de nuevo. Pase lo que pase, veo que uno de los dos va a tener que vivir con nosotros en los próximos años. La idea no es que me entusiasme. Si aquel boleto de lotería de Rick hubiera valido.

—Siento mucho haber estado desaparecido últimamente —me dice papá—. Siento que te tengo abandonada.

—No seas tonto. Mientras tú seas feliz...

—Lo soy. Pero ¿y tú qué?

—¿Yo?

Fuerzo una sonrisa perfecta y trato de no pensar en cómo mi matrimonio parece estar desmoronándose y cómo mi familia se está echando a perder delante de mis narices.

—Estoy fenomenal —le contesto, mientras apuramos el té—. Tengo que volver al trabajo —digo mirando el reloj.

Nos ponemos de pie y yo le ayudo a incorporarse. Pone su mano en mi brazo.

—He esperado hasta los setenta y dos años para averiguar quién soy en realidad —me confiesa—. Nunca sabré si lo habría hecho si Rita no me hubiera dejado. No quiero que a ti te pase lo mismo. Siempre puse por delante lo que quería tu madre, pensando que eso me proporcionaría una vida tranquila. Y creo que me equivoqué.

—Eso es lo que suele hacer la gente que tiene familia. Te rindes y renuncias a tus sueños para mantener la unidad. ¿No es de eso de lo que se trata?

Mi padre se encoge de hombros mientras nos dirigimos hacia la puerta.

—Hagas lo que hagas con tu vida, sé feliz mi niña. No esperes tanto tiempo como he esperado yo para encontrar tu camino.

Pienso en mi marido y en mi ex novio, y me pregunto cuál de los dos caminos es el correcto.

85

Apenas media hora después ya estoy de vuelta en la biblioteca. He tenido una buena charla con mi padre, que está adorable, y me doy cuenta de que es el único en mi familia que no me está causando dolor últimamente. Él y nuestro viejo *Buster*, tuerto y sordo, por supuesto.

Sacudo mi paraguas en la puerta y me dispongo a volver a mi puesto.

Entro y de pronto me paro de golpe. No esperaba encontrarme a Steven, de pie junto a la mesa con Una. Está inclinada hacia delante, riéndose, mostrando una buena dosis de escote para ser una bibliotecaria.

—Hey —dice cuando me ve, y le da la espalda a Una.

Mi amiga también recupera la compostura, acariciándose distraída el pelo.

Steven me coge del brazo y me lleva hacia la sección infantil.

—Sé que dije que no volvería a venir a verte, pero tenía que hacerlo —me advierte.

—Steven...

Levanta una mano.

—Escúchame —me replica. Mi ex novio mira alrededor para cerciorarse que nadie está escuchando—. Mi madre murió ayer.

—Oh, Steven —todas las barreras que había tratado de levantar contra él se hacen añicos en un segundo—. Lo siento muchísimo.

—No sufrió nada al final.

Sus ojos se llenan de lágrimas y yo quiero abrazarle, pero sé que no es el lugar apropiado.

—Me he pasado toda la mañana rellenando papeles para el funeral —me cuenta, soltando un suspiro—. Nunca me habría imaginado que había tantas cosas que organizar.

—Si hay algo que pueda hacer para consolarte... —le digo.

—Ven al funeral —me pide—. Es lo único que te pido. Que estés ahí conmigo. No tengo a nadie más.

—Claro, por supuesto que iré.

—Te daré más detalles después. Le he pedido a todo el mundo que venga a casa después, he contratado un *catering*.

—Es un detalle muy bonito —le digo. Mi mano acaricia su brazo—. A tu madre le habría encantado.

—Creo que sí.

En ese momento escucho a Una toser. Miro por encima del hombro y veo que hay gente haciendo cola en el mostrador. Mi amiga levanta la vista para mirarme. Está claro que necesita mi ayuda.

—Siento decir esto Steven, pero tengo que volver y ayudar a Una.

—Lo entiendo.

Coge mi mano y baja la voz.

—He intentado alejarme. De verdad que lo he intentado. Pero te he echado muchísimo de menos.

Entonces Steven cruza en pocas zancadas el camino hasta la puerta. Y me doy cuenta de que yo también le he echado de menos.

86

Casi una semana después, empujo la antigua puerta de madera y entro en la iglesia de Santa María y San Giles. Situada en la acera derecha de High Street, esta iglesia ha sido un icono de Stony Stratford durante siglos. Es también el lugar donde Steven y yo íbamos a casarnos hace tantos años. Apenas he ido allí desde entonces, sólo a alguna fiesta religiosa o la misa de Nochebuena. Ahora he venido para el funeral de la señora Aubrey.

Son las doce y Don me ha dado dos horas de descanso para poder asistir. Mucha gente de la ciudad está aquí presente, ya que la madre de Steven era muy popular, así como una personalidad muy activa en muchos círculos de mujeres antes de que su enfermedad acabara con ella.

Era la iglesia de toda la vida de Harriet Aubrey, y era asidua habitual los domingos. Creo que también estaba en la comisión que se encargaba de las flores y, si había estado, podía sentirse muy orgullosa de sus compañeras. La iglesia está llena de unas azucenas blancas preciosas. Está claro que Steven les ha proporcionado un presupuesto más que generoso. El interior está iluminado y limpio. El sol brilla a través de las vidrieras de colores, provocando que se refleje el arco iris en el suelo de piedra.

Steven está de pie al comienzo de la iglesia, y yo no sé qué hacer. ¿Debo sentarme con sigilo en un banco del final, o ir sin vergüenza alguna con él y estar a su lado? ¿Qué quiso decir exactamente cuando me explicó que quería que estuviera a su lado? Mientras todavía estoy pensando qué hacer, Steven se vuelve y me ve. Me hace una seña para que me acerque a su banco.

Cogiendo una bocanada de aire, me dispongo a hacerlo. Mis tacones resuenan en la piedra mientras me dirijo a la cabecera de la iglesia y siento cómo todos los ojos se vuelven hacia mí. Le había dicho a Rick que vendría y se había ofrecido a acompañarme, pero a última hora no pudo escaquearse del trabajo. Me alegra que haya vuelto con Hal y creo que él también está muy contento, pese a que siga quejándose de él todas las noches.

—Me alegra que hayas podido venir —me susurra—. ¿Todo bien?

—Sí —asiento—. ¿Y tú?

—Bueno —me contesta, con una sonrisa triste.

El organista está tocando un himno muy bonito. Reconozco la canción, pero hace tanto tiempo que no estoy en una iglesia que soy incapaz de decir cuál es.

A medida que acercan el ataúd de su madre desde la nave lateral hasta el altar, siento cómo Steven se acerca a mí, su hombro rozando el mío. Me preocupa que en cualquier momento me coja de la mano y le dé por besarme, pero no lo hace.

La misa es encantadora y, después, los coches nos llevan a toda prisa a la Casa del Molino, donde Steven ha dispuesto un bufé magnífico para los asistentes. El sol está brillando y la reunión tiene la atmósfera de una fiesta, más que de un velatorio. Creo que a la madre de Steven le habría parecido bien. Siempre fue una persona muy sociable en la ciudad.

—Harriet estaba muy orgullosa de ti —le digo mientras me acerca una copa de vino blanco—. Y con toda la razón. Habría valorado mucho esto.

—Me encantaría haber hecho más por ella —me contesta—. Debería haber estado más con ella, en lugar de deambular por el mundo.

—Nunca estuvo sola aquí —le consuelo—. Tu madre tenía muchísimos amigos. Sólo tienes que echar un vistazo.

—Tienes razón. No hay necesidad de torturarme. Pero a veces lo hacemos, simplemente porque podemos hacerlo.

Ahora estamos paseando por el jardín, mi lugar favorito de la casa, alejados del ajetreo.

Después de las últimas lluvias el río está rebosante, pero ahora ha vuelto el sol y brilla sobre el agua como si fueran gotitas de cristal. Las ramas de un sauce llorón rozan el caudal. No es hasta que llegamos a la orilla que Steven rompe su silencio.

—Ya no necesito estar aquí —me dice, sin mirarme—. Podría irme mañana mismo. El contrato de alquiler vence en dos meses. En lugar de comprarlo, puedo simplemente dejar este lugar.

—Eso sería una pena. Es una casa preciosa.

—Sí, pero es muy grande para una sola persona.

—Ya. Eso es cierto.

Ahora Steven se para y me mira.

—La oferta sigue en pie, que vengas conmigo.

Yo bajo mi mirada.

—Sabes que no puedo hacer eso.

—¿Días así no te recuerdan lo corta que es la vida? ¿Lo fugaz que es nuestra existencia? Quiero ser lo más feliz posible, Juliet. ¿Tú no quieres eso?

—Sí, claro que sí.

—Entonces deja a Rick.

Es la primera vez que me lo dice de forma tan directa.

—Deja a Rick y vente conmigo. Puedes hacerlo hoy mismo.

—No podría.

—Entonces mañana, o pasado. Te esperaré. No me importa el tiempo que tardes, pero te quiero aquí conmigo. A mi lado. Como mi mujer. Es el lugar que te corresponde. Debería haberlo visto hace muchos años.

—Sólo son castillos en el aire, Steven. Una fantasía preciosa. No podemos estar juntos. Ya hemos tenido esta conversación, no puedo dejar a mi familia.

—¿No puedes o no quieres?

—Al final se reduce a lo mismo.

—Pero yo te quiero.

Siento que se me va a romper el corazón.

—A veces con eso no basta.

—Y a veces quedarte donde tú estás basándote en una fidelidad equivocada es lo peor que puedes hacer.

—Estoy casada, Steven. Y eso siempre será así.

—Puedo enseñarte cosas que ni siquiera puedes imaginar en tus mejores sueños. Te haré la persona más feliz de la tierra. ¿No deseas eso para ti?

—Sí, pero...

—No quiero que llegues al final de tu vida, Juliet, y que te arrepientas de no haber aprovechado esta oportunidad de ser feliz.

Al decir eso, Steven me lleva de vuelta hacia la muchedumbre de la fiesta. Termino mi copa, salgo por la puerta de atrás, evitando a los invitados para no tener que despedirme, y busco un coche y a alguien que me lleve de vuelta a la biblioteca. Me duele la cabeza y no sólo por beber vino a la hora de la comida.

¿Tendrá Steven razón? ¿Me arrepentiré con el tiempo de esto? Todo el mundo que me rodea parece que hace lo que quiere, sin preocuparse por las consecuencias. ¿Por qué no puedo hacerlo yo también?

87

El resto de la tarde en la biblioteca lo paso con la cabeza en otra parte, reflexionando sobre las palabras de Steven. Le doy vueltas una y otra vez hasta que no puedo pensar más. Por suerte, estoy en la planta de arriba, en la mesa de información, y cada cinco minutos mi caos mental es interrumpido por todo tipo de preguntas que me dirige el público de la biblioteca sobre el papel de Town Clerk, los preparativos del festival de folk de este año, nuevos usuarios que se quieren sacar el carné, o gente que quiere usar los ordenadores. Nunca antes había estado tan agradecida por estar tan ocupada

Sobre las cuatro y media la biblioteca recupera de nuevo la calma, y aprovecho la ocasión para ir abajo. Una está tras el mostrador, con cara de asombro.

—¿De dónde ha salido toda esa gente? —pregunta—. No he parado en las últimas dos horas.

—Ya, yo tampoco.

No le digo que en realidad me ha venido bien no tener tiempo para pensar.

—Nos hemos quedado sin un solo sello —me dice—. No sabía que nos quedaran tan pocos. ¿Puedes salir antes de trabajar y pasarte por la oficina de correos de camino a tu casa?

—Sí, no hay problema.

—Se te ve agotada —dice mi amiga, frunciendo el ceño. Me da un abrazo, aunque preferiría que no lo hiciera porque se me saltan las lágrimas—. ¿Qué tal fue el funeral? No he tenido tiempo de preguntarte.

—Bien, muy bonito. Lo normal.

—¿Qué tal estaba Steven?

—Bien, se las arregló bastante bien.

—Genial.

Necesito salir de aquí. Respirar aire fresco.

—¿Qué hace falta de la oficina de correos?

—Compra una docena de sellos, yo creo que con eso nos bastará.

Una me da unas monedas de la caja de aluminio que tenemos para gastos como éstos, y me pongo la chaqueta.

—¿Hace falta algo más?

—Sí, compra galletas como las de Don. Nos las hemos cepillado todas otra vez.

—Vale, nos vemos mañana.

—¡Anímate! —me contesta Una.

—De acuerdo.

Pero ¿qué pasa si no quiero animarme? ¿Qué pasa si quiero tirarme al suelo y patalear, decirle a todo el mundo lo que pienso de ellos?

Un minuto más tarde estoy ya fuera de la biblioteca, bajando High Street hacia correos.

La oficina principal está por un tiempo dentro de un pequeño supermercado, así que según entro por la puerta cojo un paquete de galletas Gypsy Creams para Don, las que más nos gustan a Una y a mí. Sin embargo, la cola tanto en el cajero como en el mostrador de correos es larguísima

—de hecho, sólo hay una cajera y va super lento—, de modo que dejo las galletas y decido ir a la vieja y decrépita oficina que está a las afueras de la ciudad.

La oficina está cochambrosa y casi nadie la utiliza, ya que la que está en el centro pilla mucho mejor aunque siempre está hasta arriba de gente. Es más si por mi fuera no creo que hubiera venido aquí, pero prefiero estirar un rato las piernas antes que esperar de pie en la cola.

El sitio está sucio y asqueroso y no le vendría mal una limpieza a fondo. La verdad es que no sé ni siquiera cómo lo mantienen abierto. El suelo tiene grietas y partes de él están levantadas. Tienen las típicas tarjetas de cumpleaños, todas ellas cubiertas por una fina capa de polvo.

Gracias a Dios la cola es mucho más corta, así que ocupo mi puesto en la fila pacientemente. El señor Green, director de la oficina, es más viejo que Matusalén, y además, es un hombre al que no se le puede meter prisa. En realidad, es probable que tarden lo mismo en atenderme aquí, así que tendré que tomármelo con calma. La mujer que está delante de mí se gira y me sonríe. Es una de las amigas de mi madre, la señora Richmond.

—Hola.

—Hola, Juliet —me contesta—. ¿Un día precioso, verdad?

—Sí.

En ese momento, antes de que podamos continuar hablando del tiempo, la puerta se abre con fuerza. Probablemente sean niños armando follón. Todos nos giramos para ver por qué tanto lío.

Pero no se trata de críos. Dos hombres con máscaras de payaso están de pie en la entrada. Podría reírme, pero no creo que tengan la intención de ser graciosos, más que nada porque ambos están blandiendo sendas pistolas.

Uno de ellos es pelirrojo, y el otro es calvo, con rizos morenos alrededor de las orejas. Los dos llevan las típicas máscaras de payaso, con los ojos enormes y las bocas rojas. El pelirrojo gira el cartel de *Abierto* de la puerta, dejando el *Cerrado* a la vista.

Sé que debería tener miedo, pero estoy en una burbuja de paz. Todo está pasando como a cámara lenta. Esto parece tan irreal, estar en mitad de un robo a mano armada en una ciudad tan aburrida como Stony Stratford. ¿Por qué habrán elegido esta oficina? ¿No preferirían robar en la del centro, que es mucho más grande, en lugar de en este sitio de mala muerte?

—¡Todos al suelo! —grita el calvo—. ¡Y nadie resultará herido!

—¡Al suelo, al suelo! —dice el otro, uniéndose. Los dos se están poniendo cada vez más nerviosos.

Dos de los hombres y una de las señoras mayores de la cola se agachan al suelo. La señora Richmond se queda mirándome.

—Juliet —me susurra, pero yo me quedo quieta.

—¡Túmbate! —me dice el payaso calvo, apuntándome con su arma—. ¡Las manos sobre la cabeza!

Todavía sigo de pie, así como la señora Richmond. La mujer mayor que está en el suelo estira el brazo tratando de cogerme de la mano, pero no llega.

—No haga que se enfaden —murmura.

—¡Vosotras dos! ¡Al suelo! —nos grita el payaso calvo. Me pone la pistola en la cara y me dice: «¡Al suelo!».

—No quiero mancharme —le contesto.

Los dos payasos intercambian una mirada de asombro.

—Si me tumbo en el suelo, me mancharé. He ido a un funeral hoy. Éste es mi mejor vestido.

—Y este impermeable es nuevo —dice la señora Richmond muy tranquila.

Todos miramos su impermeable nuevo. Es de un amarillo claro.

—Ninguno de vosotros os tumbaríais así en el suelo —les digo a los payasos.

—Está bien —me contesta el payaso pelirrojo, aunque su voz todavía denota algo de perplejidad—. Quedaos aquí y no os mováis u os volaré la cabeza.

Hay un murmullo de terror entre las personas que están en el suelo. La señora Richmond y yo nos quedamos donde estamos.

—Pon el dinero en la bolsa —le dicen al señor Green, el director de la oficina. El calvo le tira una bolsa—. ¡Vamos, vamos! ¡Más rápido!

El señor Green les obedece. Lo cual es bastante sensato dadas las circunstancias. Cuando ha metido el dinero dentro, les pasa la bolsa a los ladrones.

—¿Esto es todo?

El señor Green asiente, enfadado.

—Quedaos aquí y no os mováis —gritan—, no tratéis de seguirnos, ¿lo habéis entendido?

En ese momento salen por la puerta tropezándose, y entonces salen disparados calle abajo.

En el suelo, los traumatizados pensionistas siguen sin moverse. Me vuelvo a la señora Richmond. Está más blanca que un fantasma y parece como si se fuera a desmayar.

—¿Está bien?

Ella asiente, aturdida.

Salgo a la calle para seguirles, y les veo huyendo en un coche como el de Rick, un Vauxhall Cavalier. Intento memorizar la matrícula antes de perderlos de vista. En ese momento, caigo rendida y de inmediato me entran unas ganas terribles de vomitar.

88

Estaba contento por volver al trabajo. Rick no era el tipo de persona capaz de entretenerse viendo la tele o de tumbarse en el jardín. Aunque, sobre todo, había facturas que pagar. Sí, le sentaba bien estar otra vez ocupado, y además, estaba contento por haber aclarado las cosas con Hal. Su compañero había estado hoy muy atento con él y, además, le había ofrecido una subida de sueldo. No muy alta, pero cualquier cosa sería de ayuda.

Rick se puso de pie para contemplar su trabajo. Hal y él habían instalado hoy un parqué en un local en una zona rural, justo a las afueras de Stony Stratford, en un pueblo llamado Beachampton, el cual estaban reformando por completo. Estaba quedando bien. Roble americano, uno de sus colores favoritos. Siempre le daba un toque elegante. La reapertura del local tendría lugar en el fin de semana, y el dueño les había invitado a ambos a acudir a la fiesta.

Hal se puso también de pie.

—Buen trabajo Rick.

—Sí.

La habitación que habían terminado estaba en la planta baja, en la parte trasera del local. Era larga, cuadrada, muy luminosa, y la habían pintado con un tono que se podría clasificar de azul claro, si es que el dueño tenía alguna idea sobre pintura.

—Éste sería un buen lugar para hacer una fiesta —señaló Hal—. Lo tendré en cuenta si alguna vez me vuelvo a casar.

Se rió con su propio chiste y Rick, poseído otra vez de un espíritu de camaradería, se unió a él. Las posibilidades de que se casara de nuevo eran las mismas de que Mohamed Al Fayed se convirtiera en *Sir* británico.

En ese momento Rick tuvo una iluminación. Hal tenía razón. Este sitio era genial para hacer una fiesta: sus Bodas de Plata. Esto era lo que podía hacer por Juliet, organizar una gran fiesta para celebrar que habían sobrevivido a veinticinco años de matrimonio, y tal vez después llevársela a pasar un fin de semana a París. A ella le encantaría.

Tom podría encargarse de redactar las invitaciones con el ordenador —si era capaz de dejar de acostarse con toda la población masculina y femenina de Stony Stratford. Chloe podría ayudarle para elegir el menú y la decoración— sí, sabía que los dos años que pasó su hija estudiando Moda y Comunicación no podían haber sido por completo inútiles. Además, liaría a Rita para que también hiciera algo. Debía tener miles de amigas capaces de elaborar un buen pastel para el evento.

Iría a buscar al dueño ahora mismo, para ver si podía reservar el local ya. No había tiempo que perder. Su aniversario era en un par de semanas. Rick podría fustigarse por no haber pensado antes en ello, pero también podría fustigarse por todas las cosas que había hecho últimamente. Esta fiesta podría trazar una línea para dejar atrás lo que había pasado. Se frotó las manos, lleno de alegría. Éste era el nuevo comienzo que había estado buscando.

89

La policía llegó a casa apenas unos minutos antes de hacerlo Rick. Mi marido atraviesa la puerta con un gesto de preocupación en la cara, y yo me pregunto si habrá algún delito que todavía no me haya contado. Aunque, para ser justos, él no sabe lo que he vivido.

—¿Ocurre algo malo, agente? —pregunta nervioso al entrar, mirando de reojo el coche patrulla.

—Están aquí por mí —le explico.

—¿Por ti? —dice, aunque se le nota sensiblemente más relajado.

Gracias a mi marido, me temo que los Joyce estamos muy cerca de convertirnos en los Kray* de Chadwick Close.

—Creo que sería mejor que hablásemos en el salón.

Me dirijo allí seguida de los dos jóvenes policías y Rick. Cierro la puerta y me siento en el sofá, y acto seguido mi marido se sienta junto a mí. Los policías toman asiento en los sillones. Son unos chiquillos, más pequeños que Tom.

---

* Los hermanos gemelos Reginald y Ronald Kray fueron dos de los principales capos del crimen organizado en el Londres de los años cincuenta y sesenta. *(N. de la T.)*

—Estás muy pálida —dice Rick mientras me mira.

—Hubo un robo en la oficina de correos —le explico mientras suspiro—. La vieja, la que está a las afueras de la ciudad. Estaba en la cola en ese momento.

—Su esposa es una mujer muy afortunada —dice el policía más joven.

—¿Por qué?

—La información que nos ha proporcionado antes nos ha ayudado para identificar la banda que se encuentra detrás de esto. Son hombres muy peligrosos, muy proclives a la violencia.

—Les he dicho el número de matrícula del coche, así como el modelo —le digo. Mi marido sabe perfectamente que yo no tengo ni idea de marcas de coche, y como es lógico, me observa, sorprendido—. Era el mismo coche que el tuyo.

Una coincidencia que me ha sido muy útil. No así a los ladrones.

—Han estado implicados en una serie de robos —continúa el agente—, son unos delincuentes implacables —eso parece sacado de una película de Guy Ritchie—, hace poco mataron a dos personas y dejaron malherida a otra.

—¿En serio? —pregunto, aunque casi ni se me ha oído.

—Como he dicho, es usted una mujer muy afortunada.

—¿Podemos repasar de nuevo su declaración, señora Joyce? —pregunta el otro policía, abriendo su libreta.

Después del robo, el señor Green, el director de la oficina, llamó a la policía. Llegaron a los pocos minutos. Y luego todo el mundo se queja diciendo que siempre tardan mucho en acudir. Estaban ahí cuando se les necesitaba. Yo todavía estaba ayudando a sacudirse el polvo a toda la gente a la que habíamos levantado del suelo —que estaba muy sucio—. Después respondí a todas las preguntas que me hicieron los agentes que habían acudido, y entonces me dejaron marchar.

A pesar de la gallardía mostrada en el momento, las piernas me temblaban mientras me dirigía al coche aparcado en la biblioteca, y mientras me bebía una taza de té muy caliente cuando llegué a casa. Ahora me marea un poco pensar sobre ello. Estrés post traumático, imagino.

—¿Puede describir otra vez los hechos, por favor?

Cogiendo una bocanada de aire, emprendo de nuevo el relato del robo en la oficina de correos, hablándoles de los payasos, los gritos, el hecho de seguirles y apañármelas para conseguir el número de matrícula del coche con el que huyeron. Todo lo que les había contado antes.

—Tenemos aquí —dice el policía revisando sus notas— la declaración de la señora Richmond.

—Sí.

—Afirma que tanto ella como usted se negaron a tumbarse en el suelo cuando los pistoleros se lo dijeron.

—Así es —contesto—. Es correcto. No queríamos ensuciarnos.

En ese momento todos los presentes levantan las cejas, sorprendidos, incluido Rick.

—Parecía que no lo habían limpiado en décadas —digo en mi defensa—. La señora Richmond llevaba puesto un impermeable beis nuevo.

—¿Y por *eso* no te tumbaste? —pregunta Rick. Se ha quedado blanco.

—No sé.

Pensándolo bien, no es la cosa más inteligente del mundo. A lo mejor debes estar ahí para entenderlo.

—Creo que es todo por ahora, señora Joyce —dicen los agentes poniéndose de pie—. Si hay algo más nos pondremos en contacto.

—Gracias.

Rick les lleva hasta la puerta. Yo me hago un ovillo en el sofá, abrazándome las rodillas contra el pecho. Tengo unos temblores dentro de mí que no puedo controlar. Entonces escucho el coche de policía alejarse, y mi marido vuelve al salón.

—¿Es que querías morir, mujer? —me pregunta con los ojos muy abiertos, y la voz incrédula—. ¿Por qué no hiciste lo que te ordenaron? ¿Sabes que podrían haberte disparado?

—No sé.

Rick se sienta a mi lado y me rodea con sus brazos.

—Podrías haber muerto.

Podría haber muerto. Mi vida podría haber terminado hoy, en mitad del suelo asqueroso de una oficina de correos. Y sólo pensarlo hace que mi cuerpo tiemble todavía más.

90

Me tumbo en la bañera. La he llenado hasta arriba, el agua está ardiendo y hay miles de burbujas de espuma flotando. Tengo, además, un vaso de vino a mano, pero nada de esto me alivia en absoluto.

Alguien llama a la puerta, y escucho la voz de Rick.

—¿Todo bien ahí dentro?

Solemos echar el pestillo del baño en nuestra casa. Lo hacemos desde que los niños eran pequeños. Ahora se ha convertido en una costumbre. Esta noche, aunque me avergüence decirlo, me alegro de que Rick esté fuera. Simplemente necesito algo de tiempo para mí. ¿Acaso es eso tan malo? En realidad, si puedo permitirme estar aquí tirada tanto tiempo, es porque todos los demás han salido, así que no hay nadie aporreando la puerta para poder entrar al baño.

—Estoy bien —le respondo. Aunque no estoy bien. Estoy en estado de *shock*.

—Grita si necesitas cualquier cosa —dice mi marido. Noto la ansiedad de su voz. Quizá él también la nota en la mía.

—Lo haré.

—Estoy preocupado por ti.

—Bajaré enseguida —le tranquilizo.

—Está bien.

Escucho las pisadas de Rick alejándose hacia las escaleras.

Me hundo de nuevo en el agua caliente, juego con las burbujas que me rodean, y sorbo un poco de mi vino.

Hoy podría haber muerto. ¿Cómo me hace sentir? Me siento invadida por una ola de emociones, incapaz de separar unos sentimientos de otros.

Pienso en todas las cosas que jamás podría haber hecho si hoy hubiera muerto. No hubiera visto nacer al bebé de Chloe. Rick y yo no habríamos celebrado nuestro veinticinco aniversario. No hubiera visto sentar la cabeza a Tom. No hubiera podido hacerme cargo de mis padres cuando fueran ancianos. Y no hubiera tenido la oportunidad de abrazar a Steven Aubrey por última vez.

Y quizá esto no debería hacerlo nunca, pero esa idea me agita más que el resto. Entonces, antes de que pueda pensar en lo que estoy haciendo, mis dedos, temblorosos, cogen el móvil, que está sobre la pila de ropa en la silla, y marco el número de Steven.

—Hola.

El sonido de su voz, suave, sexy, al contestar, hace que esté a punto de romper a llorar, pero logro contenerme.

No debería estar haciendo esto. Sé que no debería. Pero me siento como si estuviera empujada por una fuerza ajena a mí, como si el destino estuviera interviniendo, caprichoso. Esta conversación podría cambiar el rumbo de mi vida, pero quiero tenerla igualmente.

—Hola —contesto, sonando temblorosa—. Soy yo.

91

Estamos en la cama. Cierro mi libro y me vuelvo hacia Rick.

—Voy a una conferencia sobre bibliotecas este viernes —le digo. Estoy mintiendo.

—Ah, de acuerdo —contesta, levantando la mirada del periódico. Odio que lo lea en la cama, pero no lo hace muy a menudo, así que no me he quejado. Si está leyendo las esquelas, se lo está guardando, afortunadamente, para él—. No me habías dicho nada.

—Lo he sabido hoy.

Hace una hora, cuando he llamado a Steven Aubrey desde el baño, planeando cómo pasar una noche ilícita con él. Me callo este pensamiento. Aunque tengo miedo de que Rick pueda oír cómo late mi corazón, que parece querer salirse de mi pecho.

—Tendré que pasar la noche fuera.

—Oh —responde. Rick baja ahora el periódico, mientras que yo vuelvo a abrir mi libro—. ¿Y eso por qué?

—Es en Worcestershire o por ahí. Vamos a hacer varios ejercicios de terapia de grupo por la tarde.

—Ah, qué bien —comenta mi marido—. No recuerdo que hayas tenido que irte fuera antes.

—Alguien debe haber encontrado dinero extra en sus presupuestos. Volveré el sábado por la mañana. Probablemente temprano.

—No tengas prisa —dice Rick—. Ese día voy a Wembley con Hal a ver el fútbol. Nos iremos a mediodía más o menos, y estaré fuera todo el día. Lo va a organizar todo el tío Hal, así que será todo un milagro si conseguimos llegar hasta allí.

—Te lo vas a pasar genial.

—Sí. Seguro que tú también.

—¿En una conferencia sobre bibliotecas? —digo, forzando una risa.

Quitándome el marcapáginas de la mano, Rick lo mete en mi novela y cierra el libro, dejándolo sobre la cama. Se vuelve hacia mí, apoyándose en la almohada.

—¿Qué?

¿Ya se me nota el sentimiento de culpa en la cara?

—Nada, sólo estoy pensando —dice—. No sé qué haría sin ti.

Mi marido coge mis dedos y juega con ellos.

—¿Y si te hubiera pasado algo hoy? ¿Y si uno de esos ladrones te hubiera disparado?

—Pero no lo hicieron —contesto, aunque en realidad carezco del arrojo que denota mi voz.

—Quiero que me prometas que si alguna vez te encuentras en una situación parecida, te tumbarás en el suelo, tal y como te dijeron que hicieras.

—De acuerdo —contesto—. Claro que lo haré.

—Podrían haberte herido —me recuerda Rick, innecesariamente—. O algo peor.

—Lo sé —digo. Mis dedos están empezando a temblar otra vez—. No quiero hablar más sobre el tema.

—Lo siento. Sólo quería asegurarme de que te dabas cuenta de lo seria que era la situación.

—No soy estúpida.

—Pero fuiste muy imprudente —asevera, mirándome inquisitivamente.

Y voy a serlo otra vez, pienso.

Mi marido me besa, sus labios, dulces, contra los míos. Los últimos labios que besaron los míos eran de Steven, y siento cómo mi cara enrojece de la vergüenza al recordarlo.

—Quiero amarte y cuidar de ti para siempre —murmura Rick en mi oreja. Sus manos se deslizan hasta mi cara, acariciándola, besándome otra vez—. Hagamos el amor.

Me aparto despacito de él.

—Todavía no me encuentro muy bien. Me duele un poco la cabeza.

—¿Un abrazo pues?

No puedo evitar sentir la decepción en su voz.

Nos metemos bajo las sábanas juntos, y Rick me cubre con el edredón, con cariño. Yo me quedo tumbada, inmóvil, dándole vueltas a la cabeza sobre lo que estoy a punto de hacer.

92

La mañana del viernes ha llegado antes de lo que Rick quisiera. Estaba haciendo tostadas cuando una de las rebanadas ha salido disparada por la cocina como si fuese un cañón humano. Rick suspira fastidiado mientras *Buster* coge el pan chamuscado y se lo traga a toda prisa en tres bocados antes de que alguien pretenda quitársela de su boca. Estaba pensando en comprar una tostadora nueva, la más moderna que hubiera en la tienda, para sustituir a ésta, que está hecha polvo, justo cuando Juliet bajó por las escaleras. Se les estaba haciendo tarde a los dos y, técnicamente, ambos tendrían que haber salido ya hacia el trabajo. Pero su mujer parecía tan cansada cuando sonó la alarma, que no había querido meterle prisa.

—¿Tienes la maleta hecha?

—Sólo una bolsa pequeña. Sólo estaré fuera una noche —dijo ella—. No soy como Una, yo sí puedo llevarme pocas cosas.

Rick untó de mantequilla la tostada.

—¿Va contigo la divorciada desesperada?

—Eh..., no, creo que no.

—¿*Crees* que no?

Le pasó una tostada a su mujer. *Buster* se sentó a su lado, moviendo el rabo, esperando que cayera alguna migaja o dos hacia donde él estaba.

—No —contestó Juliet—. Estoy segura de que no.

—¿Cómo se llamaba el sitio?

—Shropshire.

—¿No habías dicho Worcestershire?

—¿No es el mismo lugar?

—Me preocupa que conduzcas hasta allí —dijo Rick—. No pareces ni siquiera saber adónde estás yendo.

—Don viene conmigo en mi coche —le contestó Juliet mientras masticaba la tostada—. Él sabe dónde está. Él se encargará.

No creía a Juliet. Era terrible pensar eso y no tenía pruebas de que estuviera mintiendo. Pero estaba siendo muy ambigua, con respuestas evasivas, y quería pedirle que le enseñara algo, tal vez un correo electrónico, o un folleto, algo que demostrara que sí que iba a asistir a una conferencia sobre bibliotecas.

Antes de que tuviera otra oportunidad de hacerle más preguntas, Tom asomó su cabeza por la puerta.

—¿Puedo traer a alguien a desayunar?

—¿Se trata de un hombre, mujer? ¿Animal, vegetal?

—Muy gracioso, papá.

Si su hijo pusiera el mismo empeño que usa para seducir a gente de ambos sexos para traerlos a casa en encontrar trabajo, otro gallo cantaría. Antes de que pudiera darle permiso o lo que fuera, una chica bajita, oscura, entró detrás de Tom, y ambos se sentaron en la mesa de la cocina. Llevaba ropa de gótica, tenía los pelos de punta y un pendiente en la nariz. No parecía ser la chica de la mesa del comedor, pero tampoco tenía ganas de preguntar.

—Buenos días —le dijo Rick a la chica.

Ella le contestó haciendo con la mano el símbolo de «paz». A él le dieron ganas de contestarle haciendo otro gesto con la mano.

—Si queréis tostadas podéis hacéroslas.

Rick quería tratar de disfrutar de su propio desayuno.

En ese momento escucharon unas llaves en la cerradura.

—¿Es Chloe?

Juliet negó con la cabeza.

—Debe ser mi madre.

—¿Sabías que iba a estar fuera toda la noche?

—No.

—Dios —musitó Rick—. Es peor que un adolescente.

Tanto él como Juliet vieron cómo Rita trataba de pasar por delante de la puerta de la cocina sin que la vieran.

—¡Mamá! —gritó Juliet, y, a regañadientes, su madre entró en la cocina.

—Hola —dijo algo avergonzada—. Pensaba que ya os habríais marchado al trabajo.

—¿Qué tienes en las manos? ¿Es una tomatera? —preguntó Rick. Su suegra llevaba firmemente agarrada una planta dentro de una maceta contra su pecho—. ¿Es para el jardín?

La expresión de su cara pasó de avergonzada a sospechosa, y de sospechosa a poner un gesto como si le hubieran pillado.

—He pensado que mejor la dejo en mi habitación.

—Oh, Dios mío —dijo Rick—. Dime que no es lo que yo creo que es.

Las hojas parecidas a las del helecho, le eran familiares, y eso que no era ningún experto en jardinería.

—Es muy bonita —se inmiscuyó Juliet, que obviamente no se daba cuenta de que su madre estaba tratando de llevar una planta de cannabis a su cuarto—. Bonita y sana.

—Es cannabis, Juliet —le dijo Rick.

—¿Mamá?

—Arnold me ha dicho que es buena para las articulaciones —contrarrestó Rita—. Todas sus enfermedades y dolores han desaparecido desde que fuma porros.

—¡Dale duro, abuela! —dijo Tom riéndose.

—Oh, mamá.

Juliet se quedó de piedra.

—Fabuloso —anunció Rick—. Ahora tenemos a una geriátrica adicta a las drogas entre nosotros.

—Dime que estoy soñando esto —dijo su mujer.

—¡Quiero esa cosa fuera de mi casa ahora! —gritó Rick señalando la planta.

—Puede que sea tu casa, pero es mi hogar —contestó su suegra, resuelta.

—Podemos llegar a algún tipo de acuerdo para cambiar eso —sugirió Rick.

—A lo mejor deberías probar a fumarte un porro —respondió Rita cortante—. Tal vez hiciera que te calmaras un poco.

Antes de que pudiera contestarle, Chloe entró en la cocina.

—Mamá —gimoteó—, no me encuentro bien.

En ese momento comenzó a vomitar en medio de la cocina.

—Qué bonito, hermanita —exclamó Tom, tapándose la nariz.

—Mareos matutinos —dijo Juliet pretendiendo sonar tranquila—. Nada por lo que preocuparse.

—No quiero tener un bebé —lloriqueó Chloe—. Soy demasiado joven. ¿Qué voy a hacer?

—Siéntate cariño.

Juliet condujo a su hija a una silla mientras gimoteaba.

—No hay nada de lo que preocuparse. Es todo completamente natural. Papá te va a hacer una taza de té super rico mientras yo limpio esto. No necesitas nada más.

Rick abrió la boca para protestar pero entonces pensó que lo mejor sería callarse. Se levantó y puso a calentar la tetera.

—Nos vamos de aquí —dijo Tom, tirando del brazo de su novia de la última noche—. Un desayuno en el McDonald's nunca será tan estresante como esto.

—Yo estaré en mi cuarto —señaló Rita mientras se marchaba discretamente—. Si alguien quiere algo.

—No he terminado contigo —le gritó Rick mientras su suegra subía a toda prisa por las escaleras—. Discutiremos esto más tarde.

—Venga, déjale ir —dijo Juliet cansada—. Ya he tenido bastante por hoy y eso que todavía no son ni las nueve de la mañana.

Rick no podía culparla. Él también necesitaba escapar. Esta casa era demasiado pequeña como para albergar a una abuela fumadora de hachís, un hijo casanova, una hija embarazada con náuseas, y una esposa aficionada a desafiar a la muerte que, además, decía dirigirse a una conferencia sobre bibliotecas aunque, probablemente, no fuera cierto.

93

Me he encontrado mal todo el día en el trabajo. Un par de veces he tenido que ir al lavabo del personal porque tenía arcadas. Una sospecha que algo no va bien. Si no fuera por la reciente vasectomía de Rick, podría incluso pensar que yo también estoy embarazada. Aunque le sorprendería más el verdadero motivo. Pero después de irse de la lengua sobre el supuesto billete premiado de lotería, no creo que pueda confiarle que planeo pasar la noche en casa de Steven Aubrey, en la cama de Steven Aubrey, en los brazos de Steven Aubrey.

Es raro planear algo que nadie sabe en el planeta excepto yo. He estado a punto más de cien veces de coger el teléfono para decirle a Steven que quería cancelarlo, pero luego pensaba en lo que había sucedido en la oficina de correos y lo cerca que estuve de morir, y sé que quiero pasar la noche con mi amor de toda la vida, mi ex novio, el hombre que me ama y me adora y que piensa que no soy una simple madre aburrida, siempre dispuesta a poner la lavadora, limpiar, o sacar a pasear al perro cuando nadie más quiere hacerlo. Steven me trata como a una mujer, como a una mujer atractiva, un objeto de deseo sexual, y me mira con ansia en los ojos. Me desea. Le pierde mi cuerpo. Y quiero saber lo que se siente, otra vez.

—¿Qué vas a hacer el fin de semana? —me pregunta Una.

—No mucho.

Me pongo colorada, aunque no me cuesta nada mentirle.

—Rick va a ir mañana a Wembley a ver el fútbol. Yo tal vez me quede en casa cuidando el jardín.

—Vente a casa a tomar un té si te apetece. Estaré todo el tiempo conectada a Internet para buscar páginas web sobre joyas.

—¿Todavía sigues con eso?

Una asiente.

—Eso parece. Tex está entusiasmado.

¿Cómo puedo decirle que no es muy prudente invertir dinero con un tío al que ni siquiera conoce, cuando voy a hacer lo que voy a hacer?

A las cinco, cerramos la biblioteca y yo me meto en mi Corsa. En el aparcamiento, apoyo la cabeza sobre el volante mientras me obligo a ir a la Casa del Molino en lugar de a mi casa, a Chadwick Close, un lugar caótico que me da seguridad.

Podría echarme atrás ahora mismo. Simplemente conducir hasta casa, decirle a Rick que la conferencia se ha cancelado, y no hacer esto. Eso sería lo más sencillo, lo más razonable. Arranco el coche, salgo del aparcamiento, y me dirijo a casa de Steven.

Cuando llego y me paro fuera de las tres plazas de garaje adyacentes al molino, tengo otro momento para apoyar la cabeza en el volante. No es demasiado tarde para irme. Ahora mismo. Podría parar este sinsentido e ir a casa. Mi hogar, al que pertenezco. En ese momento sale Steven, saludándome, y hay tal excitación, tal alegría en su cara que, a pesar de todas mis dudas, salgo del coche.

Steven pasa sus brazos alrededor de mi espalda.

—Estoy tan contento de que hayas venido. No imaginas cuánto deseaba esto.

Creo que sí lo sé.

—Tal vez deberías aparcar tu coche junto al camino, fuera de la vista.

—Está bien así —digo negando con la cabeza.

—¿Seguro?

Asiento, y entonces me lleva hasta la casa, cogiendo mi maleta para una sola noche del asiento de atrás. Tal vez hubiera sido mejor habernos marchado lejos, a Worcestershire, o Rhropshire, o adonde narices se suponía que iba. Es algo extraño planear estar aquí, dormir aquí, hacer el amor con Steven tan cerca de mi propia casa. Estoy segura de que si dijera en voz alta todas mis preocupaciones, Steven entraría de un salto en su Aston Martin y me llevaría volando al hotel más increíble que yo eligiera sin quejarse lo más mínimo. Ése es el tipo de vida que podría tener con él. En lugar de eso, le sigo por la Casa del Molino, sin decir una sola palabra.

En la cocina, el champán está enfriándose en una cubitera. Hay una olla hirviendo en los fuegos, y del horno procede un olor delicioso. Mi estómago ruge de hambre y entonces, por si no fuera suficiente, lo noto revolverse.

—Huele genial eso.

—Es ternera Stroganoff con arroz salvaje y ensalada.

—Increíble. ¿Lo has hecho todo tú?

—Claro. He dispuesto la mesa del comedor para la cena —me dice Steven. Está tan excitado que podría ponerse a llorar—. Pensé que debíamos ser elegantes mientras tengamos la oportunidad.

Yo creo que hubiera estado más contenta con una bandeja sobre mis rodillas, ya que esto me pone nerviosa.

Steven me pasa una copa de champán y levanta la suya.

—Por nosotros —me dice.

—Por nosotros —le imito. Mi boca está tan seca como el desierto.

Entonces se acerca y me abraza, muy fuerte. No hay nadie aquí excepto nosotros, a solas en nuestra burbuja. Una vez más soy una adolescente enamorada. Los labios de Steven encuentran los míos y la cabeza me da vueltas y eso que apenas he probado el champán. Durante un instante maravilloso, me olvido de que no debería estar ahí, de que soy una mujer desaliñada de mediana edad cuyo maquillaje es del tono Beis Clásico y, lo más importante de todo, me olvido de que estoy casada con otra persona.

94

Rick estaba echando de menos a Juliet. Ésta era la primera noche que había pasado sin ella, al menos que él recordara. De hecho, pensaba que ella nunca había pasado una noche fuera desde el día que nació Chloe y se tuvo que quedar en la unidad de maternidad toda la noche, mientras él se las apañaba para estar en casa a solas con Tom.

Trató de echar la vista atrás para recordar cómo era cuando eran unos críos, pero pensó que debió ser realmente horrible, ya que su mente parecía haber borrado la mayoría de los recuerdos. ¿No es así como trata de combatir las experiencias traumáticas el cuerpo humano? También se preguntó cómo sería tener otro niño pequeño en casa, dentro de muy poco. Al contrario que Juliet, él no tenía tantas ganas de que ese momento llegara.

Mientras su esposa estaba fuera, decidió escribir las invitaciones para la fiesta de aniversario de boda, esa que pretendía mantener en secreto a toda costa. Había obligado a Tom a hacer algunas invitaciones con el ordenador y, siendo sinceros, había hecho un gran trabajo. En una cara estaba una foto de Juliet y Tom en los viejos tiempos —era una pena que no hubiera ninguna fotografía de la boda para poner, porque los padres de Juliet estimaron que no había nada que celebrar y, por tanto, no se hicieron fotos—. En la otra cara había información sobre la fiesta, y Rick estaba en ese momento escribiendo los nombres de sus amigos y vecinos, esperando que pudieran asistir.

Chloe había sido enviada a comprar algunos globos de helio y otras tonterías para la fiesta, y ahora estaba todo escondido en el maletero de su furgoneta. Una de las amigas de Rita estaba haciendo una tarta, y Rick tenía la esperanza de que ella no tuviera la misma propensión que su suegra a las drogas blandas, y le diera por meter un poco de hachís en el recipiente, porque de lo contrario todos los invitados a la fiesta estarían algo mareados. También esperaba que todos mantuvieran las bocas cerradas, ya que era prácticamente imposible guardar un secreto en esta casa.

Pensó en Juliet y se preguntó si debía llamarla o escribirle un mensaje al móvil para ver qué tal estaba, si había encontrado o no el lugar de la conferencia en Worcestershire, o Shropshire, o donde quiera que dijera que iba a ir. Rick se sentó en el salón y se puso a pensar. Le había llevado mucho tiempo construir esta vida, esta casa, esta familia. Y era feliz por ello. Era muy feliz. De eso no tenía ninguna duda.

El único problema era que sabía que Juliet no estaba en ninguna conferencia surgida a última hora. Estaba muy claro.

Rick estaba seguro de saber dónde estaba realmente su mujer; y de con quién estaba. La cuestión era, ¿quería de verdad salir de dudas?

Cinco minutos después decidió, para bien o para mal, que sí quería. Se metió en su Vauxhall y se puso en camino hacia la parte norte de la ciudad. Rick recordaba que Juliet le había contado que Steven Aubrey estaba alquilando la Casa del Molino en el Viejo Stratford, y ello significaba que tendría que pasar por el parque pegado al río que había jurado evitar desde el desagradable incidente de *dogging*. Pero tenía que hacerlo, de todas formas. Así que tomó esa dirección y, unos minutos más tarde, giró hacia la carretera secundaria que conducía a la lujosa finca. Había deseado una casa así durante años y ahora Steven Aubrey la tenía. Había deseado durante toda su vida un Aston Martin y Steven Aubrey tenía uno. Ni en sueños iba a quedarse también con Juliet.

Las ruedas crujieron sobre la arena mientras Rick se apartaba del camino. Paró muy cerca de la casa, poniendo el coche detrás de un árbol para poder espiar sin que nadie pudiera verle. Desgraciadamente, vio que el coche de Juliet estaba, de hecho, aparcado fuera.

¿Qué hacer ahora? ¿Debía aparecer ahí hecho una furia, montar un escándalo, y llevarse a Juliet de ahí, independientemente de lo que estuvieran tramando? Era tentador. Pero no era su estilo. Es sólo cuando te encuentras en ese tipo de situaciones que debes pensar cómo reaccionar y, casi siempre, pensó Rick, no era como te habías imaginado.

En lugar de entrar en la casa abriendo fuego, se quedó sentado en el coche, encontrándose cada vez peor. Desde donde estaba podía ver a Steven y a Juliet en el comedor, en la parte delantera de la casa. Hubiera sido conveniente haber traído unos prismáticos. Tenían unos en casa, en algún lugar, pero no los había visto desde hacía décadas. Sin duda alguna, debían estar perdidos sepultados por montañas de material deportivo que sus hijos habían abandonado ahí durante todos estos años, cuando se cansaban de jugar con lo que en ese momento estuviera de moda. Ni en un millón de años se habría imaginado que querría usarlos para esto.

En el comedor, la cena parecía marchar estupendamente. Juliet se estaba riendo de una forma que él no había visto en años. ¿Amaba Juliet a Steven Aubrey después de todo? Desde luego parecía que sí. Parecía que la había perdido para siempre.

En el coche, Rick quería cerrar los ojos o, mejor aún, simplemente volver a casa y fingir que no había visto nada.

95

La cena estaba increíble. Steven es un cocinero excelente, y la copa o dos de champán que me he tomado le han sentado muy bien a mi cabeza. La habitación es cálida, reina una luz tenue procedente de docenas de velas que han sido dispuestas en mi honor. Emiten una luz relajante sobre las paredes color burdeos, resaltando los marcos y las cortinas doradas. Aquí me siento protegida, a salvo del mundo.

Mi ex novio y yo nos hemos reído de los viejos tiempos, de la gente con la que íbamos al instituto, de los sitios adonde solíamos ir. Ahora estamos tomando café, con un plato de bombones de chocolate y menta en el centro de la mesa. Mordisqueo uno, a pesar de estar llena.

—¿Te acuerdas del concierto de Roxy Music en Londres? —pregunta Steven.

—Bueno —le contesto bajando la cabeza, avergonzada—. No mucho. Ésa fue la noche en que nos bebimos una botella de vodka en el tren, camino a Londres.

—Y estuviste dormida todo el tiempo.

—Y eso que Bryan Ferry era mi ídolo.

—Yo había utilizado todo el dinero ahorrado de mi trabajo de los sábados en O'Dell's para pagar las entradas.

—Fue un desastre —digo, mientras nos reímos.

—Qué tiempos felices —recuerda Steven y, entonces, como si ambos nos diéramos cuenta de lo que va a pasar a continuación, el tono cambia bruscamente.

—¿Dónde cree Rick que vas a pasar la noche?

Yo evito su mirada.

—En una conferencia de bibliotecarios.

—Vente a la cama —me dice Steven, dándome la mano para levantarme de la silla, agarrándome del codo mientras me pongo de pie, con las piernas temblando.

Me coge de la mano, y apaga todas las velas antes de llevarme del comedor a su habitación, escaleras arriba. Hemos dejado el champán abajo pero, sinceramente, estoy pensando que tal vez no haya bebido todo lo necesario. Mi boca está seca, y mi corazón está latiendo con fuerza en mi pecho.

La habitación principal es abovedada, opulenta. No había visto hasta ahora esta parte de la casa, pero es tan bonita como el resto. Tal y como esperaba, la habitación de Steven es espléndida.

El color de la pared es azul con estampados de flores color crema. Las cortinas van a juego. Una lámpara brilla colgada del techo, y los muebles son de un estilo algo recargado, de color crema, tal vez de estilo francés. No lo sé, pero seguro que Una sí lo sabría.

En el centro está la cama, enorme, con una cabecera de piel marrón. Está cubierta con un edredón azul con toques de marrón oscuro, así como con suaves cojines de lana mongolesa y un edredón doblado a los pies de la cama, probablemente de seda. A Una le encantaría, sin duda. A Rick le molestaría el número de cojines, que tendría que quitar antes de poder llegar a su propia almohada, si es que alguna vez me planteara recrear esto en Chadwick Close. De hecho, no puede soportar que haya un solo cojín en la cama. Entonces traté de centrarme en el presente. No debía pensar en mi marido ahora mismo.

Steven pone sus manos sobre mis hombros, y a mí se me escapa un imperceptible gemido por el calor de sus manos atravesando mi blusa hasta mi piel. ¿En qué punto de una relación deja de pasar esto? ¿Cuánto dura este desconocimiento de la piel hasta que se convierte en familiar? ¿Cuándo dejó de arrancarme un gemido el contacto con la piel de Rick? ¿Fue hace dos años, hace diez? ¿Fue cuando tuvimos a los críos? ¿Es esto lo que, irremediablemente, hace que desaparezcan esas reacciones? Pero entonces me acuerdo de que estoy tratando de no pensar en Rick.

Mi amante me está besando en el cuello mientras sus manos se deslizan por mis pechos. Sus dedos encuentran los botones de mi blusa y juega con ellos.

—Dios, te quiero —susurra Steven, con la boca pegada a mi garganta.

Me cuesta respirar. Siento los pulmones oprimidos, y no creo que esto sea la reacción más adecuada en este momento. Más que pasión, lo que parece es un ataque de asma.

Mientras Steven sigue desabrochando con habilidad los botones, noto cómo me tenso cada vez más. Le empujo. Algo más fuerte de lo que pretendía.

—Champán —susurro—. Necesito más champán.

—¿Ahora?

Steven, la verdad, parece que está suficientemente excitado.

—Sí, sí —digo, asintiendo nerviosa—. Ahora.

—De acuerdo —contesta mi amante, encogiéndose de hombros—. Si la señorita quiere champán, tendremos champán. Vuelvo en un segundo.

Entonces me da un beso de despedida, un beso largo, lento, antes de desaparecer por la puerta.

Mientras escucho sus pasos alejándose por las escaleras, observo la habitación. Necesito hacer algo para aclarar mis ideas, pero no sé qué. Pienso en deshacer la cama, tal vez colocarme en una posición sensual, pero no puedo concentrarme como para hacer algo así.

Cuando todavía sigo pensando, escucho los pasos de Steven, de regreso. Está silbando, contento. En unos segundos aparecerá por la puerta, y es en ese momento cuando salgo disparada al cuarto de baño.

En efecto, unos segundos después puedo escuchar su voz.

—Juliet, ¿estás bien?

—Sí, sí —grito desde el baño—. Estoy bien.

—Tengo champán y bombones.

—Genial —digo. Mis manos están sudando—. Salgo en un minuto.

—No puedo empezar sin ti.

—No —contesto con dificultad—. Sólo necesito un poco de tiempo.

—¿Estás segura de que estás bien?

—Sí, sí.

Camino de un lado al otro del baño. También es precioso. Como el baño de uno de esos hoteles de lujo que se escapan de mi presupuesto. La ducha está al mismo nivel del suelo, hay toallas super suaves, así como accesorios de belleza muy caros que imagino habrá comprado para mí.

Gel de ducha con fragancia a jazmín y orquídeas, jabón de mano de vainilla. Todo es precioso.

Entonces veo mi reflejo en el espejo. Estoy pálida, con ojeras. Soy la viva imagen de una mujer aterrorizada. Abro el grifo y dejo que caiga el agua fría sobre mis muñecas. «Esto saldrá bien», me digo a mí misma. «Esto es exactamente lo que querías. Lo has planeado tú. Has mentido a tu marido, a tu familia, a tu mejor amiga, para estar aquí.»

Mojo mi cara de agua, ya que en las muñecas no me está aliviando. Me siento cada vez más caliente y me pregunto si he elegido el peor momento posible para que me empiece la menopausia.

Si quiero hacer esto entonces debo pensar en cosas sensuales, sexys. Mientras desabrocho otro botón de la blusa, pienso que Rick es la única persona que me ha visto desnuda en casi toda mi vida. Ni siquiera me depilo las piernas con cera ya que soy demasiado tímida como para mostrar mi cuerpo a desconocidos. Trato de recordarme a mí misma que Steven ya lo ha visto antes —verrugas incluidas—, y que aun así sigue estando loco por mí. Debo admitir que tiene más arrugas y que está más blando que la última vez que lo vio, pero pese a todo sigo teniendo buen tipo. No tanto como Una, pero a Rick todavía le encanta. Entonces vuelvo a recordarme a mí misma que no debo pensar en mi marido en esta situación. Me miro de reojo en el espejo y contraigo la tripa. Si dejo de respirar, se acabaron los problemas.

—Juliet —suena la voz de Steven a través de la puerta—. El champán se está quedando ya sin burbujas.

Me pregunto si esa frase tiene doble sentido.

—¿Vas a venir conmigo en algún momento de la noche?

—Sí, sí.

Me miro de nuevo en el espejo. Todavía aterrorizada. Sólo esta vez, pienso. Sólo voy a hacerlo esta vez. Y se acabó. Nunca más. De modo que más me vale disfrutar.

96

Rick había podido ver poco más. La luz del comedor se había apagado y ahora brillaba otra en una ventana del piso de arriba. La habitación de Steven, imaginó. Vio una sombra moviéndose detrás de la cortina. Ya era suficiente. Si pensaba descubrir a los amantes, tendría que haberlo hecho antes. Ahora no podía siquiera mentalizarse para salir del coche. Aunque hubiera querido coger un ladrillo y lanzarlo por la ventana, habría sido incapaz ya que tenía los dedos entumecidos, así como su cabeza, al parecer.

Arrancó el motor y el Vauxhall comenzó a deslizarse hacia la carretera. De camino a Chadwick Close, sentía que la cabeza le iba a estallar. Era un milagro que no tuviera ningún accidente, ya que no estaba prestando ninguna atención a la carretera. ¿Cómo iba a mirar a la cara a Juliet ahora, sabiendo esto? Se le daban fatal este tipo de situaciones y, gracias a Dios, ya no tenían motivos para seguir casados.

Cuando llegó a casa, todavía no podía sacarse de la cabeza el hecho de que su mujer estaba con Steven Aubrey al otro lado de Stony Stratford, siéndole infiel. Eso no era nada propio de Juliet. ¿Qué le había pasado? Era bibliotecaria, por Dios. Una figura clave de nuestra comunidad. Ella no solía hacer ese tipo de cosas.

Iba a ser imposible quedarse dormido. *Buster* estaría ahí esperándole, como fiel sabueso que era, y podrían dar un largo paseo por el valle de Toombs aunque estuviera todo oscuro. Había muy pocas posibilidades de que le atracaran. Aunque el hecho de que su mujer estuviera manteniendo relaciones sexuales con otro hombre también lo había considerado una posibilidad muy remota.

Miró su casa. ¿Qué pasaría si, Dios no lo quiera, Juliet quisiera dejarle por Steven? Tendrían que vender la casa, para empezar. Todo por lo que han luchado se desvanecería como el humo. ¿Qué harían los críos? ¿Y su madre? ¿Y dónde iría *él*? ¿Qué haría sin su mujer?

Buster estaba excitado ante la idea de un paseo más largo de lo normal, y daba brincos fuera de casa, entusiasmado, delante de su no tan entusiasmado dueño. Mientras pasaba por delante de la casa de Stacey Lovejoy, podía verla junto a la ventana del salón. Las luces estaban apagadas, pero el brillo que emanaba de la televisión le permitía verla. Stacey le saludó tímidamente, y Rick, también con indecisión, le devolvió el saludo. Suspiró. Le recibiría muy bien si decidiera truncar el paseo de *Buster*. Podría incluso parar un momento a ver a su atractiva vecina en el camino de vuelta.

Juliet no se enteraría. Estaba en una conferencia sobre bibliotecas y no volvería por la noche. ¿No se trataba de eso? Su mujer no sabría nada si él también se decidía a jugar un poco. ¿Acaso lo que es válido para uno, no es válido para el otro?

Buster tiraba impaciente de la correa mientras Rick vacilaba en el exterior de la casa de Stacey Lovejoy. Sin embargo, luego pensó que dos errores no implican ningún acierto. De modo que tenía muy claro qué decisión tomar.

97

—Oh.

Cuando por fin me decido a salir del baño, veo que Steven ya está tumbado en la cama. Tiene una copa de champán en una mano, y está desnudo.

—Oh —dice también él.

Creo que seguramente se esperaba que saliera llevando algún tipo de lencería muy corta o algo similar, o, directamente, que saliera sin nada puesto. Sin embargo, debo admitir que, aunque me he puesto mis mejores bragas, no se podrían clasificar como lencería, ni aunque le echaras muchísima imaginación.

Steven se había incorporado hasta sentarse.

—¿Te pasa algo, Juliet?

—Sí.

Veo cómo saca las piernas de la colcha para salir de la cama.

—No, no —le digo, haciéndole un gesto con la mano—. No te levantes.

Steven hace como le he dicho.

—¿Te vas a unir a mí o no?

—Eh..., no —admito. Es entonces cuando me echo para atrás—. No puedo hacer esto, Steven. Nunca he sido infiel. Me gusta el matrimonio, soy una persona leal. Me preocupa lo que pueda pensar el resto de la gente.

—Sólo tú y yo sabremos lo que ha pasado aquí.

—Ha sido una estupidez venir —le digo, triste—. Pensaba que podía hacerlo, pero no puedo. No estoy hecha para esto. Puedo sobrellevar una cena contigo, porque puedo fingir que no es importante. Pero ¿esto?

Me encojo de hombros y fijo la mirada en cualquier punto que no sea los ojos de Steven. La emoción de estos encuentros clandestinos puede ser divertida, pero a la hora de la verdad te sientes como un gusano, sucia. ¿En qué estaba pensando? Era de mal gusto, sórdido, y acabaría hiriendo a mucha gente. No quiero esconder un secreto así, en definitiva. Quiero ser sincera, la Juliet honrada que siempre he sido, y no esta mujer que se ve con otras personas, mintiendo, pretendiendo ser una sirena seductora.

—No puedo hacerlo. No hasta ese punto. Lo siento.

Steven se incorpora de nuevo para salir de la cama.

—Quédate ahí —le digo—. Me voy. Por favor, quédate ahí.

—No te vayas de esta manera —me ruega Steven—. Deja que me vista y vayamos abajo, hablemos sobre ello. Hagamos esto a tu manera. De forma que estés cómoda.

Estoy caminando de espaldas hacia la puerta.

—Me voy a casa. Rick debe estar preocupado.

—Rick piensa que estás en una conferencia sobre bibliotecas —señala Steven—. No puedes ir a casa. ¿Qué le dirías?

—Eh...

No había pensado sobre eso.

—Me voy a vestir, haré más café, y nos ponemos una película. Tengo miles de DVD abajo. Podemos simplemente estar abrazados en el sofá.

Incluso esa idea me horroriza.

—No puedes ir a ninguna parte —explica Steven—. Tienes que quedarte aquí, aunque sea en el cuarto de invitados.

No puedo hacerlo. Tengo que irme de aquí ahora mismo. Sé qué es lo que pretende Steven, quiere pasar toda la noche conmigo, venciendo poco a poco mi determinación hasta que acabe por rendirme, porque soy débil, patética.

—Esto ha sido un gran error —le digo—. Lo siento muchísimo, Steven. De verdad. Pero quiero a mi marido, y no puedo hacerle algo así.

En ese momento, cojo mi bolsa y salgo disparada hacia la puerta y las escaleras, saliendo después de su casa, mientras todavía puedo escuchar a Steven gritando mi nombre.

98

Huyo a toda velocidad por el camino de la entrada, dejando atrás la Casa del Molino, como si estuviera en un rally, sólo por si Steven es la persona más rápida del planeta vistiéndose y decide perseguirme.

Cuando estoy a salvo del peligro, paro el coche en un área de descanso para barajar mis opciones. ¿Por qué narices pensé que reavivar la llama de mi antiguo amor era una buena idea? Me siento fatal por cometer semejante estupidez. Mira ahora el lío en el que estoy metida, y eso que todavía no se ha acabado.

¿Por qué Steven no reapareció en mi vida convertido en un vendedor de seguros de mala muerte, gordo, calvo, casado con una mujer hortera y con cuatro hijos malcriados? Ojalá yo fuera también una mujer aburrida, seria, vestida como una abuela, en lugar de tener a una diosa del sexo latente, al acecho, dentro de mí. De hecho, menuda mujer fatal he resultado ser.

De modo que, ¿qué hago yo ahora? He bebido demasiado como para conducir mucho tiempo, por lo que no puedo ir muy lejos. Lo último que necesito como recuerdo de esta noche, por encima de todas las cosas, es que me detengan por conducir ebria. ¿Puedo ir a casa?

Podría decirle a Rick que la conferencia era aburrida, o que la habían cancelado, o que había sido objeto de un ataque terrorista. Pero ¿se creería alguna de estas excusas? No. Seguro que no.

Podría llamarle, decirle la verdad y pedirle que viniera y me recogiera antes de que me hiciera daño a mí o a alguien. Mis dedos comienzan a tantear las teclas del móvil, pero no soy capaz de pulsarlos. La honestidad no es siempre la mejor política y sé que si esto sale a la luz provocaría un daño irreparable en mi matrimonio. Mi marido puede que sea bastante comprensible —cuando está de buen humor— pero no creo que me perdonara esta vez. Pienso que algunas cosas es mejor no decirlas. De modo que esto debe permanecer en secreto, me guste o no.

Entonces me doy cuenta de qué puedo hacer. Puede que esté ligeramente borracha, pero mi cerebro todavía funciona; más o menos. En mi bolso tengo las llaves de la biblioteca. Puede que no vaya a ser la noche de placer y confort que imaginaba pasar en los brazos de Steven, pero es un lugar seco, cálido, y aunque el sofá que hay en la sala del personal es algo cutre, puedo estirarme en él lo suficiente. Nadie se enteraría. Y estoy segura de que, llegado el caso, Don entendería perfectamente mis motivos. De hecho, podría tomarme un par de sus galletas para desayunar y marcharme antes de que llegara alguien al trabajo. Don entra a las ocho y media, así que podría ponerme la alarma a las ocho. Gracias a Dios, mientras salía de la habitación de Steven no me olvidé de coger mi bolsa con ropa limpia para el día siguiente y mi neceser. Una hora de compras por Stony Stratford —que de todos modos tengo que hacer— y entonces podría volver sana y salva a mi casa sin levantar sospechas, y podría ver a Rick antes de que se vaya al partido de fútbol con Hal. Y, si no puedo dormir, tengo miles de libros para leer. Esta idea consigue levantarme el ánimo definitivamente. Mejor pasar la noche con autores como Bill Bryson o Jeffery Deaver antes que con Steven.

Ahora que tengo un plan me siento mucho mejor. Es como si mi habitual sentido común hubiera vuelto de pronto. Todo ha vuelto a su sitio. De modo que arranco y comienzo a conducir muy, muy despacio, y con mucho cuidado, los escasos kilómetros que me separan de la biblioteca.

99

Rick no quería ver a Juliet cuando volviera de pasar la noche con Steven Aubrey —si es que volvía a casa—. Su mujer le había llamado dos veces por la mañana, pero no tenía ganas de hablar con ella, así que había dejado que saltara el buzón de voz. No quería verla hasta que decidiera qué hacer, cómo quería tratar esto. ¿Tratar esto? Un término algo extraño para abordar algo que podía cambiar su vida totalmente. No, Rick no tenía todavía el valor como para afrontar esto, de modo que se organizó para ir antes al partido con Hal, una medida patética para esquivarla.

Ahora estaban dándose un verdadero festín para desayunar en una estación de servicio de la carretera M1, aunque comer era lo último que le apetecía hacer. El enorme fondo de Hal compensaba aun así la falta de apetito de Rick. No es que se le quitaran las ganas de comer con facilidad, pero no todos los días su mujer le engañaba con otro hombre.

—Eh, Ricky —se quejó su amigo, engullendo su plato de judías mientras hablaba—. A este ritmo vamos a estar allí horas antes de que abran las puertas.

—Quiero llegar temprano —contestó Rick.

—Estás muy callado —señaló Hal, pese a que no destacara por ser una persona muy observadora.

—Tranquilo, estoy bien.

Éste no era el momento para contarle que su mujer le había sido infiel. Al contrario que su amigo, Rick prefería mantener en privado cosas así.

—Tengo mucho dinero en juego hoy —dijo Hal—. He apostado quinientas libras por la victoria del Manchester United.

—¿Quinientas libras? Tienes que estar podrido de dinero.

—Todo lo contrario, querido amigo. Estoy sin un duro. Esto es una medida desesperada.

—Podríamos contratar un aprendiz —dijo Rick— si las cosas están tan mal. Trabajo no falta. Podemos coger más obras si tenemos otro par de manos.

Hal negó con la cabeza, y en su cara de pronto se podía apreciar el cansancio y la preocupación.

—Son muchas cosas amigo. Se juntan muchas cosas. Te lo digo, montar tu propio negocio no es nada divertido. Tengo al banco encima, y por el otro a dos mujeres que me saquean el bolsillo —dijo, riéndose—. Lo que daría por ser como tú y Juliet.

—Ya —contestó Rick.

—No dejes escapar a esa mujer —le aconsejó Hal mientras acababa su taza de té—. Como ésas hay una entre un millón. En fin, menudo cascarrabias estoy hecho. Vámonos, que hoy toca ver a nuestro equipo darle una buena paliza al Portsmouth.

El nuevo estadio de Wembley era impresionante. No había otra palabra para definirlo mejor. A Rick le había dado mucha pena que demolieran el antiguo Wembley, que había dado durante ochenta años tantas tardes de fútbol, pero este coloso que habían erigido en su lugar era algo descomunal. Daba la sensación de ser diez veces mayor que el viejo, y el enorme arco que le habían añadido —un elemento nuevo para el paisaje del noroeste de Londres— dejaba en ridículo a las anteriores torres gemelas que solían estar en su lugar.

Hal y Rick caminaron por la Villa Olímpica, apretujados entre cientos de aficionados, dejando atrás la estatua, algo antigua, como con un aire heroico, de una leyenda del fútbol, Sir Bobby Moore. Ya dentro, el lugar parecía más bien un aeropuerto moderno y elegante, y los dos amigos se abrieron paso a empujones para llegar hasta sus asientos rojos de plástico. Los noventa mil asientos ya estaban siendo ocupados, de modo que el lleno absoluto estaba garantizado. El antiguo y familiar cántico de «¡Wem-ble-y!» rugía en el estadio, como mandaba la tradición.

—Gracias, Hal —dijo Rick mientras se sentaban—. Ha sido una idea genial.

—¿Para qué están los amigos, Ricky?

Este estadio parecía un enorme platillo volante. Rick pensaba que nunca había visto tanta gente reunida en un mismo lugar. Dejó que la atmósfera de los cánticos que profería la multitud le inundara, y se sintió embriagado. Por un momento, olvidó todos sus problemas, qué estaría pasando ahora en casa, o dónde estaría Juliet y con quién.

100

Es sobre las diez de la mañana cuando decido que ya puedo volver a casa. Tengo la espalda fatal después de la noche pasada en el sofá de la biblioteca, pero, más allá de eso, tampoco me ha ido tan mal. Y lo que más me tranquiliza es que tengo la mente despejada; bueno, más o menos. ¿Cómo me habría sentido esta mañana, si me hubiera despertado en la cama de Steven? Terrible, creo que es la respuesta más sincera. Y con más problemas que dolor en los lumbares y una leve contractura en el cuello. A pesar de mis dolores y mis preocupaciones, me siento con el ánimo un poco levantado, como si me hubiera enfrentado a un examen muy difícil y lo hubiera pasado con nota. Todo lo que quiero ahora es ver a Rick y darle un enorme abrazo.

Estaba levantada y aseada bastante antes de las ocho, y he salido de la biblioteca apenas unos minutos después de esa hora, asegurándome de eliminar todas las posibles pruebas de haber pasado la noche ahí. Me he ido derecha al Bon Appétit para desayunar una tostada con miel y una taza de té Darjeeling. Estoy hambrienta, podría comerme un caballo.

En High Street, he comprado algunas cosas que necesitábamos en casa, con la esperanza de que no me toparía con nadie conocido. Pero a esa hora, tan temprano, hay muy poca gente de la que preocuparse e incluso pocas tiendas estaban ya abiertas —algo que no había tenido en cuenta en mi super plan—. He comprado una tarta con una pinta increíble en la pastelería, de hecho, una de las ventajas de haber salido tan temprano es que he podido elegir lo mejor de la hornada del día, que normalmente ha volado hacia la hora de la comida. También he comprado un queso de granja hecho con pimiento, porque sé que a Rick le encanta, y algunas olivas verdes.

Ahora me dirijo a Chadwick Close con el coche. A pesar de la extraña colección de gnomos que tiene mi madre en el jardín, adoro este lugar. Éste es mi hogar, donde pertenezco. Es patético, lo sé, pero tengo ganas de cantar.

En la cocina, *Buster* ladra de alegría al verme. No se ve a nadie.

—¡Hola! —grito al entrar.

Nadie responde.

Coloco las cosas que he comprado, sintiéndome de pronto triste. Aquí estoy, toda una heroína del hogar en estos momentos, y no hay nadie que me reciba.

Unos minutos después, aparece Chloe por las escaleras como un ciclón.

—¿Puedo coger el coche?

—Sí —le contesto—. ¿Adónde vas?

—¡Te quiero! —me grita por la espalda mientras sale por la puerta, antes de que me dé tiempo a dar una debida respuesta. Esperaré a que su propio hijo o hija le hagan lo mismo a ella y entonces tendré mi venganza.

El siguiente en aparecer es Tom.

—Hola, mamá.

—Hola, cariño. ¿Sabes dónde está papá?

Mi hijo se encoge de hombros.

—Como si me contara sus cosas.

—¿No tienes ni la menor idea?

Otra vez se encoge de hombros.

—Creo que se ha ido a Wembley con Hal. Llamó a casa la tira de temprano. Me han despertado.

Me pregunto por qué Rick se ha marchado antes de comer.

—Pensaba que se irían mucho más tarde.

De nuevo los hombros.

—¿Algún plan para hoy?

—Qué va —contesta Tom—. Estar de relax.

A menudo me pregunto, si no tienes absolutamente nada que hacer, ¿cómo puedes querer estar un rato de relax? Por cajón, ¿no necesitas *hacer* algo que te estrese y te agobie, antes que nada?

—Hasta luego —dice Tom antes de desaparecer.

—¿No quieres nada para comer? —le grito mientras se va, sin obtener respuesta.

Miro mi móvil y veo que no tengo ningún mensaje de Rick, ni tampoco de Steven. Cuanto antes me mentalice mejor porque, aunque me hubiera gustado que Steven y yo fuéramos amigos, esa posibilidad nunca fue muy real, de modo que lo mejor será si no volvemos a saber nada el uno del otro.

Mi madre es la última en aparecer por la cocina. Está arreglada, con sus pinturas de guerra, una falda demasiado corta, y tacones.

—Estás... genial.

Esto de mentir se me da cada vez mejor. Mi madre parece una abuela adolescente. Un 16-64, que diría Tom. Una mujer que aparenta dieciséis años por detrás, y sesenta y cuatro de frente. Menos esta vez, que mi madre aparenta diecisiete años tanto por delante como por detrás.

—Me voy a pasar el día con Arnold —me dice muy contenta. Se refiere, claro está, a su novio senil, fumador de marihuana, y adicto al sexo. Pensaba que ya me lo había mencionado antes, pero no.

—Ah, estaré en casa sola todo el día. Pensaba que sería bonito pasar algo de tiempo juntas. Tal vez comer algo en el jardín mientras haga buen tiempo.

—Imposible.

Mi madre se rasca la nariz. ¿Qué va a hacer con Arnold que sea mucho más maravilloso que pasar un rato con su única hija?

—Nos vemos después —me dice mientras se dirige a la puerta—. No me esperéis despiertos.

¿Y ahora qué? Tengo todo el día por delante, pero no sé qué hacer con él. Me encantaría que estuviera Rick aquí. Podríamos estar solos los dos. Podríamos haber ido por ahí, hacer un picnic por el campo y luego dar un buen paseo para quemar los hidratos de carbono. Éste es el tipo de cosas que deberíamos hacer cuando tenemos estos huecos de tiempo para nosotros.

Mientras me limo las uñas, decido llamar a mi marido para decirle que le quiero.

Cojo el móvil y marco de nuevo el número de Rick. Otra vez, me salta el buzón de voz. Si no le conociera tanto, pensaría que está tratando de evitarme.

101

Me siento en el jardín en una tumbona que he cogido del trastero. Que no hayamos sacado todavía las sillas y las tumbonas al jardín demuestra el poquísimo tiempo que estamos pasando aquí este verano. *Buster* está junto a mis pies, jugueteando con la hierba no muy entusiasmado, mientras yo tengo entre mis manos la nueva novela de Ian McEwan, pero no logro concentrarme.

Si Rick y yo realmente vamos a reconstruir y enderezar nuestro matrimonio, entonces hay otra persona a la que quiero dejar las cosas claras.

Abandono mi libro y me meto en casa. Me miro rápidamente en el espejo y, viendo que tengo buena cara, me dirijo a casa de Stacey Lovejoy. Si quería tener alguna opción de competir con mi rival, debería haber asaltado el armario de Chloe para coger algunos zapatos de piel relucientes, rojos a ser posible, en lugar de llevar mis sandalias de verano, que tienen las suelas super finas. Pero no caigo en la cuenta hasta que estoy a mitad de camino y ya es demasiado tarde como para volver y cambiar de calzado.

Stacey abre la puerta nada más llamar. No sé si estaba mirando por la ventana mientras me dirigía hacia su casa, tal y como suele hacer, espiando detrás de la puerta, pero la rapidez con la que me abre me pilla de sorpresa.

—Pasa, Juliet —me dice muy alegre—, adelante.

A decir verdad esperaba encontrármela de brazos cruzados en la entrada, así que me siento aún más descolocada mientras me arrastra hacia el salón.

—Mis hijas están en el centro de la ciudad, de compras con la abuela. Necesitaba un día para mí sola. Sabes de lo que te hablo, por Dios. Las quiero con locura, pero hay días en los que desearía acabar con ellas.

—Oh, sí.

No puedo estar más de acuerdo con eso.

Hoy Stacey lleva un mono muy sexy de color rosa, que le queda genial, y un cinturón plateado, dándole cierto parecido con Marilyn Monroe.

—Siéntate —me pide Stacey.

Sentándome en el borde de su sofá rosa de piel, le digo:

—No me voy a quedar mucho tiempo.

—¿Quieres algo de beber? ¿Un té? ¿Algo más fuerte?

—Sólo un vaso de agua, por favor.

Mi boca se ha secado antes siquiera de comenzar a hablar sobre el asunto en cuestión.

—Tengo un poco de esa limonada tradicional que hacen en la pastelería de High Street. Es mi favorita. ¿Quieres un poco?

También es mi preferida. Mira por dónde, Stacey Lovejoy y yo tenemos varias cosas en común. Ya he encontrado tres cosas en común: la limonada, deseos de asesinar a nuestros hijos y mi marido.

—Gracias, me encantaría.

En el salón de Stacey hay una televisión que ocupa prácticamente toda una pared. Están echando ahora un partido de fútbol. La verdad es que no suelo ver muchos partidos. Debería prestarle más interés si Rick y yo vamos a pasar juntos los próximos veinticinco años en casita. Se ven imágenes del estadio de Wembley en la pantalla, y me doy cuenta de que van a televisar el partido al que ha ido Rick.

Mi vecina regresa con el vaso de limonada.

—Gracias —le digo.

—¿Te gusta el fútbol?

—No —contesto. En realidad no lo soporto.

—A mí me encanta el Manchester United —me dice Stacey—. Es más por motivos personales que por un verdadero interés por el juego. Tuve varios novios del equipo filial cuando era joven. Debería haberme quedado con uno de ellos. Con *cualquiera*.

Se ríe con ese comentario, pero en su risa se percibe nerviosismo.

—Rick ha ido a verlo —le comento señalando la pantalla—. Él también es hincha del Manchester.

Tal vez no debería estar diciéndole esto a Stacey. Podría verlo como algo más que tienen *los dos* en común, y verlo como una señal.

—Qué bien —me contesta, mirándome de reojo.

—He venido a hablar sobre Rick.

Stacey baja el volumen de la televisión. Los gritos de «¡Wem-ble-y!» se escuchan de fondo.

—Ah.

—Hemos pasado una mala racha —le digo, añadiendo enseguida—, como todos los matrimonios.

—Háblame sobre ello —pide Stacey.

—La cuestión es que... —cojo una buena bocanada de aire—, quiero que te mantengas alejada de Rick.

Stacey baja la cabeza.

—No es bueno para nosotros —continúo—. Admito que estoy celosa de ti, y que no quiero que venga aquí a arreglarte cosas o a que le des un masaje o lo que sea. Es mi marido y me gustaría mucho que lo dejaras en paz.

En ese momento, Stacey Lovejoy rompe a llorar. Otra cosa que no me habría esperado.

—Lo siento, Juliet —balbucea—. No pretendía inmiscuirme de esa manera. Yo quiero a Ricky. Es un tío increíble. No hay nada entre nosotros, te lo juro. Ni siquiera el día que estaba casi desnudo en mi cama, no pasó nada. Es tal y como él te dijo: «Sólo quiero que seamos amigos».

—No se tiran los trastos a los maridos de tus vecinas, Stacey.

No en Chadwick Close, al menos.

—Me siento fatal —lloriquea otra vez Stacey—. Nadie quiere saber nada de mí. Piensan que soy una hortera, y que mis niñas son insoportables. Tu Ricky, él siempre es muy amable. Nunca me ha tratado así.

Ahora la mujer llora con fuerza.

—Me gusta vivir aquí —explica—. Quiero llevarme bien con todo el mundo, pero no sé cómo. Nunca me invitan a nada. Estoy sola, Juliet. No tengo amigos. Los hombres se limitan a utilizarme, y las mujeres se mantienen lejos de mí. Estoy encerrada en casa todo el día y no sé qué hacer con mi vida. Y entonces cojo y lo hago todo mal, y espanto a las personas que más quiero caerles bien.

Tengo pañuelos en mi bolsillo porque sí, soy de ese tipo de personas. Me acerco al sofá donde está sentada Stacey y le paso un pañuelo. Ella se suena la nariz bien fuerte con el kleenex.

—¿Podemos empezar de cero? —me ruega Stacey—. ¿Como vecinas, y como amigas? Finjamos que acabo de mudarme aquí y que tal vez pueda caerte bien, ¿vale?

—Oh, Stacey —le digo, pasando mi brazo por su espalda. Resulta tan triste y patética, sentada en medio de su casa a lo Barbie, con su ropita de Barbie, que mi corazón no puede sino compadecerse de ella, pese a que haya tratado de robarme a mi marido.

De repente los ojos de Stacey se llenan de asombro mientras coge el mando de la tele.

—Oh, Dios mío —exclama—, ¿qué está pasando?

Sube el volumen, y está claro que algo va mal en el partido. En el estadio de Wembley, el aire está lleno de humo. Parece como si hubiera un incendio en uno de los fondos del campo. El partido se ha parado y los jugadores salen del césped. Alguien desde la megafonía está intentando que mantengan la calma. Parece que casi todo el mundo le ignora. La gente está gritando y se empujan unos a otros, mientras los guardias de seguridad tratan de controlarlos y llevarlos hacia la salida.

—¿Qué está pasando?

—Aquí tal vez digan algo —dice Stacey, cambiando al canal de noticias veinticuatro horas.

En la pantalla, el presentador, frío y tranquilo, dice que «nos están llegando noticias de que ha explotado una bomba en el estadio de Wembley, y que se trataría de un ataque terrorista».

Una franja de color rojo comienza a pasar continuamente en la parte inferior de la pantalla, con las palabras: «Atentado terrorista en Wembley, Atentado terrorista en Wembley, Atentado terrorista en Wembley».

Es en ese momento cuando me siento desfallecer.

102

El partido estaba yendo de maravilla —Hal y él animando al Manchester United, dejándose la garganta—, y de pronto, el caos. Más tarde, Rick recordó haber escuchado una explosión tremenda y, por un momento, pensó que procedía de su interior, como si estuviera teniendo un ataque al corazón, por la intensidad con la que lo sintió en el pecho. En el instante en que la multitud comenzó a gritar, supo que no sólo le había ocurrido a él.

Tanto él como Hal estaban en el suelo de las gradas, y no tenía ni idea de cómo habían llegado hasta ahí. ¿Les había tirado al suelo la fuerza de la explosión? Había muchísimo humo en el aire y Rick supo que tenía que haber sido una bomba. Tenía la esperanza de estar equivocado pero ¿qué más podía ser?

—¿Estás bien, colega? —dijo Hal. Su voz sonaba agitada.

—Sí, sí —respondió Rick. Se palpó todo el cuerpo, pero no parecía que le doliera nada—. ¿Y tú?

—Sí —le respondió Hal. Su amigo también estaba palpándose su cuerpo.

El pánico se había apoderado de todo el estadio. La gente intentaba abrirse paso hacia las salidas a base de empujones y pisotones. Rick se preguntó cuánta gente podía haber herida. Sobre todo aquellos que estuvieran en el radio más cercano a la bomba. ¿Qué les habría pasado a ellos?

La parte de la que procedía el humo, al otro lado del estadio, parecía haber recibido el mayor impacto de la explosión. Dios mío, sería muy difícil lograr escapar de ahí. Lo que hacía falta era calma y organización, pero trata de pedir eso a noventa mil personas aterrorizadas. Rick y Hal se ayudaron mutuamente a ponerse de pie. Su amigo tosía. Ahora que el resto de la gente de su fila se daba cuenta de lo que estaba pasando, todos se pusieron a empujar y correr como locos para salir de ahí.

—Vayamos a la salida más cercana.

—Ahí arriba —señaló Hal mientras ambos empezaron a caminar hacia las escaleras.

Es en ese momento cuando estalla otra bomba. Esta vez ya no había lugar a dudas: se trataba de un atentado. La explosión hizo que todo saltara por los aires, provocando que salieran disparados los asientos rojos de plástico, trozos de metal y el mismo hormigón de la tribuna. Rick y Hal se agacharon, pero no sin que antes un trozo de metal le golpeara la cabeza a Rick.

Sintió el golpe, seguido de un hilo de sangre que caía por su frente y su ojo izquierdo.

—Tío —dijo Hal—, estás herido.

Después de eso, notó un pitido en las orejas, y entonces todo lo que recuerda es sentir cómo se desplomaba al suelo.

103

Stacey y yo nos sentamos en el borde del sofá. Aprieto fuerte los puños y mi vecina apoya sus manos sobre las mías.

—Tengo que llamarle —le digo—. Rick está ahí. Está en mitad del estadio.

Con las manos temblorosas, hurgo en mi bolso buscando mi móvil y marco la tecla asignada a Rick para llamar directamente. Todo lo que se escucha al otro lado es: «Todas las líneas se encuentran ocupadas».

—No consigo establecer comunicación —le cuento a Stacey, mi voz cada vez más fuerte, fruto del pánico.

—Las líneas deben estar colapsadas. Quien esté viendo las noticias estará tratando de llamar por teléfono.

—¿Qué voy a hacer? —le digo a mi vecina—. Debería coger el coche e ir directamente ahí.

En ese momento me acuerdo de que Chloe tiene el coche, así que me he quedado colgada.

Mi vecina mueve la cabeza.

—Necesitas mantener la calma, Juliet.

—¿Y cómo hago eso?

—Rick te llamará tan pronto como le sea posible para decirte que se encuentra bien. Seguramente hayan establecido un cordón de seguridad alrededor, o como se llame. No podrás acercarte al lugar. Así que nos quedaremos aquí, tratando de hablar con él por teléfono, viendo en el telediario qué está pasando. Aun así no olvides que esta gente suele exagerar muchísimo —añade lanzando una mirada de desdén a los periodistas y expertos del programa—. Probablemente no sea tan grave como parece.

O tal vez sea peor y sólo estén mostrando algunas imágenes a la inconsciente audiencia del telediario.

Cuando pienso dónde estuve anoche, me dan ganas de matarme.

¿Y si le ha pasado algo a Rick? ¿Y si no vuelve a casa? ¿Y si anoche era la última noche que podríamos haber pasado juntos, y en lugar de eso la he pasado durmiendo en un sofá cutre después de fracasar mi intento de adulterio? ¿Cómo podría perdonarme jamás algo así?

«Por favor», rezo al Dios que me esté escuchando, «deja que Rick vuelva conmigo. Deja que pasemos los próximos veinticinco años gruñéndonos el uno al otro en el número diez de Chadwick Close, compartiendo lo más cerca posible la felicidad que proporciona el día a día». Y me pongo a llorar.

—Oh, cariño —me consuela Stacey Lovejoy mientras pasa sus brazos por detrás de mi espalda, abrazándome contra su pecho. Y, a pesar de no querer permanecer así, la verdad es que estoy sorprendentemente cómoda—. Llora con fuerza, desahógate.

Y eso hago, mientras mis lágrimas empapan el mono rosa hasta que ya no puedo llorar más.

Cuando escuchas a alguien decir que ha perdido a un ser querido, lo que te dicen todos es que querrían verle por última vez sólo para poder despedirse adecuadamente, y decirle que le quieres. Eso hace que me ponga a llorar otra vez.

—Sssh, sssh —murmura Stacey, consolándome. Me acuna hacia delante y hacia atrás, como un bebé, acariciándome con ternura la espalda.

Quiero que vuelva mi marido. Le amo. Y, pase lo que pase, no quiero haber perdido mi oportunidad para decírselo.

104

Rick abrió los ojos. Hal, junto a él, le estaba mirando. Había alivio en sus ojos.

—¿Estás bien, Ricky?

Con cuidado, Rick se tocó la cabeza y descubrió que tenía sangre en las manos. Dolía muchísimo. Trató de sentarse, pero se mareó al hacerlo. Fue entonces cuando se dio cuenta de que estaba en una camilla, aunque ésta yacía sobre el campo. Había muchísimo ruido a su alrededor, gente yendo de aquí para allá, las ambulancias haciendo sonar las sirenas.

—¿Qué ha pasado?

—Eres un cabrón con suerte —dijo Hal con una risa algo histérica—. Te golpeó una silla voladora. Casi te arranca la cabeza.

Rick se palpó de nuevo la herida. Dolía aún más ahora que sabía qué le había pasado.

—¿Tú estás bien?

—Algunos cortes y moratones, nada más.

Al mirarle más detenidamente, vio, de hecho, que la cara de Hal estaba cubierta de pequeños cortes que necesitaban limpiarse.

—Parece que tú también tienes mucha suerte, eh —le dijo, rompiendo ambos a reír, aunque al hacerlo a Rick le dolió todo el cuerpo—. Tengo que llamar a Juliet.

Quería hablar con su esposa, escuchar su voz, que ella le dijera que todo iba a estar bien. Ahora mismo, le daba absolutamente igual dónde había estado o con quién, sólo quería estar en casa, en su casa, con ella. ¿Qué hubiera pasado si hubiera muerto ahí mismo? ¿Cómo se sentiría si no viera nunca más a su mujer, a sus hijos, e incluso a su maldita suegra? Había cuerpos que sacaban en camillas, totalmente cubiertos por mantas, y eso no era buena señal. Con la fuerza de la explosión debían haber muerto varias personas. Esta noche, habría gente que no regresaría a casa con sus seres queridos.

Hal le pasó un teléfono a Rick y se dio cuenta de que era el suyo.

—Lo he intentado, tío. Todas las redes están saturadas. No hay manera. Ni siquiera se pueden enviar mensajes. Seguiré intentándolo. Tú sólo túmbate y relájate.

—¿No podemos irnos a casa?

—Es imposible salir de aquí todavía. La policía está por todos lados. No podremos movernos hasta dentro de un rato. Te puedo conseguir agua si quieres.

—Sí —pidió Rick, dándose cuenta de que tenía la boca seca—. Eso sería genial.

—El médico te echó un vistazo y dijo que volvería en un minuto. Eso fue hace media hora.

—¿He estado inconsciente tanto tiempo?

—Me temo que sí —le contó Hal—. Estaban hablando de llevarte al hospital para que pases la noche en observación.

—Y una mierda.

—Están tratando de encontrarte una cama, creo.

—Yo sólo quiero irme a casa. Mira a esos pobres diablos —dijo Rick, echando un vistazo a alguno de los heridos que yacían sobre el campo. Había sangre por todas partes. Todos y cada uno de ellos parecían estar mucho peor que él—. Ellos necesitan una cama mucho más que yo. Sácame de aquí Hal.

Su amigo miró alrededor.

—De acuerdo. Pero prométeme que esperarás al menos a que te venden la cabeza. No quiero que te pongas a sangrar en mi camioneta.

—Trato hecho —respondió Rick, dejándose caer de nuevo en el suelo.

—Iré a ver qué puedo hacer. ¿Te puedo dejar solo un minuto?

Rick asintió y entonces vio alejarse a su amigo a través de una multitud aturdida, con heridas y sangre por todos lados.

Quería a Juliet más que a nada en el mundo. No sólo ahora, no sólo por lo que había pasado. Sabía que la había querido desde siempre.

105

Es casi medianoche y estoy de vuelta en mi casa, hecha un ovillo en el sofá con una taza de chocolate caliente. Estoy tapada con una manta a pesar de que no hace frío, pero Stacey Lovejoy se empeñó. Stacey también insistió en venir a casa conmigo, y ha estado ocupada en la cocina preparándome algo caliente para tranquilizarme, haciéndome, además, tostadas en nuestra tostadora. También se ha hecho cargo del resto de la familia, e incluso ha sacado a *Buster* a pasear. Mi vecina se ha comportado como la mejor amiga que podría tener. Es ella la que me ha ayudado a superar este día.

Chloe, Tom y mi madre han ido llegando a casa por separado durante la tarde, a medida que se enteraban del atentado en Wembley.

Habíamos visto la tele durante toda la noche, todos juntos, pero todavía no habíamos podido ver una sola imagen de Rick. Sólo cuando estás implicado en algo como esto te das cuenta de que los telediarios muestran una y otra vez las mismas imágenes. Lo que realmente quieres que hagan es que recorran las filas de heridos y tener la esperanza de que tu ser querido esté entre ellos.

No sabemos nada de él todavía, y cada vez que tratamos de llamar, la red sigue colapsada. La bomba ha sido colocada por terroristas, y no hay duda de que es el peor atentado en la historia de nuestro país, incluso peor que los terribles atentados en el metro y en el autobús en 2007. Hay miles de heridos y docenas de muertos. Lo único que he hecho durante todo el día es desear que Rick esté sano y salvo. Que él no sea parte de esas escalofriantes estadísticas. De un momento a otro, sé que llegará y atravesará la puerta y todo irá bien de nuevo.

Pero no es hasta la una de la mañana cuando escucho un coche llegar y aparcar fuera de casa.

—Rick —digo, y pego un salto hasta la puerta.

Mientras llego a ella, escucho la llave de Rick metiéndose en la cerradura, pero antes de que pueda abrirla, lo hago yo de golpe.

Mi marido está sucio, despeinado, con la cara llena de cortes. Tiene un vendaje lleno de sangre alrededor de la cabeza. Parece totalmente en estado de *shock*. Pero ahí está, de pie, de una sola pieza. Los dos rompemos a llorar.

—Qué bien estar en casa —saluda mientras se deja caer en mis brazos.

—Pensé que te había perdido —le digo llorando contra su cuello, que huele a humo, y una mezcla de sudor y colonia.

Nuestros ojos se encuentran.

—Yo también pensaba que te había perdido.

Y no sé si Rick sabe algo sobre Steven, pero tengo la esperanza de que mi mirada le convenza de que se ha acabado, por completo.

A partir de ahora seremos sólo Rick y yo, y nadie más. Siento como si nos hubieran dado una segunda oportunidad para apreciar de verdad lo fuerte que es nuestro amor por el otro y, a partir de ahora, quiero disfrutar de ello cada minuto de mi vida.

—Te quiero —dice Rick.

—Yo también te quiero.

Somos fuertes. Somos invencibles. Hemos sobrevivido a veinticinco años de matrimonio. Lo haremos otros veinticinco. Estamos preparados.

106

Rick se tumbó en la cama, y Juliet se pegó a él. Había pasado una semana desde el atentado y la herida de su cabeza se estaba curando sin problemas. Todavía tenía dolores de cabeza pero, dadas las circunstancias era, como había señalado con acierto Hal, «un cabrón con suerte». Habían muerto veinte personas en el atentado, y había muchos heridos graves. Algunos no habían logrado sobrevivir para seguir luchando y amando un día más. Él era, de hecho, uno de los afortunados que sí lo había conseguido.

—No quiero que vayas a trabajar hoy —dijo Juliet.

—Tengo que ir —contestó Rick. Eran las ocho de la mañana y debía empezar a moverse—. He estado en casa una semana. Hal no tiene contratado ningún seguro por enfermedad y tenemos facturas que pagar.

—¿Por qué no nos quedamos abrazados sin más y no vamos a ningún sitio nunca más?

Juliet ha sido como una lapa desde que Rick volvió de Wembley. Apenas permitía que la separaran de él, ni siquiera un momento. Él no pensaba que la vería tan cariñosa y dulce. Era una sensación increíble ser el destinatario de algo así. Don, siendo muy comprensivo, le había dado una semana libre —baja por compasión, podría decirse— para que cuidara de Rick mientras se recuperaba.

Juliet y él no habían hablado del asunto de Steven Aubrey. Este «incidente» les había abierto los ojos a ambos, y Rick estaba seguro de que pasara lo que pasara entre Steven y su mujer, se había terminado. Sólo el tiempo podría decirlo, pero tenía la sensación de que éste era un nuevo comienzo para los dos, y que no lo desaprovecharían.

Tom y Chloe se habían comportado como hijos modelo durante toda la semana, siendo educados, sin discutir, haciendo incluso té cuando alguien quería. Rick sabía que no duraría para siempre, pero estaba decidido a aprovecharse mientras pudiera. Incluso convenció a Tom, sin necesidad de esforzarse mucho, para que cortara el césped.

Lo único que le preocupaba es que su suegra le sonreía tanto últimamente que estaba empezando a darle miedo. En realidad cuanto antes se recuperara el status quo mejor que mejor.

El móvil de Rick comenzó a sonar.

—Apuesto a que es Hal, querrá saber si voy a ir a trabajar hoy.

Pero cuando contestó, no era su amigo el que llamaba. Era la policía. Los cargos presentados contra él por escándalo público habían sido retirados. Se había acabado.

Se volvió a Juliet.

—Era por el asunto del acoso —le dijo—. No se van a tomar medidas. Estoy limpio.

—Oh, eso es genial Rick.

—Sí.

Ahora sólo le quedaba por solucionar el asunto de la bailarina de *striptease*. La mujer seguía amenazándole con demandarle, pero quizá si le ofreciera doscientas cincuenta libras para que se comprara un buen par de zapatos, podrían llegar a un acuerdo y lograr que se echara atrás. Le escribiría una carta por la tarde.

—No me conviene —explicó—. Aunque me encantaría, no puedo quedarme tumbado aquí todo el día.

—¿Seguro?

—Bueno, podría quedarme media hora más —concedió.

E hicieron el amor, con dulzura, despacio, pese a ser día laborable y ambos fueran a llegar tarde.

107

—Estoy tan contenta de que hayas vuelto —dice Una—. Ha sido super aburrido estar sin ti.

Estamos junto al estante de las revistas que está al lado de la puerta, para ordenarlo. Una ha ido hoy al quiosco a comprar más. Mientras las saca me las va mostrando, revistas sobre cocina y bricolaje —*Olive*, *BBC Good Food*, *Delicious*, *Ideal Home*, *Homes and Gardens*, *Country Gardener*—. También hay una buena selección de revistas de mujeres, como *Red*, *Cosmopolitan*, *Vogue*, *Harpers & Queen*. Hojeo las revistas antiguas mientras voy tirándolas. Una está quitándole el plástico a las nuevas, colocándolas en el espacio que hemos dejado para ellas. En poco tiempo están todas muy deterioradas y manoseadas. Puedes sacar una revista durante una semana, pero la mayoría de la gente que viene sólo las hojea un rato mientras están aquí.

—¿Cómo está tu marido?

—Está bien —gracias a Dios—. De hecho, Rick ha vuelto hoy al trabajo, aunque yo creo que es demasiado pronto.

—Seguro que le has dicho que tenga cuidado.

Asiento con la cabeza.

—¿Va todo bien ahora entre vosotros dos?

Mi amiga ha venido a casa un par de veces mientras he estado cuidando de Rick, pero no hemos tenido tiempo de hablar tranquilamente.

—Mucho mejor que bien —le digo, y es totalmente cierto—. Es como si me hubiera vuelto a enamorar de Rick.

—Oh.

A Una parece que le molesta el comentario. Hace una pila en el estante con los ejemplares de *Cook It* con algo más de cuidado con el que colocó *Dine With me!*

—¿Y qué pasa con Steven? ¿Has decidido pasar de él?

—Sí —le digo—. Cuando creí que había perdido a Rick me volví loca, y me di cuenta de que no siento lo mismo por Steven. Eso era una fantasía, algo de diversión... —ésa tal vez no sea la palabra adecuada, lo sé—... mientras las cosas no iban bien entre nosotros.

—¿Y qué opina Steven de todo esto?

—Estoy segura de que lo entiende. No sé nada de él desde... —y entonces me doy cuenta de que no le conté a Una nada sobre la noche fallida con él, y también de que no quiero contárselo—. Desde la última vez que le vi —termino de decir.

—Tal vez le eche yo el guante ahora que ha vuelto al mercado —dice, acompañándolo de una risa tonta.

Tiro al suelo los últimos ejemplares de *Grand Designs*, *Grazia*, *Marie Clarie* y *Glamour*, listos para llevarlos al contenedor de papel y cartón.

—¿Todo bien con Internet Tex?

—He pasado la mitad del fin de semana chateando con él.

—¿Y qué has estado haciendo la otra mitad? —nos reímos las dos.

Entonces Una suspira y me dice:

—A decir verdad, Juliet, la otra mitad ha sido muy aburrida.

—¿No sabes cuándo le vas a conocer?

Niega con la cabeza. En ese momento, mientras hojeo *Men's Health* antes de ponerla junto al resto de revistas para reciclar que tengo a mis pies, se me corta la respiración de golpe. Me vuelvo a Una.

Mi amiga frunce el ceño.

—¿Estás bien?

Le hago que no con la cabeza. No, no puede ser. Vuelvo a mirar la revista, pero estoy segura. Totalmente segura. Sosteniendo este número antiguo de *Men's Health*, le enseño la página.

Ahora es mi amiga la que se queda petrificada.

—Oh, Dios mío.

—Es él, ¿no?

Una asiente, pero es incapaz de decir nada.

En la foto está Internet Tex. Se le ve moreno, desnudo de cintura para arriba, marcando músculo, posando para la cámara.

Una me quita la revista de las manos.

—Déjame ver eso otra vez.

Comienza a respirar con dificultad mientras lee la noticia.

Es un artículo sobre modelos masculinos: desde el joven semental en ropa interior, hasta hombres más maduros a los que es más probable encontrarse anunciando accesorios de golf. Adivina en qué categoría está Internet Tex.

Entonces ella vuelve su mirada sombría hacia mí.

—Es modelo —dice—. No ingeniero. Y vive en Chicago. No en el sur de Londres.

—¿Crees que has estado hablando con alguien que simplemente ha utilizado esa foto?

Mi amiga asiente estupefacta.

—Creo que eso es exactamente lo que ha pasado.

Acercamos dos sillas desde una esquina de la biblioteca y examinamos el artículo de nuevo. Paso un brazo alrededor de mi amiga.

Una se masajea las sienes.

—Me ha engañado como a una idiota —dice—. No te he contado esto pero había empezado a sospechar algo. Cada vez que yo sugería que quedásemos, él me decía que tenía que salir de viaje de negocios.

Mi amiga me mira con los ojos llenos de lágrimas.

—¿Ese cheque que me envió? No tenía fondos.

—Oh, Una.

—Era una cantidad pequeña, lo sé. Pero ha habido otros, cien libras aquí y allí.

Ésta es la primera vez que lo menciona. Parece que ambas guardamos secretos en lo que a hombres se refiere. Me pregunto si hacemos eso cuando sabemos que lo que estamos a punto de hacer es una pésima idea y que una buena amiga nos convencería de no hacerlo.

—Y me ha estado presionando para invertir dinero en un negocio en Internet —continúa con la voz temblorosa—. El cual sospecho que no existe.

—Me alegro de que no siguieras adelante.

—Podría haber perdido diez mil libras si hubiera accedido a sus planes. Lo más preocupante es que me había engañado tan bien, Juliet, estaba tan segura, que casi lo hice. Estuve a esto.

Una hace un gesto con los dedos mostrando un espacio minúsculo. Estuvo muy cerca, en efecto.

—Parece que te has librado esta vez.

Ahora mi amiga empieza a llorar.

—Es horrible estar divorciada —solloza—. Creí que iba a llevar una vida salvaje y emocionante sin el aburrido de mi marido. ¿Cómo pude estar tan equivocada? Divorciarme de él ha sido el error más grande de mi vida.

—Sólo has tenido mala suerte —le digo.

Ella niega con la cabeza.

—Hay hombres horribles por ahí, acechando a mujeres como yo, estúpidas, vulnerables y ansiosas de estar con alguien que les ayude a aferrarse a su juventud.

—Oh, Una.

No sé qué más decir.

—Y pensar que te he estado animando para que vieras a Steven —dice—. Eso estuvo muy mal por mi parte. Estar divorciada es una mierda. No dejes a Rick. Hay muy pocas mujeres que tengan un matrimonio tan sólido como el vuestro. No tengas prisa por tirarlo a la basura.

—Ya me he dado cuenta —respondo.

—¿Qué voy a hacer? —se lamenta Una—. Mírame, yo creyendo que estaba manteniendo una tórrida aventura, y esa persona ni siquiera existe.

—La próxima vez que te mande un correo electrónico, ignórale.

—Y pensar —continúa mientras una lágrima corre por su mejilla— que he abierto mi corazón a alguien que yo pensé que podía ser mi alma gemela, y que lo único que quería era timarme.

—Este tipo de cosas suceden a menudo.

—Pero nunca pensé que me lo tragaría. Creía que era más espabilada. Tengo cuarenta y tres años, no soy ninguna estúpida adolescente. Debería haberme dado cuenta.

—Todos hacemos tonterías.

Una, Rick, yo. Cuando pienso lo estúpida que he sido en los últimos meses, se me hiela la sangre. Afortunadamente, Una sólo perdió unos cientos de libras antes de que recuperase la cordura. A mí me podría haber costado todo lo que tengo.

108

—¿Estás seguro de que quieres hacer esto, Ricky, colega? —preguntó Hal.

—Trátame con cariño —dijo Rick—. Ya no soy el que era.

Levantaron la moqueta a la vez y la metieron en casa lentamente.

—Hoy iremos a tu ritmo, tío. Lo único, dime cómo lo llevas.

Estaban instalando una moqueta de fibras vegetales en el salón de un bajo nuevo en Buckingham. No deberían tardar mucho. Personalmente, él no habría puesto una moqueta de ese tipo dentro de una casa: en el momento que derramas algo sobre ellas, se acabó. Se echan a perder.

—Juliet parecía aliviada cuando te vio la semana pasada.

—Estaba fuera de sí de lo preocupada que estaba —le contó a Hal—. En cuanto me muevo va detrás de mí como si fuera mi sombra. Seguro que Shannon estaba igual.

Hal rió amargamente.

—Ojalá. El único consuelo que recibí fue de tu vecina cuando te dejé en casa.

—¿Stacey?

Su amigo asintió.

—Shannon estaba de juerga cuando llegué a casa. No volvió a aparecer hasta la mañana siguiente. No había oído nada de la bomba de Wembley.

—¿Nada?

—Así son los jóvenes de hoy en día —dijo Hal sabiamente—. No se preocupan más que de sí mismos. Se puede derrumbar el mundo a su alrededor y les importa una mierda. Estuve trasteando por la casa toda la noche yo solo preguntándome qué demonios estaba haciendo —otra vez la misma risa—. Casi llamo a Melinda.

—¿Tan mal estabas?

—Eran las tres de la mañana y estaba como una cuba. ¿Qué quieres que te diga?

—Las llamadas a las ex estando borracho no son nada buenas.

—Aún menos lo es averiguar que vas a ser padre cuando no quieres serlo —añadió Hal.

—Lo sé, tío —dijo Rick—. No es lo que querías.

—No —coincidió Hal—, pero por lo visto eso es lo que hay.

—¿Qué vas a hacer?

Hal se apoyó en la chimenea del piso vacío y miró por la ventana.

—He estado pensando, Rick —dijo con un tono serio en la voz—. Si desapareciera...

—¿Desaparecer?

—En el sentido de que si me fuese a Australia o algo así, tal vez incluso a Nueva Zelanda, donde nadie pudiera encontrarme, ¿te harías cargo del negocio?

—¿Yo?

—No creo que pueda aguantar la presión. Necesito largarme. Melinda tiene la casa y a los niños. Podría mover ese trasero perezoso que tiene y volver a trabajar. Le dejaría algo de dinero a Shannon y ella podría decidir si quiere quedarse con el bebé o no.

—Eso es muy fuerte, Hal.

—Si algo aprendí el sábado pasado es que no tengo la vida que quiero.

Era justo, supuso Rick. Después de ese comentario pudo ver adónde quería llegar Hal.

—Podrías hacerte instructor de submarinismo en las Islas Caimán o algo así.

—De hecho, eso suena muy pero que muy bien.

—¿Lo estás diciendo en serio, Hal? —preguntó Rick—. ¿De verdad le darías la espalda a todo lo que tienes y te largarías?

—Si una mañana de éstas no aparezco, tío, sabrás que lo he hecho. No te diré adónde he ido para no ponerte en una posición incómoda.

—Mejor que no me digas nada más. Ya no me van las posiciones incómodas, Hal. No son buenas para la salud.

O para el matrimonio. De ahora en adelante Rick seguiría el camino correcto. Se acabaron los aparcamientos oscuros por la noche, se acabaron los clubes de *striptease*, se acabaron los accidentes sospechosos frente a las tiendas de lencería. Su único propósito en la vida sería hacer que Juliet se sintiera feliz y orgullosa de él. Era lo que más deseaba en el mundo.

109

Estoy sentada en la cocina tomando una taza de té. Es la mañana de nuestro aniversario de bodas y ya ha llegado el correo y hay una pila de tarjetas de felicitación en la mesa. A juzgar por el número que hemos recibido, tenemos muchos amigos y estoy agradecida de que hayan recordado este día tan especial para nosotros.

Dos rebanadas de pan chamuscadas se catapultan desde la tostadora hasta el otro lado de la habitación. *Buster* coge una al vuelo, corre a una esquina y se la traga entera. Para él es un juego genial y se le da cada vez mejor, de tanto practicar.

—Espera, espera —dice Rick, mientras me levanto para poner más pan y hacer un segundo intento—. Te dije que tenía una sorpresa.

Bajo su brazo hay un paquete bastante grande.

—¿Qué puede ser? —pregunto haciéndome la sorprendida.

—Creo que ya iba siendo hora —contesta.

Deja el paquete envuelto en papel plateado y blanco encima de la mesa y yo lo abro. Claro está, dentro hay una tostadora nueva. Es de acero inoxidable con varios compartimentos y puede tostar a distintas intensidades no sólo pan de molde, sino también bollos y panecillos. Es mi sueño hecho realidad.

—Voy a enchufarla —dice Rick, mientras cruza la cocina dando saltos con la tostadora en la mano, arroja la vieja a un lado, y en segundos mete dos rebanadas de pan recién hecho en la nueva —. La tía Gladys estaría horrorizada.

Por suerte, ella murió hace años. Podemos usar la reluciente tostadora que la sustituye sin sentirnos mal. Mientras espero a que salga mi tostada, empiezo a mirar las tarjetas.

—No te lo iba a contar —añade Rick—, pero sabes que no sé guardar un secreto.

Me pongo un poco colorada al oír eso. Va a pasar mucho tiempo antes de que deje de sentirme culpable.

—He preparado una fiesta esta noche. En The Crown, el local que hemos reformado en Beachampton.

—Rick, es una idea maravillosa.

Mi marido también se pone rojo.

—Pensé que debíamos celebrarlo. No podíamos dejar pasar los veinticinco años sin hacer algo.

—Pero no tengo nada que ponerme.

—Por eso Una te va a llevar de compras esta tarde. Ahora es cuando dices: «¿Y qué hago con mi pelo?».

—¿Y qué hago con mi pelo? —digo obediente.

—Tienes cita a las cuatro con el tío que te suele cortar el pelo, no sé cómo se llama. Y para que te hagan también las uñas.

—Has estado muy ocupado.

—¿Estás contenta?

Beso a mi marido.

—Mucho.

En este momento entra mi madre.

—¿No podéis estaros quietos ni cinco minutos, par de tortolitos?

Mi madre no es la más adecuada para hablar. Podemos oír a lo que se dedican ella y Arnold en su dormitorio. Por desgracia.

Deja caer encima de la mesa una tarjeta que yo abro debidamente. Es una preciosa tarjeta con un 25 en ornamentadas letras plateadas en la parte frontal. Dentro, escrito con la letra picuda de mi madre, dice: *Nunca pensé que lo conseguiríais*. Lo que probablemente es lo más parecido a una felicitación que jamás obtendremos de mi madre.

—Yo también tengo buenas noticias —anuncia, antes de que pueda darle las gracias. Agita delante de mí una carta que parece proceder de algún organismo, con una sonrisa de satisfacción en el rostro—. El banco ha recuperado mi dinero. Todo.

—Sí que son buenas noticias.

—Te lo dije. ¿Queda té en la tetera?

—Lo miraré.

Conforme me acerco a la tetera, la tostadora hace un ruido y expulsa dos tostadas.

—Caramba —digo, examinándola detenidamente.

—¿Está al gusto de la señora? —pregunta Rick.

Tiene el color perfecto por ambos lados, una tostada perfecta. Pero tiene una pizca de borde quemado en un lado, lo cual nos recuerda a la vieja tostadora que hemos utilizado durante tantos años.

—Es perfecta —digo con una sonrisa—. No podría pedir nada más.

110

Llevo un vestido nuevo reluciente de Coast que eligió Una y que pagó mi querido marido. Mi pelo y mis uñas están tan bien que podría competir con la mujer de cualquier futbolista y es justo decir que me encuentro fabulosa. En mi habitación, doy una vuelta para que Rick me vea y él asiente dando su aprobación.

—Qué sexy —me dice.

—¿Se pueden tener cuarenta y cinco años y seguir siendo sexy?

—En esta casa se puede.

Me da un cachete juguetón en el culo según me agacho a coger mi bolso.

Yo me río y pienso qué bonito es que volvamos a divertirnos juntos. Estoy segura de que la Juliet que un día se quitó la ropa interior y empezó a revolcarse por la playa está de vuelta.

Nos habíamos amoldado a nuestra rutina, desgastada por la vida y todo lo que nos rodeaba. Ahora vamos a seguir hacia adelante, a no tomarnos todo tan en serio y a no dejar que las cosas nos sobrepasen.

Esta habitación necesita un repaso. Toda la casa, de hecho, y creo que Rick y yo vamos a ponernos a ello pronto.

Deberíamos arreglar primero esta habitación. Hacerla más romántica. Añadir algunos cojines, algunos complementos. Lo consultaré con Una.

Mi marido está muy guapo también. Odia ponerse traje y sólo lo hace en días señalados y en fiestas. Éste es sin duda un día señalado.

—Estás genial —digo—, tienes un aire a Hugh Laurie.

—Yo creía que Hugh Laurie era un empollón.

—No desde que hace *House*. Ahora está bueno.

—Hmm.

Rick parece impresionado al oír que está bueno.

Antes de salir hacia la fiesta, Rick me besa.

—Tengo una última sorpresa.

De una cajita azul marino, saca una pulsera de diamantes.

—Rick, ¡es increíble!

—Veinticinco diamantes —dice tímidamente—. Espero que te guste.

—Me encanta.

Creo que la última joya que Rick me compró fue el anillo de compromiso y, aunque le tengo mucho cariño, su único diamante no es ni de lejos tan grande como una de estas preciosidades.

Con cuidado, me la pone en la muñeca. Me queda perfecta.

—Ya está —dice—. No más sorpresas.

—¿Nunca más?

Rick me mira a los ojos.

—Creo que lo mejor será que nos lo contemos todo de ahora en adelante.

Sé que Rick sabe lo de Steven. No tengo ni idea de cómo, pero lo sabe. Y sé que me ha perdonado cualquier cosa que yo haya hecho.

—Rick... —empiezo a decir.

—Ahora ya no tiene importancia —me interrumpe.

—No pasó nada —le aseguro.

—Mucho mejor, entonces —dice mientras me levanta en sus brazos y me da vueltas—. ¿Lista para ir de fiesta?

111

Todos nuestros amigos están listos y esperando cuando llegamos a The Crown y nos vitorean al entrar. Mis ojos se llenan de lágrimas. Todos mis seres queridos están aquí para celebrar nuestro amor eterno. Cojo a Rick de la mano y la estrujo. Y pensar que hace sólo unas semanas estábamos planeando ignorar todo esto. Me alegro tanto de no haberlo hecho.

La habitación está preciosa, decorada con globos que estoy convencida que son cosa de Chloe. En un extremo hay un pastel de boda que compensa con creces el que no tuvimos en la ceremonia de verdad.

La discoteca está hasta arriba de gente, y nos conducen a Rick y a mí al centro para dar comienzo al baile. «True» de Spandau Ballet era nuestra canción. Y todavía lo es. Rick y yo nos besamos con la voz sensual de Tony Hardley.

—¿Te acuerdas de esto? —le pregunto.

—¿Chloe no fue concebida mientras escuchábamos esta canción?

Me río.

—Chloe y unos cuantos miles de bebés más, me imagino.

—Mejor que no se lo digamos —sugiere Rick.

Es difícil recordar que mi marido era un fan de la música *new wave* cuando le conocí, con el pelo cardado y camisas super horteras, aunque él dice que nunca usó sombra de ojos.

Cuando terminamos de bailar, vamos a buscar a la familia. Chloe, que lleva un vestido holgado, va cogida del brazo de un joven que bien podría ser un jugador de rugby. La mano de ella descansa sobre su vientre, protegiéndolo.

—Éste es Mitch —dice riéndose como una niña.

—Ah.

Así que éste es el padre de mi nieto.

—Encantado de conocerles.

Me da la mano con timidez, y me gusta la primera impresión. Rick le da palmadas en la espalda. Buena señal.

—Tengo buenas noticias que daros —nos informa mi hija—. Mitch ha encontrado un trabajo aquí para cuando se licencie. Vamos a buscar un piso para alquilar juntos.

Sonrío para mí. Así que la primera de nuestra prole va a abandonar el nido para construir el suyo propio. Beso a Chloe y les digo:

—De verdad que estoy muy contenta por los dos.

—Seguimos necesitando vuestra ayuda —contesta ella apresuradamente—. Estoy pensando en conseguir trabajo después de que nazca el bebé —mi hija mira a su novio embelesada—. Nos hará falta el dinero.

—Hay tiempo de sobra para pensar en eso. Ahora estoy deseando conocerte mejor, Mitch.

—Lo mismo digo, señora Joyce.

Tom también está aquí —con otra mujer—. Se acerca despacio, botella de cerveza en mano.

—Feliz aniversario, vieja.

—Eh, no tanto.

—Ali, ésta es mi madre. Mamá, Ali.

Y ya está. Ali es guapa, rubia, algo delgada, y probablemente no dure más de una semana.

—Un placer conocerte —le digo de todas maneras.

Mamá y Arnold ya están a lo suyo en la pista de baile. Da igual lo mayores que sean tus padres, o, de hecho, lo mayor que seas tú, tus padres siempre te avergüenzan cuando bailan. Mamá me saluda con la mano y yo, como buena hija que soy, le devuelvo el saludo. A su lado, Hal y Stacey Lovejoy bailan juntos. Hal parece estar disfrutando con los apretadísimos pantalones plateados y el escotado top brillante de ella. Las hijas de Stacey, todas vestidas como en la sección infantil de la revista *Hustler* se acercan corriendo, se cogen de la mano y bailan todas juntas. Quizá pueda hablar con ella tranquilamente acerca del vestuario de sus hijas ahora que somos amigas y, a la vez, recibir consejos sobre cómo conseguir que el mío sea más sexy. Mi vecina y yo vamos a empezar a ir a aeróbic en la parroquia el próximo fin de semana para ver si nos ponemos en forma. Voy a tener que salir a comprar y renovar mi polvorienta ropa deportiva para ponerme a su altura.

Rick está tratando de conocer a Mitch, probablemente esté interrogándole acerca de su trabajo y sus posibilidades económicas, como todos los padres. Chloe se va a poner furiosa. Veo a Una y me dirijo hacia mi amiga. Está con Don y su novia, haciendo de sujetavelas.

—¿Todo bien?

Mi amiga, animada, asiente con la cabeza.

—Una fiesta encantadora.

—Siento que no haya hombres libres. Por lo visto, Stacey Lovejoy se ha quedado el que había.

Ella se encoge de hombros.

—En realidad, estoy viendo a alguien.

—¿En serio? ¿Por qué no has dicho nada hoy? Tenías que haberlo traído.

—Quizá en otra ocasión —dice Una —. Puede que me retire pronto, si te parece bien. Le dije que quedaríamos a tomar una copa más tarde.

—A por él, chica. Siempre y cuando no lo hayas conocido en Internet.

—No —dice Una—. A éste le he visto en persona.

—Tienes que darme los detalles el lunes. Todos.

Luego se acerca papá acompañado de Samuel. Ambos me besan en la mejilla y, por el rabillo del ojo, veo que Una ya se está escabullendo.

—Feliz aniversario —dice papá—. ¿Todo bien, cariño?

—Me lo estoy pasando muy bien.

—Ya estamos listos para nuestro viaje a Italia. Samuel me ha estado enseñando algo de italiano.

Samuel me hace una mueca. Mi padre, hablando italiano. Sacudo la cabeza.

—¿Florencia? —Mamá está detrás de nosotros, cogida del brazo de su novio—. Arnold y yo nos vamos a Australia.

Es la primera noticia que tengo.

—Vamos a comprar una autocaravana y vamos a cruzar el país. Como los nativos.

Pagaría por ver eso. He de reconocer que cruzar Australia en autocaravana supera a la semana en Italia de papá.

Pero también me pregunto cuánto tiempo aguantará Arnold conviviendo con mi madre. Yo la mataría al tercer día.

—Espero que te lo pases muy bien, Rita —contesta mi padre, y está claro que dice la verdad.

Mamá coge aire.

—Tú también, Frank.

Acto seguido papá la rodea con sus brazos y ambos se abrazan.

—Viejo estúpido —dice mamá—. Siempre has sido muy sentimental.

Que conste que mi padre nunca fue un sentimental. Es Samuel el que ha conseguido sacar su lado más sensible.

Ahora oigo los primeros compases de «Hi Ho Silver Lining», una de mis canciones favoritas.

—Creo que deberíamos salir todos juntos a la pista de baile, *en famille* —propongo.

—*Come una famiglia* —corrige papá.

—¿Qué opináis?

Todos nos dirigimos a la pista de baile, incluso Rick, que odia bailar y aun así ya lo ha hecho en dos ocasiones esta noche. Eso es lo que yo llamo amor *verdadero*.

112

—¿Y bien? Venga —digo—. Cuéntamelo todo acerca de tu gran cita.

Es el lunes siguiente a nuestra fiesta de aniversario y a Una todavía le brillan los ojos. Nos apoyamos en el mostrador, cosa que Don no soporta que hagamos, pero que no ha conseguido que dejemos de hacer.

—Mejor hablemos de tu fiesta —responde intentando esquivar mi pregunta con un gesto de la mano—. Tiene pinta de que fue genial.

—Creo que todo el mundo lo pasó bien —le cuento—. Te puedo asegurar que yo sí. Todavía me duelen los pies de tanto bailar.

En ese momento, y a pesar de que son sólo las nueve y un minuto, las puertas se abren de par en par. Me quedo boquiabierta cuando veo entrar a Steven Audrey.

—No tardo ni un minuto, Una —susurro.

Doy la vuelta a la mesa, cojo a Steven del brazo y me lo llevo a la sección infantil.

—Steven —digo—. No puedo más que disculparme por lo de la otra noche.

Él va a empezar a hablar pero le interrumpo. Veo a Una observándonos como una espía desde el fondo. Querrá que le cuente todo con pelos y señales cuando haya acabado.

—Creí haber dejado claro que lo nuestro se había acabado. Incluso antes de empezar. Quiero a Rick. Fue una auténtica locura hacer lo que hice, pero ya lo he superado. He vuelto al buen camino. Y tú debes hacer lo mismo, Steven. Tienes que dejarme tranquila. Soy una mujer casada y pienso seguir siéndolo.

—Juliet —dice Steven suspirando—, si me dejas hablar puedo explicarlo todo. Ya sé que tú nunca pensarás en mí de la misma manera que yo pienso..., pensaba..., en ti. Está bien. Ambos debemos seguir adelante.

—Eso es —coincido, aliviada de que Steven esté en la misma onda.

—También lamento que la otra noche no pudiera ser. Habría sido divertido. Por los viejos tiempos.

—No quiero hablar de eso —le pido—. Ninguno de los dos debe volverlo a mencionar nunca.

—Por mí de acuerdo —añade Steven.

—Bien, bien. Entonces te deseo buena suerte en el futuro, pero tienes que irte, Steven.

Otra vez el mismo suspiro.

—Hay otra cosa que te quiero explicar y es que no estoy aquí para verte a ti, Juliet. Estoy aquí para ver a Una.

Él se gira sonriendo hacia el mostrador y mi nerviosa amiguita me dedica una sonrisa de oreja a oreja.

—Oh.

Así que ésta era la gran cita de Una, Steven. Mi amiga ha estado saliendo con Steven Audrey y no lo ha mencionado ni una sola vez. No debería estar sorprendida. Pero lo estoy. Debía haberlo visto venir. Pero no lo hice.

Me pregunto cuándo empezó. ¿Fue antes o después de que decidiera pasar la noche con él? Dios santo, me siento tan estúpida. Me arde la cara.

—Es una mujer encantadora.

—Sí —afirmo apretando los dientes—, sí que lo es.

—Sólo venía a concretar nuestra cita para comer —añade, haciendo un gesto a Una—. Después ya no te molestaré más.

—No, no. No pasa nada. El tiempo que necesites. Estaré arriba. Ordenando libros. Sí, eso es lo que voy a hacer. Ordenar libros.

Y me muerdo la lengua para no seguir balbuceando sin sentido. Así que me apresuro a subir las escaleras antes de quedar como una imbécil aún mayor.

Minutos más tarde, cuando mis manos temblorosas apenas encuentran el sitio adecuado para Jamie Oliver, oigo detrás de mí los pasos de Una subiendo las escaleras. A continuación se aclara la garganta.

—Juliet.

Me giro, fingiendo que estaba tan absorta que me ha sobresaltado. ¿Así es como van a ser las cosas entre Una y yo a partir de ahora? ¿Ya no voy a poder volver a ser yo misma con ella?

—No quería que te enterases de esa manera.

Pero supongo que Steven sí.

—¿Por qué no me lo dijiste? —le pregunto—. Me habría alegrado por ti.

¿Era verdad? ¿Lo era? ¿De verdad?

—Todo sucedió tan deprisa.

¡Y tanto!

—Simplemente nos dejamos llevar por nuestros sentimientos.

«Bien por ti», es lo que quiero decir. «Yo me dediqué a luchar contra mis sentimientos mientras estuve con Steven.»

Pero luego pienso que Una también se merece algo de felicidad y que últimamente no ha tenido ninguna. Además, está soltera, disponible y, me imagino, muy receptiva. Si soy sincera, Steven y Una probablemente estén hechos el uno para el otro. Más que Steven y yo, vaya.

—Estamos muy enamorados —me dice Una, y veo un movimiento desafiante en su barbilla que no me gusta nada.

Puede que ahora resulte incómodo trabajar juntas. Me pregunto cuánto le contará Steven del tiempo que estuvimos juntos. Espero que nada. Pero también cabe la posibilidad de que sea rencoroso. No lo sé. Sólo sé que ahora no quiero saber nada de ninguno de los dos. Quiero retirarme a mi pequeño universo, con mi pequeña familia, y quererlos y protegerlos sólo a ellos.

—Voy a dejar la biblioteca —tomo la decisión allí mismo—. Voy a cuidar del bebé de Chloe y, en fin, creo que ha llegado el momento de cambiar de aires.

—Yo tampoco estaré aquí —dice Una cruzando los brazos sobre el pecho, cogiendo aire—. Ya lo he notificado esta mañana.

—No hace falta que hagas eso...

Si yo me voy, Una puede quedarse. Don no se lo tendrá en cuenta. Él no es así.

—Me voy de viaje con Steven —añade—. Alrededor del mundo. Salimos de Miami. Tiene una casa allí.

¿Cree que no lo sé?

—Luego probablemente pasemos el invierno en Sudáfrica. Lejos del frío y la lluvia. Después de todo —y me mira directamente a los ojos mientras lo dice— no hay ningún motivo que nos impida marcharnos a ninguno de los dos.

—No —digo—. Ninguno en absoluto.

—Será mejor que vuelva al mostrador —continúa Una, haciendo un movimiento con la cabeza en esa dirección—. No hay nadie que atienda.

A continuación se gira y baja airada las escaleras. Sí, airada, no cabe duda. Y, mientras aprieto a Jamie Oliver contra mí, eso es lo único que puedo hacer para aguantarme las ganas de llorar.

113

Menos mal que hemos comprado la tostadora nueva ya que está trabajando sin descanso. Rick está haciendo tostadas, sin parar de untar mantequilla. Yo estoy terminando con las salchichas, y entonces todo estará listo.

Vamos a tener que mudarnos a una casa más grande si nuestra familia sigue creciendo a este ritmo. Esta mañana somos once para desayunar y hemos abierto las puertas que dan al comedor para tener más espacio, y hemos juntado la mesa de la cocina con la del comedor. De lo contrario, hubiésemos tenido que comer en dos turnos.

—¡Vale, familia!

Todo el mundo habla al mismo tiempo y tengo que gritar para que me oigan.

—¿Voy sirviendo?

Todos asienten.

—A mí no me sirvas, mamá —grita Chloe—. Sólo voy a tomar cereales de centeno.

Mi hija sigue luchando contra las náuseas y no estoy muy segura de que pueda tolerar siquiera el olor del desayuno. Mitch también está aquí. El novio. Sus sillas están apiñadas una contra la otra y mi hija tiene los pies acurrucados sobre el regazo de él, mientras el futuro y sumiso padre los masajea. Puedo ver que cuidar de Chloe es un trabajo hecho a su medida. Ahora están mirando pisos para alquilar en el periódico local, el cual, por una vez, no incluye un reportaje sobre mi marido en la portada.

Mitch dobla el periódico en cuanto le pongo el plato delante. Ésta puede ser la primera de sus muchas comidas en esta casa.

—Gracias, señora Joyce.

—Juliet —le digo, y él me sonríe antes de coger la salsa barbacoa.

Tom y Ali también se han unido a nosotros. Ella le está durando unas tres semanas, lo que es muy bueno para mi hijo. Les pongo el desayuno en la mesa.

—Eh, mamá —dice, mientras coge una salchicha y le da un mordisco—. Se me olvidó decírtelo.

Le ofrece la salchicha a Ali y ella le da otro mordisco, y luego suelta una risita. Mi hijo sonríe de manera indulgente.

—Ali y yo tenemos trabajo.

—Ya iba siendo hora —dice Rick, levantando la cabeza, interrumpiendo su tarea de hacer tostadas.

—Nos vamos a China.

Eso sí que no me lo esperaba. Casi consigue que toda la mesa se calle, pero a mi madre no hay quien la haga callar.

—Enseñando inglés. En Beijing.

—¿Cuándo? —digo, todavía recuperándome de la impresión.

—En un par de semanas —nos cuenta—. Sólo tengo que solucionar lo de los vuelos. Empezamos con un contrato de doce meses y nos dan clases de chino, nos proporcionan un piso y un puesto en un instituto cuando hayamos acabado el curso.

Mi hijo, que apenas consigue arrastrarse fuera de su dormitorio, ¿se va a ir a trabajar a China?

—¿Significa que ya podemos alquilar tu habitación? —pregunta Rick.

—Vale, muy gracioso, papá.

—Así se hace, hermanito —aprueba Chloe.

En el otro extremo de la mesa mamá y Arnold han comprado *Mi Autocaravana* y la están estudiando ávidamente. El plan de conquista de las Antípodas por parte de la tercera edad todavía sigue adelante.

—¿Adónde dice que se va? —pregunta mamá.

—China —digo sin acabar de creérmelo yo misma.

—No soporto la comida china —es el punto de vista despectivo que tiene mi madre de la aventura que va a emprender mi hijo.

—Ésa es la manera que tiene tu abuela de decir: «Bien hecho, Tom, espero que te vaya muy bien» —añade Rick.

Mi hijo sonríe y mi marido le guiña un ojo. No es que Rick haya estado tampoco muy efusivo, pero sé que estará orgulloso de Tom por haber hecho por fin algo constructivo con su vida.

—*Bella, bella* —dice papá, dejando caer como quien no quiere la cosa algo del italiano que ha aprendido recientemente—. Siempre supe que ibas hacer algo con tu vida, mi pequeño Tom.

—Gracias, abu —responde Tom, y chocan la mano por encima de la mesa—. Tienes que venir a visitarnos.

—Tal vez lo hagamos —contesta, girándose hacia su pareja—. ¿Eh, Samuel, qué dices? Me encantan los tallarines.

Una vez que haya conquistado Italia, podemos ampliar nuestros horizontes. ¿Qué opinas?

—Me gustaría hacerlo, Francis.

Samuel Scott tiene que ser el hombre más afable del mundo y estoy tan contenta de que mi padre se haya tropezado con esta más que inesperada fuente de felicidad en los últimos años de su vida. Mi padre, el hombre que una vez temía aventurarse más allá del cobertizo de su jardín, convertido en todo un aventurero gracias a este hombre. Los rodeo a ambos con mis brazos y les aprieto.

—¿A qué se debe esto, cariño?

—Por ser como eres.

—Estoy pensando en ir a Gran Canaria de vacaciones. Las niñas y yo. Sólo una semana o dos.

Stacey Lovejoy también se nos ha unido para desayunar ya que Ikea, Malibu, Levi y Becks han ido a nadar esta mañana al centro recreativo. He aprendido a querer a la impetuosa Stacey y su revoltosa tribu, pero aunque ahora adoro a sus hijas, no estoy segura de estar preparada para admitirlas a todas *en masse*. Las prefiero en pequeñas dosis y, preferentemente, de dos en dos. Voy a necesitar una nueva mejor amiga ahora que ya no voy a volver a ver a Una nunca más, y podría topar con alguien mucho peor que el pedazo de pan que es esta mujer. Esta mañana lleva un top escotado amarillo ácido con volantes que hace que la cocina brille. Arnold le presta mucha atención. Espera a que mi madre consiga distraer su atención de *Mi Autocaravana* y se dé cuenta de a lo que se está dedicando.

—¿Gran Canaria?

—Sí, tengo un amigo allí.

Hmm. Me pregunto quién será. Hal se ha dado a la fuga, tal y como había dicho, y le ha dejado el negocio a Rick. Se supone que nadie sabe dónde está, pero Hal y nuestra vecina hicieron muy buenas migas en la fiesta de nuestro aniversario y no puedo evitar preguntarme si es allí adonde Hal ha ido para desaparecer.

—¿Puedes cuidar de los gnomos mientras estamos en Australia? —le dice mamá a papá—. Esta gente no los respeta.

—Claro que sí, Rita. Samuel y yo nos los llevaremos a casa —contesta papá, y le da palmaditas a mamá en la rodilla, lo que consigue distraer la atención de Arnold sobre Stacey Lovejoy—. Pondremos a los chicos otra vez en su sitio.

Podría jurar que hay lágrimas en los ojos de mi madre. Vaya con los gnomos.

Al fondo veo a Rick dando un puñetazo al aire y diciendo en silencio: «¡Sí!».

Así que ya está. Parece que todo el mundo está donde tiene que estar. Incluso los gnomos. Rick termina de preparar los dos desayunos que faltan.

—¿Los llevo a la mesa? —digo.

—Ahora. Sólo quiero decirte algo rápido.

Y mi marido me coge de la mano y me lleva a la entrada. Cierra la puerta que da a la cocina.

—Sí —vuelve a decir en un susurro y hace el baile de la victoria—. ¡Nos vamos a librar de todos!

Me río y digo entre suspiros:

—Te parecerá una tontería, pero en el fondo creo que los voy a echar de menos.

—Tienes razón —dice asintiendo con la cabeza—, vamos, una tontería.

—Será gracioso volver a estar los dos solos otra vez.

—Sí —Rick se lo imagina y se dibuja una sonrisa estúpida en su cara—. Va a ser increíble. Más agua caliente de la que podemos usar. Me podré sentar en el váter sin que nadie aporree la puerta. Podremos andar desnudos por la casa.

Mi marido me levanta las cejas varias veces.

—Incluso podríamos hacer el amor en la mesa del comedor.

—Me gusta cómo suena eso —confieso.

—Bien.

Me coge entre sus brazos y me aprieta contra él.

—Lo pondré en nuestra lista de cosas por hacer.

—Se os enfría el desayuno —grita Chloe.

Volvemos a la cocina riendo. Cogemos un plato cada uno y nos apretujamos en los dos últimos sitios libres que quedan en la mesa.

—¿Estamos todos bien? —algunos asienten, pero están todos demasiado ocupados en comer como para contestarme.

Rick me rodea con sus brazos y me besa en la mejilla.

—Te quiero.

—Vosotros dos, dejadlo ya —murmura Chloe entre dientes—. Estamos comiendo.

—Yo también te quiero —le digo, y sin que nadie se dé cuenta me seco una lágrima.

Miro a Rick y al resto de mi familia —la cual, a pesar de todo lo que hemos pasado, sigue muy unida, aunque sólo sea por los lazos de sangre, afecto y lealtad— y siento que me invade una ola de calor fruto de la felicidad. El amor que pensé que habíamos perdido ha vuelto a nacer. Y entonces me doy cuenta de que el amor no sólo es un concepto romántico. No todo son flores, diamantes o noches de luna llena. El amor es todo por lo que pasa una pareja, los problemas que casi les separan, pero que en realidad les unen para siempre y les hacen más y más fuertes.

Carole Matthews en punto de lectura

Amy y Jeremy llevan una fastuosa vida de jóvenes ejecutivos de televisión. Viven en una lujosa casa de Notting Hill, y sus hijos se educan en uno de los mejores colegios de Londres. Todo da un vuelco el día en que a Jeremy le detectan un problema cardiaco y deciden cambiar su estresante vida en la urbe por una bucólica existencia en un pueblecito de York. Pero Jeremy muere y Amy se encuentra sin trabajo y con una casa que no puede mantener. De vuelta a Londres, Amy descubre que ya no está dispuesta a aguantar jefes ni a pagar alquileres desorbitados. En el campo, un apuesto veterinario la espera.

«Un cuento dulce y conmovedor sobre el amor verdadero, la auténtica amistad y la vida real. Ten a mano un paquete de *kleenex*.»
Heat

«Una buena dosis de carcajadas y sorpresas.»
Chicago Sun-Times